MINGUO TONGSU XIAOSHUO
DIANCANG WENKU

民国通俗小说典藏文库·张恨水卷

艺术之宫

张恨水 ◎ 著

中国文史出版社

小说大家张恨水（代序）

张赣生

民国通俗小说家中最享盛名者就是张恨水。在抗日战争前后的二十多年间，他的名字真是家喻户晓、妇孺皆知，即使不识字、没读过他的作品的人，也大都知道有位张恨水，就像从来不看戏的人也知道有位梅兰芳一样。

张恨水（1895—1967），本名心远，安徽潜山人。他的祖、父两辈均为清代武官。其父光绪年间供职江西，张恨水便是诞生于江西广信。他七岁入塾读书，十一岁时随父由南昌赴新城，在船上发现了一本《残唐演义》，感到很有趣，由此开始读小说，同时又对《千家诗》十分喜爱，读得"莫名其妙的有味"。十三岁时在江西新淦，恰逢塾师赴省城考拔贡，临行给学生们出了十个论文题，张氏后来回忆起这件事时说："我用小铜炉焚好一炉香，就做起斗方小名士来。这个毒是《聊斋》和《红楼梦》给我的。《野叟曝言》也给了我一些影响。那时，我桌上就有一本残本《聊斋》，是套色木版精印的，批注很多。我在这批注上懂了许多典故，又懂了许多形容笔法。例如形容一个很健美的女子，我知道'荷粉露垂，杏花烟润'是绝好的笔法。我那书桌上，除了这部残本《聊斋》外，还有《唐诗别裁》《袁王纲鉴》《东莱博议》。上两部是我自选的，下两部是父亲要我看的。这几部书，看起来很简单，现在我仔细一想，简直就代表了我所取的文学路径。"

宣统年间，张恨水转入学堂，接受新式教育，并从上海出版的报纸上获得了一些新知识，开阔了眼界。随后又转入甲种农业学校，除了学习英文、数、理、化之外，他在假期又读了许多林琴南译的小说，懂得了不少描写手法，特别是西方小说的那种心理描写。民国元年，张氏的

1

父亲患急症去世，家庭经济状况随之陷入困境，转年他在亲友资助下考入陈其美主持的蒙藏垦殖学校，到苏州就读。民国二年，讨袁失败，垦殖学校解散，张恨水又返回原籍。当时一般乡间人功利心重，对这样一个无所成就的青年很看不起，甚至当面嘲讽，这对他的自尊心是很大的刺激。因之，张氏在二十岁时又离家外出投奔亲友，先到南昌，不久又到汉口投奔一位搞文明戏的族兄，并开始为一个本家办的小报义务写些小稿，就在此时他取了"恨水"为笔名。过了几个月，经他的族兄介绍加入文明进化团。初始不会演戏，帮着写写说明书之类，后随剧团到各处巡回演出，日久自通，居然也能演小生，还演过《卖油郎独占花魁》的主角。剧团的工作不足以维持生活，脱离剧团后又经几度坎坷，经朋友介绍去芜湖担任《皖江报》总编辑。那年他二十四岁，正是雄心勃勃的年纪，一面自撰长篇《南国相思谱》在《皖江报》连载，一面又为上海的《民国日报》撰中篇章回小说《小说迷魂游地府记》，后为姚民哀收入《小说之霸王》。

　　1919年，五四运动吸引了张恨水。他按捺不住"野马尘埃的心"，终于辞去《皖江报》的职务，变卖了行李，又借了十元钱，动身赴京。初到北京，帮一位驻京记者处理新闻稿，赚些钱维持生活，后又到《益世报》当助理编辑。待到1923年，局面渐渐打开，除担任"世界通讯社"总编辑外，还为上海的《申报》和《新闻报》写北京通讯。1924年，张氏应成舍我之邀加入《世界晚报》，并撰写长篇连载小说《春明外史》。这部小说博得了读者的欢迎，张氏也由此成名。1926年，张氏又发表了他的另一部更重要的作品《金粉世家》，从而进一步扩大了他的影响。但真正把张氏声望推至高峰的是《啼笑因缘》。1929年，上海的新闻记者团到北京访问，经钱芥尘介绍，张恨水得与严独鹤相识，严即约张撰写长篇小说。后来张氏回忆这件事的过程时说："友人钱芥尘先生，介绍我认识《新闻报》的严独鹤先生，他并在独鹤先生面前极力推许我的小说。那时，《上海画报》（三日刊）曾转载了我的《天上人间》，独鹤先生若对我有认识，也就是这篇小说而已。他倒是没有什么考虑，就约我写一篇，而且愿意带一部分稿子走。……在那几年间，上海洋场章回小说走着两条路子，一条是肉感的，一条是武侠而神怪的。《啼笑因缘》完全和这两种不同。又除了新文艺外，那些长篇运用的对话并不是纯粹白话。而《啼笑因缘》是以国语姿态出现的，这也不同。在这小说发表起初的几天，有人看了很觉眼生，也有人觉得描写过于琐碎，但并没有人主张不向下看。载过两回之后，所有读《新闻报》的人都感到了兴趣。独鹤先生特意写信告诉我，请我加油。不过报社方面根据一贯的作风，怕我这里面没有豪侠人物，会对读者减少吸引力，再三请我写两位侠客。我对于技击这类事本来也有祖传的家话（我祖父和父亲，都有极高的技击能力），但我自己不懂，而且也觉得是当时的一种滥调，我只是勉强地将关寿峰、关秀姑两人写了一些近乎传说的武侠行动……对于该书的批评，有的认为还是章回旧套，还是加以否定。有的认为章回小说到这里有些变了，还可以注意。大致地说，主张文艺革新的人，对此还认为不值一笑。温和一点的人，对该书只是就文论文，褒贬都有。至于爱好章回小说的人，自是予以同情的多。但不管怎么样，这书惹起了文坛上很大的注意，那却是事实。并有人说，如果《啼笑因缘》可以存在，那是被扬弃了的章回小说又要返魂。我真没有料到这书会引起这样大的反应……不过这些批评无论好坏，全给该书做了义务广告。《啼笑因缘》的销数，直到现在，还超过我其他作品的销数。除了国内、南洋各处私人盗印翻版的不算，我所能估计的，该书前后已超过二十版。第一版是一万部，第二版是一万五千部。以后各版有四五千部的，也有两三千部的。因为书销得这样多，所以人家说起张恨水，就联想到《啼笑因缘》。"

不论张氏本人怎样看，《啼笑因缘》是他最有影响的作品，这一点毫无疑问，可以随便举出几件事来证明。《啼笑因缘》发表后，被上海明星公司拍成六集影片，由当时最著名的电影明星胡蝶主演，同时还被改编为戏剧和曲艺，在各地广泛流传；再有《啼笑因缘》被许多人续写，迫使张氏不得不改变初衷，于1933年又续写了十回，张氏在《我的写作生涯》中说："在我结束该书的时候，主角虽都没有大团圆，也没有完全告诉戏已终场，但在文字上是看得出来的。我写着每个人都让读者有点儿有余不尽之意，这正是一个处理适当的办法，我绝没有续写下去的意思。可是上海方面，出版商人讲生意经，已经有好几种《啼笑因缘》的尾巴出现，尤其是一种《反啼笑因缘》，自始至终，将我那故事整个地翻案。执笔的又全是南方人，根本没过过黄河。写出的北平社会真是也让人又啼又笑。许多朋友看不下去，而原来出版的书社，见大批后半截买卖被别人抢了去，也分外眼红。无论如何，非让我写一篇续集不可。"这种由别人代庖的续作，出书者至少有四种：惜红馆主《续啼笑因缘》、青萍室主《啼笑因缘三集》、康尊容《新啼笑因缘》和徐哲身《反啼笑因缘》。虽然远不如《红楼梦》续作之多，但在民国通俗小说中已经是首屈一指了。张氏在《我的小说过程》一文中还说："我这次南来，上至党国名流，下至风尘少女，一见着面便问《啼笑因缘》。这不能不使我受宠若惊了。"

《啼笑因缘》使张氏名声大振，约他写稿的报刊和出版家蜂拥而至，有的小报甚至谣传张氏在十几分钟内收到几万元稿费，并用这笔钱在北平买下了一所王府，自备一部汽车。这自然不是事实，但张氏当时收到的稿酬也有六七千元，的确不能算少。这样，他就可以去搜集一些古旧木版小说，想要作一部《中国小说史》。就在此时，日寇侵华的"九一八事变"爆发，张氏的希望随之化为泡影。作为一位爱国的作家，在国难当头的状况下自不会沉默，张恨水在 1931 至 1937 的几年间，先后写了《热血之花》《弯弓集》《水浒别传》《东北四连长》《啼笑因缘续集》《风之夜》等涉及抗敌御侮内容的作品。

1934 年，张恨水到陕西和甘肃走了一遭，此行使他的思想发生了很大的变化。张氏在《我的写作生涯》中说："陕甘人的苦不是华南人所能想象，也不是华北、东北人所能想象。更切实一点地说，我所经过的那条路，可说大部分的同胞还不够人类起码的生活。……人总是有人性的，这一些事实，引着我的思想起了极大的变迁。文字是生活和思想的反映，所以在西北之行以后，我不讳言我的思想完全变了，文字自然也变了。"此后，他写了《燕归来》，以描写西北人民生活的惨状。

抗日战争全面爆发后，张恨水取道汉口，转赴重庆，于 1938 年初抵达，即应邀在《新民报》任职。抗战八年间，他除去写了一些战争题材的小说外，还有两种较重要的作品，即《八十一梦》和《魍魉世界》（原名《牛马走》），均先于《新民报》连载，后出单行本。抗战胜利，张氏重返北平，担任《新民报》经理，此后几年他写了《五子登科》等十来部小说，但均未产生重大影响。1948 年底，张氏辞去《新民报》职务。1949 年夏，他患脑溢血，经过几年调治，病情好转，张氏便又到江南和西北去旅行。1959 年，张氏病情转重，至 1967 年初于北京去世，终年七十三岁。

张恨水一生写了九十多部小说，印成单行本的也在五十种左右。说到张氏作品的总特色，一般常感到不易把握，因为他总在不断地变。其实，这"变"就正是张恨水作品最鲜明的总特色。

张恨水是一个不甘心墨守成规的人，他好动不好静，敢于否定自己，这正是作为开创者必须具备的素质。读一读张氏的《我的写作生涯》，就会发现他总是在讲自己的变，那变的频繁、动因的多样，在民国通俗小说作家中实属仅见。……待到《金粉世家》《啼笑因缘》相继问世，张恨水的名声已如日中天，他在思想上的求新仍未稍解，他说："我又不能光写而不加油，因之，登床以后，我又必拥被看一两点钟书。看的书很拉杂，文艺的、哲学的、社会科学的，我都翻翻。还有几本长期订的杂志，也都看看。我所以不被时代抛得太远，就是这点儿加油的工作不错。"

追求入时，可说是张恨水的一贯作风，不仅小说的内容、思想随时而变，在文字风格上也不断应时变化。仅就内容、思想方面的变化而言，在民国通俗小说作家中也很常见，说不上是张氏独具的特色，但在文字风格上也不断变化，就不同于一般了。张氏在《我的写作生涯》中经常提到这方面的事例，譬如他曾提及回目格式的变化，他说："《春明外史》除了材料为人所注意而外，另有一件事为人所喜于讨论的，就是小说回目的构制。因为我自小就是个弄辞章的人，对中国许多旧小说回目的随便安顿向来就不同意。即到了我自己写小说，我一定要把它写得美善工整些。所以每回的回目都很经一番研究。我自己削足适履地定了好几个原则。一、两个回目，要能包括本回小说的最高潮。二、尽量地求其辞藻华丽。三、取的字句和典故一定要是浑成的，如以'夕阳无限好'，对'高处不胜寒'之类。四、每回的回目，字数一样多，求其一律。五、下联必定以平声落韵。这样，每个回目的写出，倒是能博得读者推敲的。可是我自己就太苦了……这完全是'包三寸金莲求好看'的念头，后来很不愿意向下做。不过创格在前，一时又收不回来。……在我放弃回目制以后，很多朋友反对，我解释我吃力不讨好的缘故，朋友也就笑而释之，谓不讨好云者，这种藻丽的回目，成为礼拜

5

六派的口实。其实礼拜六派多是散体文言小说，堆砌的辞藻见于文内而不在回目内。礼拜六派也有作章回小说的，但他们的回目也很随便。"再譬如他在谈及《金粉世家》时说："以我的生活环境不同和我思想的变迁，加上笔路的修检，以后大概不会再写这样一部书。"诸如此类的变化不胜列举。

张氏的多变还体现在题材的多样化。他说："当年我写小说写得高兴的时候，哪一类的题材我都愿意试试。类似伶人反串的行为，我写过几篇侦探小说，在《世界日报》的旬刊上发表，我是一时兴到之作，现在是连题目都忘记了。其次是我写过两篇武侠小说，最先一篇叫《剑胆琴心》，在北平的《新晨报》上发表的，后来《南京晚报》转载，改名《世外群龙传》。最后上海《金刚钻小报》拿去出版，又叫《剑胆琴心》了。"第二篇叫《中原豪侠传》，是张氏自办《南京人报》时所作。此外，张氏还写过仿古的《水浒别传》和《水浒新传》，他说："《水浒别传》这书是我研究《水浒》后一时高兴之作，写的是打渔杀家那段故事。文字也学《水浒》口气。这原是试试的性质，终于这篇《水浒别传》有点儿成就，引着我在抗战期间写了一篇六七十万字的《水浒新传》。""《水浒新传》当时在上海很叫座。……书里写着水浒人物受了招安，跟随张叔夜和金人打仗。汴梁的陷落，他们一百零八人大多数是战死了。尤其是时迁这路小兄弟，我着力地去写。我的意思，是以愧士大夫阶级。汪精卫和日本人对此书都非常地不满，但说的是宋代故事，他们也无可奈何。这书里的官职地名，我都有相当的考据。文字我也极力模仿老《水浒》，以免看过《水浒》的人说是不像。"再有就是张氏还仿照《斩鬼传》写过一篇讽刺小说《新斩鬼传》。张恨水的一生都在不停地尝试，探寻着各色各样的内容及表达方式，他甚至也写过完全以实事为根据、类似报告文学的《虎贲万岁》，也写过全属虚幻的、抽象的或象征性的小说《秘密谷》，他的作风颇有些像那位既不愿重复前人也不愿重复自己的现代大画家毕加索。

张恨水写过一篇《我的小说过程》，的确，我们也只有称他的小说为"过程"才最名副其实。从一般意义上讲，任何人由始至终做的事都是一个过程，但有些始终一个模子印出来的过程是乏味的过程，而张氏的小说过程却是千变万化、丰富多彩的过程。有的评论者说张氏"鄙视自己的创作"，我认为这是误解了张氏的所为。张恨水对这一问题的态度，又和白羽、郑证因等人有所不同。张氏说："一面工作，一面也就是学习。世间什么事都是这样。"他对自己作品的批评，是为了写得越来越完善，而不是为了表示鄙视自己的创作道路。张氏对自己所从事的通俗小说创作是颇引以自豪的，并不认为自己低人一等。他说："众所周知，我一贯主张，写章回小说，向通俗路上走，绝不写人家看不懂的文字。"又说："中国的小说，还很难脱掉消闲的作用。对于此，作小说的人，如能有所领悟，他就利用这个机会，以尽他应尽的天职。"这段话不仅是对通俗小说而言，实际也是对新文艺作家们说的。读者看小说，本来就有一层消遣的意思，用一个更适当的说法，是或者要寻求审美愉悦，看通俗小说和看新文艺小说都一样。张氏的意思不是很明显吗？这便是他的态度！张氏是很清醒、很明智的，他一方面承认自己的作品有消闲作用，并不因此灰心，另一方面又不满足于仅供人消遣，而力求把消遣和更重大的社会使命统一起来，以尽其应尽的天职。他能以面对现实、实事求是的态度对待自己的工作，在局限中努力求施展，在必然中努力争自由，这正是他见识高人一筹之处，也正是最明智的选择。当然，我不是说除张氏之外别人都没有做到这一步，事实上民国最杰出的几位通俗小说名家大都能收到这样的效果，但他们往往不像张氏这样表现出鲜明的理论上的自觉。

张恨水在民国通俗小说史上是一位名副其实的大作家，他不仅留下了许多优秀的作品，他一生的探索也为后人留下了许多可贵的经验。

目 录

第一章

一人班之演出

　　读者先生，你若是翻开《辞源》，找到了人字部的时候，你必定可以找到什刹海这样一个名词的。由这一点推想，什刹海是个有名的地方，那可想而知了。这什刹海，在北京城里西北角，北面接连着后海，西北是积水潭，南是北海，玉泉山来的一条水，正要由这里经过，然后灌进三海去。所谓海，其实不过是较大的一片池塘，周围约莫有三里多大，三面是杨柳，一角露出高大古雅的鼓楼。虽然四周有人家，那些人家，半藏在柳树里，是不碍于风景的。海里水不怎样深，一半种着荷叶，一半已成了水稻田，很带着一种乡村意味。由海的北岸到南岸，从中有一道宽堤，切了全海的西边一小部分。

　　堤上两行高大的柳树，罩着中间一条平坦的人行道，和别处的柳堤，或者没甚两样。不过这最老的柳树，弯曲着那半秃的树干，和那阅历很多的老人一样。它暗暗地在那里告诉路旁的年轻人：它看过这里的龙舟凤辇，它也伴过这里的荆棘铜驼，它也看过许多海上的红男绿女全白了头发。这并不是完全虚构的幻想。就在老柳树下，有一位白发老人，正演着啼笑皆非的悲剧呢。

　　这什刹海虽是个风景区，它同时是个平民的乐园。每到端午以后，柳树拖着碧绿的线条，海里的荷叶长着碗口大的绿团扇，漂浮在水面，于是这宽堤两边搭起席篷来，成了绿荫下一个简陋的市场。这里完全是供给平民消夏的，所以除了茶酒摊子之外，其余全是天桥移来的玩意儿。玩平民玩意儿的，也有个上中下三等之别。上等的搭着席篷，支着桌椅；中等的支个布棚，每天随支随收；下等的什么也不预备，哪里找着一块浓荫，哪里就是他们的舞台。在柳堤南头拐弯儿的地方，接着南岸了，这是逛临时市场的一个进口。在浅水沟边，三棵大柳树向南歪斜着，正好罩住了当空的阳光。

1

树荫下一块光地围了十来个人，小孩倒占有三分之二。人中间，有两个人在那里搂抱着，玩那北方的玩意儿——摔跤。那两人，一个穿着蓝布褂子，颜色很有些像小孩子尿片，青布裤子，补了不少补丁，脚穿黑的破靴子。那一个褂裤的颜色，正好倒换过来，穿鞋，全是破的。再看他们的脸，怪了，白得像纸一样，眼睛和口全不会动。

这两人的脑袋更有些出奇，不但是没有一根头发，而且是白得像他们的脸色一般无二，好像是白蜡涂的。其次他们全没有耳朵，只是在脸的两边有两个黑圈子，做了耳朵的记号。宇宙里绝不会有这样的人类，那莫非是妖怪？乍看到这两个摔跤的人，都会有这样的感想的。可是看过三分钟之后，就看清楚了，那两个人的脑袋是白布包的，所谓鼻子眼睛，不过是用墨笔画的，并非由肉里长了出来，所以他们虽然穿了衣服，并不是人，是两个假人。既是假人，何以会搂抱着摔跤呢？而他们的奥妙就在这一点，所以能够引着人来看。尤其是小孩子们，对于这个玩意儿特别地感到兴趣。

那两个假人约莫打了十分钟，忽然地同时倒了下去，却由这两个人衣襟底下，钻出一个半白头发的老头子来。他蓬着头，而且额前荒了大半边，露出光头皮子，其老是可知的。由额上直到他的下巴上，都有那重重叠叠的皱纹。在这皱纹里面，一道道的，记着他在人世上所尝遍的辛苦。最妙的，他两只手臂套了两只青裤脚，倒用两只薄底靴子，当了他的大手套。至于原来两个打架的人，这时却倒着挂在他背上，于是可以看出这是两个傀儡，是竹架子罩上衣服，插上布做的人头，缚在他身上的。他自己的两只脚，做了穿蓝裤子傀儡的脚；自己的两只手呢，罩上青布裤脚，当了穿青裤子傀儡的脚了。那傀儡四只手互相搂抱着，全是假的，只有这老头子两只手在地上爬着，和自己两只脚互相纠缠，乃是实情，于是脊梁上面这两个傀儡，就仿佛着在打架。

老头子脸朝地，头藏在傀儡的衣襟底下，所以围着看玩意儿的人究竟有多少，他不能有一个准数，只是在傀儡衣襟下面，可以看出四周人的腿，或是稀，或是密。他在地上，用白石灰画了一个方框，框子里写着"一人班"三个大字，另外写了两行小字，乃是："鬼打架，不说话，无非逗你打个哈哈。你乐了，就赏老小子两大枚，可不敢要你一大把。你瞧了别跑，也别害怕。"在这几句话里可知道他是苦卖艺的。可是当他打完了，这一抬身子向四周一瞧了去的时候，他简直要两眼发直。看热闹的全是小孩子，至大也不过是十二三岁的，他们哪里肯扔下铜子儿来呢？

本来这老头子在那两个傀儡之下乱跌乱滚了这样久，那枯皱无味的脸皮上，也如喝了三两白干下肚一般，微微地有些红晕浮泛出来，犹之乎那多年的坏墙，乱砖堆上涂了一些青苔，多少有些生意，可是他已有点儿喘气，额头上的汗珠子豌豆那么大一粒，在脸上挂着。现在他一看面前全是这些个小孩子，谁也不能扔下铜子儿来，这一趟玩意儿算是白练了，他四周瞧着，直发愣。那些小孩子是瞧他玩鬼打架来了，谁要瞧他发愣？他瞧着那些小孩子，小孩子也瞧着他，这有什么意思？一个大些的孩子说了一个"走"字，立刻围着这一块空地的赏鉴家跑了一个光。

老头子脱下了右手一只破靴子，就把套在手臂上的裤脚子，擦了一擦额头上的汗。心里可在那里计算着，今天早上房东已经来催过一次房钱啦，约了下午回家多少给人家几个的，现在没买卖，怎办？再说，面昨日就没了，昨晚上赊了两斤棒子面蒸窝头吃了，今天还能赊两斤不成？今天回家饿着不算，还得对付房东，这穷日子别打算过了。这么大一把年纪，干吗吃这档子苦？向海里一跳，不就完了吗？可是他一想：家里还有一个十八岁的姑娘，自己是十分疼爱的。假如自己一跳海死了，她怎么办？虽然自己心里头已经是看定了一个姑爷，可是这姑爷并没有说明的，自己一死女儿不能就跟他。那么，说是一了百了，那是靠不住的，闹得不好，也许一了百不了。姑娘到太阳下山，就要到门口来望着他爸爸的，自己若是死了，今天晚上就得把她急死。这样看起来，还是得活着，活着，那就应当混饭吃，想法子让人家来瞧玩意儿。

自己还是玩起来吧，于是立刻把死字丢开，口里呛咆当咆，打起锣鼓来，将套着薄底靴子的那只大手，向空中一举，口里可就叫道："喂，大家快来瞧，一人班，唱拿手好戏，鬼打架。呛咆当咆……喂！你们来瞧，瞧这老小子玩他这个傻劲。一个人变了两个人，两个人还得打架，瞧这个新稀罕儿。呛咆当咆！快来！这就快开台了，哈哈！老小子一人班，开锣不演乏戏，一出台就是好的，你们快来瞧。呛咆当咆呛！"他一阵乱嚷，接着抬起穿靴子的两只手，还是在空中乱舞。在柳堤上走路的人，谁也是闲着的，并没有什么事绊着身子，听了这种喊叫声，也就围了不少的人来。

这老头子，看看来的人已经有二三十位了，于是将套着薄底靴子的两只手，向大家拱着作了两个揖，露着没牙的牙床，笑道："各位财神爷，老小子今年六十二岁，早就该死啦。偏是阎王爷在生死簿上漏了我的名字，还让我活着。活一天，就得混一天窝头，没法子，我只好挣老命，出来玩这土玩意儿。各位瞧得好，你一乐，就扔下几大枚来，权当是给了叫花子。你可别扔大洋钱，老小子没那个见洋钱的命，见了准抽风，七孔流血而亡。可是你真要扔的话我也不拦着，我就豁出去了七孔流血，见洋钱开开眼，死也值。不信，你扔一块大洋钱试试。"他说到这里，看的人哈哈一笑。

老头子见大家笑了，有了两分把握，又笑道："这叫屁话，我是想大洋钱想疯啦。你明知道我见了洋钱就七孔流血，还要扔洋钱下来，岂不是存心害我老小子？你同我老小子有仇？没仇！有怨？没怨！无仇无怨，扔大洋钱害我干什么？这话可说回来了。我明知道各位不会扔洋钱，乐得说上这么一套。你有那一块大洋钱，干什么不好？到班子里去开个盘子，瞧瞧花姑娘，还扰她几根炮台烟呢。扔一块钱，瞧我这脸子？"道着，将靴底使劲打了自己一个耳巴子，笑道："得，大家乐了两回，准不讨厌我，我这就开演了。"

说着一弯腰子，把脊梁上两个傀儡背了起来，就要蹲了下去，可是他套着黑靴的两只手刚刚要到地面，他又站了起来，向大家拱着手道："玩意儿虽然不高明，你就瞧我老小子这一把年纪，真肯卖命，你拔一根毫毛，比我腰杆子还粗呢。一两个铜子儿，你在乎？算你可怜可怜我，多少给一大枚两大枚，我决不要大洋钱。你出来得匆忙，身上没带着钱，也是人情常事，那不要紧，有道是有钱帮钱，没钱帮帮场子，全是好朋友。就是一层，我老小子还没打这两个鬼底下钻出来，你就跑了，那就……我也不好说什么，反正，爱跑的自己去想吧。有人说，老小子，你这真是天桥的把式，老说不练。我说并非我光说不练，我不交代明白，我真不敢躲到小鬼衣服下去，今天让那爱跑的把我害苦了。"

说着，他又把那套着靴子的手，三次向人作了个罗圈揖，这才蹲到小鬼衣服下去，练了起来。别看这老头子是那么一把年纪，当他蹲下去，手绊脚，脚踢手，转动起来，脊梁上两个傀儡东倒西歪，打得还真酣。

看的人见这一个白发老头子，说话的声音都苍老到十分，不料他一钻到傀儡的衣襟下面去，却是这样肯卖力，因此大家看着，舍不得走开。那老头子打到十分紧张的时候，突然地把两个打架鬼向脊梁后面一掀，立刻站了起来。脸上青筋直冒，汗珠直滴下来，可是他一点儿不觉着累，向大家连连作了揖笑道："多蒙各位捧场，居然一个没走，我老小子这里给你磕头了。"说着，抬起两只套靴子的手，只管把额角在上面碰着，口里道："各位松松腰吧，多少赏俩钱吧。"不料他越说得可怜，看的人越是心硬，从中有几个人各丢了一大枚，其余一阵风似的，就全跑了。

老头子睁着眼望了半天，只管发愣，道不出一个字儿来，许久才叹了一口气道："全跑了！全跑了！白瞧我老小子卖上一阵子命，他们全不管了。"于是又弯着腰，去捡地面上那几个铜子儿。今天不知怎么了，分明铜子儿在脚下，眼睛瞧了去，好像隔着四五尺路。于是手使劲向前一伸，打算去拾钱，不料手指头是早碰着了地皮，疼得缩回去不迭，然而是缩了回来，眼看到地皮很远，人犹如在高大的墙上一般，一阵头花眼晕，人就直向前栽下去。

在这个时候，忽然一阵喧哗，有人嚷道："啊哟，扮鬼打架的李三胜老头子摔了！"就在这一声大嚷中，一群人围了上来，刚才扮鬼打架的李三胜，已是伏着身体，摔在地上了。他脊梁上背的那两个傀儡，也许是和他表示着同情，一般地倒在地上。这个嚷的人，脸上画了三个白粉圈子，两块白粉在眼睛上，一块白粉圈在嘴四周，他是斜对过小棚子里演双簧的赛茄子。赛茄子远远地早看到李三胜今天生意不好，只管挣命，心里就暗暗地替他捏着一把汗，这时看到他摔了，立刻丢了买卖不做，跑着抢过来，弯下腰去，先摸老头子鼻息，便道："还有气，这是晕了，快叫警察吧，我先找位大夫瞧瞧是怎么了。"

这样闹着，看热闹的人也就越来越多。赛茄子蹲在地上，衣服让人踩着，只伸不直腰来，他便扯着衣服向上一跳，叫道："现在不要铜子儿，要瞧热闹的就全来了。这么些个人，有做好事的没有？给这老头子找一位警察来。我是脸上有三块白，要不，我就去。"只这一声，转进一个穿白纱长衫的人来。这时就有人叫道："好了，梁大夫来了！"

那梁大夫分开了众人，挤将进去，先蹲下身子去，将李三胜的脉按了一按，又解开他的衣扣，将手抚摸了几下，因抬头向四面看道："这里谁是这老头子的熟人？"赛茄子道："在什刹海卖艺的，都可以说一句是熟人，可是他这个样子，人家怕惹是非，谁都不是熟人了。凑合着，我就算是熟人吧。梁大夫，你有什么吩咐？"

梁大夫见他脸上还涂着三个白粉圈子呢，不是有了病人在地下，真忍不住笑，便道："凑合是熟人不行啦。这人病是没什么大危险，准是神经受了刺激，人晕过去了。我的医院不远，只要有他的熟人出来，证明我是做好事，那么就可以抬到我医院里去治一治。治得好，我不要钱；治不好，可也不能让我负什么责任。要不然，这年头，人心是难说的，反过来咬我一口，我受不了。"围着看热闹的人，都说"这位先生热心，也顾虑得是"。

赛茄子掀起一片衣襟，擦抹着脸上的粉道："梁大夫，我交你这个朋友啦！今天买卖不做了，我就做这个证人，送李三爷到医院里去。若是他有个三长两短儿，有人要讹你的话，我赛茄子给他干上。叫人打听打听天桥、东西两庙、这什刹海，我赛茄子也有个小名声儿，屈心的事不能干。"梁大夫道："那就很好，雇车他是不能坐了，在茶棚子里找把藤椅儿，把他抬了走吧。"赛茄子道："这事交给我了，请梁大夫在这儿等上一等。"说毕，他又从人堆里钻了出去。不多大一会子，他就和一个人抬了一张藤椅子。

这时，李三胜躺在地上，已是微微地睁开了眼睛，接着还哼了一声。梁大夫微笑道："这更不要紧了，只管把他抬上椅子去吧。"赛茄子和着同来的那个人，俯着身子慢慢地将他身上的傀儡人儿解下，然后把他抬上椅子去。在这个时候，李三胜又睁开眼来，向赛茄子看了一看。他的眼珠似乎也能够转动，不是先前那样白的多，黑的少了。赛茄子道："三爷，你好一点儿啦？"李三胜头微微点了一点似的，还是说不出话来。赛茄子向围着看的人道："现在不用帮场子了，让我们把他抬着走吧。倘若是病好了，少不得还要到这地方来干那玩意儿，到那时候，大家多扔两个铜子儿就算行好了！"看的人倒是狠命地盯了他一眼，然后让出路来。赛茄子也不理会，自和人把椅子抬着走了。

什刹海这么一道长堤卖艺的人就多了，少了这么一个玩鬼打架的，谁也不感到有什么不同的情形，看的人还是看，玩的人还是玩。太阳慢慢偏西了，杨柳树梢上，抹着那样金红色的阳光，最高树梢上的蝉声，吱哪吱哪地断续响着，似乎也带了一种凄惨的意味，于是那些寻找低级趣味的游人也纷纷地散去，这个吵闹的市场，也就像李三胜那么一摔，立刻停止活动了。

第二章

歇着呢还是挨饿

在斜阳告别了什刹海柳树梢儿的时候，有一个十八九岁的姑娘，匆匆跑了前来。她一直地跑到李三胜卖艺的所在，才停住了脚，四周地望着，口里不由得咦了一声。那是她表示着，怎么人不见了呢？四周看不到，她又低了头在地下寻找，居然发现了一支尺来长的旱烟袋，便一弯腰捡了起来，只管拿着发愣。因为这里是临时市场的出口所在，所以过了一会儿，便有挑着担子的人走了过来。她便向那人点了下头道："劳驾请问你一声，这儿那个玩鬼打架的老人家，今天下午没来吗？"那个挑担子的站住了脚，向她打量了一番，因问道："你这姑娘，是他一家人吗？"她道："他是我老爷子，到这大晚半晌儿，还没有回家去。"说着，手玩弄了那支旱烟袋，只管皱了眉头。

那人就歇下担子来，对她望着道："姑娘，我说了你可别着急，你们老爷子玩着手艺，也不知道怎么不称手，可就摔了。"姑娘道："什么？什么？他摔了？人呢？"挑担子的道："我不是对你说了别着急吗？好的是在这里那唱双簧的赛茄子，真讲一份儿义气，歇了买卖不做，把他送到医院里去了。"她道："是哪个医院？"挑担子的摇着头道："这个我可不知道。"那姑娘听到这种消息，先是呆了一呆，脸上可是青一阵红一阵的，只管变着颜色，眼睛角上两粒泪珠，差不多要滚了出来。那个挑担子的人看到这种情形，怕惹出是非来，说声："你打听打听吧。"不说第二句话，转身就走了。

这柳树下面，现在便只剩了她一个人。夕阳落下去了，晚风是更显着清凉的，她静静站在这当风的所在。衣襟让风吹着，和她头上蓬起来的头发一般，飘荡不定。她自己已是失了知觉了，不知道在这里已经过了多少时候，也忘了这是什么地方，她还是继续呆站着。另一个挑担子的人又过来了，就向她道："咦，这位姑娘，到了这个时候，怎么还待在这儿?"那姑娘猛然地抬起头来,望了他道:"我爸爸到底是进了哪个医院呢?"那个人瞪了眼道:"什么?谁进了医院?"那姑娘这才想起来,不道名姓的,就问爸爸进了哪家医院,人家知道谁是我的爸爸呢?这样一想着,心里是分外地难为情,立刻跑上了大路,躲开那人。可是和那人分开了,更无从打听父亲的消息,急得两手搓了手绢,只是在南岸上一排柳树下走来走去。找不着父亲,自己是不忍心回去的。可是什刹海做买卖的人,全走光了,这又找谁去问呢?于是靠了一棵柳树干,咬了嘴唇皮出神。

她这种情形,是很容易让人注意的。便有一个挑担子的人,在路上经过,走一步看一下,只管向她来打量着。她自低了头在那里出神,却没有理会到有人在打量她。所以她忍住在眼角上的那两点眼泪,到底是流了出来,不住地向地面上滴着。那种晒得成了干灰似的尘土,滴着这几点眼泪下去,哪里会有什么痕迹?这也就像她不能够找着父亲,那是一样。她偶然地一抬头,那两行眼泪不向地上灰尘里滴了去,可向脸上披流着了。那个挑担子的人到底是不能忍住他心里的话不说,就歇下了担子,远远地站着问道:"姑娘,你是走失了路途吗?"那姑娘猛然地向后一退,似乎吃了一惊的样子。挑担子的又微躬着身子笑道:"姑娘,不要紧的。你若是走错了道,不认得回去,你言语一声,我去给你找警察来。"

那姑娘向这人看看,约莫有二十三四岁,面团团的,却是个老实人的样子,天气又还早,料着不会有什么意外,便摇摇头道:"我不是走错了路。我老爷子是在什刹海卖艺的,听说今天下午在这里摔了,有人送到医院去了,可又不知道是哪个医院,所以我只站着发愣。"那人啊哟了一声道:"你说的是李三爷?那我们是熟人啦。我叫万子明,在什刹海摆书摊子的。我知道他到梁大夫医院去了。"那姑娘看了万子明一眼,想着这事究竟有些尴尬,依然低了头,靠住柳树站着。万子明手扶了挑担子的扁担,四周望了一望,因道:"姑娘若不要我送,我就不送。由这里向东,一直去,东皇城根中间,路北有几棵大树,一座大红门,那就是梁大夫医院。门牌多少号,我可说不上了。"那姑娘这就点着头道:"你说得这样清楚,我可以自己找着了,等我老爷子好了,让他给你道谢。"这样说着,她再不说什么,立刻就顺着道向东走了去。

果然，在东皇城根中间，有几棵大槐树，罩着一座大红门，门口挂了一块黑字的白牌子，那是不是医院，自己不认得字，不敢断定，正在路上徘徊打量着。就在这个时候，那门里一阵喧哗拥出好些个人，第一便是那个演双簧的赛茄子，手背在后面，抬了一张藤椅子出来。椅子上躺着一个人，可不就是自己的父亲吗？立刻抢上前，口里乱叫着道："爸爸，爸爸，你是怎么样了？可把我急坏了啦！"赛茄子和后面抬椅子的那个人，就把椅子停好了，他便笑道："现在好多了，大夫说不要紧的。"李三胜睁开眼来，望着她，先重重地哼了一声，因道："孩子，你怎么来了？"于是向赛茄子道："丁二哥，这是我姑娘秀儿。秀儿，我告诉你，多亏了丁二爷真讲交情，送我到这儿来。又难得这梁大夫这么一个好人，白给我瞧了病不算，还给了我两瓶子药水。咱们穷人，没什么谢人家的，将来给人家多磕两个吧。"

　　秀儿叫着，就向赛茄子鞠了一个躬，和帮着抬椅子的人，也鞠了一个躬，因道："我这里给二位谢谢了。到我家路还不近呢，哪好让二位再抬，我去雇一辆车吧。"赛茄子摇摇手道："姑娘，这个你别和我们客气，老爷子的身体要紧，我们还是给你抬了去。等三爷好了，你怎么和我们客气也成，现在别顾这些。"说到这里，李三胜躺在椅子上，情不自禁地，又哼了一声。秀儿看了这情形，就不敢说什么了。赛茄子和那个同伴，抬了椅子，向李家走着，秀儿低头随在后面，一步一步地跟了走。

　　走不多路，那个摆书摊子的万子明，将担子歇在人家墙根下，便悄悄地靠近了过来，低声问道："三爷的病，好些了吗？"秀儿看他这份儿小心，便笑道："好些了，让你惦记着。"李三胜睡在椅子上，倒是听到了，便回转头来问道："秀儿，你和谁说呀？"秀儿道："是一位姓万的先生，他也在什刹海摆书摊子，说还认得你。多亏了他告诉我，你在梁大夫医院里，要不然我到什么地方找你呢？"李三胜道："是的，是万子明大哥，我们平常倒很好的。"那万子明就挑了担子，并着藤椅子走，问道："三爷，你好些啦？"李三胜道："好些了，差不多儿回姥姥家啦。明儿个我的病好了，给你道谢。"赛茄子道："万大哥，你府上不是住在东城的吗？怎么顺着我的道向西走呢？"万子明笑着啊了一声道："是的，是的，只管说话，我都走转了向了，明儿见。"说着他

10

才点了一个头，转身向东而去。

赛茄子将李三胜抬着回到家里，还把他抬上了炕。依着秀儿，还要烧水给他们喝。赛茄子不肯打搅病人家，和同伴带着椅子走了。这时，天色已经昏黑了，秀儿点了一盏煤油灯放在桌子上。淡黄色的灯光，照着这矮小的屋子，越发是增加了一种凄凉的滋味。小桌子上放着瓦罐子、小玻璃瓶子、纸盒子、报纸卷儿，还有小纸口袋装着半口袋杂和面；小破碗儿装着一小撮子黑盐。桌子底下有四五十个煤球儿。秀儿向屋子里四周看看，皱了眉道："偏偏是今天没收拾屋子，今天家里就来了人。"李三胜在床上哼着道："咱们这穷得没饭吃的人家，难道在屋子里还能摆出一朵花来不成。孩子，你又使出你那脾气。"秀儿便走到炕边，强笑道："不是啊，你一个有病的人，屋子里干干净净的，你瞧着也心里开阔些。屋子里除了炕，统共是一张桌子、一把椅子的地方。桌子上不必说了，你瞧这椅子上……"

三胜顺着她手指了，向那三腿椅子看时，有一只破瓦盆，里面有小半边老倭瓜，压在一堆衣服上，长的扫帚、短的擀面棍儿、一把破洋铁壶，全堆在上面。因道："这怪我吗？你闲着没事，在家里怎不收拾收拾？"秀儿道："我没闲着呀，在北屋子王姥姥家，忙着糊取灯盒儿。今天我忙着连喝水的工夫都没有，才糊了三百多个，脖子酸得都抬不起来了。火柴厂里给王姥姥多少钱一百个，我不知道。我们给王姥姥帮着糊，是两大枚一百。忙了一天，什么事全耽误了，只闹着十二个小子儿，够干什么呀？明天我不干了。有这工夫，干什么也能挣出个一毛两毛的。"三胜没作声，在床上哼了一声。

秀儿伸手摸摸他额头，把炕上一床破被条，轻轻地牵着，给他盖了上身，问道："爸爸，烧口水你喝吧？"李三胜道："我把药喝下去就得了。瞧这样子，今天家里准没有生火，哪儿找水去？唉，我怎能够不干？不干，这日子也要过得下去呀。"秀儿这就不敢作声，悄悄地走出房去，到同院子的院邻家去，讨了一碗白开水回来，这才洗干净了一只茶杯子，倒了瓶里一格子药水，送到炕边，让三胜喝下去。当三胜抬起身子来喝药的时候，一眼看到玻璃灯里的煤油，只剩下斗底下一小层，还不到半寸高。喝下药去，侧了脸睡在枕上，只管望了灯。秀儿先是收拾着桌子椅子上的东西，没有注意到炕上的人，回头看到父亲，只是掉转头来，看了桌上的灯，两只大眼瞪着，动也不一动，心里倒有些害怕，便问道："爸爸，你老瞧着灯干吗呀？"三胜哼着道："这煤油灯里的煤油又点干了。我想着，准是今天卖油担子来了，没赊油给咱们吧？咱们该他多少钱了？"秀儿道："不到一块钱呢。他不赊就不赊。可是他还想要咱们的钱，不想咱们哪有钱呢？"说着，噘了嘴抱了两手，坐在那刚收拾出来的破椅子上。李三胜道："你别说这话呀，一个赊一块，十个赊十块，人家做小生意的人，也要搁得起呀。人家催钱，那是应当的。"秀儿头一偏道："哼，都像你这样好心眼儿，天下早太平了。可是你那副好心眼儿有什么用？一天不卖命，就没有饭吃，咱们也不是不给他油钱，实在是拿不出来。今天我和那卖油的倔老头子说了好些个好话，他今天那股子拗劲上来了，非给钱不打油，我也气上来了，就顶了他两句。没饭吃，过不了日子，没油点灯，也过不了日子吗？"

李三胜在枕上躺半天不作声，许久才道："今天下午，你吃了没有？"提到一个吃字，秀儿立刻觉得肚子里一阵饥荒，先是呆了一呆，见父亲只管看了过来，便道："自然是吃过了，没吃过，我有这样好的精神吗？"李三胜道："家里火也没有生，你吃什么？"秀儿道："我买了几个烧饼吃的，你就别管了。你精神刚清楚点儿，只管说话做什么？你好好歇着吧，我这么大人了，反正饿不死。"三胜微微地闭上了眼，长哼了一声道："死是饿不死的。统共爷儿俩过日子，闹得这样有上顿没下顿的，说起来也寒碜。唉！"说着，他把两只眼睛闭得更紧些，似乎忍住了两泡眼泪水，不让它流了出来。李三胜闭着眼，睡了一会儿，忽然叫着道："秀儿，你冤我的吧？你说你买了烧饼吃，这是假话。家里并没有钱呀？"秀儿道："反正我吃了就得了，你何必问呢？你自己身子不舒服，不调养着自己的病，尽管问我干什么？"三胜哼着一声，接上又叹了一口气。

秀儿默然地坐在一边，眼望着这年老的父亲，自己几乎累死了，还惦记着女儿饿了肚子没有，他也很可怜。想到了这里，一阵心酸，鼻子息率两声，两行眼泪直流下来。北方人睡炕的习惯，总是横躺着，脚对了墙，头枕着炕沿。三胜平直地躺着，就看不到姑娘的脸子。没听到秀儿作声，便问道："你坐着睡着了吗？"秀儿硬着嗓子答道："没有呀。"三胜听了这抑郁的声音，反是不能放心，这就手撑了炕沿，抬起头来，向这边看着，问道："咦，你怎么哭了？我问你吃了没有，你说吃了。可是……"秀儿不等他把这话说完，立刻跑到炕边，把他扶着，勉强拉了他向下躺着，皱了眉道："你怎不好好地躺着，不是让我多着急吗？"李三胜默然了一会儿，秀儿也觉得万感在心曲，说不出心里那一番痛苦来，她也是不作声。

当爷儿俩这样默默无闻的时候，煤油灯里的灯芯慢慢地矬了下去，由黄光变作红光，结果是屋子里一点儿亮光也没有，只是那灯芯，有一点儿红光在那里挣扎着。三胜是慢慢地睡着了，不知道屋子里一切。这里没有火光，他也不知道，他得着了那人间最低的安慰，睡着了。秀儿坐在炕边，心里越想越是苦恼，爸爸的病，少不得还要伺候，灯油没有了，摸着黑，怎么伺候呢？万一半夜里出了一点儿什么事，那怎么办？于是悄悄地摸到北屋子里窗外，低声叫道："王姥姥，你家煤油，有富余吗？请你分一点儿给我。"王姥姥道："大姑娘，下午我怎么和你来着，别和那卖油的拌嘴。无论怎么着，你们欠人家的钱，不给钱，就得受人家几句，像你那脾气，好像他应当赊油给你似的……"秀儿没有借到油，倒受了王姥姥一顿数落，也不等她噜苏完，自己掉转身就走了。

她在院子里面发了一会子呆，也没有第二个法子，只好摸黑走回房去。到了屋子里，首先就听到三胜在炕上哼了一声，没有灯看不见父亲是怎么个样子。心里想问一声，又怕父亲醒过来了，看不到灯，还要着急，因之在黑暗中很是出了一会儿神。后来她想到，抽屉里面，还有两大枚铜子儿，落到桌子缝里去了，因为拿出来很不容易，就让它放在里面，不曾取得出来，现在说不得了，非取出那两大枚不可。记得墙窟窿里，还有半寸长的一点儿烛屁股，于是摸索了出来，先行点上，然后把桌子两个抽屉完全抽了出来，蹲下身子，对了抽屉口，再把一柄剪刀头在桌子缝里慢慢剔着，足费了十几分钟的工夫，连带桌子缝里尘屑，挑出两大枚铜子儿来，自己扑了一脸的干灰，沾着汗珠子，好不难受。那个蜡烛屁股，不能等人，可也就熄了。秀儿手捏了两大枚铜子儿，扶着桌子站起来，两只脚木得都不会动了，暗地里叹了一口气，拿了灯，悄悄地向外走。

这晚夏的天气，在院子里乘凉的人已经是少得多了，虽是还有两三个人在院子里坐着，也没有什么人谈话，只看到那黑空里两星火光，知道有人在那里抽烟。秀儿满心不痛快，也没有闲工夫去管这不相干的事，只低了头向外走，然而倒是听着一阵急促的脚步声，由后面追了上来。大门外向来是比院子里要光亮好几倍的，因为这里有了胡同里的电灯了。在电灯下面回头一看，却是那个卖书贩子万子明匆匆地追了来。自己正是一愣，他怎么会由屋子里追了出来？他似乎已明白了秀儿惊愕的意思，便老远地站定着，向她点着头笑道："我来看三爷的病来了。因为屋子里没有亮灯，我想三爷是睡着了，在院子里坐了很久，没有敢惊动。"秀儿笑道："多谢你惦记着，好得多了，大概睡着了，倒要你由东城老远地跑了来。"万子明笑道："我坐电车来的，也很方便的，晚上没事，出门还带着乘凉呢。"秀儿道："不瞒你说……"说到这里，她又笑着顿住了，好像有一句关于体面的事，她要说出来，想到不妙，到底还是隐忍着了。

万子明先坐在那里，就听到她去借煤油，她那份难为情，也可以猜着了。因此，万子明也不好说什么，悄悄地跟着，许久才道："今天晚上，我也不进去看三爷了。明儿请你对三爷说一声儿，我亲自来看他了。"秀儿道："你不坐一会儿去，你老远地跑了来，我烟卷儿也没有敬你一支。"万子明笑道："大姑娘，你是不知道，我和三爷好着啦。别瞧三爷卖艺的人儿，肚子里可真有一部春秋，我摊子上的书本子，十停有九停，都能还出一个娘家来。在什刹海，我们就常常聊天。"秀儿道："以前，他老人家也当过掌柜的，也写过账，年纪老了，人又穷了，哪儿找饭吃去？说话，他干这玩意儿，也就有了二十年了，哪里还能玩得动？再说这玩意儿是个一人班儿，弯下腰去，两只手当了两只脚，自己打自己，足闹一气。咳，老人家玩这么个小孩子的玩意儿，说起来可不寒碜死人？我又是个姑娘，白长了这么大，什么也不能替他干。唉！"子明道："你客气！"他说了这么一句话，自己也是找不着下文，默然地在她后面跟着。她也觉得找不着新鲜的词儿，默然地在前面走，可是走了三五十步之后，她忽然扑哧一声笑了起来。子明倒是一愣，不知她这一笑，从何而起。秀儿站住了脚道："我是出来打煤油的，只管说话，把油盐店可就走过去了。"万子明看她这个样子，料着她有点儿难为情，老是跟着人家大姑娘，年轻的人那算怎么回事？于是就向秀儿点了一个头道："大姑娘，再见吧，我打这边走了。"他不等着秀儿更说什么，掉转身子就走了。

秀儿站在当街，倒有点儿发愣，心想他听了我这话，立刻就走开，分明是知道我难为情，见机就避了开去，这人不但老实，而且也机灵。猛然间面前有人吆喝着道："怎么站在路头上？"抬头一看，原来是辆人力车飞驰而来，吓得身子立刻向旁边一缩，直等车子过去了，她才定了一定神，想到自己实在有些胡闹，因为屋子里没有灯，赶快出来打煤油的，现在怎么只管站在胡同当中出神？于是赶快地向油盐店里打煤油去了。不料拿这只煤油灯向人家柜上一放，说了一声："打两大枚的油。"可是跟着向口袋里摸铜子儿时，已经是空了，却想不出自己在什么时候大意，会把这两大枚铜子儿给丢了。待要向店伙说不打煤油时，可是人家已经把灯装上了煤油，放到柜台上来了，还说着："油来了，拿去吧。"秀儿窘得两个脸蛋通红，又伸手在身上口袋里乱摸索了一阵，自言自语地道："咦，怎么回事，我身上几个铜子儿，丢到哪里去了？"店伙手扶了柜台，向她脸上望着。见她这样子浑身找钱，怎样不明白她的用意，便笑道："平常总不到我们柜上打油，全买的是那油贩子的，今天卖油的不肯赊了，就来照顾我们，压根儿没带铜子儿来，你倒说是丢了。"

秀儿听了这话，面皮是不能再红了，那两行眼泪几乎要由眼眶里抢着滚了出来，就顿了脚道："你干吗这样瞧不起人？难道我们穷人，就穷到这样子，连两大枚打油的钱都拿不出来吗？你不管我铜子儿丢了没有，反正我赊你们两大枚的煤油，也犯不上逃走。今天我有钱也不能给。你不放心，煤油还在灯里头。我也没有喝下肚子去，你就倒回去吧。穷虽穷，我们还穷一个硬朗。"掌柜的就赔笑道："是他说错话了，你带回去吧。街里街坊的，这么一点儿小事，那算得了什么？"说着，索性拿起灯，隔了柜台，送到秀儿手上来。秀儿本待还要分辩几句，无奈自己的眼泪又要流出来了，便只好接着灯走回家去。心想，不料为了两大枚铜子儿的事情，倒会让杂货店里的伙计奚落了一场，也是自己大意，怎么会把两大枚铜子儿给丢了呢？这全是为了那个万子明。不是只管贪着和他说话，手上拿住的东西，怎么会丢？

她一面想着心事，一面走回家去，屋里李三胜正在这个时候哼上了几声，秀儿连忙走进屋去，问道："爸爸，你醒啦？"三胜在炕上哼着道："我听到你在院子里和人说话来着，怎么去了这半天没回来？自己这么大姑娘了，遇事自己留心，我们做上人的，哪里管得了许多？"秀儿摸索着桌上的取灯盒儿，许久没有作声。三胜道："我和你说话啦，怎么不言语？"秀儿慢慢地擦着火柴点上了灯，也就把答复的言语想好，因道："不就是那个万子明吗？是你的好朋友，我也不认得他，他说瞧瞧你的病来了。人家老远的道走来，不让人家进屋子来喝杯茶，也不给人道谢两句吗？"三胜道："那自然是应当的。"他说到这句话的时候，已经是觉得有气无力，把字音缓缓地沉落了下去。依着秀儿的性子，还要同父亲辩论几句，可是父亲病体很重，自己就委屈一点儿吧。于是把灯放在小桌上，自己靠了桌子坐定，将一只手撑着了自己的头，对了屋上的横梁，只管出神。直待院子里全没有了声音，方才爬到炕的里边去睡着。

北方人习惯是全家可以睡一张炕的，所以她倒可以安心睡着伺候病人。也是什刹海这一趟跑得太急了，未免周身受累，因之一觉醒来，天已大亮。看看炕上，已没有了病人，这倒吃了一惊，立刻下炕靸鞋，抢了出来。却见父亲也靸了鞋子，背了两手，在院子里走来走去，便叫道："爸爸，你怎么回事，就下炕来了？"三胜道："我得试试脚步，能走路不能。"秀儿道："你试得能走，又怎么样？今天还能到什刹海去吗？"三胜低了头，只是顺了脚步遛着，很久很久，叹了一口气。可是他那两只脚上，犹如绑住了两根铁锤似的，抬也抬不动。秀儿道："爸爸，你还是到炕上去躺着吧，我看你身体还差得很哩！"三胜走到屋檐下，顺便蹲下身子，就在阶沿石上坐着，曲起了两只腿，将手拐撑住了膝盖，两手向上，把住了下巴颏儿。秀儿道："叫你上炕去睡，你怎么不去？大清早的，这石头凉着呢，你倒是坐在这儿了。"三胜两手托了头，头不动，却翻了眼向她道："你叫我歇着，我就歇着，你呢？打今天起，依旧能够这样挨饿挨着下去吗？"秀儿道："无论怎么着，救命总比找饭吃要紧，你能为了找饭吃，命都不要了吗？"三胜依然两手托了头，沉沉地在那阶沿上坐着想心事。

秀儿这就走近身来，拉住他一只胳臂道："进去吧，我着急了。"说时，她紧紧地皱了眉头子，而且还用脚连连在地上顿了几下。三胜看到姑娘这样着急，只好站了起来，让她搀住，走进屋去。可是他并不上炕，便在炕对过的椅子上坐了，把手撑住了半边头，无精打采地道："并不是我把老命看得太轻。你瞧，家里不但煤呀面呀全没了，就是水缸里的水，也干得见了底。这样子，准是没给倒水的钱，他不倒水了。这样子下去，不用等到今天晚上，咱们家成了荒山。你瞧，我怎么不着急？我歇着，我可以不吃不喝，你这样年轻轻的，整天干饿着，那成吗？"秀儿道："你不用管我了，我自己会想法子的。你上炕去躺着吧。"三胜嘴里是说不能歇着，可是自己在院子里遛了这样久之后，身子着实有些乏了，便感到头脑昏昏沉沉的，待要倒下去。姑娘既是这样地再三劝着，这也就只好摸索着到了炕上去。因道："缸里边有些水呢，你把碗舀一点儿我来喝吧。"秀儿道："你还能喝凉水吗？"三胜一面扯了被头盖着腹部，一面哼着道："不喝凉水？咱们家里有火烧水喝吗？"这句话真是刀扎了秀儿的心，她身子靠了桌子站定，也几乎要倒下去了。

第三章

她们的钱哪里来的

这一间小屋子里，沉寂得像古庙里一样，外面屋檐下，风刮着那倭瓜叶子的声音，瑟瑟地送进耳朵来。三胜闭上眼睛，养了一会子神，这就问道："秀儿，你怎么不言语？我想喝一口水呀。"秀儿道："你别着急，我去烧水你喝得了。你先躺一会儿，水得了，我会叫醒你。"于是在炕头边，取出一个大的破纸盒子，把桌子底下，几十个煤球，不管碎的整的，一齐捡着，放到纸盒子里，搬到屋檐下去。又在桌子底下，取出一只两腿的小板凳，也拿到屋外去，顺便取了一把菜刀，坐在石阶上，将这小板凳砍碎，预备引火。三胜在里面哼着道："你这是干吗呀？我说了要喝凉水，你偏要不嫌费事，烧热水给我喝。这样噼噼啪啪地砍着，我受不了。"秀儿放下了刀，望了小板凳，只管出神。他们这屋檐上用粗绳子结了一个网，牵到地上，地上种了两棵老倭瓜，四五棵花扁豆，牵着大小藤儿，顺了大网眼，向房上爬了上去，在瓜网外，又种了十几棵玉蜀黍，剩汤剩水地浇着，也有四五尺高了，一排长着，绿屏风似的。穷人家院子，不能有什么花儿草儿，种这点儿东西，看个青儿吧。

秀儿这样在玉蜀黍的绿屏风里出神，绿屏风外面，有什么举动，可不知道。忽然有个人轻轻地道："大姑娘忙着啦？"秀儿放下小板凳，走出倭瓜藤外来看，却又是万子明。料着刚才的事，也不能隐瞒着他，便道："嘻！不用提起，老爷子病倒了，家里是要什么没什么。老爷子要喝口水，我想烧水吧，连个引火的东西都找不着，瞧着煤球，一点儿法子没有。"万子明道："病人等着水喝，那总是很急的。若是等笼着了煤火，再来烧水，那工夫就大了，你去拿一把壶来，我到小茶馆子里，给你买壶水来，那岂不省事得多？"秀儿觉得他的话很是，可是立刻又想起父亲昨晚上的话，这么大姑娘，不应当和人家男子汉交谈，红了脸，作不得声。万子明道："大姑娘，不要紧的，我和三爷不是外人，他不舒服，我理应帮他一点儿忙，你不用客气，只管把壶拿来。"秀儿想着，若是多说话，那不过是添了父亲的不快。于是悄悄地进屋去，拿了一把旧洋铁壶来，交给了万子明，低低地说了一声"劳你驾"。说毕，低头一笑。

万子明拿了那把破洋铁壶，并不说什么，自出大门去了。过了一会子，他除右手提了那把壶回来而外，左手还捧了大小好些个纸包搂在怀里。他并不走进屋子里去，在屋檐下就站住了。秀儿先把水壶接进去。子明就把怀里一个大纸卷儿，放在窗户台儿上，然后把许多小纸包儿，也都放在那里。秀儿再走出来看时，乃是四五小包茶叶，一根小麻绳子捆了。另外一大包芝麻烧饼、一捆油条，还有点心包儿。子明笑道："三爷大概是睡了，我就不进去打搅了。这点儿东西，三爷醒来了，请你给他吃。我手头儿总是短钱，买不了什么好东西，可别见笑。"秀儿一听，买油条烧饼给病人吃，这可透着新鲜。可是人家总是一番好意，便笑道："要你花钱，这可真不敢当。"子明笑道："这样叫作花钱，不把人笑掉了牙！我告辞了，明天再来瞧三爷。"说着，他拱拱手，带点了头，便笑着走了。

秀儿自昨日下午起，就没有吃东西下去，肚子里面，仿佛是热酒烫着一样，阵阵地向嗓子眼里冒火，这油条烧饼的香味儿，只向鼻子里钻，什么人也忍受不了。她实在无可隐忍了，便把烧饼油条，两手抱着到屋子里去。可是在走路的时候，见有一根油条竖了起来，便低头咬了一大口，在口里咀嚼着，这油条到嘴，胃里的吸力，也自由得强大起来，不知不觉地就在嗓子眼里咽了下去。人走到了屋子里桌子边，东西也不曾放下，那一根油条，已是完全吞下去了。她把烧饼油条分着两份，把洋铁壶里的热开水，斟了一大饭碗，坐在桌子边喝。将烧饼破开两边，把油条卷在里面，咬了一口烧饼，就喝一口开水，烧饼既咸又香，喝着这白开水，也觉得又热又甜，非常地有味。不多大一会子工夫，把自己那份油条烧饼吃完了，把那碗开水也喝完了，想着父亲生病的人，就是要吃油条烧饼，也未必吃得了许多，情不自禁地，又把那一份里的烧饼，也拿一个来吃。三胜却在炕上翻了一个身，问道："秀儿，你在吃什么，火笼着了没有？"秀儿道："开水得了，你喝吧。"说着，就倒了一碗水，两手捧着，送到炕边去。

三胜坐了起来，伸手刚和碗碰了一碰，便道："呀，这是热水呀，哪里来的？这一会子工夫就把水烧开了吗？"秀儿道："不是烧的，我讨来的。"三胜道："讨来的？"秀儿随了这句话，立刻脸上泛起了一层红晕。三胜原来是不怎样地注意。见秀儿忽然有了这份尴尬情形，这倒不能不疑惑起来，热水是讨来的就是讨来的，这也没有什么难为情之处。坐在炕头上，两手捧了碗，慢慢地喝着茶，眼睛向对过桌子上看去，见除了许多烧饼油条外，还有小茶叶包儿和点心店里的印红字纸包儿，便道："你不是没有钱吗？这些东西是哪里来的？"秀儿踌躇了许久，才淡笑了一声道："那是，那是……那是那位万先生买了来给你吃的。"三胜倒不像有什么奇怪，点点头道："你怎么早不和我说？这是一个好朋友，昨日就让人家惦记来着，今日老早的，又让人家送了这些东西来，咱们怎样感谢人家？"秀儿脸上的红晕，这时才慢慢地退了下去，微笑道："就是这一壶开水，也是人家在小茶馆里买了来的呢。我今天身上一个铜子儿也没有，就是热水也买不起的。"三胜道："你这孩子，也太老实，咱们这份穷相，怎好让人知道？"秀儿道："我哪里对他说了什么？全是你在炕上嚷着，不让我砍东西引火，他就说不必费事，到小茶馆里去，立刻就可以把水拿回来，多么省事？我想着也对，就把壶交给他了。"三胜道："你再给我倒一碗水来。"说着，就把碗塞到秀儿手上，却自去摸着胡子，对了桌上那些油条烧饼，只管望着。

秀儿又倒了一碗开水来。三胜就望了烧饼道："孩子，你大概昨天下午，就饿到了现在，不拿两个烧饼吃？"秀儿道："我已经吃了几个了。"三胜右手捧了碗到嘴边，轻轻地呷了一口，左手伸了一个弯曲的食指，向烧饼指着道："我能吃吗？大概不要紧吧？"秀儿肚子已经饱了。在这时，再回想到挨饿时候的滋味，这烧饼实是引人馋虫的东西。看到父亲两只眼睛对了桌上的烧饼，呆望着动也不动，而且说出那种可怜的话来，这便可以知道他心里那一份难受，那是不亚于自己刚才抢着吃油条的情形的。而况他还是一个病人呢。想到这里，心酸一阵，两行眼泪，几乎要由眼睛眶子里抢着流了出来。立刻把头低了下去，同时把背对着父亲，因道："为什么不能吃？总比饿着好呀。不过，你得少吃一点儿。"说着，拿了一枚烧饼在手，慢慢地剥去外皮，送了过去。三胜脸上，带了一份凄惨的微笑，在瘦削的尖腮上露出嘴里那两排不整齐的牙齿，他颤巍巍地伸开右手五个指头，来接住这个烧饼，立刻送到口里去，咬下了大半边。

秀儿这就扯着他的手道："爸爸，你慢一点儿吃，别噎住了，桌上还有呢，吃完了，我再剥一个给你吃。"姑娘这样地说了，三胜倒不好意思立刻把半边烧饼咽下去，只得慢慢地咀嚼着。吃完了这个烧饼，秀儿又剥了一个给他吃。但是在递过这个烧饼的时候，口里可就同时说着："爸爸，这样硬巴巴的东西，虽然剥去了外边的焦疙疤，究竟不容易消化，别吃了，回头我熬一点儿粥给你喝吧，我实在瞧你吃得太快。"三胜苦笑着道："统共两个烧饼，你又剥了外面两层，哪还有多少，我再吃一个。"说着，他眼望了桌上，右手张开五个指头，伸得老远老远的。秀儿倒并不觉得他吃得多，只是觉得他吃得太快。看他这副情形，只得又倒一碗水，递了一根油条给他。因央告着道："无论如何，不能再吃了，到了中午，我熬粥你喝吧。"三胜将空碗交还她，拿油条的手，指头上还不少的油渍呢，就送到嘴里去，吮了几下。秀儿看到，不觉把眉头皱了两皱，嘴里动着，想要说话的样子。但是她忽然苦笑了一笑，把说到嘴边的话又忍回去了。

三胜望了她道："你要说什么？那几个烧饼你就吃了吧。"秀儿对于父亲这一种误会，实在是不忍去否认，若否认了，倒说出父亲馋得可怜不成？她接着空碗在炕边站着呆了一呆，因道："你刚躺会子，就让我吵醒了，一大早上，全没有睡得好，你还是好好地睡一会子吧。"三胜眼睛对桌子上的烧饼还看了一会子，两手撑了炕，慢慢地躺下。秀儿呆了许久，才轻轻地走了开去。虽然那桌子上还有些油条烧饼，但是心里增加了许多难过之处，肚子里已经加进一些烧饼去了，不像以前那样等着要吃了。就缓缓地走到房门外，靠窗户台站了一站。在这里站一站时，自然，眼睛不免在四周看了一看，一看，这又增加了她无限的心事，便是水缸里干着，煤炉子空着，一个和面的绿瓦盆，也直立着靠在墙脚下。自己曾是顺口答应了父亲，待一会子熬粥给他喝的，回头他醒过来要粥喝时，把什么给他？若说是骗他的，那就未免太不成话了。

她想到了极无聊的时候，便藏身到倭瓜棚子的绿荫下，在阶沿石上坐着。两手撑了膝盖，托住了自己的下巴颏儿，隔了倭瓜蔓子只管向前面呆望着。也不知道经过了多少时候，在倭瓜棚子外面，却有两句娇滴滴的声音，打断了她的思路。她向前定睛看时，却是两个姑娘，全穿了白底子红花点子麻纱长衫，头发梳得溜光，脚下还穿的是半新不旧的紫色皮鞋。这样的大杂院里，都是有裤子穿没有褂子穿的人，谁会穿得这个样子好？这种不平凡的事，叫她坐不定，便站起来，抢到倭瓜棚子外面去拦着。她一看到之后，立刻笑了起来道："我说是谁，原来是王大姐王二姐，今天怎么打扮得这样漂亮？"王大姐笑道："这样一件麻纱旗袍，也算不了什么。不过是毛把来钱一尺的东西罢了。"王大姐身子肥肥胖胖的，是一张国字脸，穿了这样好的衣服，倒反是不怎么顺眼似的。只有王二姐是长长的鹅蛋脸儿，两只大眼睛，今天是新梳了一把刘海发，罩到额头上来。人，黑是黑，白是白，红的是脸腮上的红晕，见人一笑，露着嘴里两排白牙齿，真个是美极了。

王二姐见秀儿这样打量她，便笑道："秀姐干吗老看着我？"秀儿笑道："你真美呀！你是越长越漂亮，我是越长越寒碜。"王二姐笑道："我们穿一件麻纱衣服，这也算不了什么。秀姐干吗老是取笑？"秀儿叹了一口气道："咱们这样近的街坊，凡事我也不能瞒着你。别说是做新衣服，就是吃窝头喝白开水，我都混不过去。我爸爸又病了，家里什么全没有，我坐在这里正在发愁呢。"王大姐笑道："你既是发愁，为什么还见着我们就开玩笑？"秀儿笑道："实在因为你们太美了，一见之后，不由得我不笑起来。我要是个男的，看了你们，不吃饭，肚子里也是饱的。"王二姐伸手在她脸腮上掏了一下，笑道："你这孩子，总是这样淘气。"说毕，姊妹两个，笑着揪成了一团，就此走了。秀儿站在院子中间，看了她们这种情形，未免是呆了，她们两个人的家境，和自己差不多，不但没有娘，而且没有老子，现在是一个姥姥照管着她们。她们哪里有钱，把身上修饰得这样的好？听她们的口气，好像花两块钱做一件衣服，也毫不在乎。莫非她们都找着丈夫了？若说做女工弄来的钱，她们的活还比我差得远呢。

这时有人叫道："秀姐，这么大的太阳，干吗在院子里晒着？"秀儿回转头来看到，便笑道："你瞧，王家姐儿俩，打扮这样的美，我看愣了。桂芬，你没瞧见吗？"桂芬是个十五六岁的小姑娘，身上穿一件半长不短的灰布褂子，平了膝盖，蓬了一把黄头发。鼓着腮帮子，有点儿尖嘴，倒是两只大眼睛。她笑道："我怎么没瞧见？屎壳郎戴花，臭美！"秀儿将她肩上轻轻地拍了一下道："你这丫头，张嘴就骂人。"桂芬拉住了秀儿一只手，拖到倭瓜棚底下来，低声道："秀姐，我告诉你一个笑话。有人说：王家姐儿俩，在外面干不好的事，弄了这一身穿着。"秀儿连忙一伸手，把她的嘴掩住，笑骂道："你这小丫头，叫你别瞎说，别瞎说，你还是说这样的话。"桂芬扯下她的手来，因道："我瞎说吗？我一点儿也不瞎说。她家没有人挣钱，也没有什么好亲好友帮助她们百儿八十的，她们哪里弄来这些个钱做衣服、买皮鞋、买丝袜子？"秀儿道："她们穿了丝袜子，我倒没有理会。"桂芬道："丝倒是丝的，也不知道是哪个破摊子收来的。我表哥在天津做买卖，不久要来的。他说了，带丝袜子送我，那才是好的呢。"秀儿道："各人自扫门前雪，管人家那些闲事儿做什么？再说，我看王家姐妹，为人也很老实的，不会做什么坏事的。我想着，她们准是找着主儿了吧？婆婆家给她们做这么几件衣服，那也算不了什么。"桂芬尖了嘴道："哪有那么巧呀？姐儿俩同一个时候，给了婆婆家。婆婆家给她们的东西，又都是一样？"秀儿被她这句话一提醒，这倒也跟着一愣。于是偏了头想了一想，因道："我记得在几个月以前，她姐儿俩说过，她们有了事做了。我以为也不过是在裁缝店里，接了一点儿活做，没怎么去留意，这几个月，倒是觉得她们日子过得顺适。可是想不到她俩，今天这样摩登起来，连皮鞋丝袜子，全都有了。"桂芬道："哦，你也明白过来，这一份儿摩登，哪儿来的钱打扮起来的？"

正说着，有两个院邻由倭瓜棚子外面走过，可就向里面笑着。秀儿道："得了，别提了。老提着，仔细惹了是非。我家里吃的、连煤带水在哪儿全不知道呢，倒管人家的闲账。"桂芬扯着她的衣服道："喂，我倒想起来了，她们姐儿俩，手上倒是便当，你不去和她俩借几个钱使？王姥姥昨天就和她们借钱来着。"秀儿听了这几句话，心里倒是一动。自己手边，这样紧巴，若是能和人家通融了几毛钱，先把家里这份儿饥荒渡了过去，也好慢慢想法子。现在肚子里没东西，脑子里就是昏的，还想得出什么主意来？自己这样地沉吟着，低了头，好久就没有作声。等着自己再抬头来看时，桂芬这孩子，可就不知道跑到什么地方去了。秀儿心里想着，别瞧她不懂事，她心里有什么，口里说什么，倒也

23

说的是真话。王家姐儿俩，究竟是找着了什么事，现在这样地过舒服日子。

在倭瓜棚子底下，自己呆想了一阵子，还觉得有些不足，又走到大门口来，向对过王氏姐妹家里望着。就在这个时候，有一个小伙子，肩上扛了一口袋白面，向她们家里送了进去。整口袋地叫面粉，这是大杂院里，经年看不到的事。这已够人羡慕的了。不多大一会儿，又看到王大姐的姥姥高氏，手上提了一大把韭菜，和一小块鲜红的羊肉。又是一只碗，盛着甜面酱，一只小玻璃瓶子，盛着香油。看了这些个作料，不用猜，一下断定，就是她们家里，今天中午，准是要吃羊肉韭菜馅儿的饺子。有那么些个白面，还不是吃多少包多少，大锅地煮着吗？不多大一会儿又是一个煤铺子里小伙计，挑了一担煤球，一摇一荡地走了进去，随后那个送面的小徒弟，手上拿了三块现洋，在手上颠着当啷作响，带了笑容走了，似乎王家给了面钱之外，还给了他几个子儿的小费呢。

她家若不是有整大批的款子进来，不会这样大把用钱的，你看，这一会子工夫，又叫煤，又叫面，像过年似的，真舒服。可是她们并没有什么挣钱的手艺。若说她们不规矩吧？大家全是自小儿长大的街坊，她姊妹俩很老实的，绝不会做那下流事去弄钱。一不卖艺，二不卖身，她们的钱，是哪里来的？这样一个疑问，老是横搁在心里，这就不知道进出，还是站在门口，向对过望着。也不知是多少时，王二姐手上拿了一柄花纸伞，可就出来了。望到秀儿，便站着笑了一笑。秀儿道："上哪儿去呀？这么摩登。"王二姐笑道："上街去买点儿东西，一会儿就回来的。你不到我家去坐坐？"说着，她雇了胡同里停的人力车，上街去了。秀儿随就想着，家里采办了东西，还要上街去买。真有钱啊。于是，"她们的钱哪里来的？"这个疑问又从脑子里发生了出来。

第四章

正想着呢就送来了

俗言道得好："家家有本难念的经。"又道是："清官难断家务事。"秀儿一个穷人家的姑娘，哪里知道社会上千变万化的情形，对于王家的境况，尽管纳了一会子闷，可是猜不出一个所以然来。她站得有一时之久了，觉得腿有些酸，腰子有些向下沉，这才走回院子去。可是一走到房门口，看到了阶沿下那口空水缸和冰冷的煤炉子，就想到答应和父亲熬稀饭的那句话，可是这熬稀饭的米、水、煤，一切都没有，这却从何熬起？看看太阳的影子，已经晒得正了，虽不知道是几点钟了，可是时光已经到了正午，父亲睡了一大觉，该醒过来了。醒过来之后，没有稀饭给他吃，怎么对得住他呢？于是在倭瓜棚子下，太阳阴影里阶沿石上坐下了，不知道什么缘故，好好地会有两行眼泪，流了下来，自己都不知道，直待那眼泪滴到了衣襟上，才发觉了，这就掀起衣襟来，在两只眼睛角上，揉擦了一阵。

猛可地，在瓜蔓子外，有人叫了一声"大姑娘"，吓得一手揉着眼睛，一手扯着衣襟走了出来。她一看时，不是别人，就是昨天送父亲回来的那个赛茄子，明知道赛茄子是人家的诨号，自己绝没有叫人家赛大哥赛二哥之理，只好含糊着点了一个头。赛茄子低声道："三爷好些了吗？"秀儿道："好些了，要你惦记着。"赛茄子道："吃了什么没有？"秀儿道："早上吃了两个烧饼。我说熬粥给他喝的，直到现在，还没有熬呢。"口里说着话，眼睛可就向空水缸里、冰冷的煤炉子里看了去。赛茄子是个说相声的人，还有什么不明白的，便道："三爷在炕上躺着吗？我进去先瞧瞧再说吧。"秀儿道："好，请你进去吧。"赛茄子走到屋子里，见李三胜斜侧着身子，躺在炕上，紧闭了眼睛，两只颧骨高撑起来，腮上红红的。赛茄子距离着炕沿还很远，这就轻轻地叫道："三爷，你好一点儿吗？"三胜始而是没有答应。赛茄子连连地叫了几声三爷，他才哼了一声，睁开眼睛来。看到了赛茄子，他两手撑着了炕，就抬起身子来，向赛茄子点了一个头，当这个头点了之后，张了口有话想说，但是那话还不曾说了出来，长长地哼着一声，立刻就倒了下去。

赛茄子看到，倒是一怔，便问道："三爷，你这是怎么了？"三胜皱着眉毛，又连连哼了两声，才道："不该吃两个烧饼，肚子里又闹出了毛病了。"秀儿本是站在赛茄子身后的，看到这样子，就抢了上前，扶着三胜道："爸爸，你怎么了？"她这样问着，不等三胜的答复，已经知道这是怎么回事。因为手触着三胜的额角，只觉他烧得有些烫手，接着便呀了一声道："可真病了，早上还是好好儿的，这会子身上这样发烧，准是不该起来。"三胜也没答言，哼了一声。秀儿道："我说那干巴巴的烧饼，你吃不得。你不信我的话，偏要吃，也许是吃坏了。"赛茄子道："吃了几个烧饼？"秀儿道："吃了两个烧饼，又喝了两大碗开水，也许是过分了一点儿。大清早的，他就起来了。我本来不敢给他吃，可是我又想着，他不过是摔了，又不是什么内症。这么大年纪的人，老让他饿着也不成。我心里一活动，就给他吃了。不想这也会坏了事。"

赛茄子看到三胜微闭了眼睛，挺直地躺着，因摇了两摇头道："也不见得就是吃坏了。咱们又不懂医道，瞎猜些什么？依我说，赶快找个大夫瞧瞧是正经，他这么大年纪的人了，可别耽误。"秀儿道："你这话，可不是很对的吗？只是……"说到了这里，她把眉毛皱了两皱，现出为难的样子来。赛茄子看了他们家情形，又看看秀儿的颜色，这内容就不必说。因吸了两口气，用手擦着后脑脖子，一直擦到脑袋上去，口里踌躇着道："虽然说是家境难吧，可是总得想个法子。"秀儿站在炕边，握了父亲的手，没有个做道理处，紧皱两道眉毛，看到人家这份儿为难，越是着急，这就望了赛茄子道："求求您……"话哽咽住了，随着两行眼泪在脸上滚了下来。赛茄子向炕上努了两努嘴，右手垂在衣襟侧边，向秀儿连连摇摆了几下。

秀儿猛可地忍住眼泪，急急地跑出房来，在屋檐下站着。赛茄子倒是在炕边，细细地向三爷周身上下看了一遍，然后才走出来。见秀儿背朝了外，脸对了墙角，两手操了衣襟，只管向脸上揉擦着，因低声道："姑娘，你也别着急。这位老人家还得你服侍着呢。说不得了，我再替你到梁大夫家里去跑一趟，他若是肯修好呢，他到西城来瞧病的时候，让他顺道来瞧瞧。他若是不能来，那就再想法子，把三爷抬去看看也好。"秀儿掉转身来，向他鞠了一个躬，擦着泪道："那么着，你修好修大了，我哪辈子变猪狗报你的恩，我这里先给你磕一个。"她说着就要跪下去，赛茄子也顾不得什么男女之嫌，两手扯着秀儿的衣服，连连地叫道："姑娘，你可别和我客气。你要是拿礼拘着我，我就不好自由自在地再来往了。"秀儿站定了，赛茄子才放了手。秀儿道："你既是这么说了，我就不和你虚让了。请你快点儿去吧。"赛茄子连说好的好的，拔开脚步赶快地走了。

秀儿看到赛茄子走了，依然站在屋檐下出了一会子神，然后进屋来看看父亲。见三胜两颧骨烧着通红，眼睛紧闭着。看那样子，病势可是不轻。于是在屋子里站了一会子，又到屋檐下坐着，手撑了头，沉沉地想着：大夫是托人请去了。可是大夫来了，虽然不给人家车马费，茶也该给人家一杯喝。大夫不要钱，药水也得拿钱买。不买药，那请了大夫来干什么？她先是一只手撑了头，而且把额头在手心里搓磨了几下。心里正在难过着呢，又听到有人叫了一声"大姑娘"。抬头看着，正是万子明来了。他还是刚进院子门，老远地站定，就叫起来了。秀儿立刻站了起来，笑着点头道："万大哥来了，我们老爷子还要谢你来着呢。"子明道："三爷吃了一点儿东西了吗？"他慢慢地踱到了院子里来，在秀儿面前站着。秀儿道："我也不知怎么回事，他在炕上睡了一早上，可就大烧大热起来了。看那来头子，还是不善。"万子明道："这就该想法子请位大夫瞧瞧呀。"

秀儿道："刚才那位……谁？"说着淡笑了一笑道，"就是那位说相声的，我还不知道姓什么。"万子明道："哦，赛茄子。他本名儿叫丁有德。可是十个倒有九个人不知道。认得他的，都叫他赛茄子。"秀儿道："这人倒是心肠不坏，他刚才来了，看到我爸爸情形不大好，就一口答应，去请那位梁大夫来。大概过一会子，大夫会来的。"子明道："西医出马，那比中医钱多呢，预备下了这笔款子吗？"秀儿道："若是那梁大夫肯来呢，大概不会要钱的。"子明道："纵然他不要钱，坐了洋车来，洋车夫也要钱。再说，你家来了大夫，也总得沏壶茶给人家喝。不客气的话，我瞧府上连煤球和凉水，都没有预备，那怎么办？"

秀儿道："说得是。我不就坐在这里干着急吗?"子明道："不要紧,小法子大家总可以想的。我从前短三爷三块钱,老没还,我已经想了法子,找了三块钱来。"说着,就在身上掏出三块银洋交给秀儿。

她做梦想不到,坐在家里,有人会登门来还债。接着三块钱,笑道:"敢情是好。可是我没听说,你短我家钱呀。"万子明笑道:"日子远了。我因为没钱还,一直拖着。三爷也许忘了,没提过,你收着吧,反正没有谁赖着还债的。大姑娘,应当办什么,你就赶快地办着去,我到屋子里去瞧瞧三爷。"说着,他轻步走进屋子去。秀儿心想,这个人的心眼儿比赛茄子还要好。不用我们提,就拿钱来还债,真是雪中送炭。有了钱,这就什么都有了办法了。赶快到街上去,换了一块钱,先到煤厂子里,叫了五毛钱煤球,又跑到井边,找着推水的,付了他两毛钱的欠款,说了许多好话,请他们送两挑子水。自从这时就忙起笼炉子烧水。买四十个子儿瓜子花生仁,向院邻借了两个碟子,装好了,在桌上放着。等到水开了,赛茄子很高兴地走进院子来,老早地就叫道:"大姑娘,梁大夫快来了。我在那里耗了两三个钟头,总算把他耗出来了。这不怨人,人家上午不出马。咱们这是义务,还能够催人家先来吗?你先烧一壶水吧,茶得让人家喝一杯。"他一面说着,一面向屋子里走了进来。一眼看到万子明,便笑着拱拱手,轻轻地咦了一声。

万子明站起来,拉着赛茄子的手,走到外面屋檐下,向屋里指着道:"李三爷的病,可是很厉害,你把医生请了来没有?"赛茄子道:"总算请来了,只是……"说着,把眉毛皱了两皱,接着道:"大夫马金是不要的,不过……"秀儿也站在身边,脸上可就带着微笑,红了一阵,似乎不知道要说什么才好。万子明便插嘴道:"大姑娘先就说过,已经预备好了。汽车夫的车费,这一点儿钱,当然不至于为难的。"秀儿低着头退后两步,又微笑了一笑。心里可就想着:这位万大哥,为人实在不错。出钱帮了人家的忙,还替人家要个面子。心里如此想着,却又不免向万子明看了一眼。他倒是不怎么样地觉察到,依然站在阴处,和赛茄子谈话。

不多大一会儿工夫,汽车喇叭呜呜地叫着,便是梁大夫提着手提包来了。他进门以后,大家少不得张罗一阵,梁大夫倒是爽直,他说来了瞧病要紧,用不着客气。瞧完了病,他把秀儿叫到一边,叮嘱了说:

"病是不要紧，只要好好调养就是。回头派人到我医院里去取药。"说毕，他就走了。秀儿这就皱了眉道："大夫说，老爷子的病很厉害，我怎么好离开，可是我要不离开，这药水又……"万子明立刻就接着道："这算不了什么，我去得了。"说着，就向外走，秀儿一直跟着到大门外来，低声笑道："刚才你还的那款子，花了一块多，还有一块整的，你带去取药吧。"万子明道："你先收着，再说好了。"说完，头也不回，径自去了。

秀儿走回家来，赛茄子在屋檐下迎着道："这位万兄，为人倒是很热心的。这么一来，今天他可耽搁了一天生意没做了。"秀儿道："他手边很宽绰吗?"赛茄子道："一个做小生意买卖的人，手边能富余多少钱。"秀儿道："那真难得，他耽搁了一天工夫不算，又还了我们三块钱呢。"赛茄子道："这么说，你手上还有一点儿钱了。大夫说，三爷可不能再吃硬东西，你得去买一罐牛奶给他喝，有鸡子儿吗?要没有，也得预备着点儿。让三爷歇着，我改天再来。"秀儿道谢了一阵，送着他出去了。

进房来，看到李三胜哼着，可又想起了一件心事，父亲简直是吃硬东西吃坏了的，一定要买罐牛奶给他喝。可是一大罐牛奶要七八毛钱之多，剩下的一块钱，要买了牛奶，就不能做别事了。秀儿这样地想，就在屋子里一边椅子上坐着，手撑了头，只管瞧着炕上的病人发闷。三胜躺在炕上醒过来了两回，就要了两回水喝。曾问过稀饭熬得了没有，很想吃一点儿。秀儿道："大夫说，最好是喝牛奶，等有人来瞧着你，我就给你买去。"这就有人答道："我已经给带来了。"说时，万子明走进屋来了。他除放着了两只药水瓶子在桌上而外，还放了一罐炼奶在桌上，另外还有个小纸口袋，他笑道："这是糖块子，平常的白糖，怕不洁净，所以我索性把糖也带来了。"秀儿道："花了你多少钱?"万子明将两只空手乱搓着，笑着摇头道："再说吧，再说吧，没关系，没关系。"秀儿想客气两句，红着脸又说不出来。看到药水来了，也来不及仔细去想客气话，自找了一个杯子，擦抹干净了，倒好了药，送到炕上，让三胜喝下，忙了一阵子，这才回转头来。就看到万子明已经把牛奶罐子打开了，桌上还放了一个碗、一个勺儿，他把外面炉子上的那把旧洋铁壶，提了进来，低声道："三爷这就要喝吗?给他冲上大半碗吧，水是刚刚开的。"秀儿笑道:"我心里说,把药水侍候着他喝下去,来开这牛奶罐子的,你倒都给预备好了,劳驾劳驾。"万子明笑道:"我站在这里也白闲着,这也不费事。"李三胜在炕上道:"万大哥,你真好哇!"他答道:"三爷,你干吗说这样客气的话?咱们全是手糊口吃的人,谁没有找人帮忙的地方。"李三胜在枕上点了两点头,哼了一声。

秀儿远远地站着,望了他两个人说话,没有个插嘴的机会,只管要挤上前两步,又退后两步,似乎很不知道怎么置身才好。万子明一看到了,便笑道:"大姑娘,你送牛奶给三爷喝吧,还有什么要买的没有?要什么,只管让我买去,回头我走了,你又抽不开身了。"秀儿笑道:"今天多累你了,你有事,你请吧。"三胜哼着道:"孩子,这万大哥是个好人,你替我送送。"万子明口里说着别客气,人就向屋子外走,秀儿悄悄地在后面跟着,由屋子里直送到大门外,万子明已是三番两次地谦逊着,请她回去。秀儿这才住了脚,低声道:"还有你垫的那笔牛奶钱……"万子明连连摇着手笑道:"这点儿小事,你还老惦记着干什么?"秀儿笑着摸摸头发道:"这也是你提过的,大家都是手糊口吃的人,谁也不能浪费。再说古言道得好,亲兄弟,明算账。我们花……"万子明走近了一步,抢着道:"别,别,这事别提了,等三爷好了再说吧。因为他是不愿意我还这笔钱的。"秀儿对于他这话,倒有些不解,还了人家的债,还不愿人家本主儿知道,倒是怎么回事,这只管站着发愣。万子明也不愿她跟着向下问,拱了两拱手,匆匆地就跑走了。

秀儿站在屋门口,只管向他后影望着。这也不知道经过了多久,忽听得身后有人叫道:"秀姐,快去快去,三爷哼着叫你给他牛奶喝呢。"她这才醒悟过来,跑进屋子去,端牛奶给父亲喝。三胜到了这时,似乎心里头安帖了一点儿,于是睡着了一觉。醒过来之后,已经半下午了,秀儿将一个小绿盆,端着放在椅子上,弯了身子在那里洗袜子,洗得水哗啦哗啦作响。三胜道:"你怎么把几双袜子,老是洗着。"秀儿道:"我在屋子里,也无聊得很,除了这个,又没别什么可干的,要不,我就光是在屋子里发愣了。"说着,就把盆沿上那一块胰子拿起,放在桌子上。三胜恰是一抬头看到了,便道:"你不是说家里缺着钱吗?我看你,什么东西都准备着有,哪里借来的钱?"秀儿道:"也没有预备什么东西呀,一块洗衣服的胰子,值什么?"三胜道:"值是不值什么。

30

昨晚上，不是要两大枚买煤灯油也没有吗？"秀儿本想把万子明还了三块钱的话，这就告诉他。可是转身一想，万子明叮嘱过了，千万别把这话告诉他的。究竟也不知道这里面闷着一个什么原因，若是一定说出来，把这位倔老头子在炕上逗发了，不定会把刚好一点儿的身体，又重新加重到什么份儿，不说也罢。李三胜在炕上哼道："你发什么闷，你瞧，手里拿着湿袜子水淋淋的，淋了那么一身的水。"秀儿低头一看这才笑道："哟，我心里正想着一件事，忘了洗袜子了。"三胜道："你想什么？反正我这病送不了命，过两三天，我还得出去找饭吃。"

秀儿将袜子拧着水，使着劲，头偏着望着盆，因答道："我想着咱们哪里借过一笔钱给人家，没有收回来吧？"三胜道："孩子话，你这不是躺在炕上张了嘴，想天上掉下馅儿饼来？咱们哪八辈子有钱借给人，这时候打算和人家讨债。老实说，人家要可怜咱们爷儿俩，不来跟咱们讨债，那就是万幸。"秀儿对于父亲这话，也没敢跟着向下提，自拿了几双破旧袜子，到屋檐下绳子上晾去。接着，又端了那盆洗袜子水，到院子里去倒，也就把这个茬儿揭过去了。就在这个时候，只见一辆人力车，飞快地跑来，停在王家门口。车子上坐着一位花花哨哨的姑娘，肩上扛着一把花布伞，皮鞋嗒地一下响，走了下来，那可不就是王二姐吗？她另一只手，可提了一大串大小的纸包儿，若说这是值一毛钱一包的，这数目也不会少。她正估量着呢，王二姐偶然一回转头，露着一口白牙齿来，笑道："秀姐，你在大门口盼望着什么？老爷子好些了吗？"秀儿道："还是那么着。"说了这样一句应酬的话，王二姐自提着那一串东西进去了。

秀儿在院子里望了一望，觉得她家虽不免有些神秘，这与自己何干，就不再去注意，自进屋子来，侍候着父亲。三胜问道："你刚才在外面，那么大嗓子，同谁说话？"秀儿道："对门的王二姐。你没瞧见，六月天发疟子，抖起来了，一身穿得花蝴蝶儿似的。街坊看见她姐儿俩，全是纷纷论道，三长两短地说着。"三胜道："穷人就不许有一天阔吗？街坊也疑心得过分一点儿。"秀儿看他说话的样子，兀自喘着气，虽是觉得父亲所说，并不是那回事，也不去纠正。正说着呢，门外有人叫道："大姑娘在屋子里吗？"听那声音，是王大姐的姥姥高氏。秀儿口里答应着人就迎了出来。

高姥姥虽是五十多岁的人了，半白的头发，一丝不乱的，挽了个朝天髻儿，横插了一根雪白的新银簪子。上身穿了一件蓝布短褂子，连一点儿皱纹也没有。她手里托着一个小藤簸箕，里面倒有十来个鸡蛋，秀儿看到，心里就是一动。高姥姥笑道："听说三爷不舒服，大概还不能吃什么硬东西，我送几个鸡子儿给他吃吧。"秀儿道："哟，怎好要姥姥花钱。"高姥姥道："这没什么。全是我家那两个丫头，吃高了口了，家里老是整块钱地买着。今天又买了一块钱的。是那永定门外乡下女人送来的，个儿真大，一块钱八十个，还不贱呢。乡下女人，小脚，老远地送了来，怪可怜儿的，买就买下了吧。我这就想着李三爷了，他为人我是知道的，直心眼儿，一辈子，不知道什么叫坑人。这么大年纪，还得卖那个苦玩意儿混饭吃，我就常常念着，姑娘也大了，早早地找位姑爷，招门纳婿，养他的老，这也就用不着再这个样子苦巴苦挣的了。"

秀儿先是怔怔地听着，到后来越说越远，连招门纳婿全说出来了，不由脸上一红。高姥姥笑道："这害什么臊？全是正明公道的事儿。"秀儿依然低了头，不肯抬起来。高姥姥手上还捧着那个藤簸箕呢，看了这样子，倒不便向下说了，便把簸箕递了过去，笑道："这一点儿小意思，你就收着吧。"秀儿心里想着，这个臭老婆子，张了一张嘴，乌七八糟乱说，真有些讨厌。这就板了脸道："你带回去自家吃吧。"高姥姥笑道："大姑娘，你不赏脸，还是怎么着？"三胜在屋子里接嘴道："人家好意，你就收下了吧，将来咱们再谢谢人家。"秀儿这才道谢着，将藤簸箕接了进去。高姥姥也走进屋子来，就在门边站着。问道："三爷今天好些啦？你别着急。谁都有个三灾两病的，调养调养，慢慢地就好了。你想吃个什么，只管说，咱们老街坊，总得帮你一点儿忙。"三胜在炕上抱了拳头，哼着道："多谢多谢，现在还不想什么。大夫说，我只能吃牛奶鸡蛋。牛奶呢，有一位万大哥，他给我买来了。鸡子儿哩，我这里正想着呢，你就送来了。瞧我这份人缘儿，总算不错，也许死不了。"说着，连连哼了两声。秀儿红了脸道："爸爸，你说话那么费劲，就少说两句吧。"三胜哼了一声，没言语。高姥姥这时也就明白一点儿了，必定是自己说到人家招女婿的话，人家不愿意，便笑着点了两点头道："大姑娘，你好好儿的，瞧着你老爷子吧，闲着到我家里去坐坐。"她说完了话，不再耽搁，径自走了。

三胜缓缓儿地由炕上爬了起来，靠了墙坐着。见那一簸箕蛋放在炕那一头，便笑了指着道：“那鸡蛋个儿真大，很新鲜啊，你瞧我要怎么个吃法？”说着，脸上加深了一些笑容，把嘴里那很零乱的几个牙齿，和一大片红肉牙床全露了出来，那情形是分外地现着凄惨。秀儿道：“家里有糖，我冲一碗蛋花给你喝得了。”三胜慢声慢气地道：“你倒是尽给我水喝。你还不如街坊，倒知道我饿着，巴巴儿地给我送了鸡子儿来。”秀儿噘了嘴道：“你瞧这高姥姥，上了两岁年纪，倚老卖老的。就凭她送了我们几个鸡蛋，就信口胡诌了一阵子。”

她这样一说，三胜就很懂她的意思了，便道：“人家也是好心眼儿，你别错怪人。”秀儿道：“别人说这话，我不怪他，可是高姥姥说这话，有些把人比她两个外孙女儿，我可有些不爱听。”三胜道：“她两个外孙女儿到底干什么了？”秀儿道：“谁知道，反正不像穷人家的姑娘了吧？”三胜哼着笑道：“我也不好说你，人家有钱，不现穷样，这碍着你什么？”秀儿道：“我倒并不是生什么妒忌，她那么大声音，在院子里哗啦哗啦地说着，让别人听着，倒好像我也要走上她们那一条路似的，让旁人道论起来，那不是笑话吗？”三胜点点头道：“你这句话，倒是中听，应该那么着的。我倒是想让你找一点儿油盐，卧鸡子儿给我吃。不过你冲蛋花我喝，也可以的。”说着，又向炕头上的鸡子望了微笑一笑。秀儿看了父亲这样子，也是很可怜的，便走到炕边，轻轻地按着父亲的手，低声道：“爸爸，我就卧鸡子儿给你吃吧，可是我得少搁一点儿油，行不行？”三胜笑道：“随你吧，我坐在这里等着，趁着炉子里有火，你快快儿地给我做去。”说完了，又向秀儿苦笑了一笑。秀儿这就不忍再耽误了，在簸箕里挑了两个大些的鸡蛋，在手上拿着。三胜笑道：“嘿嘿，好孩子，你就拿三个去卧吧。我一个每顿能吃三大碗的老头子，叫我吃这么一点儿，那怎么成？”秀儿站在炕边，低头抿嘴想了一想，这也只好依了他，拿三个鸡蛋出去。

三胜静静地坐在炕上，过了一会子，问道：“三个鸡蛋，你怎么只给我做两个呢？”秀儿在外面答道：“我是做了三个鸡蛋呀。”三胜道：“你别冤我了，你那鸡蛋在碗沿上打着，只有两下响。假使你做了三个鸡蛋，那就有三下响的。”秀儿在外面，就扑哧一声地笑了，接着道：“并非我不肯做三个鸡蛋，总为的是怕你又吃坏了啊。”北方人的规矩，

33

炕不靠着屋子里面的墙，转靠了朝外的窗子的。三胜将身子挨近了窗子，在窗纸窟窿里向外张望着，见一个完整的鸡蛋，还放在外面窗户台上，便道："孩子，你那份心眼儿，难道还不如高姥姥吗？人家还怕我饿着呢，你倒不给东西我吃。"

秀儿站在屋檐阴下回头一看，却见纸窟窿里一只眼睛，只管转动着。心里这就想着，我们老爷子，简直把我当个贼那样看守着。一噘嘴，把窗户台上那个鸡蛋拿在手上，再拿过碗，推到了窗户眼，把鸡蛋在碗沿上使劲一敲，壳破了，露出蛋白来，于是高高地拿起鸡蛋，等蛋汁流到碗里去，这么一来，那意思说，这就可以放心。接着把三个鸡蛋，全卧好放在碗里去了。不料秀儿这样一赌气，李三胜着实受用了，吃下去三个鸡蛋，好人吃三个鸡蛋，那不算什么，病人是多一点儿东西也吃不得的。三胜既不能好好地躺着，又多吃了许多东西，到了这天晚上，又恢复了上半天的境况，大烧大热，躺在炕上，只管哼了起来。

自这日起，李三胜的病体就逐步地沉重，大夫知道了是吃坏了东西，大为埋怨，说是若再不听医生的话，他就不再来看病了。这几句话，算是把三胜父女给吓住了，没有再让病人多吃东西。可是这样一来，就把一场小病，变着成了慢性的肠胃病，睡在炕上有十几天之久。便是三胜身体好得多了，秀儿为了以往的经验，也不许三胜走下炕来。那窗户外面的倭瓜棚子上，在干枯的老叶子里，垂下两个菜碗大的小倭瓜，也就由着青绿的颜色，变成红黄的颜色了。

时光是这样容易地过去，在每日早上，可以看到院子里的老年人，穿上了破旧的大棉袄。穷人就是这样两季的衣服，要在单褂子上加衣服，就是大棉袄。秀儿心里想着，不知不觉，又到了秋天了，这些天，全仗着万子明和赛茄子送东西送钱，勉强地渡过了这个难关。有两天了，万子明不曾来，不知道他是什么事耽搁了，赛茄子是个卖艺的人，隔两天来一趟，那就是很讲交情的了，这么一来，就缺少了帮助的人。李三胜睡在炕上，外面的寒冷，他全不知道。秀儿呢，一大早上，就得到院子里笼火烧水，这清凉的风吹在身上，可是受不了。虽然破木箱子里也有一件破短袄子，却不好意思穿。只把两件单褂子，全穿在身，走进走出，紧紧夹着两只手胳臂。可是老天爷也许有心和人作难，却落下一场阴雨来。

第五章

害病过阴天

在黄河以北，是大陆气候，那是很少细雨阴天的。就算是有，也在秋初四五个星期之间，偶然一二次。因之在北方的人，不常经这种梅雨天，也就最不惯这种连阴天。这一天晚上，院子里种的那一丛玉蜀黍和那一架倭瓜棚，稀里哗啦响了一宿。第二日起来，满院子都是泥浆，屋檐沟里兀自滴滴答答，向下落着水点。天空里并不见雨，但是偶然吹起一阵风来，却会把那极细极细的雨丝，卷成一个烟团子，在屋檐外飞舞。甚至索性扑进屋子来，吹得人遍身都是，于是乎在屋子里穿单衣服的人，受不了这阴气的袭击，就要打上两个冷战了。秀儿在昨天晚上，知道天色不好，已经把煤炉子搬到屋子里来，所以早上起来，笼上了火，倒可以借这炉子取一点儿暖气。然而这究竟不是冬天，不能关了门窗户扇，就在家里烘火的。李三胜拥了一条薄被，躺在炕上，秀儿靠了里面的墙脚，抱了两只膝盖，在矮凳子上坐着，只有放空了两只眼睛，向屋子门外张望。看到过来过去的院邻都穿了夹衣，自己看看身上，还是两件单褂子，不但是觉着心里头很难受，而且也很有些难为情了。

她这样发着愁，由屋外慢慢地看到了屋子里，只见屋角里那个煤炉子，不过冒出一点儿淡黄的火焰，炉口上压着一把壶，一点儿响声没有，也不知道这壶水到什么时候能开。再看到桌子底下，前几天送来的五十斤煤球，现在又只零零落落的，剩下几十个，散在四处。炉子边一只缺口小瓦缸，原来是在里面，装零碎面粉的。这时，却在缸口上盖了一只空的面口袋。缸边墙上高高低低用绳子吊了几块小板子，上面乱放了一些东西。盐罐子油瓶子，全都是些空的。地上倒是有两条王瓜，也不记得是哪一天剩下来的，都干成橡皮条子了，屋子里，大小的纸盒子最多，这便有些焦干的菜叶子，软耷耷地挂在木板上一个香烟纸盒子沿上。富贵人家的饼干筒子、鞋子纸盒子，只觉多了讨厌，穷人家便是宝贝，可以当箱子橱子用。然而这些东西也空了，那是更显着家里贫寒。父亲是睁了两只大眼睛在炕上躺着，只管望了上面的破旧顶棚。对于这些空瓶空罐似乎还不知道，若晓得吃喝又没有了，他也要着急的。在自己的计划，万子明今天应当来的，按他向来的为人说，看到这屋里样样全空的样子，必定会代买些东西，或者放一点儿钱下来的。可是满地是泥浆，恐怕不会来了。她想到这种地方，那就只管是望了门外的天，紧皱了眉头子。

这时，那个快嘴姑娘桂芬，赤脚穿了一双破棉鞋，唧喳唧喳在院子里烂泥地上走着。头上顶了一只麻布袋，直披到脊梁下面去。她走到门口，两手牵起麻布袋的两只角，露出脸来，向屋子里问道：“秀姐，你整天地在屋子里待着，也不出来走走。”秀儿道：“你这孩子，顾头不顾身，天上还下着小雨呢，淋湿了衣服，冻出病来就好了。”桂芬笑道：“那敢情好，害病过阴天，要不，在炕上真躺不住。”秀儿道：“满胡同全是泥汤，你往哪儿跑？”桂芬噘了嘴道：“家里的煤球烧完了，我妈要我去叫煤。”秀儿笑道：“那好极了。劳驾吧，你也给我叫五十斤来。”桂芬走到了房门口，伸出一只手来，问道：“钱呢？”秀儿道：“煤铺子里要现钱吗？”桂芬道：“可不是？这里几家煤铺子，全是那么说。我们这院子里尽欠钱，打昨儿个起，谁家叫煤，也得给现钱，不给现钱不送煤。”李三胜这就用手拍着炕席。叫了一声：“可恶！”秀儿道：“你信小孩子的话，生什么气？”口里说着，就瞪了桂芬一眼，桂芬道：“瞪我干吗？你爱信不信，你不拿出钱来，煤铺子里肯给你们送煤，那才怪呢！”说着，她就噘了嘴，踏着烂泥走了。

李三胜听到桂芬的脚步响，便道：“昨晚上你就嚷着没有煤了，现在还不叫煤，你打算怎么办？”秀儿道：“那忙什么？反正一会子送煤的就会来，来了的时候，对他言语一声，就是了。”秀儿说了这话，可就悄悄地走到院子门口，等那挑煤球的。过了一会子，果然见一个煤黑子肩上扛了一只煤篓子进来。秀儿悄悄地两手一伸，点头笑道：“你回去对你掌柜的说，给我们送二十斤煤球来。送来了我就给你钱。”小伙计一张漆黑的脸，只转了两只乌眼珠子，粗暴着嗓子答道：“你们这院子里尽欠钱，掌柜的说了，你们不还欠账，不能送煤。你们家里，钱就欠得多了，你现在说现买现给钱，那算很好，可是以前的账怎么说，打算不给了吗？"他口里嘟嘟囔囔的，依然扛了那煤篓子冲将进去，好像对秀儿的话一点儿也不放在心上。秀儿又不敢叫，怕是让父亲知道了，他又要发急。于是站在门口，一味地发呆，随后桂芬那孩子披了那块麻布袋，不知道胁下夹了两包什么东西，在烂泥里踏得唧喳唧喳作响，也走了进来，口里老远地叫着道："怎么样，他没有答应给你送煤吧？"秀儿道："你嚷什么？有钱在手上，我还怕叫不到煤吗？"桂芬一路走着，一路嚷道："我是好意，你跟我发什么脾气？你有钱，你就叫去，谁拦着你不成？哼！"

这些话，李三胜全在炕上听到了，爬到窗户边，由纸窟窿里向外张望着，见秀儿远远地靠了大门，朝里望着，手上拿了几十个铜子儿来回地数着，见煤铺子里小伙计，向外走着，便举了那铜子儿，向他一晃。可是那小伙计，倒先嚷起来。他道："有那几个铜子儿，臭美什么？不还清前账，这胡同前后几家煤铺子里，谁也不能送煤给你们烧。不信，你去叫煤试试。"秀儿也嚷着道："该死的东西，你不愿意送煤给我们，那就算了，有钱还买不出来煤吗？你瞎嚷些什么？"三胜就隔了窗纸哼着叫道："你和他瞎吵些什么？他不卖就不卖吧，你进来。"秀儿见这事，终于是让父亲知道了，只好不作声，低了头走回屋子来。到了屋子里，首先让她吃上一惊的，便是炉子口上已经没有火焰了。那炉子里的煤火，本来也就没有多大的力量，再用一把水壶，在炉口上一压，这火力就更小了。秀儿这就不由得哟了一声道："火灭了，怎么办？添煤也接不上气了。"李三胜靠了炕上的被卷，向炉子口上的火光，只管望着，许久才道："火没有了，就没有了吧。我也不想吃喝什么了。"说着把头低了下来，微微叹了一口气。秀儿道："这没什么，我叫了煤来，重新笼上火就得了。"

李三胜依然没说什么，那窗子纸窟窿眼里射进来的凉风，像放冷箭一般向人身上射着，那横躺在炕上的病人，这时自然有一种说不出的凄凉意味。向窗子外看时，那半空的细雨丝依然弥漫着一团，分不出是雨是烟，倭瓜叶子上，把这细雨丝囤积得多了，成了露水珠子，一滴一滴地，向地上落着。秀儿也这样向外望了许久，觉得这两件短褂子，不能抵抗这半空里袭进来的寒气，于是互相抱住了两只手臂，靠了门，将脚在地上连连地点着，做个沉吟的样子。

李三胜微微睁开了眼，向她望着道："你不凉吗？我可凉着呢。"说着，他就把身子挨了下去躺着，扯着被子在身上盖了，翻了一个身，侧着脸向屋子里看看。秀儿道："这日子，还不是那么冷，不过连阴天儿罢了。"李三胜将身子微微转了两转，嘴唇皮子抿动了几下。似乎是借了这小动作，来安顿他的不耐，以便收心睡觉。秀儿道："你别着急，我到胡同口外煤厂子里去叫煤就是了。"李三胜闭了眼，也不曾睁开，微笑道："你叫二三十斤煤，你打算人家还肯送来呢。"秀儿也不多言语，看到墙角落里有一只破藤筐子，自挽在手臂上，觉得桂芬那种小发明不错，便在炕头上扯了一条麻布口袋来，盖在头上。正要举步向屋子外走，却听院子对过，有人哈哈大笑。心里忽然一动，不要是人家在笑我吧？立刻缩住了脚，把麻布口袋扯了下来。就这样敞着头，冒了雨走出去了。李三胜便伏在窗户台上，由窗纸窟窿里向外张望着，望了她的后影，又叹了一口气。

　　这时，只见高姥姥一摇一摆的，淋着雨走了来，在门外就哟了一声道："三爷，怎么啦？你的病还没有好吗？"三胜道："外面下雨啦，你请进来吧。"高姥姥走到屋子里，立刻向他连连点着头道："卖艺的人，真是苦事，像你这么大年纪，还要累成这个样子，今天好些了吗？"三胜点了两点头，眼望了对面的椅子，请她坐下。高姥姥对于这一层，似乎已经了解了，便倒退着在那椅子上坐了。她好像是一刻找不到说话的由头，低头扯扯自己的衣襟，又咳嗽了两声。三胜便道："你吃过啦？"他说出这么一句极无聊的话来遮掩这枯燥的局面。高姥姥这就有了题目说话了，因道："什么时候，还没有吃过午饭吗？"三胜道："这连阴的天，我又躺在炕上，连时候也全不知道了。你知道我是个好动的人，要不然，这样的阴天，让我成天地躺在炕上，那可不行。现在害着病，我就不能不躺下了。没事的人，害点儿病过阴天，那也好。"说着，露牙苦笑了一笑。

　　高姥姥道："你这虽是笑话，可也是实情，穷人有什么法子呢？这话可又说回来了，爷儿俩开门七件事，天阴也得办，天晴也得办，你总不能在炕上躺着就了事。"三胜道："谁不是这么说？以前呢，我总说自己能吃能喝，再卖几年力气，没什么关系。可是这次摔了一个跟头以后，我就知道不成啦。人总有个死，摔死了不吃劲，可是我两脚一伸，扔下我们这个大丫头，六亲无靠，那怎么办？所以我总得给她找一个主儿。她有个安身立命的地方了，我这个穷老头子，谁也不去连累，也没有人连累我。能挣钱，我就挣两个；不能挣钱，到留养院养老去，啃他两年窝头，等着阎王爷收账去。只是替姑娘找人家，也不容易。咱们这种卖艺人家的穷孩子，别说望高处攀了，就是有碗饭吃的，也早让人家抢去了。再说，不是我自夸，我这孩子，五官端正，总没一点儿残破。说到做活，粗的细的全成。随便给个人，害她一辈子，我也不肯。"高姥姥连点了几下头道："说得是。你这位姑娘，比我家那两个外孙女儿，那就好得多了。可是人家还直夸我那两个丫头不错呢。"

三胜听到她说她那两个外孙女儿，这就想到了她们家的生活情形上去。先看看高姥姥的面色，倒很和平的，便微笑道："你们家两位姑娘，现在都挺好的，还在念书吗？"高姥姥那老脸皮上似乎带了一种红色，眼皮子便微垂了下来，于是用手在衣襟上掸了几掸灰，低了头笑道："咱们这人家姑娘，还能谈什么念书呀？也是现在学校里，都做好事，办有平民学校，不花钱可以念书。念书那是个由子，孩子为这个，在学校里找了一份事。"她把话说到这里，声音是越来越微细，微细得坐在对面炕上的李三胜也有一点儿听不清楚，可是她那份意思，已是知道了，便道："现在不都嚷男女平等吗？这没什么要紧，规规矩矩出来做事，哪里也可以去。这话又说回来了，好像我们卖艺的人，向来也就是男女不分，都得上场。"高姥姥道："是啊，我也是这么说，就让她姐儿俩出去试试。倒别把她两个人看小了，现在我一家的嚼裹，就全仗她们啦。"三胜道："一个月能挣多少钱呢？"高姥姥道："那没准，有时姐儿俩挣四五十块钱，有时挣二三十块钱。"三胜道："不拿一定的工钱吗？"高姥姥顿了一顿，笑道："工钱自然是有一定的，我这说的是外花钱。"三胜道："就是在学堂里面做事吗？都干些什么？"高姥姥笑道："我也闹不清楚。她们那学堂里，女学生很多，她姐儿俩也无非是在小姐姑娘伴面里混混吧，她姐儿俩倒是挺自由的。"

李三胜看她说到这上面，说话总是吞吞吐吐的，自己想着，也没有那种权利去干涉人家的秘密，便笑着点头道："那很好，学堂里总是文明地方，又在小姐姑娘伴里，那是更妥当。"说到这里，就跟着叹了一口气，摇摇头道："我这么大年纪，一个月连十四五块钱也得不着，说起来可不惭愧死人。"高姥姥对他看了一看，又道："其实呢，要慢慢地想法子，总也想得出来的。"李三胜听到也想得出法子来的这句话，心里好像有一动，可是一抬眼皮子，看到了发言的是高姥姥，立刻把他震动的心又收拾起来。就向她笑道："我这种卖玩意儿的人，玩一天就混一天饭吃，不卖玩意儿就得挨饿。"

高姥姥看了这样子，就不把话接着向下说了，突然转了一个话锋道："刚才我看到你家大姑娘出去，也不撑把伞，就这样敞着头走的。"三胜道："嘻，别提。往短处说，咱们在这胡同里也住过十来年吧。虽然免不了短欠人家的，可是迟早有个日子，总没有赖过人家的债。不想这几家熟煤铺子里，就为了我们短少两块钱，愣合伙儿约好了，不给我们送煤。我那女孩子，她也气不忿，就走出胡同口外去买煤了。二三十斤煤，她又怕人家不送来，这就自个儿拿了个柳条篮子去盛煤球去了。这事本来做得也笨，可是我想到受了人家的气，不买他们的煤也好。"说毕，又叹了一口气，接着摇了两摇头，表示着心里头说不出来的那一番苦楚。

高姥姥这就不作声了，默然地对李三胜望了一望，伸手到怀里掏摸了一阵，掏出两块雪白的银圆来，轻轻地放在炕沿上，笑道："三爷，你短钱使吧？这两块钱，你先留下使着，将来你的病好了再还给我。"三胜没话说，望了两块钱先啊哟了一声。高姥姥已是站在炕边了，先用手把银圆按了一按，接着笑道："这没什么，大家都是穷人，谁不知道日子难度。这样连阴的天，你又躺在炕上，没钱用怎么过得去。我手上这几天倒是方便一点儿，挪出两块钱来，倒也不吃劲，你就收着吧。"三胜听他那话，倒是出于诚意，这就抱着拳，连连拱了几下。高姥姥道："前几天我也对你的大姑娘说了，短什么东西，只管对我说，能帮忙的地方，我一定帮忙的。"三胜道："难得你这样好心，我有一天病好的日子，必定报你这大恩。"说着，又抱了两只拳头，在额角上连连地碰了一阵。

高姥姥这就越发地高兴了，笑得满脸的皱纹全暴露出来，说道："你歇着吧，改日我再来看你。有道是：天不生无路之人，把身体养好了再说，你别只是发愁了。"李三胜到了这时，是说不出来心里头那一份酸甜苦辣，只望了高姥姥不住地点头，两汪眼泪水差不多要流出来。

高姥姥似乎也知道了他的意思，便笑道："三爷，你心里别难受，这没什么，我们全是一样的人，将来也许有我求着你的地方，你多帮一点儿忙就是了，你歇着吧。"说毕，她自走了。

李三胜将这两块银圆不住地掂了几掂，然后托在手心里，自己只管向它呆望着。秀儿一脚踏了进门，便先看到他坐在炕上那一副出神的样子。于是先咦了一声道："爸爸，你哪里来的这么两块钱？"三胜这才猛可地抬起头，看到了她，便托着洋钱给她看道："这也是想不到的事，对过高姥姥来看我的病，我也没和她开口说一个借字，她先说了许多好话，安慰我一顿。咱们本来短钱花，人家放钱在这儿，还会咬了手吗？总是她的好意，我就不忍说不要。我这么一犹豫，她就走了。"秀儿放下盛煤球的筐子，向屋子四周看看，立刻觉着家里缺少的东西还多着啦，便点点头道："既是那么说，你把钱收着吧。"三胜握了钱在手，沉吟了好一会子，因道："反正咱们也不能白使人家的钱，将来总有报答她的日子。你先拿一块钱换去，瞧着家里该买什么，就买一点儿吧。"秀儿心里想着，别瞧爸爸是个倔老头子，有了钱，话也就好说了，早两天是那样不满意高姥姥，今天得了人家两块钱，还要报答人家呢。她心里有了这么一种思想，也就不在父亲面前，再说高姥姥什么坏话了。

这连阴雨下了三四天，三胜躺在炕上，始终没有起来，那借来的两块钱，刚刚是接济过这个穷天。到了第三天，天已放晴，那两块钱又花去了三分之二。秀儿做完了午饭，吃过之后，把锅盆碗碟洗了一番，就发现饭菜油盐完全没有，若是在今天下午没有人送钱来，晚饭又发生问题了。于是两手抱了膝盖，坐在一张矮凳子上，向天上望着，只管出神。越想越觉得烦闷，便走到大门口来望街，消遣消遣。北京的姑娘们都有这么一个脾气，到了太阳下山的时候，喜欢在大门口瞭望，俗话叫站街，又叫站门脸儿，有些轻薄儿更为这种行动起了一个不怎么雅的名儿，叫作卖呆。这个呆字，本是待字的转音，待要去卖，这言外之意，是可想而知的了。提到姑娘们卖呆，这也不能不归罪于封建时代，那种男女不平等的待遇的。

原来在封建时代，女人守在家庭里面，是不许出来的。在北平这地方，当年除了旗人家的姑娘可以随便出门，平常人家姑娘和年轻少妇，绝对不能在人前露面。尤其是少奶奶们，是丈夫的私产，连大院子里也不许乱走。少女少妇也是人，叫她们离开这花花世界，不见不闻，她们又怎能受这种苦闷，所以在十分无聊的时候，借着天色已黑，又不曾上灯的当儿，悄悄地到大门口站上一站，看看路上来往的人，心里也是痛快的。有些人站着，还是一只脚在门槛里，一只脚在门槛外，更可以表示她那番进退不安，希望随时可以躲闪的心理。到了秀儿做大姑娘的时代，虽然妇女也算是解放了，但是到了黄昏时节，妇女们依然流传着这种习惯。无所谓的，要在大门口站着望望。当秀儿出来望的时候，对过王大姐王二姐也站在大门口来闲望。看到了秀儿，她们竟是格外地亲热，一同跑了出来，各拉住她一只手道："怎么两三天都不见？"秀儿皱了眉道："雨下得腻死人，我出来不了，家里又有一个病人，真急！"大姐笑道："没事，你不到我家里去玩玩？"秀儿听到这句话，就想起使了高姥姥的钱，总得去看看人家，便笑说："好的，哪天有工夫我去瞧姥姥吧。"只这一句话，于是惹出是非来了。

第六章

人杰地灵

恩怨分明，虽是不容易办到的一件事，但是受了人家的恩惠，在见着的时候，心里总有些不安。秀儿是个不认识字的孩子，心里所知道的，全是奶奶经和鼓儿词上的仁义道德。她虽是嫌着王家姐妹行为有些可疑，可是想到人家雪中送炭似的，借了钱给父亲，就不应当再去小看人家。而况她姐儿俩对人又是这样客气，更叫人脸上抹不下来。因此人家一邀，就答应着向她家里去。王大姐正嫌着这些姊妹们都有点儿疏远起来，听了秀儿说要到自己家里去，就笑道："你现在没事吗？就到我家去。我借了一个话匣子来，梅兰芳程砚秋的片子全有，你去，我们放两张片儿给你听听，好不好？"秀儿笑道："怎么说去就去？"王大姐道："紧对门的街坊，我到你家来，你到我家去，还挑什么日子不成？去吧。"口里说着，手里就拖了她走。秀儿既是不好意思，已经答应去瞧高姥姥了，到了这时候，人家拉着手叫去，还能推辞不成？便随了她两个人身后，走到她家去。

一进门，秀儿不由得不吃一惊，原来她们家是个小小的三合院子，共有七间屋子，住了四家人家，都是熟人。满院子里是不用说，破的桌子、烂的板凳、碎的筐子篓子、歪的缸儿罐儿，再加上脏土筐子、臭水桶，那份儿糟就甭提了。现在可不然了，院子里扫得干干净净的，破碎东西全没有了。而且还放了两盆夹竹桃和许多小盆子的草花儿。东西两边的厢房，窗户格子上，全糊了雪白的纸，还垂着线织的门帘儿。不看正房，也就知道，这里是另外一种情景了。同时，在那两边屋子里，全有大姑娘的说话声。秀儿站在院门边，先是呆了一呆，接着便道："这是怎么一回事，你这儿院邻，全都换啦？"王大姐笑道："是的，搬出去三家，搬进两家来了。这一倒换不要紧，可就费了大事了。我们姐儿俩从中说了不少的话。"秀儿道："你们为什么一定要两家老院邻搬走

43

呢?"王大姐笑道:"这也就为着新搬来的两家院邻是我的好朋友,回头我给你们介绍介绍。"

说着话,三个人进了正屋子去。秀儿有了一些时候不来,这屋子里也就大加改良,满屋糊着像雪洞似的。正中屋子放了一套桌椅,桌上还铺了一张白布,在白布上也有一把茶壶、四个茶杯子,还有一个汽水瓶子灌着水,里面插了一束草花。白纸墙上,那就更是美丽了,大张小张画,有图画钉子钉的,有配了玻璃框子挂的,正中还挂了一轴小中堂,是带轴绫边的,非常之整齐,便笑道:"你们真是在学堂里干事的人,家里挂上了这么些个画儿。人一有了事做,屋子都跟着漂亮起来了。"王大姐道:"哪儿呀。这是学堂里那些先生画着富余的稿子,随便给我几张。我还是挑了几张好的挂着呢。"秀儿站在屋子中间,四周张望着,微笑道:"你们有这么些个好画,将来分给我几张挂挂,好不好?"王二姐道:"有的是,屋子里来瞧吧。"说着,拉了她的手,就向屋子里去,屋子里收拾得比外面更干净,炕上铺了新炕席,再加上织花的日本小席子,一叠一叠的,铺了两三条秋被,白布枕头衣子,上面挑着红线花儿,在枕头边,还放了一大瓶子花露水。只是一张平常的土炕,都收拾得这么好,其余是不问可知了。秀儿坐在炕沿上,含了笑,不住地四面去瞧着。王二姐笑道:"秀姐,你瞧我们这屋子,现在拾掇得很好吗?"秀儿点头道:"谁说不是?谁都有个翻身的日子,只是我没指望。"

二姐听了这话,可就向大姐看看,带着了三分微笑。大姐也抿了嘴微笑,向秀儿点了两点头道:"她的身体很好看,准够资格。"秀儿笑道:"你两个人说什么?"二姐笑道:"你问我这句话吗?"大姐这就连连地向她丢个眼色,微笑道:"别和人家开玩笑。"秀儿虽不知道她们所说的到底是怎么一回事,可是看她两人的样子,料着有话是不能向下问,便笑道:"你姐儿俩,还是这样顽皮。"王大姐要把这个问题来扯开,忽然将话一转道:"秀姐,我给你介绍两个女朋友吧。"秀儿对于她这个提议,一会子工夫,却没想出答复,不料王二姐更是高兴,她连跳了两跳道:"我去把她们请了来吧。"说着这话时,人就随着话跑出去了。

不多大一会儿,她一手挽一个,拉进两位姑娘来了。一个约莫有二十二三岁，身体很胖，是一张国字脸，在腮上落下两块肉来。头发没怎么收拾，齐齐地披到肩上。二姐介绍着："这是徐秀文。"还有一个，是细高挑儿，尖尖的脸蛋，倒还是不胖不瘦的。二姐介绍说："这是倪素贞。"她两个人全穿了蓝布长衫，不旧不新的，倒没有一点儿皱纹儿。不过徐秀文的身体胖，这衣服穿在身上却是包包鼓鼓的，突出了许多块。她俩倒都是很老实的样子，向秀儿先就笑着说几句客气话。王大姐笑着向她二人，指了秀儿道："我们自小儿长大的，我们好着啦。"徐秀文低声道："她，你没介绍过吗？"王大姐向徐秀文丢了一个眼色道："介绍什么，这不就给你两人介绍来着吗？你们今天中午吃什么？"徐秀文道："我们今天烙馅儿饼吃。"大姐笑道："啊，真舒服，怎么不给我们一张饼吃？"徐秀文道："哪里呀。我爸爸这两天身体不大好，老是没有口味。早上买了半斤羊肉，打算红烧给他吃，好开开口胃。他说抻面煮饭全费事，买一个西葫芦，用羊肉和馅子，烙饼吃吧。"王大姐笑道："这样说起来，准是馅儿饼做得很好吃，一高兴起来，你们把它吃光了。"徐秀文笑道："你这话，刚刚说在反面。我是馅儿做咸了，饼又烙糊了，大家全不爱吃，倒剩下了一大半，这么样子的东西，我怎么能够送得出手？"王大姐笑道："中午吃馅儿饼没吃饱，晚上又吃什么呢？若是吃好的，可是得分一点儿给我们吃。"徐秀文笑道："晚上吗？我炸一点儿酱，抻面吃吧。但不知道你们肯不肯赏光，若是肯赏光，我就请你姐儿俩。"王大姐道："好的，假使你请我姐儿俩我就叨扰你一顿。"

　　她们这样说着，在一边听着的秀儿，心里老大地难受。她想着：她们的日子都过得这样舒服，中午吃烙馅饼，晚上又吃炸酱面。就瞧这位姓徐的姑娘，长得矮矮胖胖的，脸上堆着那些肉，一点儿秀气没有，她倒有能耐，会挣出许多好吃的来，但不知道这位姑娘又靠着什么谋生？心里想着，眼睛可就瞧了徐秀文，只管在她周身上下打量。那徐秀文却误会着她的意思了，自己低头看看，又扯扯自己的衣襟，笑道："你瞧我这份胖劲，其实我每餐吃的东西，并不怎么多。将来要发了财，一定到外国诊治我这个胖病。"秀儿笑道："我们这穷命，只是嫌瘦着胖不起来，你倒因身体好，盼望着瘦起来！"

　　倪素贞始终是靠在进门一张小椅子上默然地坐着的。这时，她也插言笑道："这位李姐，不胖不瘦儿的，正正好，怎么说瘦着望不了胖。"说时，就向王大姐望了笑道："瞧她这样子，可就比我们合格得多。"王大姐连连摇着手道："可别说笑话。"说到这句话时，脸色正了一正。这么一来，所有在屋子里的人全不敢作声了。秀儿笑道："街里街坊的，说两句笑话，那也没有什么关系。而且这几句笑话，那也算不了什么。"王大姐道："虽然是算不了什么，可是……"二姐眉毛一扬，倒机灵起来了，这就笑道："我们是叫人家来听话匣子的，怎么只管说些不相干的话，把开话匣子的事反扔到一边去了。"这就把放在炕头边的一台话匣子和两只唱片箱子全拿到外面屋子里去，叫道："喂，都来听。要唱什么，你们自己来挑选片子吧。"

王大姐觉得自己说话落了痕迹，正找不着一个题目下台，于是拉了秀儿向外面走道："听话匣子去。"秀儿虽看到她这种做作，有些不自然，可是究竟不知道她们为什么要这样躲躲闪闪的。依着自己的性情，就不屑于在她们这里，要回家去了。这却又想到受过人家好处的，总得敷衍敷衍人家的面子。因之走出来，靠门框站定，预备一个随时可走的姿势。

那话片子正是继续地开着。秀儿虽不愿再待下去，又觉得不等人家话片开完，自己就走开，这显然是有些对不起人，只好默然地站着，等个说话的机会。不料王二姐把话匣子唱得高兴了，放了一片又放一片。秀儿没法子，只好走上去拉住二姐的手，把她拉到院子里来，低声道："我要回去了。"徐秀文也跟了出来，在一边搭腔道："忙什么，坐一会子，咱们一块儿遛大街去。"秀儿心里想着，你们真是快活，在家里玩了一阵子不算，这又想遛大街去。便笑道："我家里还有一个病人呢，分不开身来。"徐秀文走近一步，也拉住她一只手，笑道："那么，到我那间小屋子里去，我们谈几句。"秀儿道："我家有个病人，实在……"徐秀文撇了她那个胖嘴道："我们攀交不上，就不敢高攀了。"王二姐笑道："秀姐，你也抹不下那面子，就到她家里去坐坐吧，也不忙在这一会儿。"秀儿笑道："瞧你俩这么一说，倒叫我不知道怎么是好。"王二姐笑道："那么，你就到人家去坐点个卯吧。哪怕跨门槛就出来呢。"秀儿随着她这个拉的势子，就到徐秀文屋子里去。

别看她们是两间小屋子，外面的房间也糊得雪白，正中有一张两屉桌子，上面摆了烛台香炉，墙上贴了徐氏历代祖宗之神位的红纸帖。在两边贴了两张长短不齐的画稿。右边有两把木椅子夹了个茶几，左边还有个沙发呢。这沙发可不是真的。地上在东西两头铺了两叠砖，砖上架了两块板子。板子上再铺一块旧棉花套，罩着一条长席子。席子本来不能这样子窄的，聪明的女郎把席子剪去两边，只留下中间一块席心，铺在棉絮套上，所以也就肥瘦合度。在板子的另一头，把棉絮套做了一个圆圆的圈子，也是包了席子的。当了平常沙发的靠背。秀儿也曾因为本胡同阔人家做喜事，进去参观过一次的，因之知道沙发椅子是怎么一回事。现在让秀儿坐到上面去，也是软绵绵的了。秀文家的长辈，似乎都已出门去了，屋子里只有她一个人。她笑道："到我家来，可没有什么东西款待，刚沏的一壶香片茶，你喝一口吧。"说着，她到里面屋子里捧出一盏茶来，递给秀儿。她未曾喝着，早是香喷喷的一阵茉莉花味儿送到了鼻子里面来，于是缓缓地呷了一口。

在坐下来的时候，秀儿已经看到那茶几上，有一个九寸碟子，盛了一碟子馅儿饼，今天中饭吃得不怎么饱，看到了这种东西，肚子里就很觉得有些空虚。现在喝了一盏热茶下去，空肚子就更是不受用，对了那油腻腻的凉馅儿饼，口里的两股清涎，不免也由嘴角上直流下来。徐秀文既是有那份做沙发椅子的聪明，在一旁看到她那么着注意馅儿饼，还有个什么不明白的吗？这就向王二姐道："你不是要吃馅儿饼吗？要是不嫌凉一点儿的话，你就随便吃吧。"说着，她端了那碟子，先送到王二姐面前，让她先拿了一个，然后送到秀儿面前来，笑道："李家大姐，你若是不嫌脏，你也尝一个，看看我这手艺怎么样。"秀儿道："你还留给老爷子当饭呢。"秀文道："家里还有，吃不了那么些。除非你是嫌剩下的，我就没法子让了。"秀儿只好站起来，放下了茶杯，拈了一个饼在手，笑道："这真让我推辞不得了。"说着，表示那十分从容的样子，将饼送到口里，用四个门牙咬了一点儿边沿。在嘴里缓缓地咀嚼着，其实依着自己的嗓子眼，恨不得一下就吸了进去。秀文坐在对面椅儿上，笑着点了两点头道："你觉得怎么样？是咸了一点子吧？"秀儿摇摇头，然后又点点头道："不，很好吃的，您要是叫我做，我就做不出这样的好口味来。"说着话，吃香了嘴，忘了神，就把这个馅儿饼，不知不觉地吃下去了。

秀文端了那个碟子，可又送到了面前来了。在秀儿心里猜着，她必定是又让自己尝一个，正饿着呢，就吃一个吧。可是不然，徐秀文将碟子送到了她面前，可笑着道："你喜欢吃，就全送你吧，你带回去，在火上再烤一烤，那就有味得多了。"秀儿两手捧了碟子，笑道："这可不敢当。原说是尝一个的，怎好全吃了？"徐秀文笑道："哟，全吃了又值得什么？我这人就是个直性子，人家爱同我交朋友，我割下我的脑袋全肯。"王二姐笑道："咱们交情也不错呀，你可没割下脑袋送我。"秀文笑道："只要你肯受的话，我就割下给你。"王二姐两手同摇着道："得了得了，人命关天，我惹不了这个大祸。秀姐，你就受着吧，人家连割脑袋的话全说出来了，你再要是不受，叫人怪扫兴的。"

到了这个份上，秀儿真没有什么可说的。于是向秀文勾了一勾头道："那么，我就谢谢你。我话说在先，我可没什么回敬你的。说起来，真是怪难为情的。"说到这里，脸就跟着一红。王二姐道："你干吗那样客气？我们这几个人，谁吃谁的，谁花谁的，全不讲还礼，你不瞧我们姐儿俩，先就和她要馅儿饼吃来着。"秀儿道："那我就端着走了，明天来看你们。"王二姐道："那很欢迎，反正我们院子里几个人，总有一个两个人在家的。"秀儿对于这么两句话，却也不怎么注意，自端了那碟子馅儿饼回家去了。

秀儿到了家里，瞒着父亲把那几个馅儿饼全吃了。心里这就想着，原来的意思，都以为王氏姐妹家里，住着不是什么好人，现时看起来，这几位姑娘都很好。举动和说话都是和平常一样，并没有什么轻狂的样子。这个姓徐的姑娘，为人更是爽快，就和自己性情相合。她要送我一碟馅儿饼吃，还不一直出手，先送给王二姐吃了一个，再交到我面前来，她绕上这样一个弯子，那分明是怕我难为情。这个人实在不错，得想个什么法子，谢谢人家才好。

屋里点上了灯火以后，只见赛茄子穿了一件灰布大褂，胁下夹着一个大荷叶包，走了进来了。李三胜正感到无聊，坐在炕头上，手里拿了两个实心的旧核桃，只管在掌心揉搓着，解除胸中的烦闷。秀儿呢？却是坐在炕下一张矮椅子上，把两手撑起来，托了自己的下巴，似乎是打盹，又似乎想什么心事。赛茄子在门外先嚷一声"三爷"。李三胜早是喜笑颜开，连连地叫道："丁二哥，请进来坐吧，我正闷着呢。"赛茄子把那个荷叶包放到小桌上，然后坐下，因笑道："这几天不见，三爷颜色好一点儿了。"三胜道："你是白天没有来，你在白天见着，就知道我还是不成。就算好些了吧，又不能下地做事，这怎么是个了局？"赛茄子道："你别急，再过十天半个月，也就好了。"三胜叹了一口气道："再过十天半个月，不用说别的，饿也把我饿干了呢。这些时候，不是你和那位万大哥常常地接济我，我爷儿两个就早完了。"赛茄子道："你提到接济两个字，那是笑话。咱们在世上交朋友，为的是什么？不就是图着你帮我，我帮你，这一点子交情吗？这几天下雨，几处庙会都不能去，我也是在家里干耗着。什刹海的场子，收了两个礼拜了，这一夏天，认识那附近一个开小茶馆的，我刚才去看看他。他们家也摊着收买海子里鲜货一个股份，得了不少的鲜货，分了我一大包莲蓬藕。我想三爷躺在炕上，就带了来交给三爷在炕上吃，算解个闷儿。"李三胜听到，这就抱着拳头，连连向他作了几个揖，苦笑着道："真难得大哥这样讲交情，有点儿莲蓬藕，还都记挂着我。"赛茄子道："因为三爷身体不大舒服，所以就容易记着。"

秀儿坐在一边，只看了他们两人说话，却没有答言，这时就向赛茄子笑道："那位万先生，倒有好久没向我们这边来。"赛茄子道："你们不知道吗？他早回保府去了。听说是他老娘病了。"秀儿道："这就难怪，临走他来不及到我们这儿通知一声。"李三胜道："我和他交情浅着啦，人家回家看老娘去，通知我们干吗？"秀儿被父亲一提，心里算是明白了，万子明和自己家不过是个朋友，他来告辞做什么？但是依着自己的心事来想，他仿佛是应该到这里来告辞一回才对似的。沉沉地想着，赛茄子在和三胜说些什么，自己却一点儿也不知道，后来赛茄子告辞了，方才醒悟过来。

到了次日，她想着昨日吃了徐秀文的馅儿饼，正愁着没有什么答谢人家，家里现在是现成的莲蓬藕，何不分一点儿给人家吃吃。于是等着三胜睡了午觉，把莲蓬藕分了一半，拿一张荷叶包着，向对门送去。这虽是一点儿东西，为了各方面都顾到起见，也分了三份，每一份是两个莲蓬一截藕。可是到了对门时，有那么凑巧，王家姐妹和倪素贞全不在家，只有徐秀文手上拿了一块十字布，在窗子里挑花消遣。她一回头看到秀儿，立刻笑着迎了出来，因道："这会子，你倒得闲儿。"秀儿道：

"我老爷子睡午觉了，一个人在家里无得聊很，寻你来谈谈。"秀文笑道："我也是闷极了，挑个花玩儿。她们全出去了。"

秀儿和她进屋，把莲蓬藕拿了出来，红着脸笑道："我真有点儿拿不出手，只好说那句话，瓜子不饱是人心，你瞧我这点心吧。另外有两份，是给王家姐儿俩同倪姐的。回头你分心给我递过去，我怪不好意思的。"秀文笑道："秀姐，你干吗老说这些话？咱们只要交情好，不在乎这个。你在我这儿多坐一会子，我烧开水沏茶给你喝。"秀儿道："你别费事，我坐一会儿，你要费事，我就走了。"秀文道："这没什么，炉子里火现成的，放上一壶水就得了。"她说着，真把屋檐下煤球炉的炉盖拨开，把水壶放到上面。然后在墙上钉子上挂着一包包小包茶叶，透开一包，放到桌上茶壶里去。秀儿看那小茶叶包，约莫有三十包上下，就算三大枚一包，这也是三四毛钱的茶叶，自己家里就是逢年过节，也没买过这些包茶叶。就凭这一点，也可以看出来，她们手上的钱，是多么方便。

秀文拉着她的手，同在那张假沙发上坐下，便道："秀姐，你不知道，我是非常地喜欢和你交朋友的。因为你只有一个爸爸，我也只有一个爸爸。我爸爸常是三灾两病的，全靠我好好儿地伺候着他，这也和你的情形相同。"秀儿叹了一口气道："我拿什么比你呀？你们这一个院子里，全是过得很快乐的，咱们是对面对的街坊，家里的情形那是谁也瞒不了谁。不瞒你说，我是吃了上餐，就愁着下餐。这日子过一天算一天，过不下去，那就再说吧。"秀文道："我以前和你也是一样呀。自从找了学校里这么一个事由，才把爷儿俩的口糊住。你要是肯干，也有办法的。"

秀儿默然了两三分钟，向秀文望了道："王家大姐二姐也全都和我说过了，说你们在学校里做事。我想学校是文明的地方，事情总是很好的。可是真要问起大姐二姐来，她们究竟干的什么事，又不大爱说。我真纳闷，不过这是各人的私事，我又不能只管追着问。不是你提起，我也不便说。真要有个事儿给我干，一个月挣个十块八块的，那敢情好。只是究竟是个什么事儿呢，我干得了吗？"秀文笑道："你怎么干不了？就怕你不肯干。"秀儿道："都是一样的人，你们能干的，当然我也可以干。往低了说，也不过是去当个丫头、老妈子，给人家使唤罢了。凭了力气卖钱，那也没有什么寒碜。所以我有一点儿意思，想把那情形问明了再说。"说着话，两只灵活的眼珠子，是不住地向秀文周身打量着。

秀文笑道："你问到这件事情吗？"说到这个地方，她忽然把话顿了一顿，这才哟了一声道："外面水开了。"只这一声，她出屋去，把屋檐下的开水壶提了进来，沏上了茶，还给秀儿斟上了一杯。这样东一下西一下的，可就把秀儿的话，牵扯开去了。秀儿看她那样子，也知道她是有话不肯说，这也就只好把话搁下，捧着茶杯子喝茶。就在这个时候，有一个男子问道："这里是三号吗？"秀文放下了茶杯，抢着迎出院子去，忙问是找谁的。那人答是电话局里来装电话的。秀儿坐在屋子里听着，未免大为诧异，这么一个小房子，她们裱糊起来，又在院子里搁上几盆花，我就觉得有点儿过逾。现在倒越来越有花样了，还要装电话，这可真是抖起来了。心里揣想着，不免只管向屋子外张望。果然看到一个穿短衣服的工人，身上背了家具口袋，走到院子里。后面还另有一个工人，提了电话机和一大捧电线，一起走上正面屋子。

秀文陪着他们进去之后，走进屋来，不等秀儿开口，她先就笑道："这么个穷人家，还要安电话，透着是闹笑话。其实这也是不得已，没这个电话，学校里找起我们来，很不容易。好在电话费三家分摊，一个月不过多出两块来钱，这也没有什么。"秀儿也就随了她的口风道："是的，无论什么事，钱由大家来公摊，这就显着不花什么钱了。"秀文笑道："说是这样说，可是有些人，他就不肯这样地想了。这件事，请你代我们瞒着，别让你那院子里街坊知道。倒也不是为了别的，怕人家听了去，又当一件新稀罕说着，不定绕着脖子，又生出一些是非来。"她说到这里，脸就跟着红了。家里装一具电话也不让人家知道，这真透着新鲜。不过看到秀文那份难为情的样子，秀儿实在不能不答应她的要求，便笑道："你是遇事小心。装电话要什么紧？只要用得着。不过你叫我瞒着，我一定得瞒着，回头你问王家大姐二姐就知道，我这个人，向来就是嘴头子紧的。"秀文笑道："我也是真没法子，将来你总有一天会明白的。"她口里说着，脸上还是不住地向外冒着红晕。

秀儿一想，这总算来得不凑巧，老在这里，无非是添加了人家的难为情。于是站起身笑道："我怕我老爷子醒了，我得回去瞧瞧，改天再来找你谈吧。"口里说着，人已经是向院子里来，秀文也就不再强留，跟着后面，直送到大门口来，还握住了她的手道："没事你得来，可别冤我，交着你这样一个朋友，我是非常之欢喜的。不是怕你老爷子没有人伺候，我一定留你多坐一会儿。"秀儿笑着和她点了两个头，自回家去。本来对于王家这个大门里，认为有点儿新奇，猜不透她们闹着什么花样。现在看到她们家装起电话来，更是奇怪。虽说电话费三家公摊，到底每月多花两三块钱。有两块多钱，住家过日子的人，干什么不好？大概在电话上花两三块钱，多挣二三十块钱，也许不止呢。

李秀儿对于对门那三家人家，实在是透着奇怪，在家里闷想了一会子，又羡慕一会子。于是转想到了自己身上，觉得她们一般是穷人家的女儿，一般是不大识字的人。凭了她们那般身份，一般可以混饭吃，难道我就不能跟她们学一学吗？只是徐秀文对于她们在学校里干的是什么职分，总不肯说出来，这倒是可疑的。看那情形，准是在学校里面，干着女听差这一类的事。可是我也对她说过了，咱们凭力气挣钱，就是让人家去支使，也没什么关系，为什么还要吞吞吐吐的呢？秀儿在极端地纳闷当中，把追随她们后面的心事，不知不觉又淡了下来，而且家里靠赛茄子万子明屡次帮忙的款子，早也用个干净了，现在每日都愁着饭钱无处着落，便是找着了事，也远水难救近火，这时来不及想到那个法子上去了。

这日早上，李三胜似乎知道面口袋里面已经闹空了似的，睡到十点钟以后还没有起来，秀儿把面口袋拿到手上，捏了一捏口袋底，里面似乎还有一点儿面粉，于是拿了一只小绿瓦盆，放在地上，轻轻地将口袋由里向外一翻，把口袋底翻了出来，便翻出一撮面粉，撒在小盆里。那口袋的线缝里，还粘着不少面粉，于是将一个食指，缓缓地在口袋缝里扒着，居然又扒了一些面粉在盆里。将口袋扔到一边，对盆里这些面粉估量着，约莫在二两多。心里一琢磨，加了水进去一和，大概是四两湿面吧？切面条子，没法儿下刀，烙饼，两张也烙不出来，除非做面嘎嘎儿了，可是哪里找作料去？这只有个笨法子，找点儿盐和葱叶子，做两大碗稀糊喝。这么一来，自己可以饱了，父亲也可以饱了，又可以混过一顿去了。

正是这么样想着呢，只听到有人叫道："李三胜在家吗？"秀儿回头看时，却是个穿了旧蓝纺绸大褂的人，戴了一顶瓜皮帽子，胁下夹了一个蓝布包子，站在院子当中，板了面孔，瞪了大眼睛，向屋子里望着。秀儿认得他，这是房东收账的人，这一副形象，不用说，就是来讨房钱的人了，便笑着迎上前道："哦，是刘先生，请进来喝碗水。"刘先生依然板了面孔道："我没有工夫。你爸爸在家吗？"秀儿顿了一顿，微笑道："在家是在家，可是他病了一个多月了，压根儿没有起床，你那房钱……"说着，又苦笑了一笑。刘先生道："你父亲病了一个来月，就是病了一年，我也管不着。反正你住了房，你就得给房钱，你叫他起来说话。"说着，把脚一顿。吓得秀儿倒退了两步，手反扶着墙壁，呆呆地向刘先生望着。

这一声大喝，把炕上睡的李三胜可就惊醒了，爬在窗户台上，由窗纸窟窿眼里，向外张望得清楚，便答应道："刘先生，请到屋子里头坐坐吧。不瞒你说，我还下不了炕哩。"随着这话音，刘先生走进房来，一脚踏在炕上，架了腿，把那个包着账簿子的蓝布包放在腿膝盖上，两手全按住。鼓了腮帮子，向他瞪着眼睛。李三胜抱了拳头，放下笑脸道："没什么说的，请你老先生替我多担待一点儿。过个十天半个月，等我能出门去卖艺了……"刘先生不等他说完，把脚放下炕来，又喝了一声道："这叫废话，等你十天半个月，是从今天等起吗？你心里大概还不明白，你已经是欠下四个月房钱了。你说你出去卖艺了，就能给钱，可是你以前天天在外面卖艺，怎么会把钱欠下来的呢？我告诉你，这里不是施养院，你有病，赶快向别地方去找个安身之处，我们管不着。"

李三胜看了他那个样子，恨不得伸手打他两个耳刮子。两手抖颤着，这就向他笑道："刘先生，你别生气。"刘先生道："我怎么不生气，你一趟一趟让我跑，索性连个给钱的准日子都不说，我吃了人家的饭，我得给人家办事，听了你这种话，我怎么回去交代？就说我自己，跑坏了一双鞋，买起来还得一块多。我告诉你，我不愿跑了，你今天不给钱不行。"说着，把那账簿包扔在炕上，两手抄起衣襟底摆，就一转身坐在炕对过椅子上。

秀儿见他来势不善，恐怕引动了父亲的肝火，也许在屋子里就会打了起来。只得抢着跑进屋子来，向刘先生赔着笑道："刘先生，你是体恤穷人的，这大杂院里的事还瞒得了你呀。实不相瞒，我们差不多拿碗上街了。你高高手儿，我们也就过去了，反正我们不能老是白住房子，迟个几天，我们总得有个交代。"刘先生把脖子一歪道："什么交代，来了回复我两个字，没钱。你叫我体恤穷人，我怎么体恤法？房又不是我的。若是我的，我算认了，就让你住下去吧。可是这房是我东家的，他只催我来取房钱，我取不到钱，他说我没用，下我的工。这样，你们不是坑我吗？我也请你们高高手。"

秀儿听到那人所说的语调，已经和缓了些，因道："刘先生，你叫我们高高手儿，我们穷人怎么样子高法呀？"刘先生板了脸道："那很好办，你给我找房搬家，欠我们几个月房钱，我们不要了，这还对你不起吗？"李三胜道："你想呀，我们要是有钱搬家，不就给你房钱了吗？"刘先生冷笑一声道："你真说得有理。因为是没有钱给房租，所以没有钱搬家。没有钱搬家，所以要永久住在这儿。可是房东好说话，这儿的社会局、公安局可得照法律办事，你霸占房屋不是，公安局会用封条，把你们家房门封起来。李三胜，你现在给我一句最后的话，给房钱不给？你不给房钱，我就要去报警察了。"说着，跳了起来，就有个要出去报告的样子。

李三胜本来红着脸，直瞪了眼睛，正待生气。见他的态度这样强硬，可就怕逼出事来，于是把火气向下压着，赔了笑脸道："刘先生，你做大事的人，什么事排解不开，值得和我们这穷卖艺的生气吗？"说着，两手抱了拳头，只管拱手，而且伸出两腿到炕下来，有个要走下来的样子。秀儿就抢向前按住了道："爸爸，你可别下炕，仔细又累着了。有什么话咱们慢慢和刘先生商量得了。"

第七章

不杀穷人没饭吃

刘先生突然地把身子一扭道："我还得和你商量啦，不伺候！"话说完，人就跑出去了。屋子里剩下爷儿俩，未免呆呆地对望。秀儿道："咱们不该和他说得这样决裂，他这一去，不定使出什么毒招来。"李三胜道："不要紧，咱们没什么值个三百四百的东西。他若是要封门，让他封门得了，假如把咱们轰到大街上去的话，咱们就跟警察一路到公安局去。咱们爷儿俩从此分手，我上收容所，你上妇女救济院。要不然，咱们自己去投奔，一来是怪不好意思，二来还不知道他们收不收呢。哈哈！这倒好，我李三胜干了一辈子，闹这么一个结果，哈哈……"秀儿偷眼看到父亲虽是笑着，脸上却只管发青，知道他心里已是二十四分地难过，便走向前安慰着道："你好好躺着吧，让我来对付他吧。我是姑娘家，他绝不能动手打我。你呢，是个病人，他也不能叫人抬着你，放到胡同里去。"说着，两手搬了李三胜一条腿，就向炕里边移着，李三胜垂着头，重重地叹了一口气。

这就听到院子里有人道："就是这屋子里，他爷儿俩全在家呢。"说着话，刘先生可就引着一名警察进来了。那警察对屋子里四周打量了一番，向三胜望着，自言自语地道："还是一个病人呢。"秀儿这就皱了眉，迎上前道："可不是嘛！他还病着呢。至于房钱的话，我们也知道短的不少。可是也就是这几个月，市面不好，我们把钱拖下来了。只要市面好，我们也不愿欠房东的房钱，我们搬到别家去住，不是照样地要给人家的钱吗？这实在没法子。"警察向屋子四周又看了一看，见这屋子里外，冷冷清清的，是个冷灶无烟的情景。这话真不用得向下细问，便道："虽然你家穷，住房也像穿衣吃饭一样，你不能为了穷，穿衣不花钱，吃饭不花钱，那么，你们住人家的房，也得给钱。今天你虽拿不出来，你总得在今天约人家一个准日子。"刘先生道："这日子，他们可就约多了。今天我不能再听他那一套。劳你驾，把我们三个人带去。我也瞧出来了，不打官司，这一档子事，了结不了。"

警察道："把你们带去，也不是办法。无奈他们一个是病人，一个是姑娘家，你就是今天死逼着，也恐怕逼不出什么结果来。依我的意思，你不如容他个日子。有了一个日子，你可以回复你的东家，真是他再不给钱也没得说了，他自然会搬家。他们再不走，你去找我来，他就没话说了。"刘先生皱了眉头子，用手摸着颈脖子道："叫我说什么是好，回去又得挨东家的骂，李三爷，我的爷爷，你可听见了，这是位巡警先生解劝的，我又给你担上一份沉重了。你说吧，过几天给我钱呢？"

李三胜微微地也皱着眉，倒向秀儿道："孩子，这事岂不叫我们为难吗？"刘先生本要走出屋子去，一只脚已经跨过门槛了，听了这话，直跑进屋子来，一手紧紧地挟住了账簿包儿，一手高举过顶，向巡警道："你听听，这是什么话儿，我说问他再过几天有钱，他倒是说叫他为了难，凭他的话，只要他说个给钱的日子，那都是不成的。最好是不用给准日子，让我来一回，再约我一回，一直就这样约了下去。"说着话，看到桌上饭碗里，有点儿黄茶卤子，端起来就喝。秀儿叫道："哟，刘先生，你可别喝，那是我擦癣的陈醋。"刘先生低了头向门外扑哧一声，直喷出去，伸出舌头来，用手乱摸着。秀儿笑着扭了脖子，来不及倒茶，用碗在缸里舀了大半碗凉水，递了过去，笑道："刘先生，你先漱漱口吧。"警察也望着他直乐，止不住直抬肩膀，笑道："你忙什么？有话慢慢地说就是了。李三胜不过和他姑娘说话，你干吗直蹦？"刘先生红了脸，指着李三胜道："我不要你的回话了，你等着吧。"他说了这句狠话，已自走了。

李三胜皱了眉道："你瞧，他这生气一走，不定又拿出什么法子来压我们。"警察道："你也不能直抱怨人家。做房东的人，也难。他这所房，尽赁的是穷家主儿。要是全不给钱的话，人家置产业的人，又吃什么？"秀儿道："我们房东，有钱着呢。有七八所房。他那些大房子，整所地赁给人家，钱倒不怎么多。这一所房，改成了大杂院，租有十好几户人家，两块钱一月的也有，三块钱一月的也有，我们这间小屋子，还租一块半钱呢。他不把那大房子多升几个租钱，只在这大杂院里打主

56

意。"李三胜道："你晓得什么？这就叫不杀穷人没饭吃。"警察摇着手道："别抱怨了，你出不起房钱就搬走吧，他反正不能随便丢手的。就是我们也决不能叫房东白给你房住。"警察说毕，也走了。

爷儿俩在屋子里对坐了一阵子，全没话说。李三胜受了这一顿气，又是一急，到了下午，索性发了病，躺着直哼。秀儿把那点儿剩面打了一点儿面糊，喝了两碗，至于晚饭由哪里出，一点儿法子想不出来，坐在房门外阶沿石上，用手托了头，沉沉地呆想着。挑水的老李由院子里经过。他肩上横了一根扁担，两手握住两只提桶绳索，便冲着秀儿道："喂，我们的水钱，还不给吗？"秀儿板了脸道："你也是个穷人吧？为什么这样逼人？"挑水夫斜了眼睛笑道："咦，你这话可奇怪了。咱们沾哪门子亲？白挑水你喝吗？"秀儿红了脸道："你说话嘴里干净些。"挑水夫将水桶向地上一放，两手叉了腰，望着她笑道："怎么是不干净？怎么是干净？你说说这个理。"秀儿看了他那样子，知道他就有开玩笑的意味，可是受了他的调戏话，这苦又说不出来，于是绷着脸子，站了起来，把身子半侧着道："你要怎么样？欠你水钱，给你钱就是了。你别错翻了眼皮子，姑奶奶不是好惹的。"挑水夫将身子一扭，把嘴一撇道："哟哟，又不好惹了。我和你要水钱，不是应该的吗？你倒占我们的便宜，充我们的姑奶奶。好吧，姑奶奶，你给水钱。"说着伸出手掌来，只向秀儿摇晃着。

秀儿虽是看到他那一副轻狂的样子，可是他实在也没有说出什么不入耳的话。若是一定要说他有心调戏，倒像是自己居心不正了。便鼓了腮帮子，只是瞪眼望了他，并不作声。同时这眼珠里面两汪泪水，也就在眼角上活动着，恨不得要抢着流了出来了。挑水夫笑道："干吗不言语，你是好汉，该我的钱，就还我的钱呀。"秀儿道："该你的钱？不错，该你的担水的钱，这算不了什么，过两天给你。"挑水夫可就把脸板起来了，喝道："什么？过两天给我，那可不成。姑奶奶让你充过去了，小辈我也当了。到了末了，你还是过两天给钱，没有这便宜的事。今天我要定了钱了，不给不成！"这几句话，真把秀儿僵得说不出一句话来，因道："也不过是差你几担水的钱，总不至于逼出人命来吧？"挑水夫淡笑道："你这又打算拿死来讹我们，我们穷光蛋一个，那也不

57

含糊。就是那么一句话，今天你不给钱，不成！"秀儿虽然还是想用几句话来反驳他，但是看到他脸上紫中带青，显然是气得很厉害。便向屋子里钻了进去，口里答道："我又不当家，你的话别和我说。"自己缩到屋子里，就在小凳子上坐着。背靠了墙，半闭了眼。

李三胜虽是躺在炕上的，这些话，他都是听到了的。自己刚刚和刘先生闹了一场，已经是把人气个半死。若是为了这几担水的事，再吵一场，恐怕与自己身体有碍，因之只管闭了眼睡觉，并不理会。这时秀儿跑到屋子里来，心里也就想着，躲开了那个挑水夫，也就算了。不想那人竟是得一步进一步，站在房门口，大声叫道："姓李的，你该我们的钱，还不还我们，你若不还我们的钱，我要在你们家随便拿东西走了，可别说我们不懂事。"这句话可把三胜逼急了，一个翻身坐了起来，喝道："挑水的，你也别太倚恃了。你不打听打听，李三胜在北京城里要手艺四五十年，没受过人家这一套，我若是不躺在炕上，你这么个浑小子，不放在你三爷眼里。"挑水夫笑道："瞧见过了，你不是一个要鬼打架的偏老头子吗？你等着我的，一会子，我再和你算账，我先给别人挑水去。"吆喝了这样几声才不听到说什么，想是走了。

李三胜咬牙切齿地坐在炕上，不住地将两只脚顿着。秀儿这就走过来，向他笑道："爸爸，你怎么了？你值得和这种人生气吗？"三胜道："倒不是我和他生气，我想一个人，真是死得穷不得的，不过是出不起几担水的钱，倒要受他这小子的气。只可惜，在我还能出点儿力气的时候，总不肯好好地干，把挣的几个钱全花了，后来想积几个钱，一来赶上年头不好，二来自己气力不够，也不能像以前那么干。这都罢了，偏偏这些有钱的主儿，对我们这些穷人，也是拼命地剥削，把这些穷人全杀光了，光剩些有钱的主儿，他们就有饭吃了。"

秀儿笑道："你别胡发牢骚了。人家挤穷人做什么？好比咱们吧，全家连炕底下的青砖头都挖了去，也值不了二十块钱，不够人家有钱的主儿吃一顿小馆子的，他值得挤咱们吗？"三胜道："你一个姑娘家，知道什么？就说咱们吃的这样白面吧。本来是乡下庄稼人种的麦，粮食贩子，由乡下收买来，是八块一担，卖给粮食行是十块，他先赚两块。粮食行卖给磨粉公司，他肯十二块卖出去，就算有良心。公司磨成面，批发到大粮食庄，大粮食庄批发到小粮食店，再卖到吃面的，经手的谁不赚钱。吃面的，穷人多吧？你瞧那公司大经理，坐的汽车，是谁的钱买的？"秀儿笑道："越叫您别发牢骚，你越要发牢骚。你不想想你这病可是再受得什么气了？你再要生气，我也没有什么法子，只好在一边干瞧着，以后我可不替你着慌找大夫了。"三胜也没言语，在枕头下面摸出两个旧核桃来，自己只管在手里揉搓着，微微地闭了眼。

秀儿在屋子里闷坐了一会子，想到了晚餐还毫没有着落，只管这样坐定了，耗到什么时候，可以弄得饭出来吃。便道："爸爸，你躺一会子吧，我出去买点儿东西去。"三胜道："买东西？你有钱吗？"秀儿道："我去想点儿法子吧。若是一点儿法子也想不着，就找点儿东西当去。上午咱们喝了两碗糊，到了晚上还喝糊不成？"三胜本来想驳这位姑娘两句，可是一看到她的脸子，也十分地清瘦了，尤其是两只眼睛，凹下去一个浅圈，便低低叹了一声。秀儿再也不征求父亲的同意了，自己悄悄地走了出来，在门口站了一站，将脚一顿，向对过屋子里走来。

这个时候王家院子里的人已经是完全回来了，王二姐首先看到了秀儿，由屋子里直跳出来，握住了秀儿的手道："秀姐，你怎么啦，有什么不顺心的事吗？"秀儿笑着摇摇头道："我不怎么，你干吗问我这话？"王二姐道："我怎么不知道？你两道眉毛连到一块儿，都散不开来呢。"秀儿回头张望了一下，便叹了一口气道："咱们这样的街坊，谁不用瞒着谁。这两天穷得连面口袋底都翻转过来了，偏是债主子还不离门，这一下午，就生了两三回气，你说倒霉不倒霉？我来没别的事，今天这顿晚饭，又过不去，想和你借几十个铜子儿，不是……可是说起来真是怪寒碜的。"

王二姐立刻伸手到衣袋里去，掏出一小卷铜子票来，自己看也不看，就向秀儿手里一塞，因道："你先拿去使吧。家里有病人，你可别太省钱了。明天要钱花，我再通融一点儿给你，你别着急，反正总可以想一点儿法子的。"秀儿把那铜子票握住，怔怔地望了王二姐，不知道说什么好。二姐道："你别犹疑了，你家里准等了钱呢，你就先拿去吧。晚上没事你再到我这里聊天。"秀儿两行眼泪几乎是要流了出来，将她的手握住了一会子，点点头道："那我真是谢谢你，别的话，我也就不用说了，反正我心里明白。"于是一松手，立刻扭着身子走了出去。

手里的铜子票，依然是紧紧地捏着，直等走出了这一条小胡同口，方才把铜子票展开来数了一数，哟，她随便一给，倒有二十多吊，整整是半块钱。想不到她也是这样大方，随手一掏，就是半块钱。有了这半块钱，省一点儿花，总可以对付三四天的。正这样走着呢，忽然有人在身后叫了一声："李家大姑娘。"秀儿回头看时，又是那煤铺子里小伙计，因绷了脸子问道："又是怎么了？你不说是不给我们送煤吗？你瞧，这多天，我们也没吃生的冷的，照样地过日子。"小伙计的脸，像黑张飞一样，只看见他转了眼珠子笑道："知道你上胡同口外叫煤去了，我们也不拉你这笔好买卖。可是你该我们的账，你总得还吧？"秀儿道："什么账？你不给我们送煤，不就是说我们给不起钱吗？那你就等一等吧。等你瞧我给得起钱的时候，再和我要钱吧。"说着，头也不回，径直地就向前走。

那小伙计跑了两步，伸出他那大黑煤爪子，就要来抓秀儿的衣服。秀儿身子一闪，绷了脸子道："嘿，大街上你可别胡动手，仔细姑奶奶大耳刮子量你。"那小伙计不抓她的衣服了，两手伸着，横空一拦道："不动手就不动手，你欠我们的钱，你总得还。你若是不还，跟我到柜上说一句话，免得掌柜的说我们不会要钱。"秀儿道："我没有工夫。"小伙计再不答话了，只把两手伸着。她闪到东，他就拦到东。她闪到西，他也拦到西，秀儿打算推开他抢了过去，一个姑娘家，和人动起手来，总有些不好意思，便顿了一顿脚道："你是想路劫吗？你再要捣乱，我就叫巡警了。"小伙计笑道："你只管叫。我请你到我柜上去算账，这没有错。你把巡警叫来了，巡警也得叫你去。"秀儿被他这样逼着，倒是呆了。两面看看，胡同里已经有几个人站在两边望着。秀儿心里这就想着，若是不去，这岂不是自己做戏人家看，便一点头道："好，我就陪你到煤铺子里去。煤铺子也不是刀山，能把我宰了吗？"小伙计道："不是刀山那就更好，你随我走吧。"秀儿不敢再别扭了，淡笑了一声道："走就走，什么地方我也去过，一家小煤铺子，我怕什么。"

她口里这样强硬地表示着，心里可就不断地转念头，若是到了煤铺子里去，他们把我关住，非还账不让我走，那岂不是一件笑话？挨了墙，低了头，一步一步地向前走，那小伙计是在她后面紧紧地跟着，好像一松手，她就会溜了似的，秀儿几次回过头来，都看到他在黑煤烟子脸上，转了眼珠子，便红了脸道："你也是穷小子，为什么事和穷人为难？把穷人逼得死光了，你有什么好处？"小伙计歪了头在黑脸上张开了红嘴白牙，哈哈笑道："你不敢到我柜上去了。你不是说那里不是刀山吗？你不去也成，得运动运动我。"说着，把脖子扭了两扭。这一句话不打紧，可引起了风波。

第八章

原来她们是干这个的

秀儿对门住的那位徐秀文姑娘，不是说有个父亲吗？这位姓徐的，有五十上下年纪，老长的一个个儿。他虽然没有正当职业，这日子还过得很舒服的，终日没事，只找有闲阶级的消遣法子来混日子。他身穿了灰布大褂，头戴粗梗草帽，黑脸蛋上，稀松地留了几根黄胡子。很大的手，提了一只鸟笼。也不知玩的是什么鸟，小小的身子，淡黄色的羽毛，在笼子里直蹦。他左手垂了大袖子，右手提了鸟笼，一摇三摆地在胡同里走着。他远远地就看到了一个煤黑子，紧紧地在秀儿后面跟着。就不免悄悄地盯了他们走，现在看到那小伙计做出怪样子来，而且还说秀儿要运动运动他，秀儿红了脸，只差把两行眼泪直流出来，便挺着身子，走近前来，喝道："什么？得运动运动你？我倒要打听打听，是怎么样子运动你。"

那小伙计忽然看到一个大个儿老头子抢上前来，直瞪了两只金鱼眼，便也偏着脸道："你管得着吗？她该我们柜上的钱……"徐老头不等他说完，扬起手来一个大巴掌，直扑过去，打得那小伙子身子向旁边一歪，还跌了两步。他喝道："管不着？我就管这么一回试试看。"小伙计一直跌靠了墙，扶着墙根站定，睁了眼睛道："你凭什么打我？"徐老头道："打了你，算教训了你。你服不服？你若是不服的话，咱们较量较量。我虽然是比你大那么些个年纪，我倒是不含糊。"说时，放下了鸟笼，瞪了眼望着他，两手互卷着袖口，小伙计指着他的脸道："我认得你，你住在王家院子里。"徐老头笑道："你认得我就好，你打我不赢，你可以到柜上去搬救兵，找到我家里去。你仔细瞧瞧吧，回头可别看我不出来。"那小伙计一边跑着，一边骂道："老小子儿，我□你祖宗三代，我□你姥姥，我□你闺女，你这个老兔崽子，有天死在你爷爷手里。"他骂得高兴之处，站在胡同转弯的墙角上，顿了脚将手乱指。徐老头一顿脚道："这小子不懂好歹！"那小伙计也不等他再说第二句，掉转身躯，就飞跑着走了。

徐老头笑道："他妈的，一个乏货，别打脏了老子的手。"秀儿站在一边，先是看得呆了。这就笑道："这位大爷，我谢谢你了，你替我解了围。"徐老头笑道："大姑娘，你不认得我吗？我们是对门的街坊。我姑娘叫徐秀文，听说和你好着呢。"秀儿笑道："哦！原来是徐老伯。今天要不是你，我真不知道怎么办。"徐老头道："我就瞧不惯这个，不是街坊，我也得出来帮一手儿。何况你和我们大姑娘还是要好的朋友，我不能不照应着你一点儿。"秀儿道："多谢你，给我解了围了，可是我真该他们的钱，他到了柜上，胡乱一报告，那掌柜的，也不知道好歹，只管和我要钱，可叫我没有法子来应付。"徐老头道："论到欠下煤钱，那总是有限的事，不会三五十块吧？他真要和你讨账的话，那不要紧，有我出来答应一声。是多少钱，叫他向我要得了。这么点儿小事，我总可以有法子应付。姑娘，我送你回去。"秀儿道："我不回去，我还要和我老爷子买点儿东西呢。"徐老头道："那也好，你只管去买东西，我到煤铺子柜上去交代一声儿，免得那小子在半道上又找着你捣乱。"秀儿道："那真多谢你。煤钱，我可不敢要你答应，不过请你对他说一声儿，不过迟他们一点儿日子，绝不欠下他们一个铜子儿。"徐老头笑道："这个你就别管了。我既是和你出来调解，一定给你有个了断。你去吧。"秀儿连连道了几声劳驾，自带着那些零钱买东西去了。东西买好了，自己还不敢走原道回家，绕了一截长胡同，悄悄地溜回自己家门去。可是真奇怪，那煤铺里小伙计白受了个耳光，竟不敢再来胡同了。

到了次日，秀儿总还是放心不下，直待李三胜睡过午觉，她就到对过王家来打听。恰是这院子里人全走了，又只剩秀文一个人在家。秀文迎到院子里，握住了她的手，引到屋子里去，因笑道："我知道你今天必来，在家里候着你呢。我老爷子丢下话来了，说是他已然和煤铺子里办好了交涉，所有你该他们的账，可以陆续地还给他们。李三爷在这胡同里是好朋友，住了一二十年的家，没骗过人家的钱。那掌柜的也说知道，还骂了那小伙计几句呢。"秀儿笑道："你家老爷子也和我家老爷子一样，是个直性子人，我真感谢他。可是他那身体就比我家老爷子好得多了，这一层我可是不如你。"秀文笑道："你总是这样客气。甜甜的嘴儿，我真喜欢你。咱们的名字，还同着一个字，你若是不嫌弃的话，我愿意和你结拜姊妹，将来彼此有个帮助。"秀儿笑道："那就好极了，只怕我攀交不上。"秀文握了她的手笑道："我刚说完你这人太客气，你又客气起来了。"

正说着呢，院子外面有人叫着："王家大姑娘在家吗？"秀文听了这话，似乎是很吃一惊的样子，便甩开了手，匆匆地就向大门外走了去。秀儿也不能干涉人家的行动，见人家去了，只好在屋子里坐着。这院子里真是人跑光了，连王家姥姥的咳嗽声也听不到一点儿。约莫过了上十分钟，却听到那上面屋子里的铃声，叮叮地只管响，这是电话来了，她们院子里，也没有人去接电话，秀儿先是不理会，后来实在听着不过意，就只好去接话，免得人家来了，说是自己为人太呆板。自己把电话接在手里，那边是个男子的声音，先就问道："你是花枝胡同八号吗？"秀儿答应说是。那人就带笑音说话了。他道："喂，给我们来个人儿。"秀儿道："来个人儿？你们是哪儿？"那人道："我们是北城美术学院，明天要一个人儿。"秀儿道："我不懂，你等一等，我去叫她家里人来说话。"那边道："你不是个模特儿吗？"秀儿道："什么？我不懂。"那人就不说话了。秀儿喂了几声，没有人答应，也只好把电话挂上了。

当她挂上了电话之后，恰好也是秀文跑了进来。她进门之后，看到秀儿站在电话边上，那脸色就变着红里透青，只管呆呆地站着。秀儿道："电话铃直响，没有人答应，只好跑了来接一接电话。说什么去一个人儿，我闹不清。"秀文听了这话，脸色越是变得难看。秀儿道："对不住，我实在不知道这电话是哪儿来的。"秀文站在那里呆了一呆，似乎是把一件事想透了，这就笑道："这没什么关系，你到我屋子里去坐坐，我可以详细地告诉你。"说着，她走向前来，挽住了秀儿的手，拉到屋子里去。然后两个人，同在那张假沙发椅子上坐下。秀文先强笑道："你是我们的好姊妹，我们是不应该把话来骗你的，不过为了大家的面子，只得遮遮掩掩，把话没敢说出来，其实我们不说出来，迟早是总有人知道的。"

秀儿见她只说了一个帽子，就是这样婉转，料着这里面情形，自是十分黑暗的，于是红着脸，带了一点儿微笑，并不答话。秀文轻轻咳嗽了一声，这又低声道："那边说的话，你不大懂吗？"秀儿摇摇头道："我不懂。"秀文扯扯衣襟，又轻轻地咳嗽一声，笑道："他们在电话里面，不是说了一句模特儿吗？你知道这是什么玩意儿？"秀儿将两个指头拧着衣襟角，又没有答言。秀文道："模特儿，就是把人坐在那里做样子，让人去画，画的时候，坐着不许动。你不用说，人家也不问你什么，画完了，拿了钱走路。干这个的，都不愿意人知道，所以我也没告诉你。"秀儿道："啊，原来你们姊妹们，都是干这个的，这也没什么关系，为什么不愿对人说呢？"

秀文眼珠转动了一下，向她笑道："你知道坐着让人家画的时候，是怎么个情形吗？"秀儿道："你不说是坐着不许说话、不许动吗？这情形，当然有一些别扭。"秀文摇了两摇头，微笑道："不是那么回事，不过你也不必打听，知道了说是替咱们姑娘家丢身份。"秀儿道："姑娘家干的事，比这丢身份的有的是，你们好歹还是在学堂里文明地方做活，那算丢什么身份？"秀文笑道："这样看起来你真的有些不懂，将来有工夫，我们再细细地谈吧。"秀儿道："我们让人常常逼着要钱，什么全说出来，那才丢身份呢。这话又说回来了，这年头儿，讲廉耻的没裤子，不讲廉耻的坐轿子，做人要想有吃有喝，就不能讲廉耻。"秀文听了这话，不觉把眼睛向她微溜了一眼，笑道："这一份儿苦情，你总也算明白的。唉，有什么法子呢？生在这个年头儿，吃饭太难了。"

说到这里，只见王大姐王二姐，嘻嘻地各提了一包东西走了进来，看到秀儿在这里，也不回屋子去，就拥到秀文屋子里来。秀文道："她早来了，等着你姐儿俩呢。"王大姐向她望着道："有什么事吗？"秀儿道："唉，哪有什么好事，不过肚子里一肚子牢骚，想找着你姐儿俩来谈谈罢了。"王大姐笑道："别使小孩子脾气了，老爷子身体不好，您耐着一点儿，把他老人家调养好了，你就没事。家里人太太平平的，你找什么事也容易。"

秀儿听到了找事两个字，就联想到她们要拉作同行的话，心里想着，她们这行买卖，也没有什么不能干，坐着让人画个像儿，还能画去身上一块肉吗？若是有她们拉一把，拉着和她们干一样的事儿，倒也不愁吃不愁喝的。如此想着，就把这两天受的委屈，一齐说了出来。说到了伤心之处，就不免眼睛流下两行眼泪，因道："我们老爷子说了，人是死得穷不得。我事后想起这两天的事来，觉得老爷子说的话，真是不错，假使有人肯要年轻的老妈子，我都愿意去干，受气自然是受气，可是那受气，不过是那花钱主子的，不用看别人的颜色，若是像你们做的这样的事，那更好了，就是什么人的颜色，也用不着去看。"王大姐听了这话，这就向王二姐、秀文，全丢了一个眼色。

王二姐还在门外院子里呢，这就伸过一个头来道："你愿加入我们这一个团体吗？"秀儿笑道："挣钱的事谁不愿干呀，只是我要对我老爷子先说明一声儿。"王二姐这就没往下连续着说，对大姐看了一下。王大姐道："只要你老爷子肯答应，我们总可以帮忙。我们这一群子，谁也不是自己去找来的事，全是一个介绍一个，介绍着成了一个团体的。你回去问问吧，问明了你老爷子的意思，咱们总有个商量。来，到北屋子里去坐坐，我买了一大包新出锅的大花生回来，咱们吃着聊聊天。"王二姐笑道："我还买有十几串糖葫芦呢。"秀儿道："干吗买那么些个。"王二姐笑道："我就不爱吃独食儿，这是买了来大家吃的。"秀儿道："瞧你们这街坊，住得多么和气，就像一家人一样。"王二姐笑道："我们什么都是合了伙儿干的，你也加入我们这团体，那准够热闹。"秀儿默然坐着，想了一想，真的，她们一群子，是快活，回去和父亲商量商量看看，若是父亲愿意自己去干这玩意儿，就再来同王大姐谈上一谈，像她们这样过日子，那是多么有趣？心里这样想着，和王氏姊妹谈了一阵子，就回家去了。

进门第一句话，就是："爸爸，你猜猜她们王家姐儿俩是干什么事的呢？现在可让我调查出来了。"李三胜坐在炕头上，将手抱着双膝盖，因道："又是什么事，要你这样大惊小怪。"秀儿道："爸爸，你猜对过那几位姑娘，她们是干什么的？"李三胜皱了眉头道："你又谈到这事做什么？咱们管她们是干什么的呢。"秀儿笑道："你瞧，这事可透着新鲜，她们全是……"李三胜瞪了眼道："她们全是干什么的，你说。"秀儿听到，心里忽然一动。父亲是个十足的老古板，若是告诉他，她们是做模特儿的，父亲必定要跳了起来，不让自己和她们来往。徐秀文待自己那么好，交上了朋友，就怪可爱的，怎好和人家翻脸不认交情呢？于是咽下一口气去，微笑道："她们在学堂里伺候人家画画的。"李三胜道："这年头儿，什么都讲个男女平等。以前男学生念书，有男孩子伺候着，那个叫书童。现在女学生念书，当然也有女孩子伺候着，这也算不了什么新鲜。"秀儿笑道："照你这样子说法，对这种人你倒也是很赞成的？"李三胜道："你这孩子说话，真没有情理，咱们是穷人里头考前二三名的。她们为了穷，去受人家驱使，比咱们在当街露脸卖艺，不强得多吗？"秀儿道："假使我也去干这么个事，你反对不反对？"

李三胜在枕头下摸出两个核桃，吱儿吱儿地搓着，垂头没言语。秀儿道："你总还记得，房东说了，不给房钱，要轰咱们出去了。咱们爷儿俩向哪里安身？再说，你闹了这么一个月的病，赊也赊不动了，借也没地方去借了，以后这日子，咱们怎样过下去？"李三胜一个劲地搓那核桃，还是不言语，秀儿在门角落里，找出一把扫帚，弯着腰在屋子里慢慢地扫着地，口里可就随便地道："我瞧她们那日子，就过得挺好的，咱们也不想学人家的样，有人家挣的钱一半那么多，家里也就够调费的了。"李三胜道："够调费？咱们这两三年以来，哪个月够调费，不全是东拉西扯，一个月一个月，这样混下来的吗？我到于今，也不想过什么舒服日子了，只要能够混一天过去一天，我就心足了。可是，这就混不过去。"

秀儿把地上的浮土，都扫干净了，但是她还在那里弯腰继续地扫，答道："这不结了？是这样的情形，咱们爷儿俩，总得有一个人出去找活做。"李三胜对于她这个结论，却不去再加批评，靠了墙，在炕上半躺半坐着。秀儿不扫地了，到院子里去站着，向对面屋子里看了去。那里是桂芬那孩子的家，假使这孩子出来了，在这里就可以看到。这孩子的嘴快，模特儿到底怎么回事，她准知道。

秀儿正是这么想着，桂芬手里拿了一副空竹，嗡嗡嗡的，扯得响了出来。她两手一高一低地挑了小棍子上的线，扯得她头上那些短头发，竟是撒了满脸，便笑道："一不是年，二不是节，这孩子没事，扯空竹干什么？"桂芬停了手，然后把空竹拨了起来，把空竹提住，两脚一跳，笑道："秀姐，你看我抖得好不好？间壁的小狗子姐姐，她能抖茶壶盖，尽在我面前显能。这算什么？只要肯下功夫去练，什么能耐也练得出来的。不信，让她等到正月里瞧瞧，我要赶不上她，我不姓刘。"秀儿笑道："没事生那闲气，就算你练得会扯茶壶盖，你又能挣几个钱？"桂芬走近前来，噘了嘴道："我不在乎挣钱不挣钱，我要堵她的嘴。"秀儿笑道："小狗子姐姐是个泼丫头，和她赌什么气。你瞧对过王大姐王二姐，穿好的，吃好的，真是个样儿。你要赌气的话，应该和她们赌气。"

桂芬把脖子一歪道："哼，王家那姐俩儿，我才不理会她们呢。"秀儿道："她们又怎么了？你瞧不过去吗？"桂芬道："我听说她们胡来，才有吃有喝的，咱们能够和她们比吗？把自己当了什么人？"秀儿望了她许久，微笑道："你这丫头，真是嘴不饶人。仔细让人听了去。"桂芬道："听去又怎么着，她们准不敢和咱们顶嘴。"她口里说着话，人可是慢慢地走近了。秀儿很随便的样子，轻轻地问道："你猜她们是干什么的？"桂芬道："谁知道哇？反正干不了什么好事吧？"秀儿道："据人传说，她们是干模特儿的。"桂芬两脚跳了两跳道："什么？她们是干这个的，缺德！这真会笑死人。哈哈哈！"秀儿噘了嘴道："你这孩子，也不怕难为情，把这件事，这样大声嚷出来。"桂芬笑道："人家干也干得，咱们说一声，要什么紧？这话可又说回来了，我就是说她们一声儿，我还真怕说脏了嘴。"秀儿笑道："这不结了，你知道说不得，你还说她们干什么？"

桂芬四面张望着，然后靠近一点儿，低声问她道："你怎么知道她们是干这个的？"秀儿道："我哪里知道？仿佛也是听到人说过，她们是干这个的。究竟模特儿是什么，我也不大明白。你这孩子，是个鬼灵儿精，这是怎么回事，你打听打听准能够知道。"桂芬听到她有些夸赞的意味，心里倒是相当地高兴，抿嘴笑道："我不用打听，我早就明白。"说着，一手按了秀儿的肩膀，伸了嘴，向她耳朵里叽咕着道："据说，干这行是脱了个光眼子让人去画。你瞧过春画儿没有？就是那个玩意儿。"秀儿红了脸，把手一捽道："你别瞎说。"桂芬道："我也没瞧过呀，不过是听人家这样说的。"秀儿笑道："我和你说真话，你别嚷。我倒也听见说过，做模特儿是坐着不动，像照相一样让人去画，可是说脱光了眼子让人去画，这话我还没有听到说过。"

桂芬将眼珠一转，向秀儿微笑道："我知道你的意思了。我说出来了，你又好来笑我。我也没瞧过人家干过这个，我知道人家说的话，是真是假?"秀儿道:"我真不和你闹着玩,我想,咱们都是当姑娘的人,这话是真的,倒也罢了,这话若是假的,这冤枉可就大了,我们应当给人家洗刷过来。"桂芬笑道:"你老说我是快嘴丫头。这样看起来,你不但是嘴快,还得管人家的闲事呢。我请问你,你这又是怎么回事?我一猜就猜个准,你是和那几个大脚丫头交上朋友了。你的朋友让人这样地说着,你心里有个不难过的吗?"桂芬这样说着就伸出一个食指,向秀儿连连地指着。秀儿红了脸道:"街里街坊的,谁见着谁不点个头儿。就因为外头有谣言,咱们看到人家,好意思板着脸子,愣不理会吗?"桂芬将身子一扭道:"我不和你抬杠,我还有我的事呢。"说着,拔开步子就跑了。

秀儿站在院子里,未免呆了一呆,接着便自言自语地道:"这孩子说话,来得是真冲。"她口里说着,两只脚不觉地就向屋子里走去,恰好这一段语尾,却让李三胜听着了。这就问道:"你叽叽咕咕,又在说谁啦?"秀儿道:"没什么,不过是说桂芬那丫头,又在开口损人。"李三胜道:"唉,你这孩子,又多那事,她嘴损,只管让她损去,你何必学她的样呢!"秀儿道:"我倒不是多管闲事,只因为她是当着我的面说的,我怕让人家听去了,倒疑心我为人也是和她一样,那岂不生出误会来了吗?"三胜道:"她说了人家什么呢,倒叫你这个样子着急?"秀儿道:"她说,她说……"

说到这里,秀儿不肯向下说去,却是微笑了一笑,来结束这句话。李三胜道:"你不说我也知道,她准是说王家院子里那些姑娘,全不是好人。其实这年头,谁是好人,谁不是好人,那很难说,只瞧你这人有没有钱,有没有势力,假使你这人有钱又有势力,是条狗也有坐八人大轿的希望。反过来,你这人没有钱又没有势力,你就是个活佛爷,你也变成了一条大黄狗。这是王家姐妹们,还没有大红大绿罢了,假使她们坐上了汽车,家里住上了洋楼,她们再不高明些,也有人叫她们作小姐。"秀儿笑道:"这样子说来,你倒是不讨厌她们的。"李三胜道:"那是自然。漫说她们没干什么下贱的事,就算做了什么下贱的事,井水不犯河水,各过各的日子,咱们又何必去说她们呢?"

秀儿一日之间,探了父亲几次口气了,觉得他对于王家院子里那些姑娘,并没有什么过不去的意思,便在心里想着,凭这个样子和她们来往来往，大概是不要紧的。于是在这日下午，借着在大门口望街，静等着对过门里的几位姑娘出来。果然，不到半小时，那位尖尖脸儿的倪素贞姑娘，悄悄地走到门口，两手插到衣服衩口里，闲闲地向胡同两头望着，一回头看到秀儿，就笑着向她招招手道："秀姐，短见啦。"秀儿笑道："不是我短见，是你们公忙。我到你们家去过好几回，你总不在家。"她口里说着话，人已经慢慢地走了向前。素贞笑道："秀姐是个老实人，干吗也把话来俏皮我们。你想我们这样的穷丫头，说得上是什么公事不公事吗？"秀儿道："听说你们天天上着学校呢，在学校里还不是办公吗？"素贞握住了她的手，转了眼珠，向她微笑着道："你也知道我们是学校里干事吗？"秀儿道："早就知道啦。以前我还以为……不说了，不说了。"说着，连连摇了两下头。

她俩说着说着话，就走近大门口了，倪素贞挽住了她的手，只管向门里引了去，因笑道："你还没有到我屋子里去坐过呢，你也可以去看看。"说着话，可就把她拉了进去，她是和徐秀文对门而居的，屋子大小相同，其中一隔两断，是白纸糊的隔扇，挖了一个长方窟窿，这就算是门，在门上也垂了一幅漂白布，当了门帘子。她们到底是生命很宝贵的，在白门帘子上，还有一小方红纸印的八卦，在那里正正端端地贴着，为了是驱邪而用。这外面一间屋子，仿佛也就是堂屋了。正中也是一张小四方桌子，配了两把椅子。左墙放了一张两屉桌子，这是透着与徐家不同的，在桌子上多摆了一份文房四宝；另外还有两个小瓦盆子，里面栽了两棵小小的指甲草。在桌子正面放了一张方凳子，那仿佛是预备写字用的。右墙有一张七歪八倒的书架子，上面可放的不是书，乃是洗脸盆酱油瓶纸盒儿之类，虽然此外没有陈设了，地上可是扫得干干净儿的，不像自己家里，连煤球和水缸，全都拥到屋里来。再看正中桌上，有一架小钟，黄铜框子，已变成了灰色，长针没了，只剩一根短针，老指在六点上。左边放了一只孤独的帽筒，钉了两行碗钉。两边有个酒瓶子，当了花瓶使，插了一束鲜花。

秀儿这就笑道："你们家里，真拾掇得是个样儿，来个客，也可以坐坐。"素贞道："你怎么知道我家有客来。"说着，脸可就红了。秀儿笑道："你瞧，你那桌上，一排摆了四个碟子，盖着四个碗，这不是预备客来做什么？倒是你们是在图画学校堂里做事的，墙上左左右右全贴

的是画儿。正中这一个大美人儿画得不错，那是梅兰芳吧?"素贞笑道:
"你在哪里瞧见过梅兰芳?"秀儿道:"我在小洋画上瞧见过的。你瞧,
头顶上挽着头发，穿了仙女一样的衣服，可不就是梅兰芳?"素贞笑道:
"可不是那么一回事。这上面画的女人，是古装，古来的美人就是这个
样子的。"秀儿啊了一声，对那画看着，未免出神。后来由正面看到左
边墙上，只见长一条短一条的画，有的画着山，有的画着鸟，有的画着
葡萄苹果这一类的吃物。后来有一阵风吹进屋子，把一张画纸掀开，露
出墙上有一个平扁的布绷子，画了一个女人，那女人只有一个脑袋，披
了头发，微微地现出一方没有穿衣服的肩膀。秀儿道:"咦，素贞姐,
这个人，画得可是有些像你呀。"素贞笑道:"可不是? 就是因为有些
像我，我就拿回来了。你不知道，那些大学生可淘气着呢。"

秀儿道:"准是他们照着你画的吧?"口里说着，眼睛望了墙上的
画，是不住地端详。素贞拉了她的手，让她在椅子上坐下，把那张人像
上盖的画稿，牵了一牵，在墙上拔出两颗图画钉子，把画稿钉上。因笑
道:"你瞧她干什么? 就是这么一回事。"秀儿笑道:"若是这样子让人
照样画下去，好像照相一样，那也没什么关系。"素贞道:"谁说不是?
听秀文说，你也很想出来找份事，有这话吗?"她说着话，手按住了一
只桌子角，向秀儿脸上望着。秀儿不由得低下眼皮去，红了脸道:"我
就不知道这画像是怎样动手的。若是像这个样子画，我想，这倒没有什
么要紧。"素贞笑道:"其实，这没什么关系。我们若是把艺术看得重,
就当为艺术牺牲。这是那些没有学过艺术的人，他们不知道画人像是怎
么回事。可是据学校里的先生说，若是画画的不会画人，那就不算艺
术家。"

秀儿这些时候老到王家来，总听到她们姊妹几个开口艺术，闭口艺
术，始而是有些莫名其妙。后来听得多了，就估量，好看好听的，或者
好玩的，这全可以说是一种艺术。懂得这一点，也可以知道什么叫艺术
家。在她们姊妹口里说出来，仿佛这艺术家是比做大官的人，身份还要
高些的。秀儿坐在那里，手托了脸子，正在出神想着呢。素贞笑道:
"你又在想什么? 实对你说，我们这一份儿职业，就因为懂的人很少,
我们也就不愿意人家知道。你觉得人家对我们，不会说什么好话吗?"
秀儿道:"倒不是为了这个。因为你们老谈着艺术家，我很有点儿纳闷,

什么叫艺术家呢？你们姊妹几个，也算是艺术家吗？"素贞不由得抬起肩膀，笑着摇了两摇头道："我们哪能算是一位艺术家呀。不过艺术家也不是天生成的，只要我们慢慢地熬着，将来也许有那么一天。"秀儿笑道："这样说起来，我跟着你们一块儿做事的话，也许我也可以做一位艺术家呀。"

这几句话刚说完，门外就有人接嘴道："哪儿又钻出来一个艺术家，我们倒要瞧瞧。"正是王大姐王二姐由院子里走了进来，素贞笑道："秀姐说了，假使她要跟着咱们一块儿做事，她将来也就是一位艺术家。"王二姐跳了两跳，走上前去，握了秀儿的手笑道："真的，你也愿干一个吗？"说时，偏了头向秀儿脸上看去，只管是微笑。秀儿笑道："我就怕我不成，再说，我的事，我自己也不能做主，将来再说吧。"王大姐将王二姐拉开来道："没有见这孩子，只管胡问人。"王二姐笑道："这怎么算胡问人？秀姐不是和我们也谈过好几次的吗？"秀儿红了脸，可没作声。王大姐偷眼看她那样子，心里也就有一点儿明白了，于是悄悄地扯了秀儿一下衣襟，又丢了一个眼色，自回她屋子里去。秀儿就向二姐道："我到你屋子里去坐坐。"于是跟了她一路走来。

王大姐看看门帘子外没有人，就拉了她的手，同在炕头上坐着，微笑道："秀姐，我问你一句话，你可得实说。你是不是自己也想出来挣几个钱花？"秀儿皱了两皱眉毛，又微笑道："挣钱的事，你想谁不愿意干？只是……"说到这里，脸就红了，而且低下头去。大姐笑道："你虽不说什么，你这份意思，我已经明白了，是不是为了我们这档子职业，有点儿不高明。这可没法子，你想，我们这穷人家的姑娘，还能做出什么高贵的事情来吗？有好事，也摊派不到我们头上来干啦。"秀儿摇摇头道："你猜错了，我说的不是这个。"王大姐道："那么，你就是说着钱多钱少那一层了。这件事是论钟点的，谁也瞒不了谁。我们是到学校里去一趟，共是三个钟头，就给一块钱。完了就拿钱走路，那倒不含糊。"秀儿倒猜不着会提到钱上来，就笑着问道："你们是天天儿去的，那不要挣三十块钱一个月的吗？"王大姐道："那是自然，有时候还赶着一天去两趟的呢。"

秀儿对大姐看看，又对二姐看看，因笑道："要是像你这样说，你姐儿俩，一个月要挣到一百来块钱了。"大姐道："照账算账，怕不是这样。不过无论干什么事情，打鱼的日子有，晒网的日子也有。"秀儿道："打个对折的钱总有吧？"王大姐道："那倒是有的。"秀儿道："我们有这一半的钱，什么事也就好办了。吃的喝的，就是穿的住的，那都有啦。"王大姐笑道："倒不是我说大话，这么一点儿事，我真敢和你保险。有的时候，我们这儿四个人全得出去，真有点儿忙不过来。"

秀儿低了头，只管用手去拈衣襟角，许久没作声。王二姐道："姐姐，西城那儿不是要一个包月的吗？"大姐道："他们只出二十五块钱呢。全都是三十块钱，为什么他们要少出五块钱呢？再说一做了包月的，他们什么时候要人，什么时候就得去。我们怎么分得开身来？"二姐道："我是说秀姐干的话，秀姐可以去。"秀儿猛可地就抬起头来，向大姐笑道："真有这么一个地方吗？"二姐道："我冤你干什么？可是就怕你不干。"秀儿道："我为什么不干呢？我正短着钱花呢。"王大姐道："这件事最好你回去问问你们老爷子。他答应你去，我们明天就可以介绍你去试工。不过你们老爷子为人很古道的。倘要知道这是怎么回事，你干不了，不过挨几句骂。也许他老人家说我们多事，连咱们姊妹们交情也打散了，那才犯不上。所以我说你倒是瞧着办好。"

秀儿再向大姐二姐脸上看看，因道："你们干的这事，不就是坐在那儿，让人画一个像去吗？"大姐倒没什么表示，二姐只管抿了嘴，向大姐微笑。秀儿怔怔地望着，心想这个样子，这里面一定有什么别扭，因道："你们干吗不告诉我？还把我当外人吗？人家说，连身上也得画，这话是真吗？"二姐笑道："你想呀，就是照相，也不能光照一个脸子。"秀儿道："这个我倒是知道的。有人说，画像是不穿……"说着，她红了脸一笑。大姐道："有倒是有的，可是那要什么紧？你不瞧见大街上，光了腿，晃着光胳臂走路的姑娘多着呢。现在人家不都说是人体美吗？把肉露了出来，那才是美呢。"秀儿道："就是像大街上那些走路的人一样吗？那可没有什么。"王二姐笑道："谁又说有什么呢？这是在咱们中国，若是在外国，全是大学里毕了业的人，才干这个事。再说，就是咱们中国，听说也有女学生干这事。这些守旧的人，死不开通，瞧见新鲜点儿的，就爱说坏话。"

秀儿听她们说话，又看她们的颜色，觉得模特儿这个职业，也并不是怎么难堪的事，因之默默地坐着，只是在心里头不住地想主意。王大姐道："你就不用犹豫了。依了我的意思，你先回家同老爷子把话问好了，只要他一点头，大事就算定啦。我们这儿毫不费事，只要你打算干，我立刻就介绍你去见人，咱们是自己人，说话用不着拐弯儿。这几天，言前语后的，我看你倒是想出来找点儿事做，只是我们自己看了自己的身份，可不便胡说，所以心里明白，还得等你的话儿。现在看你这样子，已经是决定了这样办了，念着姊妹的交情，我不能装麻糊，老实地就说出来。你觉得我的话怎么样?"秀姐点点头，还是默然地坐着，后来就起身道："你说的是，我这就回去问问老爷子，我倒是不想出来做事，可是谁让我穷呢。若是我真要出来做事，还得大家携带携带呢。"王家姐妹全请她放心，直送到门外来。这一下子，似乎她逃脱不了她们的诱惑了。

第九章

人天交战

　　秀儿在王家商议了很久之后，觉得跟着王家姐妹去当模特儿，这并不是不能干的事，坐在课堂上，让人去画个像儿，这有什么关系呢？她沉吟着，低头走回家去，到了家里，一脚跨进门去，就让李三胜看到了，问道："咦，你这是怎么了？又在外面和谁拌嘴来着吗？"秀儿被父亲问着，突然地扬起头来，就微笑道："哪有许多人和我拌嘴？"三胜道："我瞧你垂头丧气的样子，好像是和人拌了嘴似的。"秀儿走到屋子里，手扶了墙壁，微低了头，上牙咬着下嘴唇皮子，垂了眼睛皮子，没有作声。李三胜道："真的，你给谁拌了嘴？你告诉我，要不，你老是跟人拌嘴，这不是个办法，我得拿出一个主意来。"秀儿听了这话之后，把眼皮抬起来，呆了一呆，然后正了颜色向父亲道："拌嘴，那自然是免不了的。"说了这句话之后，把桌子下面一只小板凳拖了出来，就坐了下去，将一只手抬起来，托着下巴颏儿，微微地叹了一口气。在她叹气的时候，那肩膀抬了两抬，虽然那叹气是没有声的，只看她那肩膀起落的度数，知道她那一口怨气是积得很深，然后喷了出来的。

　　三胜对秀儿周身上下打量了一番，略微点了几点头道："你虽不把话说出来，你那意思我也是很明白的。归结一句话，还不是咱们欠人家钱。"秀儿向父亲脸上看了一看，见他那枯皱的脸上，满罩着忧郁的颜色，眼珠都也呆着不能转动，便向他道："你既是明白，我就不用说了。不过我自己回想过来了，到底是咱们欠人家的钱，不是人家无缘无故找咱们麻烦。咱们不还人家的钱，别管是怎么会说话，总是对人不起。咱们就算斗嘴说赢了人家，在良心上也是说不过去的。这个样子不是办法，咱们总得拿一个主意出来。"三胜坐在炕上，把两腿支了起来，两手抱了膝盖，微偏了头，摆了几摆，又叹了一口气道："到了现在，已经是山穷水尽了，还拿个什么主意。我是躺在炕上，多动一动就要出毛病。你呢，又是姑娘家，到哪里去想法子？"秀儿道："姑娘家？那也不一样，能想法子的，还是可以去想法子。"三胜道："你能想什么法子吗？"他抱着膝盖的手，紧了一紧，把膝盖抵了下巴，两只眼睛正对了秀儿望着。

秀儿一弯腰，在地面捡起了两根火柴棍，两手四个指头捏着，一点点地又向地下扔了去，眼看着地面，答道："比如说吧。对过王家姊妹，她们就在外面找着事做，姐儿俩，大概可以挣百十来块钱一个月，哪个在外面做事的先生，一个月可以挣这么多的钱？"三胜道："怎么能和她姐儿俩打比呢？"秀儿道："怎么不能和她姐儿俩打比呢？她们不也是横眉毛直眼睛吗？"她说这句话的时候，把头又低了下去，手上的火柴棍也全掐完了，将两手抬起来，一同托着下巴颏儿。三胜坐在炕头上，向自己姑娘仔细打量着，觉得姑娘这种态度倒有点儿可疑，就问道："听你这话，好像你也能找一份事做，你能找什么事做呢？"

秀儿将鞋子尖在地面乱画着，口里可就要答不答的，低声道："现在我可说不出来，反正一个人要找事做，那总可以找一点儿事做，不过事大事小，说不定罢了。"三胜淡笑了一声道："真是孩子话。人要打算找事做，就有事做，请问，你能做什么事呢？"秀儿没作声，还是把鞋尖在地上乱画着，三胜道："你瞧，我问你话，你怎么不作声了？"秀儿望了地上道："我还不知道，你是不是让我找事做呀。假如你肯让我去做事，那时候我再打主意，现在我就说出来，你叫我打哪儿说起呢？"三胜道："我瞧你说得那样一老一实的，倒好像真有什么事等着你去干一样。到了还是一种空想。空想有什么用呢？我很久了就想闹个老爷做做，有老爷让我干吗？"秀儿道："你说得全不对，别胡猜了。"她说着，站起身来，就走到房门外去。

她到了门外，似乎是有一件事忘了一样，可又缩住了脚，想走回来。结果是进退全不是，就靠了门框站定，抬起一只手来，不住弹着嘴唇皮，斜望着门外，只见徐秀文坐了人力车子回家，正是满脸笑嘻嘻的。若是能够学她们一学，别说有吃有穿吧，就是这一副笑脸子，自己照着镜子也是痛快的。秀儿想到这种地方，觉得和她们一块儿去当模特儿，这是现在一种救急丹，有吃有穿，还可以免了生闲气。刚才同父亲商量，一口气说了出来就是了，偏生又是害怕。其实看父亲那样子，对王家姐妹俩也没有什么坏话。不说她们的坏话，那就是不反对人家干那个事情，管他呢，还是同父亲说吧。想到这里，猛然间把脚一跨门槛，就有走进房去的样子。然而也就是这样一跨门槛，那锐气又减了下来，不由得呆了一呆，父亲那一份火气，说翻了，天爷也不会容的。假使自己说出了口，他不答应自己那没有什么。就怕他把这一笔账，记在王家姐儿俩身上，倒说是人家来勾引他的姑娘，那可有些对人不起。胆子一小，依然又是靠门框站定，沉沉地想下去。两只手是掀起一只衣襟角来卷了又放，放了又卷。

后来她想得了一个主意了。人家说模特儿干不得，就为了脱着衣服，让人去画。据桂芬说，是脱光了衣服让人去画的，那快嘴丫头说的话，靠不住。天下哪有那么厚脸的姑娘，根纱不挂，坐在人面前让人去画？再说，就有那么厚脸的人肯脱衣服，恐怕瞧着画的人，也会嫌倒霉。据倪素贞说，不过是像大街上的摩登人儿，光胳臂露大腿，那可不要紧。假使自己有钱，做了人家小姐，不就是那样过着日子吗？她有了这一点儿意思，就打开了一条决定法子的道路，别管是怎么回事，过来人口里说出来的总是真的。徐秀文回来了，我可以问问她去。和她相交不坏，好好地问她，瞧她怎么说。于是牵了一牵衣襟，向对门走来。走到了人家门口，忽又提醒了自己，不是刚刚由人家这儿回家去的吗？怎么又来了？这样来来去去，也透着会引起人家的疑心，事情不忙在一天，留到明天再来问人家吧。她心里一转，脚步缓了下来，结果还是悄悄地回家去。

可是到了这天晚晌，天老爷又把她那份消沉下去的心复又刺激起来，刚是上灯以后，天空里呜呜作响，刮起了一阵大风，霎时间，门窗户扇，一齐刮得扑通通地响。这风刮了起来，还是不肯停止，到了第二日白天，还是那样刮着。在院子里抬头一看，半空里是红不红、黄不黄的一种颜色，没有太阳，也看不到蔚蓝色的天，阶沿上堆着香灰似的细沙，真有寸来厚。屋子里哪儿哪儿全是土。只看窗户眼里，破了纸窟窿的所在，那纸片儿吹得嘘嘘作响。这不用风真的扑到身上来，就是看到这情形，也会让人感到身上是凉飕飕的。院邻们，年纪大些的，全把破棉袄子穿上了。记得上次天凉，人家穿棉袄，自己把两件小褂子来叠了穿，到了现在，还只有那个法子呀。秀儿无精打采地在街门口站了一会儿，想不出个主意来。

当她向家里走的时候，后面就有人叫了起来道："秀姐，你上哪儿呀？怎么走到门口，又回去了？"秀儿回头看时，可不就是徐秀文追了出来了吗？这就停了脚步，回转头来向她笑着。秀文追上前，握住了她的手，微微地点头道："我瞧你这样子，准是有什么事要和我商量吧？"秀儿红了脸道："我家晚上炒菜没有盐了，我打算和你要一点儿盐。可是我走着走着，又觉得怪不好意思的，所以我又回转身来了。"秀文道："街里街坊的，临时差了油盐柴米来不及去买，通融一点儿，这很不算一回事。要不，我这里有铜子儿，你先拿去买吧。"说着，就在身上掏出一截铜子儿，塞到秀儿手上。秀儿笑道："我尽和你们借钱，真有点儿不好意思。"说着，只管把手向回缩。秀文左手牵了她的衣襟，右手就把那截铜子儿塞到她口袋里去，笑道："你使着吧，一定分个彼此，就不是好姐妹了。"

秀儿听了这话，也就不便把钱掏回给人家，只是心里好笑，自己是何曾短了盐，要和她借呢？心里可就转念着，借了这个机会，去问问她，模特儿究竟是怎么回事。可是就在这个时候，秀文开口了，她道："你是要等着回去，做饭给老爷吃。我就不留你到我家里去坐了。明儿个见吧。"秀儿听了，好说什么呢？难道说我家里不等着做饭，非出去不可。只得含着笑，和她点头而别。

这晚上，风势来得更大，在灰色纸糊的窗棂下，放了一盏煤油灯，那灯光是黯弱得可怜，当风吹着窗格，咕咕作响的时候，这煤油灯的灯焰，便也摇摇不定。李三胜的身体，本来就是阴一天，阳一天，今天刮大风，坐在炕上，只觉增加了无限的烦闷，不到天黑，就盖了被睡着了。人越是烦闷，也睡得越熟，侧了脸睡在枕上，只是呼呼作响。

秀儿拖了一个小凳子在炕边下，抱了两腿坐着。垂了头望着地，只管出神。坐了许久，好像有什么感触，突然立起身来，掀开瓦盐罐子看看，随后提起面口袋来，抖了几抖，那口袋在手面飘飘然，一点儿也不沉重，这里面缺少着粮食，也就可想而知了，放下了面口袋，再看看破桌子底下，几十个煤球散在地面上，数也可以数得清。她心里想着这种情形，又是什么全没有，明天大概是刮风天，这日子又怎么样过去呢？

一个人做事，总是看自己有没有那份决心，完全看别人的颜色行事，那怎么办得好？父亲是个硬汉子，他虽是饿死了，也不肯叫自己姑娘出去挣钱给他去用。自己要觉得这件事可以去做的话，拿定了主意就挺了身子去干，顾虑到父亲身上，那是白操那份心。觉得干不得，从今天起就断了这个念头，别再胡思乱想的了。可是对门王家姐儿俩，什么事都落个称心，也就为了她们肯干这一份职业。虽然人家在她们身后，总不免闲言闲语地说上许多废话，可是谁又敢在当面批评她们一个不字儿呢？别说人家提到她们姐儿俩，干这个，干那个，全靠不住。就算是真的，她姐妹们一个字没听到，也就没事。若说这事是干不得的，怎么那院子里有姑娘四个，全是干这一行的呢？

　　她站在屋子里，发了一阵子呆，偶然回转头来，正是看到李三胜侧了脸在炕上躺着。他一闭了眼，只看他那瘦削下去了的两腮和凹下去的两个眼眶，那可真有些怕人。他虽病得这个样子，不也是穷成这个样子吗？秀儿在那样想过一番心事之后，再又看了父亲的病容，便联想到，假使更进一步，父亲就是这样死了，那时孤孤单单落下自己一个人，不但是穿衣吃饭全没有下落，就是整天坐在家里不动身，也找不着一个人说话，那日子难过，大概要比现在还要厉害十倍。到了那时，除了去找王家姐妹，跟着她们去当模特儿，那是没有第二条路。与其到了那个时候去走上这条路，倒不如现在就爬到这条路上去，还救了父亲这一条老命。她站在屋子里想想，又坐到矮板凳上去想想，手扶了小桌子角，对墙上糊的旧报纸看着，也是出神地去想想。直待那煤油灯盏子里的油，熬得只剩了一些底子，那灯芯慢慢地昏暗下去，隔了料器罩子，只剩一条红线，秀儿不愿摸黑坐着，才上炕去睡。

　　在枕头上听那院子里经过的风声，可不就是在半空里呼呼作响吗？尤其是胡同里的电线发出那哨子般的怪响，跟着呼呼的风声传来，听到之后，令人毛骨悚然，哪里睡得着？在枕上再把刚才所想的，又重新想了一遍。秀儿到底是个聪明姑娘，最后的念头，就告诉她了。家里可以骗着老父，就说是在学校里当女书童。这个职务，自己原不晓得，也是父亲告诉的，就凭了父亲告诉的话去骗父亲，没有什么骗不过。对于外人，压根儿就不说自己找着了事，也就没人知道当了模特儿。自然，日子久远了，也许人家会知道的，那就到了那日子再说吧，哪里顾虑得了许多。这一觉睡过来，总算给她开出了一条明路。

　　次日天亮了，大风虽然停止，还是阴天，下得炕来，身上就是凉飕飕的，打开房门来，满院子全刮的是黄土，天上是那样红不红黑不黑的一种颜色，分不出天日，也没有云彩。在北方的人，这种天气也是看惯了的，算不得什么，可是今天看到之后，就和往日不同，显着有些阴惨惨的，好像天也和人一般，心里头有个大疙瘩，兀自打不开。正两手扶了门框，昂头向天上看着呢，只觉得一阵凉气，直扑进心口里来，不由人打了一个冷战，赶快地把身子一缩，将门关住了，心里可在那里想着，这怎么办，今天不用打算露面了。她关住了门，低头一看自己身上，才发觉了只有两件单褂子，别说是不能露面，就算不露面，有一个人到自己家里看看，那也是怪不好意思的。

　　李三胜在炕上翻了一个身，由被里伸出手来，揉着眼睛，问道："大姑娘，今天外面很凉吧？"秀儿道："哼，老天爷要收人。"说着这话，又坐在那矮凳子上，两手托了头。三胜对她身上望了一望，两手撑了炕沿，慢慢地坐了起来。秀儿道："刮风天，你就躺着吧，起来干什么？"三胜哼着道："唉，这成话吗？大风天，还让你穿两件小褂子。今天我得出门去，找两位朋友，多少想点儿法子，把你的那件夹袄赎了出来。你把那张当票子查出来，看是当了多少钱？"秀儿道："不用查，我记得，当了三钱银子。"三胜道："那么一件旧夹袄，怎么倒当了许多钱？"秀儿道："当当的日子，总怕当的不多，赎当的日子，就恨不得白拿出来，哪有那么便宜的事。记得那天去当夹袄的时候，当铺里就只肯写二钱，差不多同柜上的人拌起嘴来才写了三钱，现在你嫌当多了。"三胜道："一说话，你就跟我生气。谁愿说这不通情理的话，不都是穷着无赖吗？就算钱的数目你知道了，也得查查是哪一天的日子。"

　　秀儿这才爬到炕头边，在墙窟窿眼里一掏，掏出一个报纸包儿来，打开那报纸，就是一大卷当票。她站在炕边，一张张地清理着，找出了两张，递给三胜道："这两张都是九月里的，可不知道哪一张是夹袄，你自个儿瞧吧。"三胜将当票捧在手上，对那草字，很出了一会子神，挑出了一张放在被上，把另一张依旧交还给了秀儿，因掐着指头算道："十月、十一月、十二月，一二三四五六七八九月，啊，快一年了！三三得九，每月九厘息，一九得九，二九一分八，共是一钱零八厘的利

80

钱，赎起来，得四钱多银子。也许过了五了，又是一个月息钱，赎起来，非七八毛钱不成了。"秀儿道："想不到法子的话，那就别赎吧，反正我不出门，也就不等着穿。"三胜道："我身上穿着大棉袄呢，你光是穿两件短褂子，我瞧着也不忍心呀。"说着，在被褥底下抽出那长筒布袜子，慢慢地在脚上套着。秀儿道："瞧你这样子，一定要出门的了。照我说，今天天气不大好，你就别出去了，就算天气凉，大概抗一两天，也还不要紧。"

三胜听了这话，觉得女儿兀自有一番体谅之心，更不能不去。脚上已经套好了袜子，便径直地下炕来，只有干手巾，擦了一把脸，立刻就出门去了。秀儿想到父亲那一番决心，今日出去借钱，多少有些希望，那就在家里静静地等着吧。她在屋子里闷坐一会子，烧烧水，做点儿东西吃，只是找零碎事，去消磨时间。不料直混到下午四点钟，三胜才慢慢地踱了回来。只看他空着两手，满脸全带着忧郁的样子，那就知道这当没有赎成。为了免除父亲心里难过，这话就不用问了。

可是三胜走进房来以后，昂着头，先叹了一口气。一句话不说，横躺在炕上，把两条腿垂在炕沿下，动也不肯一动，瞧那样子，那就精神不振到了极点。秀儿道："你别心里难受，东方不亮西方亮，咱们在这大杂院里，也住了七八上十年，没瞧见谁饿死了吧？回头我到对门王家借一两块钱就是了。你瞧着，只要我开口，准不能驳回。"三胜闭着眼睛，把话听下去了，许久才哼了一声道："又到人家那里去借钱？"秀儿道："你说吧，除了到王家姐儿俩那里去借钱，哪儿还有第二个办法？"三胜哼了一声道："借了人家的钱，将来咱们把什么东西还人家呢？"秀儿道："这也只好走一步算一步，一定要估量着有钱能还，才去借人家的钱，那些没法子想的人，只好把肚子捆着，等候天上掉下馅饼来了，咱们没法子找钱，又不肯同人去借钱，那怎么办？"说着，就蹲了身子，在矮凳子上坐着。

三胜眼望了她，也有许久没作声。随后摆了两摆头，才微微地叹了一口气。秀儿道："不借钱得了，你又何必生什么气？"三胜道："我并非不要你去借钱，只怕借了以后，还不起人家的钱，到来生变猪狗还人家。"秀儿把嘴巴一撇道："人越老了还迷信越深，什么年头了，你还说这种话。"三胜道："好啦，你若是觉得可以借的话，你就去借吧。

我算没说。"秀儿道:"人争气肚子不争气,那有什么用?"说完,还是噘了嘴坐着。三胜看到她生气的样子,微微地闭了眼,沉思了一会儿,他似乎悟得了一个法子,就点了点头。秀儿虽是看到父亲那个样子,料着他是有些依允的意思了,但是她转想到父亲不借人家的钱,那也是一点儿忠厚之心,那是应该的,因为借了钱,实在没法子还人家。她心里想着,还是默默地在那矮凳子上坐着。

三胜望了秀儿,可就轻轻地问她道:"孩子,你还计较我的言语吗?我也是个可怜的人,心里有话,不能全说出来,只好说半句,留半句。"他的声音是越说越小,说到最后,可就轻轻地叹了一口气。秀儿这儿想着,父亲这句话,真未免含着一包眼泪,自己还要生气,未免太不原谅老人家了。她抬起一只手,斜托了自己的腮帮子,只管出神。三胜望了她道:"你要到王家去,就到王家去吧,反正我们总是要去求人的。与其到处求人,倒不如去求王家姐儿俩的好,有道是求佛求一尊。"

秀儿看看父亲,真有向人掉下眼泪来的模样,只管望了父亲,倒让父亲难过。于是慢慢地站了起来,牵牵自己的衣服,心里是在那里想着:这一去,向王家姊妹借钱,也就是向王家姊妹要下了定钱,说是自己可以来当模特儿了,要不然,只管得了人家的好处,预备着什么来报答人家呢?秀儿想到这里之后,那脚步是更不想移动,低了头,咬了嘴唇皮,要走不走的样子,走到门框边,又停住了脚步。三胜哼着道:"你就去吧。你还有什么不放心的吗?"秀儿回头看了一看父亲,连连地把头点了两下,好像是决定了一件什么事情的样子,这就走出房门去了,她自己揣想的话,那是很对的。

当她到了王家院子里,徐秀文是首先看到了她,挽着她的手,一同走到屋子里去,同在那张假沙发上并肩坐下,秀儿先微笑道:"我这人真不嫌贫,一天到你们家里来好几趟。"秀文拍了她的手臂,笑道:"这算什么,比如我们同住在一个院子里,一天到晚,全在一处,那不更透着贫吗?"秀儿道:"我也不是无缘无故,就胡乱来搅和人家的,我来也是不得已。"

秀文听了这话,转了眼珠,向秀儿看了一看,两手握住了她一只手连连摇撼了几下,笑道:"你有什么事,只管说出来吧,我们这样好的姐妹,有什么为难之处,只要能帮忙的地方,还有什么不帮忙的吗?"

秀儿看到她那么亲热的样子，想着是说出来无妨，于是微微一笑道："我还有什么了不得的事情，无非是一个穷字得啦。穷，也得吃饭穿衣！"秀文道："我明白了。你说的是要找一份事。"秀儿实在不是要找事，无非想活动几个钱，人家愣不向借钱的事上说去，自己倒也不好意思的，怎样开口，便微笑道："说到找事，那也是我情愿的。只是你瞧着吧，我……"说时，抬起手理着鬓发，向秀文抿嘴一笑。秀文道："还有别的吗？不就是我们这一样的事吗？你要是下了那份子决心，明天你梳一把头，换两件衣服，我就带你去试工。"

秀儿踌躇了一会子，低声道："试工？怎么样子试法？我得和我们老爷子说一声儿吧。"秀文道："试工，去一会儿就回来的。不同你老爷子说也好。试成了，正正当当地上工让他也欢喜一下子。试不成呢，大家不言语，只当没有那么一回事。"秀儿许久没作声，随着一红脸道："去就去，干吗要换衣服呢？"秀文笑道："人家是学校，文明地方，你到那种地方去，总也要换得干干净净地去。"秀儿道："试工是怎样的试法？也要坐到那里，让人家去画吗？"

秀文想了一想道："试工也无非是让先生瞧瞧，说两句话儿，看看合适不合适。"秀儿道："若光是这么着，倒没有什么不可以的。就怕还有别的……"说着，脸又是一红。徐秀文看到，心里那是恍然的了，便笑道："让你去试工，你又不拿他们的钱，他们能叫你做什么？真是要你做什么的话，你不会不干吗？"秀儿点了两点头道："你这话说得倒是不错，咱们什么时候去呢？"秀文道："明天上午八点钟你到我这儿来，同我一块儿去，碰你的造化，若是遇着那位邱先生，话就好说，向他借个十块八块的，那真不算一回事。"秀儿道："还能够先借钱吗？那敢情好。那算救我的命了，老实对你说，今天我就有点儿不得过。"秀文道："你差钱用吗？那不算什么，干吗不早说？由我这里，先给你垫上一两块得了。"她真不是虚言，口里说着，手就伸到衣袋里，掏出两张钞票，交到秀儿手上笑道："碰巧我今天身上有几个钱，你带着使吧。"

秀儿见她随便一伸手，就是两块，这倒有些愕然，脸上先显出一回奇怪的样子，然后问道："徐姐，你今天发工钱了吗？"秀文道："发薪水还早着啦，我这也是……"她说着先顿了一顿，才继续着道："我这也是先支下来的薪水。别管是怎么样子弄来的钱吧，你使着就得了。反正你手上不方便的时候，我也不能逼着你要钱。你放心得啦，还有别的什么顾虑吗？"

秀儿手上捏着两张钞票呢。她心里想着，家里什么全没有了，有了这钱，就可以太太平平过个几天，绝没有这钱不要，倒反而送回给人家去的道理。可是自己也该问问自己，人家这钱得来也不容易，一点儿也不打算还债，就这样把钱收下来吗？她只管这样地犹豫着，呆呆地坐在一边，就没有作声。秀文站在她对面，抿了嘴，向她身上打量了一遍，这就笑道："你还有什么为难的吗？姑娘，你真够磨咕的了。一会儿要这样，一会儿要那样，连我在一边的人，也看着你，不知道是怎么一回事。"她说着话，随了这势子，也就皱起两道眉毛来。

秀儿是知道的，徐秀文这位姑娘，向来不大和人家红脸说气话。只瞧她现在这个样子，就多少有点儿不高兴，便笑道："你千万别多心，你这样待我，我还能磨咕你吗？这其中，我自然也有我的难处。"说着，又是微微一笑。秀文道："你说的难处，是借钱的那件事呢，还是说你找事的这件事呢？"秀儿把钞票揣到衣袋里去，走上前两步，握了她的手道："好，别见怪，算我错了。再没别的话说，我照着你的话行事，明天一早起来，同你去试工。再要推三阻四的，也透着对你不起了。"秀儿这样说过了，便算是下了二十四分的决心，不再犹豫，还是极力地镇定了颜色，很从容地走回家去。

可是说也奇怪，当自己走进房门的时候，立刻便觉得脸色一红。偏是三胜坐在炕头上，背靠了墙，只管向人家脸上看了过来。秀儿随着这一看，不但把脸急红了，而且心里头还是扑通扑通乱跳。因之低了头，悄悄地走进屋去，先是拉开桌子的抽屉，伸手到里面去翻了几下。随后又把桌子上的瓶子罐子之类，也检点了一番。桌上有半片残缺了的镜子，这就左手拿着，自己照了一照，右手拿起梳子，在额角前梳梳覆发。把梳子镜子放下了，于是把桌子边一把小矮椅子放到门边，打算坐下去。

在她这样做作的时候，眼睛是不住地向父亲偷看。可是越向父亲偷看，越觉得他是处处在侦察着自己，把矮椅子放下之后，手挟了椅子背呆立着，倒不敢坐下来了。三胜望了她道："咦，你这是怎么了？我看你起坐不安的样子，又是……"秀儿立刻笑道："什么也不是，你别多心，我不过心里头在想一件事情。"三胜道："那是什么事，又让你想得这样起坐不安呢？"秀儿浅浅地一笑道："你想还有什么吧？咱们家的事，你总清楚。"她这么一句轻描淡写的话，可就真把三胜给唬住了，他垂了头，似乎胸襟微微一下闪动，分明是要叹一口气，可又忍了回去了。秀儿的目的，也只要父亲不再说什么，心里也就满足了，自是不再说什么。

到了做晚饭的时候，秀儿手上有了钱，这已是大方得多，也就买了肉，买了甜酱作料，痛痛快快地做了一顿炸酱面吃。三胜捧了那碗面，在炕头上坐着吃的时候，整大绺子的面条，筷子夹着，向嘴里送去，唏唆直响，那一份子得意，是不用提。一会子工夫就把一碗面，吃一个干净。将筷子和空碗，按住在怀里，好久不愿放开。秀儿自捧了一碗面在房门口吃，意思是带照应着屋檐下的炉火。三胜道："姑娘，你怎么老望着屋子外面呢？"秀儿回转头来，见他把一双筷子只管在空碗底下打着响，便笑道："你也吃得很香，一大碗面，全吃光了。"三胜笑道："可不是？我也是馋得太厉害了，只要是有味的，活长虫我也吃得下去两条，平常我吃炸酱面，就能干两三碗，今天口胃很好，吃了还想吃，你瞧怎么样？我多吃一点儿不碍事吗？"秀儿道："爸，你别吃了，刚好一点儿，别又为这个出了毛病。"三胜笑道："我有什么不知道的。我是说这面也真咸，我吃了这一大碗面下去，口里显着怪渴的，我得喝一点儿什么。烧开水去，也透着费事，你给我舀一碗热面汤来喝吧。"秀儿看看父亲那神气，倒真透着很殷勤的样子，也就只好把他的空碗接了过来，向面锅里舀汤去。

这就听到三胜隔了墙嚷着道："姑娘，你也别光舀汤给我喝，若是有面条子，带两根在里面也好。"秀儿先是扑哧一声笑了。后来转身一想，父亲这话，也太是可怜。料着再喝一点儿带汤的碎面条子下去，也没有多大关系。于是连汤带面，舀着半碗，两手捧着，送到三胜手上去。三胜右手指上，还夹着那双筷子呢，接着碗，先把筷子在汤里挑了几下，挑了碎面条子，送到嘴里去咀嚼。秀儿站在一边，把眉毛先是连皱了几下，然后叹了一口气道："你这大年纪了，本来也该吃点儿好的，就为了没钱，让你老是干耗着。这回我找着了事，一定买点儿好吃的，

85

给你补补身体。"

三胜听到这话，就不免翻了眼睛向她望了道："什么？你的事已经找妥了吗？"秀儿等着自己把话说完了以后才知道自己失言，可是话已经说出来了，也没法子否认，就低了头道："那不过是比方的一句话。"三胜道："我瞧你这几天，言前语后的，总是谈到找事。你真有了找事的迷。你得记着我的话，可别听了人家的话，自己胡找路子，有什么事，你得先回来和我商量商量，要不然，你出了乱子，我可不管。"秀儿向父亲瞟了一眼，这就微笑道："你这话真奇怪了，我一个姑娘家，会惹出什么乱子呢？"她说完了这话，可就避到门外去盛面条子去了。

三胜看她的样子，虽是有些可疑，可也想不到她这个不大出门的姑娘，有什么意外，面汤喝完了，把碗放在炕头边，自侧着身体去睡觉，身体疲乏的人，他在吃饱了之后，可以感到疲乏，所以他侧着身体睡觉之后，就沉睡去了。秀儿被父亲那样一问，吓得不敢进房来，只挑起面来，在门外边站着吃，吃完了面，接着洗刷锅碗，直混到黑，才点了灯屋子里坐着。忽听到父亲在炕上大叫道："你们别瞎说，我的姑娘，是位好姑娘，她准能够替我挣这口气。"

秀儿因父亲无缘无故地叫上了这样一句，倒吓了一跳，站在炕边问道："爸，你同谁说话啦？"三胜并没有答复她这一句话，只是微微地打着呼。大概他那样大声嚷着，还是在说梦话呢。可是说梦话怎么会提到这种话？这倒可怪。她站在炕头边，发了一阵子呆，心里可就想着，父亲说这句话，没有意思便罢，假如是有意思的话，他必定是听到了一些风声。依着父亲的性子，有什么话，心里搁不住，一定会说出来的。现在他在梦里头说出来，分明是不便对自己姑娘说，可是心里又憋不住，只好是在梦里嚷了出来。那么，这位老人家，也就怪可怜的了，我出去找事，本来也就是要养活父亲，若是为了要养活父亲，还是让父亲心里难受，那又何必多这么一档子事呢？那我就决不去当这模特儿了。

正这样想着，却听到门外边，轻轻地有人咳嗽了一声，随后道："秀姐没睡吗？"秀儿听到是秀文的声音，答应着一句没睡呢，自己就大开着步子轻轻地跑了出来，走到院子里，握住她的手，笑道："夜深了，还要您跑来。"秀文低低地道："我特意给你打了一个电话给邱先生，他说，正差着人呢。你这一去，准成，机会是不应当失掉的。"说着，反捏过秀儿的手，紧紧地摇撼了两下，又低声道："邱先生又说了，他们愿意出三十块钱包月，这只要你一答应，从明天起，你每天就收进一块钱了。这年头儿，哪里找这样的事去？我怕你忘了，明天起不了早，所以晚上我又特意来告诉你一声。"秀儿道："三十块钱一个月吗？"秀文道："一点儿不含糊，我还能冤你吗？"秀儿沉吟了一会子，才答道："反正试工我总是要去的，无论说得成说不成，我明儿早上找你去就是了。"于是握了秀文的手，一直送到她大门外，方才回家。

三胜看到，便问道："谁在外面叫你，你悄悄地就出去了。"秀儿顿了一顿笑道："是桂芬那孩子，问我一句话，我已经打发她走了。"三胜虽有点儿不相信的样子，只对秀儿的脸上，望了一望，也没有说别的话。这一晚上，秀儿却是十分谨慎，轻手轻脚，把屋子里家具全都收拾一过。三胜躺下去了。牵着被替他盖得好好的，还怕他肩膀露了风，将被头塞了一塞。三胜虽是睡着了，她还不肯上炕就睡，依然坐在矮凳上，看着父亲，有两次要咳嗽，自己都伸手去握了嘴，怕是咳嗽的声音太重了，会惊醒了父亲。自己也曾疑惑着，为什么今晚上格外地小心起来呢？往常得罪父亲的时候也有，绝不至于这样，胆子小得像芝麻似的。是了，这无非为着自己想去试工，免得父亲生了气，明天试工不成。试工不成没什么，可是以后的家用，又到哪儿去找钱花呢？

她想到这里，看看父亲，又看看这萧然的四壁的屋子，自己不免微微地咬了牙，将脚顿了两顿，心里想着，事到于今，我还顾虑些什么？我望着父亲，父亲望着我，也不能过日子，我还是去当我的模特儿。听父亲的口气，倒不怎么反对我去找活做，为什么不去？一天能混到一块钱呢。父亲演那鬼打架的手艺，最多的时候，也不过挣块把钱一天吧？明天我起个早，等他没醒，我就先溜出去，回来他要怪着我，我就说出去找钱去了。他信也好，不信也好，反正没有亲眼得见，也不能把我怎么样。将来我一月能交三十块钱给他，他未必不欢喜我，他见过人家一把给他三十块钱吗？秀儿想到了这里，觉得有了钱，什么事全不含糊，违背父亲一点儿，也不要紧的，还是干吧。

到了这时，她算主意拿定了，安然上炕去睡觉。半夜里，曾连续着两次，觉得是穿好了衣服，出门试工去，可是睁眼看着，屋子里漆黑，原来是做梦呢。到了次日早上天还是蒙蒙亮，窗户纸像鸡蛋壳一般的颜色，她就悄悄儿地溜下了炕，两手端住了房门，轻轻地、慢慢地把门给打开了，那只脚刚跨过门，却听到父亲哼了一声。她立刻停住了脚，静静地站着，听了一会儿，三胜哼了一声之后，也并没有其他的言语。自己随手带上门，回头看也不看，索性还是走出院子来。不想说起早，还有比她起得早的，院邻胡老二正拿了一把长柄扫帚，在扫他的房门口，一回头看到她，便大声道："大姑娘，今天干吗起得这样子的早？三爷没起来吗？"

　　秀儿吓得心里乱跳，红着脸低声答道："我想出去请一炷香。"口里说着，自个儿就去开街门，虽然逆料着父亲已是被这大声音惊醒了，自己只是走自己的，却不去问他了。可是到了胡同里一看，空荡荡的，由南到北，一条直线，并不看到一个人，两旁人家全是紧闭了双门。对面王家，当然也是把大门关紧了的。这倒是让自己踌躇着的，难道不等人家醒过来，捶着门进去不成？回家呢，自己又不愿意，怕的是被父亲留住，不许再出来。因之想了一个笨主意，就是一个人去遛大街。顺了对东的方向，一条街一条胡同，一直地走了去。在走的时候，自己估量着，应该到了什么钟点了，她们该起床了，她们该洗脸了，她们该开大门了。虽是这样安排着，还怕时间未到，又在街上绕了两个圈子，方向回头路走。到了这时，才算是决定了，她要做模特儿的心事，战胜了她害臊的心事了。

第十章

试工与宣布死刑

李秀儿一百二十分地忍耐着，她是决定去试工了。可是她走到王家门口的时候，王家的大门，依然是不曾打开，她本想着，还在胡同里兜上一个圈子再去。可是看胡同地上的太阳影子，时候似乎也不早了，假如兜一个圈子再来，恐怕秀文又到学校里去了。因之大着胆子，索性敲了门进去。来开门的，恰是秀文的父亲徐老头，笑着一点头道："你早啊，有什么事吗？"秀儿这倒愣住了，红着脸笑道："没什么，不是徐姐约我今儿个早上来，有几句话说吗？"徐老头的脸上，倒不现着什么奇异的样子，答道："对了，对了，我姑娘同我说过的，请进吧。"说着话时，他就把身体闪到一边，让秀儿走了进去。

秀文正藏在窗户纸眼里向外张望着，便叫起来道："秀姐来了，你真不失信，我在穿衣服呢，你进来吧。"秀儿口里答应着话，人就走进屋子来，只见她穿一件粉红布短褂子，露出两只光手臂，滚圆雪白，像两截雪藕似的。便笑道："啊，你的手胳臂，洗得真白净。"秀文笑道："我们的身体，给人家去画，黑不溜秋的，那岂不是一桩笑话？"秀儿红了脸道："还要洗得这样白净，才让去画吗？"秀文笑道："就是不让人家画，也得洗得白白净净的吧。"她口里说着，就把墙上挂的长衣服，套在身上穿着。手上扣着纽扣，人就向放梳妆台的桌子边跑去，弯了头，对镜子照了两回，抿抿嘴唇，露露牙齿，还将手，理了好几回鬓发。秀儿笑道："你每天出去，都得这样拾掇一回吗？"秀文笑道："一个大姑娘家，出门总要穿得齐齐整整的。"

徐老头坐在隔壁屋子里抽烟呢，这就隔了壁插言道："李家大姑娘，这些话，你就别问了。回头你跟着我们姑娘，一块儿去试工就是。你是一个聪明人，自然可以见事明事，用不着多问的。"秀儿听了这话，也觉得自己不应当多问，便坐在旁边椅子上，静静地对秀文看望着，秀文穿好了衣服，漱洗搽抹了好大一会儿，还喝了一杯茶，这才同秀儿说："走吧。"秀儿听到说一个走字，心里倒是卜卜地乱跳，坐在椅子上，低了头不肯立刻起来。秀文低了头，牵牵自己的衣襟摆，又对镜子照了一回，这就向秀儿道："我们这就试工去了吧？你的意思怎么样？"

秀儿且不答话，向那搁梳妆合的两屉小桌上望着。红枣木的小梳妆台，下面两个抽屉，支起一面巴掌大的镜子，左边一瓶雪花膏、一只料器扑粉缸，右边一只汽水瓶子，插了通草扎的年花儿。除此之外，放了一把茶壶、四个茶杯，有一个是没柄的，茶杯上画着红牡丹花。又是一盏罩子煤油灯，套着一张圆纸盖儿。秀文见她注意这些，便笑道："秀姐，你爱上这桌上什么啦？你要，就挑一样去。"秀儿抬头笑道："我在这里想着呢，出门若是遇着了人，那倒是怪不好意思的。"秀文在抽屉里寻出一块雪白的手绢，塞在纽扣缝里，这就笑道："这叫做贼的心虚。咱们哪天上午，也许出门，就独今天早上出门，会犯着什么毛病吗？"秀儿听到说做贼两个字，心里是十分地不高兴。可是既然求秀文介绍做事了，也不得在这个时候，去得罪了她，只好红着脸，慢慢地站起来。秀文对她看了一看，似乎也就了解她的意思，不再说什么，起身向外面走去。秀儿扯扯衣襟，用手摸摸头发，也只好跟了出来。

到了大门外，自己是不住地在那里警戒着，别碰着熟人，因之只管低了头，脸上的红晕涨得耳朵都发了烧。自己根本就不去看人，至于是不是有人来看自己，这就不得而知了。走出了胡同口，秀文雇了两辆人力车，各坐一乘。秀儿只觉人在车子上，就如得了皇恩大赦，车子到哪里去，根本也就没有听得清楚。她一路之上，怕碰着人，头总是低着的，等到车子停住，她把头一抬，才看到是到了一所铁栅围墙的大门口，在大门外紧立着一个木制的岗位，一个拿棍子的警士在门外徘徊着。看到之后，不由得吓了一跳，难道把人送到衙门里去？就在这个时候，却看到一批批的青年男女在大门下进进出出，就猜着了，是到了学校了。也不知道什么缘故，立刻自己的心房也就随着卜卜乱跳。那徐秀文倒是毫不在乎，立刻跳下车来，掏出两张铜子票，分给了两个车夫，向秀儿点点头道："你跟着我来。"秀儿下了车，秀文轻轻地对她说了一声道："你别害臊，有什么事，我都会给你拿主意的。"秀儿还能说什么呢，脸上红得耳朵发烧，心里跳得人失了主宰，分不出东西南北来。可是也不管那些，只是垂了头，跟着秀文后面走。

这是个中西合璧的房子，穿过了一个院子，又是一个院子，也不知穿过了几重院子，却到了一所洋楼下面。秀文走上了几层台阶，回头向秀儿勾了几勾，笑道："你来呀。"秀儿三脚两步抢上了台阶，紧站在秀文身后，还用手微微地牵住了秀文的衣襟，把身子半侧着，倒向外看了去。秀文用手轻轻地敲了两下房门，里面也不知道有人说了什么话，她就推门进去了。秀儿眼看了秀文的后脚跟，慢慢地轻轻地走进屋来，眼面前仿佛是站有两个男子，可是自己没有敢抬头去看。却听到有一个人道："哦，你带人来了。就是她吗？"秀文答道："是她，还不成吗？"又一个人道："当然成，她愿意论钟点，还是愿意论月？"秀文道："若是三十块钱，她就愿意论月，但不知道有几个钟点？"那人道："至少是二十个钟点。"秀文道："那你干脆说，除了礼拜，每天都要来就得了。"听那个人笑道："这不比来一回一块钱强吗。"

秀儿听到这里，再也隐忍不住了，微抬头偷看时，是一个穿蓝布大褂的先生，年纪约莫三十来岁，黄瘦的长脸儿，向下一板，倒有些阴险的样子。另有一个是穿西服的，约莫有二十多岁，头发梳得溜光，尖尖的脸儿，倒还白净，只是鼻子边上，有几个白麻子。他在西服上边的小口袋里，还露出两个花绸的手绢角，是一位爱漂亮的先生了。他鼻子上架了一副圆框眼镜，不住地在眼镜里面，用那乱转的眼珠看人。

秀文这就向秀儿道："我给你引见引见吧。这位穿长衣服的是彭主任。这位穿西服的是殷先生。"秀儿心里想着，到了这种地方，别缩头缩脑的，索性大方一点儿吧。因之板住了面孔，向这二人，各鞠了一个躬。这才看清楚，这屋子里有四张写字桌子，除空了两个位子而外，还有两位先生在低着头写字呢。有一张写字桌子旁边，立着一个四方的铁柜子，漆着绿漆，在柜子锁窟窿眼里，正挂了一把钥匙在外。那桌上放了好几本黑漆书皮的大本子，又是一把算盘，在算盘缝里，倒插了一支笔。

那个穿蓝布长衫的先生，就坐到那边去了。两手按了桌子，向秀文道："不管什么价钱，她今天来了，不让她白来，下面一堂，西画二年级，就画模特儿，让她去试试吧。钱也不妨你先带了去。"说着，他一转坐的转椅，反手把那铁柜子门打了开来。秀儿向里面张望着，原来这柜子的铁板是很厚的，里面的钞票像字纸篓里的字纸一样，很乱地堆放着。还有一个小藤簸箩，白晃晃的全装的是现洋钱。彭主任伸手在藤簸箩里一掏，就掏出一块现洋，当的一声，抛在桌角上，向秀文道："你拿着。"秀文道："人家试了工，倒不怕主任不给钱，这不忙。我自己有点儿小事求求你。"她说话的声音是非常之低软，同时，向桌子边走近一步。

那位彭主任本来把面孔板起来，好像有谁杀了他家里人似的。可是当秀文走近两步，又低声和他说话的时候，他的脸色也就和悦可亲起来，向她脸上望着道："你有什么话说？"秀文笑着把身子扭了一扭道："你还有什么不知道的吗？我们就是欠缺两个钱。我家里有点儿急事，跟你借十块钱用。"彭主任对屋子里几位办事的先生都看了一眼，见各人的样子，都还平常，便答道："十块钱太多了，不能破这个例子，你先拿五块钱去用。可是我们有话要先说明，下个月你不能再支了。"秀文道："下个月再说下个月的吧。"她说到这里，就不免哧地一笑。那彭主任倒好像是个规矩人，并不因她笑了，就跟着笑。在那铁箱子里，拿起一叠钞票，在浮面掀了一张，又掷到案角上，对秀文道："拿去吧。"说完之后，他把钞票放到铁箱子里去，啪的一下把箱子门关了。

秀儿看到许多钱，那还是初次。又看到秀文开口和人要十块钱，虽是打了一个对折，那钱也就立刻拿到手里了。钱在他们身边，竟是这样容易。站在秀文身后，呆了两只眼睛望着，不知道走，也不知道当说什么是好。彭主任这就向秀文道："你带她到教务室里去吧。"秀文把桌上六块钱取到手里，然后向他一鞠躬道："谢谢你哪。"于是牵了一牵秀儿的衣襟，把她引出屋子来。

秀儿到了这里，肚子里那一句话，万忍不住了，便低声问道："这个姓彭的，在这儿干什么的？他说的话，就能算数吗？"秀文道："他是总务主任又兼会计，大小事儿一把抓，他红极了，关乎银钱的事，不能不和他去商量的。"秀儿道："那么，凭他一句话，咱们这事就算成了吧？"秀文道："不，找人归他们找，要不要，可得由教务主任做主。教务主任答应了，还得由他引你去见教授，教授说成，那才成了。"秀儿道："为什么这么些个麻烦？"秀文道："这个我一时也说不清，将来你在这里混一些时候，你自然就明白了。"

秀儿听到一个混字，心里很不以为然。因为常听到人说，那在胡同里的女人，人家就说她是混事的。一个做姑娘的人，怎好随便就加上一个混字？可是到了这里，一切都要听她指挥，人家纵然说错了个把字，那也没法子去跟人计较。猛然一抬头，转过一道回廊，又到了一排屋子门口。这里是一所五开间的大屋子，进了正中的堂屋，顶头遇见七八个男学生，全把眼睛向人身上盯了来。秀儿哪里经过人这样看过，不由得飞红了脸，把头低了下去，所幸这些学生，虽是把眼睛向女人看着，可是他们的脸色，全是板得铁冷的，一丝笑容没有。

秀儿这就想着，若是像他们这样，规规矩矩地见着面，那倒没有什么要紧。心里如此揣想着，不知不觉走进了右边的屋子。这里面倒是和其他的屋子不同，墙上挂着那花壳子的洋本子，像洋货店里挂手绢一般，一排好几十本。还有几块白木板子，上面挂了大拇指大的小洋铁片，全不知是什么玩意儿。此外好些书架子，堆了书。两张写字桌，一直一横地摆着。直桌上坐着一位年纪轻的人，正低头在那里写字，桌子上堆的信纸信封很高，他只管忙着向下写，虽有人进门来，也不抬头看看。那横桌面前坐的一个人，约莫有四五十岁，也是穿蓝布大褂，口角里斜衔了一支雪茄，人仰靠在椅子背上，眼望了雪茄头上冒出来一卷一卷的青烟。看他那情形，似乎在想什么，出了神。

秀文老远地站着，轻轻咳嗽了一声，然后轻轻叫道："刘先生，我们来啦。"那刘先生把昂起来的头放直，向前看着。秀文立刻鞠了一个躬下去，但是那位刘先生，并不怎样地睬她，只是把眼睛望着，头也不肯勾一下。秀文缓缓地走近了几步，才道："刘先生，这是我们伙伴，她姓李，让你瞧瞧成不成，假如是成的话，今天让她先试一试。"刘先生听了这话，就向秀儿身上看来，因道："就是她？"刘先生说了这句话，对秀儿由头看到脚，随后又由脚看到头，这就点了两点头道："她倒也可以。今天西二有两点钟，她就能去吧。"秀文笑道："今天先让她试试得了。"刘先生道："这又不是平常人家住宅里雇用老妈子，还要试个什么工？"秀文道："当然她是愿意一说就妥，不过她是没有干过这事的，恐怕她闹不惯。她要是不愿意呢，以后就不好说了。"刘先生道："难道来做什么事，你没有和她说明白吗？"他说着这话，取下口里衔着的雪茄，在烟缸子上弹了两弹灰，眼光可是向秀儿脸上看着。

秀儿退着在秀文身后闪了一闪，把头低了下去。秀文道："大致她是知道的了。我们到这里乍上工的时候，也不是糊里糊涂，就上了堂的吗?"刘先生吸着烟想了一想道："好吧，那就让她去。"他说着，用手按了一按墙上的电铃，这就有一个听差跟着进来。刘先生道："你把这个新来的，带去和陈先生见见，然后带到第五教室。"秀儿对于这些话，都不大懂，便由那个听差引着到了对过屋子里去。这屋子里，和那边不同，中间放了一张大餐桌子，四周全是大大小小的几张沙发。老老少少的，七八位先生，分坐在四周。有的戴了瓜皮小帽，穿上大坎肩。有的穿了西装，口里衔了一只小烟斗，嘻嘻哈哈，说得很是有劲。

秀文一走进来，大家都向这面看过来，秀儿跟进来，就不敢向前去了。秀文好像是很熟，直奔一个穿西服的中年人身边去，她弯了一弯腰道："陈先生，这就是彭主任让我带来的一个人。"陈先生手握了烟斗，由嘴角里带着口水拖了出来，向秀儿一面点头，一面打量着，因道："她以前做过学校模特儿吗?"秀文摇摇头。陈先生道："私家模特儿呢?"秀文还是摇摇头。陈先生道："好吧，让听差带她上第五教室。"陈先生说着就按了墙上的电铃。随了这铃声，果然那听差进来了。陈先生把话告诉他，他就对秀儿说："你跟我来。"秀文道："你跟他去吧。我也得去上堂，完了事，我会来找你的。"秀儿本想请秀文送了去，可是当了许多人，这话说不出来，天下没有一辈子全靠人的。她于是不再多言，随在那听差身后，走出这屋子去了，心里像小鹿撞着一样，也不知道怎么是好。只有绷住了脸子，低了头，跟着那听差走。

这个学校真是大，左一个回廊，右一所院子，只管转着。连连地转了五六个弯之后，自己也就分不出东西南北，不知道到了什么所在。后来到了一幢庙样的房子门口，那听差就站住了。在那走廊的红漆柱子上，挂了一块白漆牌子，上面写着五个字"第五教室"。在走廊子外面，有两棵杨柳树，和一棵海棠。有一部分树叶子，带了一些微黄的颜色，似乎在这里告诉人，这是秋天到了。在这三棵树下，是一个长院子，摆了大大小小的许多花盆。二十几个男女学生，一点儿也不分界限，说着笑着，散在满院子里。有的人也向她看来，似乎带一点儿诧异的样子道："今天换了一个新的。"

秀儿对于这些，都不去问，只是低了头。那听差似乎也知道她难为情，抢先一步去推开了门，让她进去，径自走了。秀儿明知道是躲不开人家注意的，不过能暂避一时，也就暂避一时，因之跑了两步，就抢进屋子里面来，到了教室里，这倒让她心里称奇，全不是她所猜着的那个样子。

这屋子里，并没有一排排的桌椅板凳。七零八落，全是些竖起来的木棍子，每根木棍子上，斜斜地钉了白木板子。那上面有钉着厚纸壳的，有钉着白纸的，红的画着苹果，绿的画着香蕉，灰黑色的画着瓶子罐子。白的和黄的，画着人脑袋和半截身子。这都罢了，墙上钉有几张画，全画的是光眼子女人，王家姐儿俩、倪素贞徐秀文的像，全画的有，姑娘家那两个大乳，画得活灵活现。这可是新稀罕儿，念书的地方，有这么闹着玩的吗？这个样子，难道先生全不管吗？男学生罢了，那些女学生，谁不是大姑娘？瞧了这份儿寒碜，她们也不含糊吗？

她心里一面在疑惑着，一面向屋子里打量。只见四周的窗户，全用纸在玻璃上贴了一层，所以里外都看不见。正面放了一个大高柜子，又像是木炕，上面放了一床毯子，却不知道做什么用的。在墙角上，斜放了四扇绿布屏风，似乎那里面挡住了什么。在屏风外，倒放有两张茶几，上面铺了花布，乱堆些菠菜萝卜。还有一个筐子，里面放了几个苹果和一只死鸭子。真是越看越新鲜。

秀儿正是这样地打量着呢，只听得远远的地方，当当当有几声钟响，就在这时，二三十个男女学生，向屋子里拥了进来。这些人进来，各站在一个架边，全向秀儿打量着。她心里就想，这大概就要动手画了。自己可得沉住一点儿气，别露怯。只是自己也不知道站在哪里是好，挨挨蹭蹭的，就站到那屏风边来。随后，那位陈先生来了，咚的一声，将屋门带上。他直奔到秀儿身边，脸上并不带笑容，很自然地问道："你怎么还不脱衣服？"

秀儿还不曾答言，一抬眼皮，看到屋子里这些个人，脸早就变成了紫色。陈先生道："你到那屏风里去脱衣服，脱了快出来，别耽搁时候。"秀儿低声道："脱多少件呀？"她不问犹可，问过之后，全堂的男女，哄然的一声，笑了出来。陈先生回转身，向大家重声道："人家是初次上堂不懂规矩，别起哄。"于是又向秀儿道："你去脱衣服吧。这没有什么，为了艺术，可以大方一些。"秀儿在王氏姊妹家里，艺术两个字，听也听得烂熟了。虽不知道艺术两个字，当什么意思讲，可是一抬出来，却很重大的，似乎忠孝仁义，全没有这两个字吃香。

秀儿想既然说到艺术，那就为了艺术去脱衣服吧。因之她慢慢地走进了屏风去。这里虽是一个小犄角，倒放了一张方凳子，墙上还钉了一个衣钩，预备人家挂衣服。她正要坐下来，先考量一番，那陈先生隔了屏风，轻轻喝道："快脱呀，我们这儿一堂人，全等了你上课呢。"秀儿想着，这里举目无亲，秀文又拿了人家一块钱了，若是误了人家的事，恐怕要受罚的，再说自己落在这课堂里，受了人家的包围，要逃也逃不出去，脱了衣服也罢，谁叫我今天到这里来试工的呢？要不然，他们也不会让我走的。一面想着一面就伸手解自己的纽扣，总解有五六分钟之久，还不曾了事。陈先生不由得跳了脚道："小姐，你快一点儿吧，这里全等着你哩。"

秀儿听了他这话，由屏风的缝里，向外张望着，果然的，那些男女学生，全站在那里，直挺挺的。这若是不解开衣服，这些人肯答应吗？因为如此，自己就直率些，把外面长衣服脱了，只剩贴肉的一件短褂子。陈先生道："喂，你怎么啦？快点儿吧。"他说着这话，手扶了屏风，向屏风头上，伸出脑袋来张望，轻喝了一声道："快脱了出来，不脱，我可急了。"

秀儿听到他那种发急的声音，只得把那件短褂子也脱了。里面还有一件紧身红布小背心呢，胸面前紧紧的一排白骨扣子，把两个乳峰，束得包包鼓鼓的。自己低头一看，光了两个手膀子，也透着怪寒碜的。只是人家外面催得很急，这可就不能耽误了，一横心，就低了头走出来。不想刚出屏风，全堂一阵哈哈大笑。吓得自己抱了两只手臂，回转头就向屏风里一钻。陈先生大声喝道："你到底干不干？"秀儿低声道："我怎么不干啦？可是他们全笑我呢。"陈先生道："谁还叫你上下衣服全穿着。我告诉你，连裤子也得解下才算，袜子鞋子也脱了。你不干，你就不该来。你来了，你又这样推三阻四的。你家里还有什么人？我们得派人到你家去，要你们赔偿损失，弄这么一个人来，真别扭。"

秀儿一听到他说要到家里去问人，心想：这事让父亲知道了，可吃罪不起。再一横心想着，到了这步田地，死也只好死了，谁叫我贪图这三十块钱一个月呢？这就当是把我上了绑，抬出去枪毙吧。她也莫名其妙地有些生气了，把胸面前这一排纽扣，卜碌卜碌，一阵风似的解开，脱下背心，提起来向方凳子上一抛，接着把别的下衣也都脱了，陈先生只管在屏风外面徘徊，用眼睛不断地向里面射了来，也就看到她，已经是把衣服全脱完了的，这就向她轻声喝道："快些，等着你太久。"

秀儿这才坐在那方凳子上，把袜子鞋子全都脱下来，可是背转了身子朝墙里，不敢对着屏风。同时，自己才明白过来，靠着屏风不远，还烧着两个白炉子，屋子里兀自热烘烘的。像这样的初秋天气，本来是用不着这个，倒有些疑惑，原来是为着模特儿脱光了衣服用的。现在把衣脱了，不知道是心里发慌，闹得全身发热呢，也不知道是靠近了炉子，身上烤得发热呢？总之，自己脱得根纱不挂，比穿了衣服还要热些。自己正如此想着，慢慢地把鞋子全脱下来。心里还在那里打着主意，还是出去呢不出去呢？拼了我不挣这三十块钱，他们还能够把我宰了吗？一个大姑娘家，脱得赤身条条的，坐在许多人面前，让人去画。这不但是用刀来砍自己，那简直是用尖刀一块一块地挖着身上的肉。钱，实在是好东西啊。可以把十七八岁的黄花闺女，买着光了眼子坐到人面前来，让大家瞧，这是什么话。有钱的人，真是无孽不作。可是女人也下贱，为了一块钱，光眼子让人瞧大半天。

她在这里，又悔又恨，正要想个办法打退堂鼓。不想那位陈先生却来个绝招儿，两手抱了屏风，突然地向旁边一推，叠着靠墙放了，立刻秀儿成着光了身子，背对着人坐了。她回头一看，吓得两手按了小腹，把身子弯了下去。一颗心像打秋千一样，直要跳到口里来。同时，两只大腿只管打哆嗦。她不但不知道是脱光了衣服，而且也忘了是坐在什么地方。人坐着死过去了。陈先生道："喂，你现在可以掉转来了。坐在那里不成，你得坐在这木炕上来。"

秀儿不知道是没有听到，也不知道是听到了不敢回转身来，依然那样坐着，动也不一动。陈先生不能和她客气了，手里抓住了秀儿一只手胳膊，就向这木炕边拖过来。秀儿被他拉着回转身来，也不敢抬头，跌跌撞撞地走了过来。在这样百忙中，也曾偷眼去看看那些学生，见他们全是瞪了两眼望着，并不带什么轻薄样子，好像一个光眼子姑娘站在他们面前，也不过是在这里摆着一个大的泥人儿，事情是很平平常常。

不知道自己是怎样地坐到这木炕上来了，也不知道陈先生是什么时候放下了手，他两手叉了腰，站在旁边，向秀儿望着。他似乎知道秀儿失了知觉，于是向秀儿道："把身子歪一点儿坐着，右手撑住右脸，左手抬起来，扶着后脑勺。"秀儿先是不知道这些话，经陈先生接二连三地说过几句之后，她才明白了，就照着他的话，做了那个姿势。陈先生道："好，就是这样坐着，不要动，脸上可以自然一点子，不必做出那害怕的样子。咦，怎么只劝你，你只发抖？"

秀儿被他一句提醒，才知道身上在哆嗦。记得小的时候，叫人家说故事，说到那鼓儿词里的人，全家绑上法场去开刀的时候，就不免替那些人发抖。于今自己脱得根纱不挂，这比把人绑上法场，还要难受得多。怎么不发抖？可是发抖又怎么办？这个干净身子，已经让人家看过了，若是不干的话，白让人家糟蹋了一上午，三十块钱一个月的指望，那就没有了。现在上了钩，就怕人家不要，不但不能哆嗦，还得坐得好好儿，讨人家一个欢喜才对，心里是这样转着念头，就极力地镇定着，不愿身上再哆嗦。然而心里只管去极力镇静着，可是这浑身的肌肉，只管是收缩得抖颤，叫人毫无法子应付。不得已，只好紧紧地把牙齿咬着。

这样地忍耐着，也不知道是经过了多少时候，抬起来的那只左手，曾移动了一下。陈先生道："叫你不要动，你就不要动，为什么把手移下来许多？你还是那样坐着的好。"秀儿被他重声说着，也不敢抵抗，只得还把手抬着，搁到原地方。到了这时，她才知道，当模特儿的人，不但是脱光了衣服，这一份羞辱是人受不了的。便是这样坐好了，动也不许一动，也就别扭得可以。尤其是抬起来的这只胳臂，扶着后脑勺子，不解这是什么玩意儿。酸溜溜，慢慢，简直有些抬不起。就在这个时候，又听到远远的钟声响了几下。满堂的学生都有些走动。那陈先生就对秀儿道："好啦，你到屏风后边去休息几分钟。"

秀儿对那墙角里一看，屏风还叠着靠在墙上呢。陈先生也就知道了她的意思，因道："那你就披着衣服在那凳子上，坐一会儿吧。"秀儿听见，也不答复他一句话，自走到那墙边，在凳子上坐着。随手在挂钩上取下长衣来，披在肩上，就把两手抄住衣襟，低头不语。虽是低头不语，却也不断地将眼珠偷着去看人。这就看到有两个穿西服的男学生，各站在一只画架子边，手里倒拿了笔，在空中摇摇晃晃。一个口里唱着爱拉浮油。另外一个人，可是撮了嘴唇，在那里吹哨子，那哨子的音调，倒吹得和爱拉浮油的歌子一样。他们虽是在那里唱着吹着，眼睛可是向这边看了来。秀儿心里也就默念着，秀文说是学生很规矩，不和人捣乱，这话可是有点儿靠不住，他们不还是偷着瞧人吗？这样看起来，将来麻烦还多着呢。

她的念头没有转完，又是一阵钟响，只看男女学生们，各站到画架子边上去，也就知道继续着要画。好在第一次已经画过了，这就也不感到什么困难。经陈先生一招呼，脱下衣服，干脆就坐到那木炕上面去。照着以前那个样子，一直再画过两点钟方才了事。那些学生们只听到远远地送来一阵钟声，也不必先生说什么话，大家一窝蜂子似的，就拥出了教室门。那陈先生这就回转头，向她带了笑脸道："没你的事了，你穿上衣服回去吧。头一次，你总是觉得生疏一些的，过久了，自然也就成为习惯了。"秀儿对于他的话，听是听到了，也并不答一句话，自走到墙角边去。把长衣先披着，然后慢慢地去穿小衣。远远地还有两个男学生在那里站着，左手托着颜色盘子，右手一下没一下地蘸着颜色，在画板上爱点不点地涂着。陈先生道："十二点了，你们还不下堂？"那两个学生，对先生看了一看，方才收拾着颜料匣子，对画板上的画端详了一会儿，带着笑容而去。

秀儿在这时也就把衣袄全已穿好，低了头抢步出门，可是到了院子里以后，倒有些糊涂，不知道由什么地方进来的，也不知什么地方，是东西南北，估量着，来的时候，在柳树下穿过一道回廊，因之依旧顺了那回廊走。刚转一个弯，后面一阵皮鞋响，有个人追了上来。秀儿倒也不敢理会，依然向前走。那皮鞋声直由身边抢过去，那人才回转身来说话，低声道："喂，你不是要出大门去吗，走错了，这是到音乐系去的路。"秀儿这才站住了脚，向那人看去。见他上身穿件蓝衬衫，套了一件小坎肩，脖子下用那黑绸子打了一个拳头大的疙瘩，胁下夹了一件灰色衣服，一顶黑呢帽子，很宽的边，向脑后戴着。一张麻雀牌的三索脸，还是黑黑的。不就是刚才在第五教室里，那唱爱拉浮油歌的人吗？拉痢也好，拉稀也好，拉浮油是什么病？他还爱拉呢？瞧他这副形象就够缺德，歌也不唱个好的。他拦着问话，准没存好心，可别理他。可是不理他又怕真走错了路，这倒让人很为难呢。正是这样踌躇着呢，低了头闪到一边。身后就有人叫道："秀姐，你往哪里走？那不是出去的路。"

秀儿回头看时，正是秀文也追着来了，她一只手放到右胁下，还在那里扣着纽扣呢。那个穿西服的学生就说了，笑道："你看怎么样？我没有把话来骗你吧？"秀文只瞟了他一下，没有作声。秀儿当然是一切全学秀文的样，也只看了看那人的颜色，依然还是不作声。秀文这就挽了秀儿一只手臂道："你家里人大概正望着你呢，快跟我回去吧。"她们回转身，走起路来，脚步是很忙。只听到那个学生，在身后淡笑了一声。这一声淡笑，虽不知道是含了什么言语在内，但是不怀好意那是可想而知的。

秀儿走出大门来，这才回转头来看了一看，然后低声向秀文道："你瞧，敢情是这么回事。"说着，她的脸就红了。秀文道："你别放在心里，我们不全是这样的吗？咱自己是干净身子，总是干净身子，给人画画，也不缺少咱们身上一块什么。"秀儿道："一个做姑娘的人，脱得一丝不挂，坐在许多人面前，那不算不要脸，简直是死了心，今天这一回，我仿佛是绑上法场开刀，又放回来了。法场上放回来，死中得活，那是一件喜事。可是现在我呢？算是死过去了。现在和你说话的，那是一个僵尸。"秀文听她说得这样的严重，这话要跟着向下说，仿佛是自己劝着人家上当，怪不好意思的。于是对她笑道："有话回家再说吧，你忙什么？"她说着，向街边的人力车招了两招手。车子拉过来，不讲价钱，就推着秀儿上车。上了车子以后，秀文还让秀儿的车子先走，她在后面跟着。

秀儿在车子上的时候，经过了什么街巷，自己也全不知道。只是心里在那里转着念头，瞒了父亲做出这样的事来，凭良心说，真没有脸面去见他。最好身边飞过来一辆汽车把我撞死了吧。要不然，这大街之上也不是没有个寻死的法子。若说并不算回事，别放在心里，父亲不知道也就别露出惊慌的样子。可是自小长到这么大，真没有听到这么一回事。平常在家，露着两只手胳臂，都不好意思见人，于今倒是光了眼子，坐在几十个人面前，让人去画，这让人知道，那还能去见人吗？再说让父亲知道了，他不拿出刀来把我宰了，也会叫我自己寻死。自己真糊涂，不该贪图那三十块钱的薪水，就做出这种事来。她越想越悔，越悔越恨，也忘了人在哪里。忽然身子向前一栽，人几乎是倒下车子来，这才抬起头来看看，是到了自己家门口了。正不敢见父亲，马上就要见父亲，她第二件为难之事又跟着来了。

第十一章

这一群艺术信徒

那李秀儿去当模特儿，虽说是自己受了银钱的引诱，同时也就是为了父亲贫病交迫，不得不去找一条出路，好容易把这条路找着了，似乎是把问题解决了，这就该安心了，转念一想到，若是这个样子过下去，那和当娼的人有什么分别？卖了父亲给我的身体再去报答父亲，那还不是消长两抵吗？她在羞悔之外，第三点又感觉到有些不合算，所以她是越想越不得劲。到了大门口，自己呆站着，却是不知进退。秀文看到，便走向前，轻轻地推着她的身体道："秀姐，你这是怎么了？你老早地出来，你老爷子要个茶要个水的，全不见人，到了这个时候，你还不该回去瞧瞧吗？"说着，她也就把学校里取来的那块钱，悄悄地塞到秀儿身上，秀儿被她一句话提醒，手上捏了那块钱，赶紧地就向家里跑。

一到院子里，就让自己吃上了一惊，李三胜却是搬了一条板凳，拦屋门放下，正端端地坐在那里。他两手撑着膝盖，瞪了眼睛朝前望着，那样子就怕人。莫非是他知道了这事，进门就要给人一个下马威吗？她如此想着，心里就只管卜笃卜笃起来。原来很快的步子跑进门，到了这时竟是有些抬不起腿来了。李三胜大概也是很生气，始终是瞪了两只眼睛向她望着，可也没有问一句什么话。秀儿慢慢地移着脚步，走到三胜面前，才极力地镇静着，脸上放出笑容来问道："爸爸，你怎么起来了？"李三胜依然不作声，望了她很久，然后才叹了一口气道："你还问我呢？我一个病人，什么不得人帮着我来办。你一丢开我就是这样大半天，你叫我不起来，还有什么法子？难道我躺在炕上，静等着饿死渴死不成？我自烧水喝了，又做点儿东西吃了，总也不见你回来，我只好搬了一条凳子，在这里坐着等你，你再要不来，我真要坐着车子，满街满市，找你去了。"

秀儿笑道："我也是瞧你的病，老好不了，所以到娘娘庙里给你抽支签去，我又没上去不得的地方，你着什么急？"她嘴里是这样地强辩着，脸上可也就红了。三胜道："我也猜着，你不会到什么要不得的地方去。只是你走出去这么久，我心里总有些不踏实。你事先告诉我一声儿，不也就免得我着急吗？"秀儿一看这情形，父亲竟是不大疑心，于是走向前，挽住他一只手臂道："天气也凉，你坐在这儿吹风干什么？还是到炕上去躺着吧。"口里分明是请求着，可是挽着他的手，那竟是有些拖扯的意味了。三胜虽然是有气，经姑娘这样一解释，她也是一片孝心，做父母不能那样不懂好歹，也就只好随了她那份拉扯的势子，跟着向屋子里走去了。

秀儿将父亲服侍得安然躺下了，自己和颜悦色地坐在炕沿上，没话找话地陪着父亲说了一下午的话。可怜自己肚子里饿着发烧，也不敢走开去做东西吃。直到三胜睡着了，才跑出门去，买了几个冷烧饼，干嚼了一顿。桌上破茶壶，剩有大半壶凉茶，端起壶来，嘴对嘴地咕嘟了一阵子，算是把肚子里一腔饥火给压了下去。然后坐在房门槛上，一手撑了头，闲望着天上的白云去出神。偶然一回头，却看到街门外有个人向这里探头探脑的。定睛看时，王大姐站在当街，带了笑容，向这里乱招着手。

秀儿看到她，也不解什么缘故，就像自己做了贼似的，不好意思亲近人家。但是自今日起，已经和她们发生一种关系了，假使她们招着手，自己不走过去，那是会得罪她们的。因之回转头来向屋子里看看，这就轻轻地大跨着步子，向大门口跳了去。王大姐迎上前挽了她一只手，就向家里拉着走，低声道："来了电话了，他们很欢迎你的。"秀儿红了脸道："大姐，你瞧怎么办？我真害怕。"王大姐道："这有什么害怕呢？我们当初干这行的时候，也是觉得心里不大受用，到了后来，也就十分平常了。咱们一不偷人家的，二不抢人家的，凭着自己的身子去换人家几个钱，自己爱这么干就这么干，别人管不着，咱们也用不着去怕人。"她叽叽咕咕地说着话，就把秀儿拉到自己的屋子里去。

刚进那北屋子门，就看到王二姐手里拿了电话听筒，正说着话呢。她道："人家还是初次干这个，总不能够十分自然的。人家不为了穷，那也不会干这个呀，总得先垫几个钱给她才好。那么，就谢谢你了。"说着，她把电话筒挂上。王大姐道："是学校打来的电话吗？说什么？"

王二姐向秀儿瞟了一眼，微笑道："是那个方先生打来的电话。他说，让秀姐明天下午去，这就算是正式啦。而且说是可以先支十块钱哩。秀姐不是等着钱花吗？"

秀儿本来懊悔得要死，自己不知道怎么样子是好，现在听说能收进十块钱，不由心里又是一动，怔怔地向王氏姊妹俩望着。王大姐轻轻地拍着她的肩膀，笑道："你这还说什么？你比我们红得多呀。我们乍到学校里去的时候，可抵不了你这样红呀。别胡思乱想的了，明天跟着我们一块儿去吧。"秀儿到了这时，已经是下了水的泥菩萨，无论如何，也保持不了这整个的身体，既是明天可以支到十块钱，那也就坦然地顺着这条错路向前走吧。

到了次日下午，还是在第五教室上课，但不是上西画二年级的课，是上西画三年级的课了。这一下，二年级里出了问题，原来这西画二年级里，有两个最出风头的男学生，一个叫章正明，一个叫段天得。追着秀儿问话的人，那个就是姓段的。他是本班的代表，昨天他对秀儿写生的时候，大为惊讶，从来没看到过这样的模特儿。于是在这日上午，他就联合了章正明，同到教务室里去见刘主任。刘主任接着两封朋友的信，都是要钟点的，心里就老大地不高兴，看到章、段两人进门，还没有开口，这就先皱起眉毛来。

章、段两人，向来就不爱看刘先生的颜色，他越发愁，这两个人可就越要向刘先生来麻烦。那段天得先近前一步，向刘主任望着，然后正了脸子道："刘先生，我们西二全班同学，委托我们两个人来，有点儿事向刘先生请求。"刘主任向他两人翻着眼皮望了去，因道："你们西二的要求，总是层出不穷，哪有这样多的事？"他说着话，把桌子面前的那块玻璃板，向前推移了一下，向桌上吹了一口灰，把笔筒子里的笔扶着倒在一边，而且把桌上的铅笔也当的一声，向筒子里掷了进去。他的眼睛，却又不曾向章、段二人望着。章正明道："我们也并不是非理的要求。只因为我们二年级，应该多多注重画人体，画了一年的静物，同学全觉得够了。"刘主任两手按了桌沿，向他二人看着道："够了？你们西二全班的作品，都算成熟了吗？"

这句话问出来，那是比较严重，段、章二人全感到同班的作品不见得成熟，不敢强硬答复，默然了一会儿。刘主任一句话把他们问倒，心里是很得意，便淡笑道："艺术是无止境的，够了，这谈何容易？"章正明道："这一点，我们应当解释一下子，因为我们说够了，并不是艺术已经够了，是给我们画的静物，总是苹果香蕉，这太烦腻了，引不起同学们的兴趣。"刘主任道："若是为了这个问题，那很好办，我通知庶务科，你们开出单子来，要画新鲜东西，让他照单子采办好了。再说，你们每次画静物，不都是开着单子交给庶务科去采办的吗？"段天得道："向来倒是如此。不过我们想多画两点钟模特儿，把画静物的钟点减少些。"

刘主任道："那不行。"说着，红了脸将头一摆，又道："画西画，总有一定的阶段，画静物之后，才能画石膏像，会画石膏像，才能够野外写生，同画人体，你们新加六小时模特儿，这还是陈先生的主张，我就觉得太多。为什么你们还要加？"段天得道："那自然有理由。"他两手反在身后，挺了两下胸脯子，表示着他的理由充足。刘主任道："你们有理由，你们说出理由来听听吧。"章正明接着道："听到说，我们新雇的这位模特儿，是包月给薪水的。那么，我们多画两点钟是照样给那些钱。不画呢，白让她闲着。我们画人体，学校就不用买静物，标本来了，为了在经济上着想，也是画模特儿的好。再说，在实用方面，总是人体画为多，现在提倡艺术生产化的时候，我们觉得应当多多练习人体画。"

刘主任忽然站了起来，把两手反在身后，在屋子里来回踱着步子。在他这犹豫期间，他是预备着一种话来驳复这两位高才生。段天得本着向来的精神，却不理会他这种态度，等着刘主任回转身来就向他道："我们同班，对这件事，抱着很大的希望，我们回到教室里，总得给同学一个答复。"刘主任道："你给他们一个答复好了，就说是办不到。"

段天得碰了这样一个大钉子，心里倒有点儿不舒服，翻着两眼，一时说不出什么话来。章正明虽不是直接碰钉子的人，看到刘主任这个样子，也是十分不高兴，便红了脸，扭着脖子道："这件事，我希望刘先生加以考量。若说是我们同班的程度，还不够画模特儿，当然我们也没有这种要求。现在我们既是可以画模特儿，那多画两小时，并没有什么不可以。刘先生也说过了，艺术是无止境的。我们多画两点钟模特儿，正是鼓励前进的意思，怎么刘先生反不答应呢？"刘主任道："你们只是要多画两点钟吗？"段天得道："那就依了刘先生的话，原来功课并不减少，另加两点钟画模特儿就是了。"刘主任顿住了脸腮道："功课不是由学生自由支配的。学校按了规章有一定课程，固然是不能随意减少，也不能随便加多，快上课了，你们不要再在这里纠缠。"说着，还用手连连挥了两下，那意思就是叫他两人出去。

章、段二人，始终持着他们原有的态度，并不觉得有了先生严厉的教训，就把话忍了回去。段天得道："请先生给我们一个最后的答复。倘若同学们再有什么要求，就让他们大家来请求了。"刘主任淡笑一声道："大家来请求吗？那也好，我就在这里等着。"师徒两方，说到这个时候，形势是很僵，不免彼此对抵了眼光，有话也就不能向下说。

恰好这个时候，教二、三年级水彩油画的陈先生有事到教务处来接洽，看到两位调皮生在这里，就知道有麻烦，因道："你二位又有什么事来麻烦人？无论什么学校里，二年级总是多事之区，一年级程度没有修养到，三年级快毕业了，总得好好地干，唯有这二年级无风兴浪。"段天得倒是有点儿怕陈先生，因为陈先生在艺术界里很有点儿地位，自己是颇想投在陈先生旗帜之下，做个人喽啰，出了学校，也好有碗饭吃。这是他未毕业前一种伏笔，也是他为人聪明之处。现在看到陈先生来了，又说出这样很中肯的话，他倒不好再说什么，只有退了两步，闪到章正明后面去。

章正明和老段的情形不同，他家里很有钱，他来学艺术是欣赏主义，并不靠艺术混饭吃，他不用得下伏笔，也就不怕陈先生。当时他看到段天得把他推向前，他倒是当仁不让，便道："陈先生这话，我们可就不能承认了。二年级是过去的一年级，是未来的三年级……"陈先生不等他把话说完，连连用手摇了几下，因道："我又不同你们开辩论会，老说这些做什么？你们有什么事，等下午功课完了再说吧。这时候正上着课呢，你们老是在这里麻烦，不是自己同自己捣蛋吗？段天得，你还不同他走。"段天得这就低声道："老章，我们这就走吧，免得同学老等着我们。"他说着这话，可就转身推了门出去，那章正明孤掌难鸣，也只好跟了他出去。只在走廊上转过一个弯，段天得就变了一个样子了，他板了脸子道："老章，这刘混混儿，实在可恶，把口风封得十分紧，让我们一个字也说不进去，我们总得和他开开玩笑。"章正明笑道：

"你的主意多，你就来一条妙计吧。"段天得笑道："主意是有，靠咱们两个人不行，得多来几个人。明天上午三点钟，是一点钟木炭，两点钟静物。咱们可以在这上面出花样。"章正明道："出什么花样呢?"

段天得还没有答复，已经到了教堂门口，教室外面，倒是很热闹，大部分同学全散在院子里和走廊下。原来这一堂是理论课，讲的是中国美术史，这位讲美术史的先生，是一位画国画山水的。因为和校长同乡，就七拼八凑，除教画之外，又弄了二十几个钟点理论课，包含着书法、词学、诗学、中国美术史。西洋画系的学生本来不用上他的课，校长为了凑钟点的关系，硬在西画系里，每周也加了一点钟中国美术史。中国美术，向来无史，这位先生，又从何学得这门学问? 所以他也不过是买了几本现成的书，拿到课堂上去念念。大家要轰他，他有撑腰的，轰他不动。上课呢，坐在讲堂上真会打瞌睡，因此消极抵制。当他上课的时候，只要注册课的人来点过了名，就是破篓子装泥鳅，走的走，溜的溜，全溜到院子里去聊天。比较用功的，在廊檐下支起画架子来，还可画画。

这时，有几个女生，互相搭着肩膀，在一棵洋槐树下，低声唱《桃花江是美人窝》。有几个男女同学，在葡萄架下，头挤在一处，看电影杂志。也有拿了古本金瓶梅坐在墙角里看的。也有捧了一大捧大花生，放在台阶上请同学的。还有人手里捧着口琴，吹那桃花江的谱子，与洋槐树下的女同学，互相唱和，阳光是热火似的晒着，没有一点儿西北风，好个秋天，大家快乐极了。这时，段、章两人走进院子来，男生就一拥而上，问道："怎么了? 怎么了?"段天得笑着摇了两摇头道："不用提了，我们说什么，老刘就驳什么，任凭什么话也说不上去。我瞧着他是存心和我闹别扭。他说: 全校的学生都不坏，只有我们西画二年级，全不是安分读书的青年，专门捣乱。"这两句话，说得在院子里的男学生，全鼓噪起来。可是女学生们却不理会他们，三三两两，远远地站在一处，交头接耳地说话。章正明看到了便道："喂，女同学们，也别尽站在一边看热闹。"女同学也不作声，只是听到之后远远地瞪上一眼。有两个还撇了嘴，还低声叫着缺德。

段天得是很明白的，女同学虽不见得把男同学放在眼里，但是她们对于接近模特儿的男生，却是十二分瞧不起。在她们口里说了那句缺

107

德，便知道她们是如何的不高兴了。于是轻轻向章正明道："老章，咱们干咱们的吧，反正她们弃权，也不能怪我们，我们现时就在这里开个临时会议吧。"他说着，就跳着站到走廊的矮栏杆上去，把那里当了个小小的讲演台。他只用手一挥，在院子里的男学生，全拥着过来，把他围上了。段天得道："我们对付老刘的办法，共有两点……"同学们随了这话，就哄笑起来，有的喊着，干啦干啦。

段天得摇摇手道："先别着急，让我把办法说出，我定的办法有两点，一是硬干，一是软干。硬干呢，那可得闹到校长那里去，恐怕校长不答应，倒长了老刘的威风，以后就更要同我们捣乱了。软干呢？"说到这里，他就微笑了一笑，似乎是他胸有成竹，那法子很是完美。有几个人就相应着道："那就用消极的手段吧，反正我们旨在胜利，倒不一定研究什么手段的。"段天得笑道："我有一个小小的主意在这里了，老刘对我们说，我们画静物，我们要什么，只管开着单子到庶务科去，他会叫庶务科照办。既是他那么说着，咱们就在这上面，给他开一点儿小小的玩笑。"

众人里面有一位叫陈大个的，笑着道："回回做静物的标本的水果，总说是我吃了，凭着大家在这里，说句良心话，是我吃得多吗？不过回回都有我，这倒是不假，现在我也想破了，反正我负了这好吃的名，今天下午两堂静物，我主张画馒头酱肘子，画完了，咱们将馒头劈开了，夹酱肘子吃。"他一说完，大家哈哈大笑起来。

有一位小赛巴斯祁登的，他长得和那美国电影里冰面人一个样子，而且还穿了一套大身围的西服。这时他就翻了眼皮子道："真不开眼，要敲人竹杠，也不过是馒头酱肘子。"陈大个道："你要吃什么？"赛巴斯祁登挺着胸脯子，伸了一个大拇指道："我要吃烤鸭。"只这一声，大家哄然地笑了起来，有几个笑着弯了腰直不起来。赛巴斯祁登一点儿也不笑，将头四面地张望着道："干吗干吗？就凭这句话，也不至于乐到这个样子。"段天得笑道："他的话，倒是有理，好久没有吃鸭子了，画完了以后，咱们可以打四两酒来解解馋。"

章正明在人丛里一举手道："干吗打酒，咱们不会向庶务科要两瓶白兰地吗？画酒瓶子的多着呢。让我瞧瞧，有多少人？"说着，退后两步，将站在这里的人，一个个指点地数着，因道："这里共是十六人，女同学不加入，我们不勉强了。不过我们十六个人，共吃一只鸭子，每个人只好吃一点儿鸭子皮，我们应该向庶务科要两只鸭子，八个人吃一只肥鸭子，那也就够了。"赛巴斯祁登道："你准知道他们会给我们肥鸭子吗？"段天得笑道："那倒有法子，我们说瘦鸭子没有肉感，不能画，非肥鸭子不可。我瞧着，他们也不能不照办。再说，不肥的鸭子，根本也就不能烤。"陈大个道："那就开三只鸭子吧，宁可白兰地少开一瓶。我不会喝酒。"

说到这里，大家全抢着说要吃这样，要吃那样。有两个高兴的，按着别人肩膀直跳起来，还有人鼓了掌叫好，抛了帽子喝彩的。女同学们是远远地望着，始终没说什么，只是看了他们微笑。章正明也跳上栏杆去站着，将手举了起来道："别乱了，别乱了，再乱就走漏了消息，事情不好办了。现在由我开单子亲自送到庶务科去。"他说着，在西服袋里，抽出一个日记本子，又拔下衣襟上的自来水笔道："我报告，酱鸭三只，三星白兰地两瓶，面包四磅，美国香肠一串。"说到美国香肠，大家齐齐叫了一声好。赛巴斯祁登举手道："主席，我有话说。"段天得跳下栏杆来，笑道："这不是演滑稽电影，别捣乱了，谁是主席？"赛巴斯祁登道："你下来，章正明就是主席。说好了烤鸭，怎么变成酱鸭了呢？"章正明道："这有缘由的。烤鸭凉了不好吃，酱鸭就是凉的好下酒。我把提案说明了，谁还有异议没有。"大家全举了手，说是没有异议。章正明道："既是没有异议，我就到庶务科去了。可是为了事情必定成功起见，希望大家同了我去，以壮声势。"

这群众运动不发生便罢，既然发生出来了，随便一喊，那就有人跟着起哄的。所以他这一声喊过之后，在场的男生，早是一窝蜂地向前跑。女学生们本来不好意思参加这种活动，可是这样热闹的事情，怪有趣的，也不能不看。她们两三个人一组，也是遥遥地随后跟着走来。当这一群人拥到庶务科的时候，庶务先生，先就心里乱跳，后来由章正明交出一张单子，说是要画静物的标本，这是他们本分的要求，那还敢说什么，双手接过单子，不住地向拥在门外门里的学生点着头道："这好办，这好办，马上就办。"段天得由人丛挺身出来道："刘先生说了，我们要画什么，只管开了单子交给庶务科。庶务科不照办的话，可以再去和他交涉。"庶务笑道："庶务科本来就照办的，有了刘先生的话，那我们办着，绝不能缺少一样。"章正明左手挽了庶务的手，右手伸了一个食指向他点着道："马先生，话可交代明白了，不能缺少一样。我们一点钟就画，别耽误了。"马庶务还把那单子捏在手里呢，只说"不能缺少，不能缺少"。学生们见庶务没有驳回，笑着喊了一声好，表示他们胜利，也就走了。

马庶务先生是吓坏了，不知道怎么是好。直等学生都走光了，这才拿取手上的单子看。一看之下，情不自禁地就叫了一声胡闹。他这屋子里还有个助理员，坐在一旁的两屉小桌子边低头誊账，听到这声胡闹，猛然间站了起来。马庶务道："你惊慌些什么？"他答道："我怕马先生和学生冲突起来了，像上次那样，一块砖头差一点儿砸破了我的脑袋。"马庶务笑道："叫我说什么是好，有这样闹着玩的？画静物要酱鸭、香肠，还要三星白兰地。干脆叫一桌席摆到教室里，大家痛喝一场，比什么都强了。"助理员道："据我看，马先生还是去问问刘主任，段天得、章正明这两个人，全不好逗，也许刘主任就答应过他们，是这样办的。"

马庶务摇了两摇头道："咱们也当过学生的，当学生也淘气来着，可没有这样胆大，给先生开玩笑的。这样看来，也许是年头变了。"他说着话，就到刘主任那里请示去。不想刘主任有事，早走了，再去寻彭主任，也走了，没法子，只好自己做主，把酱鸭香肠面包全买了。这单子上，开的是美国香肠。北平城里，做美国香肠的只有两家，一家在东交民巷，一家在东单牌楼。马庶务知道美国香肠同中国香肠，肥瘦差得很远，含混不过去的，只得派人到老远的地方去买了回来。至于三星白兰地两瓶，要上十块钱。画只能画瓶子，可画不出酒来，就找了三个空瓶来配着。到了下午一点钟以前，校役把酱鸭香肠全都送到教室里去。

马庶务心里兀自想着，刘先生不在学校，这样做主买了，也许他不愿意。自己背了两手，只管在屋子里打转。庶务的屋子，可紧连着总务主任的大屋。本想着这件事再请示彭主任一下也可以。可是这位彭先生，为了静物标本的事和学生就争吵过不少次。交涉之后，结果还是彭主任失败。而且他有时还把责任向庶务身上一推，说庶务没有照办。再说事情已经做主了，便是请示过彭主任也不能推卸责任，因之在屋子里转着圈子，不断地想着心事。不料在这个时候，段、章两人又拥着进来了。马先生脸上堆下笑容来，正想对他们说，东西照单子办了，尤其美国香肠，买来很不容易。打算表一表功。不料段天得首先红着脸皮道："马先生，你这样办事可不成。"马庶务卖了很大的气力，不想他劈头一句，竟是说自己不成，这倒不免一怔。

章正明道："我们不是说好了，让你照着单子操办吗？"马庶务道："是啊，全照单子办了。"段天得道："全照单子办了，我们的酒呢？"马庶务笑道："我想着，画酒，不过是画个瓶子，有酒没酒，那没关系。"段天得道："没关系，你知道画吗？"马庶务笑道："我哪里会画？我会画，不干现在这个职务啦。"章正明道："这不结了，你不会画，你多说什么？艺术有它的真实性，要画白兰地酒，就得真正地画白兰地酒，用空瓶子是不能代替的。若是空瓶子能替代，我们画起水果来，用蜡做的模型替代就得了，何必画真水果。你说你不干庶务，这艺术学校里的庶务，我瞧你就有点儿干不了。"马庶务听到他这话，不由得红了脸，只道："这……这……你们这话太难点。"段天得道："你不懂艺术，你就照着单子操办就是了，你一个外行，也到这里来干庶务，那才太难一点儿呢。你若是愿意补救这件事的话，赶快去买白兰地来。"

他们争吵起来，声音未免大一点儿，隔壁屋子里的彭主任听着有点儿纳闷，怎么学生会吵到庶务室里，要买白兰地呢，于是推门走了进来，先就笑道："原来是你二位。"段、章二人，对于刘主任，还有三分惧怯，对于彭主任，向来就不怎么介意，唯一的原因，就由于彭主任不是一位艺术家，每次有了学术上的争点，就硬不起来，这时他走进来，首先地表示，原来就是你二位，那好像说，他们总不外是捣乱虫。段天得索性挺了胸道："彭先生，你在这里，那就很好了，我们和刘先生说好，画什么买什么。开单子给庶务科买白兰地，马先生给我们预备了三只空瓶子。"彭主任道："空瓶子有什么不可以。你们照着样子，无非也是画酒瓶子的表面，你还能够把瓶子里的酒，全画了出来吗？"章正明道："彭先生大概不大研究艺术方面的理论。无论什么艺术全有一种真实性。空瓶子减少了真实性，画出来，当然不及有酒的瓶子好。我们全是艺术信徒，我们忠于艺术，我们也就不能把空瓶子当酒瓶子画。你当然知道，文艺之中，有一种'烟士披里纯'，必定有酒的瓶子，我们才……"彭主任哈哈笑道："你们以为画酱鸭面包，也有'烟士披里纯'吗？"段天得道："当然，彭先生若觉得我们这理论过于勉强些，不妨请出刘先生来，大家研究一下。"

彭主任背了两手在身后，淡笑一声道："我不懂艺术，你们好一群艺术信徒。"段天得道："彭先生为什么说这种话，你以为我们够不上做艺术信徒吗？为什么在一群艺术信徒之上，还加一个好字？"彭主任道："好字不能用，难道还该用不好两个字吗？"段天得道："彭先生，你把我和章先生当作小孩子吗？那口气，分明是说我们不配谈艺术。那也好，这没有酒的酒瓶子，应该怎样地画，请彭先生教我们画吧。"彭主任红了脸道："我不会画。"章正明淡笑着道："哦，彭先生不会画，不会画，那还说什么？干脆给我买白兰地。"

彭主任张了嘴，还待说话，章正明连连地摇着手道："彭先生你自己不会画，你还说什么？我们是凭了刘先生的话，同马先生交涉的，请你不用多管我们的事，我们同马先生直接谈话就是了。"把话说到这里，脸上可就红了起来了。段天得道："我们去报告同学吧。什么话也不用多说，我们照着彭先生的话，老老实实地报告出来了就是。"他的身子，随了这句话，就转着向外走去。章正明倒是向彭主任点了个头，笑道："彭先生，回头教室里见吧。"

彭主任听了这话，倒有些犯毛，这意思真要我好看，是拖我到教室里去画静物，无论教不教，先让他们开一阵玩笑，心里一动，正待叫他，可是他已出门了。到了这时，学生总算完全占了胜利。彭主任板着脸子，向他自己屋子里一溜，表示不管这事。那位马庶务看到彭主任都不能做主，他一个当小职员的人，如何管得了这事，这就只好照着学生的话，补着买了两瓶白兰地。可是这学校附近，又没有卖洋酒的地方，派了校役老远地到大街上买去。等到把两瓶酒买来，这里的课已经上过一小时有余。

马庶务虽没有看到学生再来，总怕学生为了没有酒，不肯上课，这是做职员的，耽误了教务大事，自己担不起这一个重大的责任。只得自己拿了这两瓶酒，亲自捧着送到教室去。他推开教室门一看，那酱鸭香肠面包，以及两只酒瓶子，全放在一张小圆桌上，也不知由哪里凑合来的许多份刀叉和几个玻璃杯子，全都放在桌上，教这一堂西画的伍教授是一位老好先生，穿一件灰布长衫，全是许多颜料斑点。那半白的头发，向后梳着背头，倒堆起来有一寸多厚。他尖瘦的脸，有个高鼻子，鼻子尖上有一团红晕，就表示他是一位喜欢吃酒的人了。他站着离那桌子不远，正指着几个学生，画那桌上的东西，一回头看到马庶务，先笑起来道："酒来了。"只这一句话，全堂学生哈哈大笑起来。马庶务还以为是笑自己呢，不敢多说，低着头把酒交给伍教授。

事情也是巧极了，当这两只瓶子交到伍教授手上以后，当当的一阵下堂钟声就传了过来，立刻这课堂里，就是一阵骚动，有喊章先生的，有喊老段的，有喊着别忙别忙的。十几个如狼似虎的青年，早已抢着到了桌子边。因为伍教授挡了路线，也不知是谁，拖了他的夹袍子衣襟，就向一边拉了开去。伍先生向旁边一闪，正碰在身边的画架子上，额角上碰了一个大疙瘩。可是两只手正捧了两只酒瓶子，假使抬起手来摸伤处，势必把酒瓶子砸了，只得忍了眼泪，勉强站定，再闪开两尺。偏是祸不单行，噼啪一下，一样紫色法宝打在脸子上，因为自己两只手捧住酒瓶子的原因，这法宝就滚到怀里面来，定睛看时，正是一只酱鸭，便嚷道："你们不知道吗？这是教室，这不是操场，为什么这样乱，你们也太不成话了。"

他向人丛里看时，那一群人拥在一堆，大家却都把手抬了起来，乱抬乱抓，有几只手拿着酱鸭，有几只手拿着香肠，全在空中摇摆抢夺。有些斯文点儿的学生，挤不上前，就远远地拍手叫好，叫好的时候，为了表示起劲，两只脚还同时地跳着。伍教授只管嚷着太不成话，也没有人理会。直等那酱鸭香肠全让人夺着走了，那群人方才静止下来。只有女同学们，原先是呆呆地望着，这时大家三四个人笑作一团，扭了腰子伸不直来，有几个身体弱些的人伏在别个女生肩上，还只管叫着哎哟哎哟，还是段天得站在课堂中间，举了手叫道："别闹了，哪八辈子没有吃过酱鸭香肠。为了这么一点儿东西，大家就乱成这个样子。"

这时，大家站定了，才看到有两手捧着酱鸭的，有一大把握住美国香肠的，也有把一个大面包在怀里搂抱着的。那一种不大体面的情形，看着真是不顺眼。段天得道："我们开单子要酱鸭香肠，也不过是闹着好玩。若是像这个样子抢着吃，分明我们不是为了斗争，是为了嘴馋，那不成了笑话吗？"这样一说，大家才停止了吵闹，相视微笑着。那个赛巴斯祁登，看到伍先生捧住两瓶白兰地和一只酱鸭，正对着窗户站定，光线全射到身上。突然来了灵感，正好身边带了相机，于是对着伍教授按了一下快门。伍教授先是在那里站着看呆了，现在大家静止了，他已醒悟过来，偏是赛巴斯祁登照了相之后，不肯完事，还向他行个举手礼，正正经经地叫了一声 OK。

伍教授这算明白了，把怀里的那只酱鸭一推，夹了两瓶酒，板着脸就走了，陈大个儿跟着后面追了出来，将手扯住伍教授的衣襟道："先生，你这是怎么回事？这是我们学生的酒，你可不能拿去。"于是好几个学生，拖了他的瓶子口，把酒瓶子抽了下来了。伍教授对于那只酱鸭子倒无所谓，这两瓶白兰地，他以为是意外财喜，早想趁火打劫带了走，以补家藏之不足，现在学生由他手上硬夺了去，他不能由学生手上再抢了回来，非常之生气，这就涨红了脸，把脚一顿道："你们这样子胡闹，是谁也受不了，我管不了你们，自然有管得了你们的。"说毕，他匆匆地向廊子上走了去。那位马庶务，站在一边，把这事看得十分清楚，现在伍教授怒气不息，鼻子里呼呼出气，向外面走去，他就在后面跟着，因道："伍先生，你是当先生的人，总比学生高明十倍，画酒瓶子一定还得瓶子里有酒吗？"伍教授道："哪有这话？"只他这四个字不要紧，于是新花样又出来了。

第十二章

这是什么病？

　　在这种情形之下，这位西画教授伍先生是感到骑虎莫下，便板着脸道："这一群青年，太不知进退，凭着他们的意气用事，全不问我们当先生的面子是否下得来，我治他们不了，难道刘先生也治他们不了吗？"马庶务道："伍先生，你不知道，他们是越遇着老实人，越要逗他们的威风，所以敷衍他们，没有好处，越敷衍他们越得劲。还有一句话，我不便对伍先生说。而且就是想说，因为没有机会同伍先生接近，也就只好不说了。"伍先生突然地站住了脚，对马庶务周身上下，看了一遍，因道："有什么话，你只管说。"马庶务向伍先生也回看了一看，却笑了一笑，伍教授把那鼻子尖上的红晕气得是更红了，微翻着近视眼，望了他道："什么话你只管对我说。"马庶务嘴里吸了一口气，又扛了两扛肩膀，笑道："我说是不好说，我提醒伍先生一句话，伍先生就明白了。在伍先生教书的时候，是不是常听到同学们说一句成语'破特土'？"伍先生昂头想了一想，点头道："有的，我以为他们是买白薯吃，原没有理会。可是他们说过这句话之后，老是大家哄然一笑，我也不知道这是什么缘故。据你这样说来，他们是说我吗？"

　　马庶务好像是不便答复，又望着他笑笑。伍教授道："马先生，你不告诉我倒也罢了，你只说了这半截子话，又不向下说，这叫我更难受了。"马庶务笑道："伍先生猜得不错，他们说的话，就是给伍先生起的绰号。"伍教授听了，脸都气紫了，紫得像白薯皮的颜色一样，两手一扬，高过了头，连连地叫道："笑话笑话，我教了十年书，无论对同事或者对同学，向来没有得罪过人，为什么他们对我起上这么一个绰号？起绰号也有起绰号的艺术，一种绰号必定要象征一种人，白薯怎么象征我？"他嚷着跳着，两只手像燕子翅膀一样，只管上下飞舞，马庶务这倒吓了一跳，一句平常的笑话，倒引得他这样的发狂，这一把野火，放得有点儿过于冒昧，恐怕不可收拾，便笑道："这也不过是学校里一种谣言，可听也可不听，你何必放在心上。"伍教授道："不然，名誉为第二生命，把我当了白薯我还不作声，那也就太难了。我一定要把这话去告诉刘先生，设若刘先生说不用追究，我也就不追究了，转过来说这件事是应当追究的，那可对不起，我要请你出来做一个人证。走，我们见刘先生去。好哇，我成了白薯了。这是什么话！这是什么话！"

伍教授口里对马庶务这样交代着，他并不俄延，立刻就向刘主任屋子里走来。马庶务觉得这祸事惹大了，可不敢一路去见刘先生。但是伍教授去和刘先生说些什么，自己也要知道，因之跟了伍教授在教务室外面站着，伍教授却不管谁是学校当局，一冲就推开了屋子门，抢了进去，挺立着身躯，向教务主任刘先生道："刘先生，这这这书……我不能教了。"他只说了这句话把脸挣得通红。刘主任正坐在写字台边，一抬头，见他气得鼻子里呼呼发响，料着有什么问题发生，于是很从容地站起来，向他点了个头道："请坐请坐。"伍教授板着脸道："坐不坐，全没有问题，站着说两句也没有什么。这年头反过来了，以前私塾里面，是先生坐着，学生站着。现今是学生坐着，先生站着。"

刘主任走到他面前，伸手握着他的手，摇撼了两下，笑道："你何必生这样大的气，有什么话，我们总好商量，又是哪个学生和你捣乱来着？"伍教授道："全校学生，都和我捣乱。至少是西二学生，全和我捣乱。"刘主任道："怎么样捣乱呢？请你告诉我，我查出为首的人，重重地罚他们一下。"伍教授道："就是西二的学生，他们和我取一个绰号，叫白薯。你看，这是多么侮辱人的事，我怎么像白薯？"

刘主任对于这个绰号，却也早有所闻。但是学生替先生取绰号，这是极普通的事，并不放在心上。这时伍教授当面说着，倒不由得笑了起来。因将手连连在他手臂上拍了一阵道："这何必放在心上，这些小孩子淘气，不理他们也就完了。"伍教授道："果然我不知道，倒也罢了，现在我已知道这件事，他们在面前还是左一句'破特土'，右一句'破特土'，这个我有点儿受不了。"刘主任笑道："这可有点儿不好办。在他们没有公开宣布就是伍先生的绰号以前，我有什么办法禁止他们不说白薯这个名词？况且白薯这样东西，也不见得是什么说不得的名词，根本上也谈不到禁止人家说。"

伍教授见刘主任一点儿不替自己做主，这就由鼻子尖上红起一直红到耳朵根下，嘴唇皮抖颤了一阵，很久说不出话来，最后右脚一跺，把右边袖子一摔，叫道："那很好，他们有理，我算白说。可是我同艺术学校，也没有订一张终身合同。我不干总可以，我是白薯，一烤就只剩外边一层皮，里面糊糊似的瓢子，做不出什么大事来。你们贵校有的是上万一月的经费，去请香蕉橘子来当教授，别找我这白薯了。"

一个做首领的人，总要具备以下三个条件。要有知人之明，要有用人之才，要有容人之量，尤其是艺术学校的当局，他在许多艺术家里面打滚，什么怪脾气的人都已领教过了，哪里还有当面得罪人之理。这里伍教授直涨脾气，刘主任可就放出笑脸子收不回去，握了他的手道："伍老哥，别生气。晚上我陪你上大酒缸喝两壶。"伍教授将脖子一偏道："你刘先生是上北京饭店的主儿，还肯上大酒缸吗？"

刘主任只管和他摇撼着手笑道："得啦。我又没得罪你，为什么对我发脾气？无论怎么样，我总替你出这口气去就是了。"伍教授道："我倒不在乎你是不是替我出气，咱们既是同在一个大门里教书，就得顾着这学校里的名誉，这样闹下去，让外人知道了，实在不成话。做先生的，没什么本领教给学生，只会买酱鸭香肠给学生吃。将来他们要画两桌鱼翅海参席，学校里也照办吗？"刘主任道："谁买酱鸭香肠给学生吃了？"伍教授将手一拍大腿道："好，你还不知道。"于是把刚才教室里的情形，详详细细对他说了。

刘主任听了这话，心里立刻回想到自己对学生说过，要画什么就买什么，这是自己中了计了。他红着脸沉吟了一会子，便坐到他办公的位子上去，将面前所陈设的纸笔墨砚很快地清理了一会儿。只看他那番手忙脚乱的样子，也可以知道他气得可以。伍教授在屋子里呆了一呆，便道："我本来找刘先生，主要的话，就是这一点，你瞧着办吧。我本来想不对你说，所以这两堂课还是照上。以为学生偶尔画一回吃的东西，也可以说得过去。后来下课的时候，他们把吃的东西一阵乱抢，我才明白了他们的用意，这要不对你说，我就太不负责任了。"

刘主任向后仰着，背靠了椅子背，两只手交叉了十指，按在头发上眼望着天花板，出了一会儿神，便道："这件事，我决不能含糊，一定要重办两个人!"说着,身子向上一挺坐着,表示着下了决心的意思,就按着电铃,叫了一个校役进来,板着脸道:"你把西二学生段天得章正明叫了来。"校役答应去了,伍教授一看,马上要三面对证起来,于是伸手到怀里,把表掏出来看了一看,沉吟着道:"已经四点一刻了,要赶了去,还来得及。"一面将表向怀里揣着,一面开门,搭讪着就走了出去。刘主任正在生气,却也没有留意到他。

那校役去了一趟,还是一个人回来。他向刘主任道:"段天得和章正明都不在教室里,已经同了同学们,一块儿到公寓里去喝酒吃酱鸭子去了。"刘主任觉得他的话是和伍教授的话互相印证着。偏着头凝神想了一想,因道:"好吧,回头再说吧。"校役看到刘主任这副颜色,知道他是在生气,这就不敢把话接着向下说,呆呆地站了一会儿,自退出去了。刘主任憋着一肚子的气,就预备着第二日,要对付段章二人一下。不料到了第二日,一早就有了公事,自己分不开身来,只好把这问题搁在一边。至于段天得章正明两人,把这种家常便饭的风潮,早放到脑子后边去,在上午第二堂课的时候,又是画人体写生的时候,那个模特儿,就摊着了李秀儿。

秀儿在这艺术学校当过了几回模特儿之后,一切都练习得熟了。在那屋角的屏风里,脱去了衣服之后,就坦然地到那木架床柜子上站着,段天得的画架子,原是支在很远的所在。知道今天有这堂人体画,在昨日画静物的时候,已经把画架子移到很近的地方来,所以在这个时候,他似乎只是自己来就自己的画架子,并不是来接近模特儿的。今天的这一堂画,是归一位姓余的先生教。他是一位法国留学生,什么都讲个艺术化。而且他对艺术,还有个原则,就是艺术这样东西,必须自我出发,能够叫别人受我的影响。唯其如此,所以艺术作品要夸大,要刺激,画人体,对这个原则,也不能例外。因之他不主张模特儿坐着,以为太平庸了,不能怎样地刺激人,却叫秀儿手捧了一只干净的足球,放在右肩上,让她并拢两脚,挺立地站着,右手扶着肩上的球,左手却是由脖子后面绕了过来把球托住。

秀儿在以往的几堂课,或是坐着,或是睡倒,对于自己的肉体,多少有些掩蔽之处,像今天这样地完全暴露,还是整个儿正面孔看人,倒有点儿难为情。心一横,把两只眼睛呆呆地朝前望着,就像什么全没有放到眼里一样，课堂上虽是有那么些个学生，只当是一间小小的空屋子。心里还在暗暗地告诉自己："我是死人。"他们爱怎么瞧就怎么瞧。

那位余教授正要卖弄他的得意之笔，站在秀儿身边，偏了头由上而下，由左而右全打量过了，然后又退了两步，向秀儿身前身后，看了一遍，点点头道："这个样子行了。"段天得画秀儿的身体，这一堂还是第二次，上一次站在最后的一排画架子边来画，那只是看到模特儿的轮廓，对于模特儿的肌肤之美，还不能完全领略。这时去秀儿不远，他当着秀儿由屏风后面转出来的时候，真觉得看到了一个维纳斯神像，心里就卜卜跳了几下。不过在许多人面前自己决不愿单独地露出注意的样子来，所以把画笔伸到脚下放的笔洗里洗刷一阵，又把笔调和调和颜料，看到板子上的纸，不大平正，用手轻轻地摸几下，又向纸上吹了两口，把纸上的灰吹了去。他这样做作之下，似乎是忙得没有工夫管闲事，可是他那双锐利的眼睛，却不住地向秀儿身上瞟了过去。当着余教授在指点秀儿站着姿势的时候，他也向余教授的身上看了去。因为余教授和秀儿站在一条线上的，看到了余先生的脸，也就看到了秀儿的身上了。

余先生在模特儿身边正端详了她的姿态，至于学生们对着模特儿存了什么念头，他却是丝毫没有感觉。他指挥着秀儿把姿势做好了，于是把穿西服的肩膀抬了两抬，表现他得意的样子，向同堂学生正色道："我们无论画什么东西，要画得灵活，不要画得呆板，换句话说，就是画出形态以外的美，还要画出形态以内的美。比如画一只狮子吧，你把狮子每一根毛都画了出来，就算画得像极了，那也不算本领，我们必得把狮子饿了，或者狮子急了，甚至于狮子要想吃人，把那意境描写出来。画人自然比这还要进一步。我们要画出他的灵魂，要寻找出他的生命之所在，肉体，那是无关的。你想，只画得一个像的话，用照相机，大家各照一张相，那不是每个人所得的，都很对吗？我们用艺术的眼光来看宇宙内一切……咦，怎么了？段天得，你怎么了？你怎么？"他一篇很长的演讲，还只刚刚提出一个帽子，忽然啪嗒一声响，只见前排的一只画架子倒在地上，画笔、颜料洒了满地，段天得的衣服上红红绿绿溅满了各种颜色，脸上露出了尴尬的窘笑。

秀儿突然地看到面前倒了一个画架子，几乎砸倒自己身上，吓得向上一耸，便是肩上扛着的那个皮球，也扶不住，由肩上落了下来。学生们也都一阵乱，秀儿也就闪到屏风后面换衣服去了。彭主任红着脸道："真是笑话。"于是自摇了两摇头，搭讪着向课室外面站着去了。众学生望着他的后影，倒是一阵哄然大笑。这时，秀儿已经把衣服完全穿好，抬手将披到脸腮上的头发，一下一下地，向耳朵后面扶了去，走到余教授面前，低声道："还要画吗?"余教授板着脸道："当然还要画，倒了画架又不是倒了人，为什么不画呢?"秀儿看到在这里几个当模特儿的都很怕教授先生。自己虽不知道教授有什么厉害，可是看到人家害怕，自己也不能不跟着害怕。听了余先生的这一句话，只得重到屏风后面去，把衣服又脱了。因为学生们在那种哄笑的时候，不免把眼光向自己身上看着，这显然是指出来，自己与这件事有关了。

秀儿二次脱了衣服走出来，身上就只管像涂了火酒一样，不断地发烧。好容易把这两堂课硬挣扎下去了，于是穿了衣服，赶紧地坐了车子回家来，李三胜单弱的身体挣扎着坐在门槛上，晒着这初秋的太阳。看到秀儿进了大门，便道："今儿回来得这样早，学堂里的事全完了吗?"秀儿虽是看着父亲发笑，但是很快地拔着步子，向屋子里走了去，并不答应他的话。三胜道："我和你说话啦，你怎么不答应?你在学堂里，办完了事吗?"秀儿听着在屋子里连连跳着脚道："爸爸，你进来，老在屋子外面说话做什么?"李三胜听到姑娘这样发急的声音，只好扶了墙，走将进来。

秀儿皱了眉，连连地在地上顿了几顿，低着声音道："我不是对你已经说过，别把这件事嚷嚷出去吗?"三胜望了她很久很久，坐在矮凳子上，摇了几摇头道："这话可奇了。咱们在学校里做事，也是凭了力气卖钱，这有什么要瞒着人的呢?"秀儿还是低声道："你别嚷，让我告诉你。你瞧，我们欠下人家这么些个账，一听到说我们有钱，谁不和我们要?你的病是刚刚好过来了一点儿，还得调养呢。我刚挣下来的几个钱，就只够拿来替你调养身体，嚷得人家听到了，我可没法子对付。你不怕麻烦，那你就去嚷吧，嚷得债主子满了门，我可不同你去挡这些债。"说着，噘了嘴，自己向炕上横头倒下。三胜走到炕边，也向她笑道："我是有我的想法，你有了事了，咱们家总活动一点子，有时候家里转不过来的时候，得向人家借个三毛两毛的，也许好办一点儿。你是想到欠债这件事上去了，我可不也是向这事想去的吗？既是你这么说着，以后我不说就是了。可是你天天出去，人家也是会知道的呀。人家问起来，我又怎么对人家说呢？"

有了这样个转圜的机会，秀儿就宽心得多了。于是在身上摸出一块现洋，笑着向李三胜手上塞了过去，笑道："我今天又支了一块钱回来，你先使着吧。"三胜拿着现洋，在手心里掂了两掂颇现着沉吟的样子，因道："你不是说只有十块钱一个月的工钱吗？怎么你只去这几天，就带了七八块回来。先就把钱用空了，将来下半个月，这日子怎么样过去？"秀儿道："因为你身体不好，等着钱养病，所以我和学校里会计先生商量，在这半个月里，请他多多地帮点儿忙。会计先生知道咱们穷人的苦处，一口就答应了。"

三胜看到秀儿说话的样子，十分地自然，也就不再疑心了。秀儿定了一定神，带笑地道："你是刚好一点儿，又起来各处溜达，闹得不好，像上次一样，那可糟了，你躺着吧。"她口里说着，两手带推带扶，硬把他推到炕上去坐着，弯了腰下去，把三胜的两只鞋先扒了下来，然后把炕上两个枕头叠在一处，而且在枕上拍了两下，笑道："你躺着吧，我还得去洗衣服呢。"大声说了这句，又笑着脸子，靠近了他，低声道："爸，你躺下吧。"三胜笑道："你一定要我躺着干什么？我在炕上躺了这样子久了，还不该让我下地来活动活动吗？"秀儿道："一个人生了病，总不能自由的，那有什么法子呢？"说着这话，又硬把三胜两只手臂扶住，向下推着，情形是要他睡下去，可是她的眼睛，只管由窗户窟窿里，向外边院子张望着。

三胜被她纠缠不过，只得躺下。秀儿笑道："你闭着眼养一会儿神吧，我替你盖上被。"说着这话，就牵着布被，向三胜身上盖着。三胜笑道："这是笑话，我成了三岁小孩子啦，倒要你这样地伺候着我。"秀儿笑道："我就算是医院里的女看护吧，那不也是要伺候着病人吗？"说着，又用手轻轻地，在被上拍了几下，笑道："爸，你睡吧。"三胜也是经她这很久的温顺的伺候，有些受催眠了，就微闭了眼睛。秀儿这一看，却是很得意，于是一跳两跳地就跳出房门去了。

王二姐站在门洞子边，看到她出来了，抬起手来招了两招，而且还把嘴动了两动，似乎是指点到这里来说话的样子。秀儿赶快三脚两步地跑上前去，将她的手握着。秀儿道："我早瞧见你来找我了，你有什么事吗？"王二姐低声笑道："我听说今天学校里出了事了，是吗？"秀儿红了脸道："有一个缺德学生，在上课的时候捣乱。"王二姐道："这人叫段天得，能捣乱着呢。"秀儿道："谁又知道碰上个这号人呀。"她说到这里，脸又红了。王二姐道："你到我家里去坐一会子吧。"说着，挽了秀儿一只手臂，就向着家里拉了去。

秀儿一直随她到屋子里，见王大姐在炕上躺着，头边摆了一包花生米，可是闭着眼睛，已经睡着了。秀儿将嘴向床上一努，低声笑道："像你们大姐，真是心宽，终日一点儿心事没有，吃饱了就是睡。"二姐笑道："我真不赞成你，一天到晚，总是苦着脸子发愁。其实你现在挣的这几个钱，也够嚼裹的了，还是老愁些什么？"秀儿摇了两摇头，又叹了两口气。王二姐道："你还有什么为难的事吗？"说着，拉了她同在炕沿上坐下。

秀儿道："你是比我们小两岁年纪，究竟在见解上，差着一点儿啦。你就说我们干的这事吧，顾了眼前，把肚子吃饱了。迟早总有一天让人家会知道的。将来走到人面前，一说起我们这一段历史，一辈子也抬不起头来。"王二姐沉着脸道："一个人要是这样的想法，那还没有完呢。我说就让人知道，那也没什么要紧。世界上比咱们干的事还要难说的也有的是，不瞧见那些人照样活着。我就那样想，人生在世几十年，过一天是一天，有吃有喝，别错过了。谁让咱们生成了穷人命，不干这个，做个规矩大姑娘，大门不出，二门不迈，就让人家说咱们一声好，谁肯借咱们一大枚花？"

秀儿对于王家姐妹这些人的说法，也是听够了的，自己倒是默然着，不肯向下说了。两个人全是寂然的时候，那玻璃窗子眼里，露出一张圆白的脸，秀文在那里微笑了一笑。秀儿道："徐大姐，你进来，我有话和你说。"她又笑了一笑，将手向王二姐摇了两摇，一扭脖子，径自走了。秀儿道："干吗请不进来，我来将就着你吧。"说着，起身待走。王二姐一把将她的衣服扯住，笑着轻轻地乱叫道："可别去，可别去。"秀儿道："那为什么？"王二姐道："她老爷子在家里。"秀儿道："老人家那怕什么？我也见过的。"王二姐道："她家里还有客。"她口里说着，手上所扯着的衣服，依然不曾放下。秀儿笑道："你不让我去，我就不去，干吗防贼似的?"王二姐低声道:"倒不是我不让你去，秀文那孩子，她有她的怪脾气。没事你去招她发脾气。我大姐睡了，她也不让人闹，走，我们遛大街去。"秀儿听了这话，更明白了，因道:"不遛大街，我要回家做晚饭了。"说着，伸脚下地又要走。王二姐道:"我陪你走出去吧。"她将一只手，搭在秀儿的肩上，然后一同走了出去，走路的时候，她站在秀儿的右边，正挡住了她，向秀文家里去望着。

其实秀儿心里也很明白，既不能到人家家里去，当然也不想向人家家里望着。走出了大门，王二姐就当门而立，意思是不能让她再挤了进去。秀儿连头也不回，径直地走回自己家里去了。到了自己大门里面，才回过头来看着，却见秀文的父亲提了一只鸟笼子，由胡同口上走过来。他走到家门口，王二姐抢着追上前说了两句话，这老头子就不回家，再向胡同上走去了。秀儿看着，心里更是明白，可也不肯指破这事，于是悄悄地回到屋子里，先叫了一声爸爸。李三胜倒没有怎样介意，答应了一声，依然躺在炕上。秀儿坐在炕边的破椅子上，手撑了头，未免呆呆地傻想。这很奇怪，徐秀文这样老实的人，她家里还会藏着什么秘密?若说做模特儿的人，都不免有这种秘密的，要轮住了自己身上来呢?想到了这里，将两只手，双双地撑着了头，闭了眼睛，紧紧地皱了眉毛，口里连连地叹了两口轻微的气。

坐得久了，天色已经慢慢地昏黑了，想着父亲肚子饿了，应该做饭了，于是到院子里屋檐下去生火做饭。在那屋檐下，也不时地向大门外望了去，却见对过大门呀的一声开着，嘻嘻哈哈的一片笑声，一群人挤了出来了。前面有一个穿西服的少年倒退着脚步走，后面却是几个姑娘，紧紧地跟着，其中有两位姑娘，搭了肩膀走路，那正是王家姐儿俩，还有一个在前的，身材胖胖的，那是徐秀文了。她们交朋友，谁都不瞒谁，为何瞒着我呢?秀儿把这些看在眼里，心中当然是感到不安，可是既不能去问王家姐儿俩，又怕为了这事，更有嫌疑引到自己身上来，于是在这一晚晌，都不能安然睡觉。

次日上午，秀儿没有课，在家里陪着三胜闲说话。正在说着，却有咯噔咯噔的响声，由窗子外经过。这是皮鞋声，在这个大杂院里，是不会有穿这种鞋子的人进来的。心里一奇怪，这就不免爬上炕头，由窗户纸眼里，向院子外面张望了去。这一看之后，不由得心里乱跳，一阵冷汗由脊梁上直透出来。伏在炕上，动也不能一动。心里那里暗叫着，这不就是在讲堂上捣乱的那个段天得吗？他为什么跑到我们这院子里来？她如此想着，动也不能一动，段天得却是十分大方，站在院子里，四周地张望着，还放着大步子，把那皮鞋又踏得咯噔咯噔在院子里走着，这就有一位老太婆由北屋子走了出来，向着他问道："你这位先生找谁？"段天得道："这院子里有一位李先生吗？"老太婆道："先生？先生会住到我们这种大杂院里来吗？你走错了。"

段天得站在院子中心，又回转了身子，向四处看看，两只手插在西服裤袋里，将皮鞋后跟咯咯地在地上蹬着，现出一种犹豫的样子。老太婆道："先生，你不信我的话，就在院子里等着吧。无论怎样，你也等不出来一位李先生的。"段天得问道："真没有姓李的吗？那我也有办法，可以到对面去问问。"说着，自己就走出大门来。恰好对门的王大姐，由学校里回家来，一眼看到他，伸长了脖子，把头向门里钻了去。段天得就大声叫道："王小姐，王小姐别走，我特意来拜访你们。"王大姐不敢不理，只得停住了脚，回转头来望着，笑道："段先生，你怎么到我们这胡同里来了？"段天得笑道："我怎么不能到你们这胡同里来呢？"王大姐道："不是那样说。我听说您身体不大好，在上课的时候摔倒了。"段天得红了脸道："我有点儿老毛病，心里急，就眼发黑头发晕。这一发不要紧，身边就是火炕，我也得躺下。其实我人虽躺下，心里是很明白的。我只要休息一会儿，立刻就可以站起来，照常做事的。"

王大姐望了他，见他说一句，脚步向前移一步，若是不拦住他，他一定会走到大门里面来的，自己只要一让，他立刻会到里面去的，便道："段先生，你有这病，你就瞧瞧去吧。"于是脚蹬在门槛上，手扶了门框，挡着了去路。但是段天得步步为营地走向前，已经是到门边。这位先生，要是进得门去，再发他的旧病，这份儿热闹就够瞧的了。

第十三章

受宠若惊

做模特儿的，自己也有点儿明白，一个女孩子，把衣服脱得干干净净，让人去画，这也不是有身份人所做的事，所以对于先生学生，看到自己总矮一点儿。现在段天得逼到王大姐门口来，王大姐只有站在门口和他说话，迁延着不让他进去，却不敢径直地拒绝他。段天得更是知道这情形，却一点儿也不和她客气，笑道："王小姐，我能到你府上去看看吗？"王大姐扶着门框的那一只手，已是不知不觉地落了下来，就答道："自然可以的。"这五个字说出来，声音是非常之低微，低微得连自己都有些听不出来，可是段天得倒很懂她的意思，带了笑容，一抬腿就跨过门槛走了进来。王大姐站在门口呆了一呆，只好把街门关上。然后进院子去，可是王二姐已经招待他在此屋子里坐着了，他两手抱在胸前，将放在地上的一只皮鞋，不住地颠着，撮了嘴唇，吹着歌调，眼睛向屋子里四周张望着，好像他到这里来过多少次似的，非常之随便。王大姐走了进来，他也不起身，笑着点点头道："你们这里的屋子还不坏。"王大姐慢慢进门，就在门边站着，笑道："我们这屋子脏得很，段先生有什么事吗？"段天得笑道："我自然有点儿事，无事我也不来胡打搅了。"王二姐看到姐姐来了，已经是先溜了出去。

王大姐手扶了门，向后退了一步，微笑着道："段先生，请你坐一会儿，我去烧水沏茶你喝。"段天得摇摇手笑道："这倒不必张罗，请坐下来，我有几句话，要同你打听。"说着，随时站起身来，向她招了招手。王大姐脸一红道："你是客，倒请我坐。"段天得道："那有什么关系，我们全是一个学校里的同学。"王大姐听了这话，却不由得心里一跳。向来听到他们学校里的教授叫学生作同学，就很是纳闷，先生怎么会和学生是同学呢？后来同人打听着，才知道是一句客气的话，换句话说，就是先生同学生，拉成了平等啦，现在段天得也称呼自己作同学

125

那也是拉成平等了。这就走进门来一步，在靠门边的一张椅子上，挨挨蹭蹭地坐下，还是把手撑了椅子，低了头望着自己脚下的一块地，笑问道："段先生，你今天下午不上课吗？"段天得道："今天下午两堂理论课，我不爱听，特意出来找你们几位谈谈。"

王大姐面子上虽不能把段天得怎么样，心里恨极了他，恨不得一脚踢去，把他踢出去几丈远，段天得看着她沉静了一会子，不曾作声，这就向她耸了两下肩膀，笑道："我听说我们同学邓有禄、金则敬两个人，常常到你们这里来，是有这一回事吗？"王大姐道："谁说的？"她说着这话，脸已经是通红的了。接着又镇定下来，笑道："我们这样脏的地方，没事谁跑了来。"段天得的手插在袋里，站起来，高悬一只脚，打了两个磨旋，笑道："谁又不知道这件事呢？不过我向来是主张社交公开男女平等的，这没有关系。我现在要托你一件事，就是……"说着，在屋子里来回地走了两步，又把肩膀抬了两抬。

王大姐皱了眉，偷偷儿地将眼睃了他一下，段天得笑道："其实说出来了，也没有什么要紧。我想请你把李小姐请来，我有几句话和她谈谈。"王大姐道："哪个李小姐？"段天得笑道："你何必装麻糊？你一定也知道的，她是在我们学校当模特儿的。"王大姐道："哦，你说的是她，她家就在对过。"段天得道："我也知道的。可是我刚到她那院子里去访问，有一个老太太，说那里没有姓李的。也许她以为我是生人不肯露面，我想托你去请她到这里来说两句。"

王大姐觉得他的话太有点儿逼人了，便突然站起身来将脸一扬道："那我可是吃不了兜着走呢。她的父亲李三胜是个有名的倔老头子，她这行事儿，老头子连一点儿风声也不知道。现在你要在她院子里一嚷，连她父亲全都知道了，那笑话就大了。她自己不寻死，那倔老头子也会要她的命。段先生，这不是闹着玩的，请你千万别到她家去。"段天得道："原来她是瞒着家里的，那就是了。可是你们怎么又不瞒着家里呢？"王大姐道："我们的家是饿得没有法子，愿意让我们去干这个的呀。秀儿的爸爸原来耍鬼打架的，以前背着两个假人出去，哪天也挣个三毛五毛的。他有那一行手艺，料着饿不死，绝不肯叫姑娘去做这丢人的事。这全为着他生病，手艺不能做，又要花钱调养病。他姑娘想不出第二条主意来，只得偷偷瞒瞒地在外面挣几个钱，凑着过日子，有一天有了办法，她就不干了，现在总想瞒着的。"段天得道："原来如此，她倒是能奋斗的。可是你别误会，我要找她来谈谈，我也有一番好意。"

王大姐微微一笑，看了自己的脚，用脚尖轻轻地踢着地。话说到这里，彼此的态度都已明了啦。屋子外一种苍老的声音，突然地咳嗽了两声，接着是王大姐的姥姥就扶着门框走了进来了，伸头望着屋子里笑道："原来咱们家来着贵客啦。"王大姐皱了眉，板着脸道："姥姥，你怎么几天不在家？家里来了客，也没人招待。"王姥姥道："哟，姑娘，你还怪我啦。今天晚饭，面也好，米也好，还不知道出在哪一家呢？你们年轻的人，只知道有乐子找乐子，家里柴米油盐，一概不管。我心里正烦着呢，你倒怪我。"王大姐一顿脚道："一天到晚，钱，钱，尽谈钱。我不听了，你一个人去说吧。"

王大姐好像不知道屋子里还有个段天得似的，便转着身子出去了。王姥姥这才放下笑脸，问他道："你先生贵姓？"段天得道："我刚才和你外孙姑娘说的话，大概你也听见了。我想托你们把对过的李姑娘，请过来谈两句话。"王姥姥进得屋子来，一句话也没有答复，做个吃惊的样子，先就哟了一声，段天得在她说完话之后，已经在衣袋里掏出一张五元钞票来，手里一举，举得王姥姥的眼光，随了钞票上下。他笑道："老太，你不说是晚饭还没有预备吗？我先送一点儿小礼吧。你若嫌少，你就不要。"王姥姥走向前一步，笑道："这是哪里说起，可不敢当啊。"口里说着，老早一伸手，把钞票接了过去了。段天得道："这没什么关系。告诉你说，我有个叔叔在四川当师长，钱多着呢。我一个月花个三百二百的，我叔叔没说过一个不字。朋友用我的钱的，那就多着呢。"

王姥姥把那张钞票，紧紧地捏在手心里，笑道："我一进门，就知道你是个阔人，可不是吗？有钱的人，脸上就带着有钱的相，你瞧，多么大方。"一面说着，一面把钞票向衣袋里揣了进去，笑道："我也听到我们孩子说过，段先生在学堂里，很有个名儿。"说着，把声音低了一低，那带鱼尾纹的眼睛，笑得小了一半，才道："是的，现在男女交朋友，都是很文明的，可是你别性急，我慢慢给你想法子。她每天不断地到我这儿来的，我跟你说合说合着看。"段天得道："我向来做事，就爱个干脆，她这时候就在家，你去把她找来。你放心，我也不能胡

127

来，不过说两句客气话，交个朋友，以后彼此见了面，大家就有个照应。"王姥姥将装着钞票的口袋，按了一按，笑道："要是凭你这两句话，我会把她请了来，倒没有什么。可是你千万别说些不三不四的。将来我会告诉她，你是个有钱的少爷她还有个不乐意的呀。"

段天得看到王姥姥这种情形，也嘻嘻地笑了。王姥姥道："段先生，你抽烟吗?"段天得笑着摇摇手道："你不用客气。你们都是手糊口吃的人，我也不忍心要你们花钱招待我，你把那位李小姐找来就是了。"王姥姥觉得他愣逼着要去请秀儿过来，这事透着不大好，可是口袋里揣着人家的钞票呢，怎好不去给人家办事?人家整张的钞票拿出来干什么的?便笑了一笑道："你在这里坐一会子，等着瞧吧。她来不来，那可没个准儿。"段天得道："你只管去请，你们这样对门对户的街坊，就是没什么事，只要你言语一声，她也不能不来敷衍你们的。倒是我多等一会儿，那不妨事。"他说了这话，将两手环抱在胸前，微昂了头，口里不住地吹着哨子，有一种满不在乎的样子。

王姥姥瞧他这副神气，倒不容易打发的，只得放开了胆子向李三胜家走了来。一看到院子里各家人家，全敞着门，她也不敢声张，横侧了身子，就向李三胜屋子里溜了进去。秀儿端了一盆脸水放在凳子上，正弯了腰要洗手脸，看到了王姥姥，便笑道："你早来一步的好，迟一点儿，我就出去了。"王姥姥向炕上张望了一下，李三胜睡着，鼻子里只管打呼，料是睡得很香，这就对秀儿丢了一个眼色，低低地道："你不忙吗?抽空到我家里去玩儿一趟。"说毕，又向她丢了一个眼色，秀儿看这情形很蹊跷，倒不能不答应去。就在弯腰洗脸的时候，向她点了两点头，王姥姥心里一机灵，赶快地就跑出来，在自己大门外站着。

不多大一会子工夫，秀儿的脸上，带了一层淡淡的扑粉，就走到门外来了。王姥姥笑着向她连连招了两招手，还不住地点着下巴颏儿，秀儿笑道："我知道，你又是预备了什么好吃的，要分一点儿给我吃吧?"说着话走了过来，王姥姥就挽住她一只手把她拉到里面来，笑着低声道："你不用问，到我屋子里来，你就明白了。"秀儿咯咯地笑道："姥姥跑得这样快，我可跑你不赢，仔细把我摔了。"一面笑着，一面向里走。可是脚刚踏进北屋子门，就看到段天得笑脸相迎，吓得身子向后一缩，口里还哟了一声。段天得随着追到屋檐下来，笑道："李小姐，你躲什么，咱们是天天见面的熟人啦。"秀儿红着脸，只好向他微微地点了一个头，口里虽咕噜着叫了他一声，可没叫出什么名字来。段天得笑道："没什么，咱们全是同学呀。我来找你，也没有别的事，我们有几个朋友，组织了一个画会。每逢星期一三五，我们就要画一下午。原先也有两个模特儿，大家全觉着不大好，没有用她们了，我的意思，想请李小姐去，照着学堂里的价钱，每趟一块钱，你的意思怎么样?"

秀儿先看到了他，想他以往的为人，心里很害怕。现在他说是来替自己找工作的，总是一番好意，便低了头道："怕我没有工夫吧?"段天得笑道："你不用说，我也明白了。你必定以为这是我出的主意和你开玩笑的。"说到这里就挺了胸脯子，把脸色正了一正，因道："你在我们学校里，也有些日子了。你打听打听吧，我玩儿的时候是玩，办起正经事来的时候，可是一点儿也不含糊。私人画模特儿，那也是有规矩的，一个人不画。现在我们这画会里有七八个人，画的时候至少也有三五个人在场，这你还怕什么的。合着一个礼拜二次算，三四十二，一个月，你还多挣十二三块钱啦，白赚这么些个钱，每个月多做两件衣服穿，也是好的，你为什么不干呢? 我知道你家有个病人，短着钱花，所以我不介绍别人，专门介绍你去，你可别误会了。"

秀儿听了这话，再看看他的颜色，倒不像是开玩笑，便低声答道："你的这番好意，我是很感谢，可是我哪有工夫呢?"段天得笑道："时间上的支配，我还有什么不明白吗? 你没有工夫的时候也就是我没有工夫的时候，我们这画会，全是四点钟开始，七点钟完毕，你在学校里下了课去，时间正好。"秀儿将手上拿的手绢，微微地掩了嘴唇，低着头，不肯抬起来，段天得抬起手上的手表来看了一看，因道："时间还早着哩，我们谈二十分钟的话再走，不好吗?"秀儿没作声，还是那样站着。王姥姥站在一边看到，就走向前一步，仰着脸，向秀儿笑道："一个学校里的先生，怕什么的，坐一会儿吧。"秀儿同王姥姥说话，胆子可就大些，因道："姥姥，你瞧，我哪儿还能在外面找事做呀。我现在每天偷着出去，赶着回来，全是提心吊胆的。再要在外面耽误时候，回来了就怕老爷子更生气。那一来，就是学校里这份儿事，我也不能干了。"说着，把身子扭转着，要走出屋子外边样子。

段天得只好赶了出来，在院子门口拦住着，笑着点点头道："这样一来你简直地不给我面子呀。去不去，那没关系，你回我一句实在的话都不能够吗？"这里的院子门，是一排六扇绿板屏风，只有中间两扇门是敞开来的。段天得拦门一站，就没有让第二个人穿过去的可能，秀儿向后倒退了两步，不抬头，只抬着眼皮，向段天得看了一眼。这个劲，更叫他不能不理会，又抬起手臂来，看了一看手表，笑道："现在又去了五分钟了，我们只谈十五分钟，还不成吗？"秀儿低声道："我不是说了吗？我谢谢你了。"段天得道："你虽是这样说了，但是你没有明白这里的究竟。你等我把话说完了，你再斟酌去不去，那就算定局了。现在我说一遍，你说是不能去，我说二遍，你又说不能去。像我们拦着门一样，你一点儿走不通，怪别扭的。"

秀儿正缓缓地掉转身来向段天得望着，把他的话要听下去，听到这里，不由得扑哧一声，笑得把腰一弯，依然掉过脸去，段天得两道眉毛，扬得都要飞起来。将手扯扯西服，又理一理领带，顺着势子走近了一步，笑道："我说的是真话呀。我总算热心的，老远地跑了来，想给你找一点儿工作，你不但不见我的好意，反是给我一个橡皮钉子碰。"王姥姥笑道："哟，这可新鲜，钉子就是钉子，怎么还是橡皮的呢？"段天得笑道："那就是说碰可碰了，也不大痛。"王姥姥听着，拍了两下手，哈哈大笑。秀儿越是看到她这种样子，倒越不好意思，只管低了头。段天得正色道："真不说笑话，李小姐，你觉得怎么样？"秀儿没进学堂的时候，听到人家叫小姐小姐倒怪肉麻的，自到了学校里来以后，见大家都称呼小姐，也就耳熟了。可是先生学生们从来没有对她们称呼过小姐什么的。这时段天得当了许多人叫起小姐来，那倒是意外地客气，虽不曾答复他的话，却抬着眼皮，看了他一眼。

段天得默然站了一会儿，便点点头道："那也好，我的话已经交代明白，李小姐不应该有什么顾虑了。从这时候起，让你考虑一半天，明天我再来听你的回信儿吧。现在时候不早，李小姐要去上课了，我别只搅乱你。李小姐，你请便吧。"秀儿听他一连叫了许多声李小姐，脸上又不带一点儿笑容，不能说人家是开玩笑。只凭人家这样热心，转身就走，倒也怪不合适的。因之低了头，将一个食指含在嘴里，慢慢地向院子门外走。段天得道："李小姐，就是那么说，我明天等你的回信了。"秀儿本来要回断一句，明天不必等回信了，可是段天得倒不纠缠，他已经先走了。在院子里的人，看到段天得说话，就全闪到一边，不曾插嘴。

这时王姥姥扭着扭着的，走到秀儿身边，笑道："大姑娘，不是我说你，你透着古板一点儿，段先生特意跑了来，给你找一份事，怎么说，你也不应当不睬人家。"秀儿道："我和他从来没交过言，今天他跑来说这么一大串子话，我怪不好意思的。"王姥姥道："人家正正经经和你说话，你倒是怪不好意思的，这可怪啦。这比……"王姥姥说到这里，向满院子里一看，这就有好几位姑娘，全是比秀儿资格还老的，要说的那句话，可透着不大好说，于是向大家淡笑了一下。秀儿虽觉得她的话不大妥当，可是也不肯跟了向下说，匆匆地出得门来，雇了车子便到学校去。

车子是刚刚地一转过胡同口，便见段天得笑嘻嘻地站在墙阴下。秀儿不愿招呼他，又不敢不招呼他，只好向他微微地一笑，段天得却是跑了两步，走向前将车把抓住，秀儿红了脸道："你要怎么啦？"段天得笑道："没有什么，别着急。我就是托你一件事，我刚才和你说的话，到学校里，你千万别说出去，抢这件事的人，还多着呢。"他说到这里，看见有一位警士走来，不肯多说，自闪开让车子走了。秀儿坐在车子上，倒实在是纳闷。这艺术学校里，除了自己这几位姊妹，另外并没有人来当模特儿，怎么他说有人抢着干呢？要说抢着干，那除非是说他们学生，要抢着加入这个画会。人多是让人画，人少也是让人画，这干当模特儿的什么事？她如此想着，可就更不解段天得叮嘱的意思。当时到了学校里，倒没有什么人问她这事。段天得虽也赶到了学校来上课，但是他就像没有经过到王家去这件事一样，所以秀儿心里，倒也很安定。

到了次日，秀儿也把这件事给忘记了，偶然到王家去约会王大姐一声，踏进了她们的院子，这就看到一位西装少年，在北屋子里一晃。心里明白过来，待要缩脚退了出去，王姥姥早在屋子里笑道："大姑娘，段先生在这里等着你很久了，我正打算去通知你呢。"秀儿只好站在院子里答道："昨天的事，我已经回复了段先生，我没工夫。"段天得走到屋门口，向她招了两招手，笑道："这又不是我家里，怕什么的？你进来，我和你说五分钟的话。真的，只有五分钟。屋子里还有好几个人呢，满算我是一只老虎，也不能一口就把你吃了。要吃人，这屋子里的人我先吃了。"屋子里的王家姐儿俩，同她们姥姥，全都笑起来了。秀儿低了头向两边看看，那徐秀文坐在她自己屋子里，就不住地向北屋子里努嘴，而且还扬起一只手来，只管在空中挥动着。看她的意思，也是劝自己过去的。刚一抬头，王二姐在她里面屋子里，也是隔了玻璃窗，只管招手，而且眉飞色舞的，把嘴向外面屋子努着。

秀儿看了她们这样子，不能不透着奇怪，只得将手扯了衣襟摆，一步一步地走到北屋子来。脚一跨进门，这就让她吃上一惊，原来是在正中那桌子上，高高地堆了大小七八个纸包，在外面看去，有的像是化妆品，有的像是衣料，有的像是鞋子。在那些纸包上，有一张红纸条，上面写了一行字。虽然一半是自己所不认得的，可是那上面清清楚楚地有李秀儿三个字，联想着，那东西也就是送给自己的了。因之怔了一怔，没有敢向前走去。王姥姥左手扯了她的衣襟，向前拉了去，右手就拍着桌子笑道："我的姑奶奶，你瞧吧。段先生买了这么些个东西送给你呢，你看好不好？"秀儿向东西看看，又向段天得看看，可没作声。段天得就弯了腰，微微笑道："一点儿小意思，你赏脸吧。"秀儿笑得身子哆嗦了一下，似乎是吃惊的样子，笑道："这可不敢当。"段天得笑道："这有什么不敢当。我不过是个学生，你同我们在一块儿上课，也可以说是一位同学。同学送同学的礼，这有什么使不得。"

秀儿微笑了一笑，可是同时向屋子里的这些人看了一眼，也不知道有了一种什么感触，立刻脸上的细血管全都充起血来，把耳朵根子全都涨红了，低了头，没有作声。王姥姥早就看明白了，笑道："这要什么紧的，我们家大丫头二丫头，全收过人家东西……"说到这里，偷眼一看王大姐，见她立刻把脸板起来，便接着道："就是她们，也送过东西给先生们。我们这种人家，有什么东西可以送给人呢？也不过是她姐儿俩的一点儿针线活。"段天得连连地鼓了掌道："这话对极了。李小姐要觉得对我不住的话，你就送一点儿针线活回我的礼吧。"秀儿也不好说不回人家的礼，也不好说可以回人家的礼，只是退后靠了墙站着，两手背在身后，低了头也不向人望着。段天得道："李小姐，你只管收下吧。你要是觉得不能够完全带了回去的话，先存在王姥姥这儿，将来慢慢地搬回去，你们老太爷要问起来，你就说是自家买来的得了。"

王姥姥走向前，先把桌上一个扁平的纸包打开来，里面正是一件淡绿色的绸子衣料，上面还有花纹呢。她一手托住着，一手在上面，轻轻地抚摸，笑向秀儿道："你瞧，这料子多么细致，天气一天比一天凉了，再配上一件绒里子，那是多么好。要不然，这件棉袍子留着出个份子，逛个庙会也好。年轻轻儿的姑娘，谁不爱个好儿。不是我嘴直。凭你这个长相儿，在这胡同里，不考个第一，也考个第二。可是你们老爷子，多挣两个钱的时候，就爱喝上两盅。你长这么大，也没给你制一件好一点儿衣服，说起来也真窝囊。"秀儿虽然嫌她有点儿揭根子，可是人家说这话，也真不假，好容易有人送一件绸子衣料，干吗不收下呢？于是顺了王姥姥夸赞的当儿，也就向那衣料看了一看。王姥姥也知道她动了心了，接着又打开一只纸盒子来，里面却是一双咖啡色的细皮鞋。而且是最时髦半高底的。秀儿不由心里一动，暗估计着，听说一双皮鞋，要值七八块钱呢，段天得真是待人不错，送这样重的礼，也不知是何缘故，竟是扑哧一声地笑了出来。

段天得看了也是眯了眼直乐。王姥姥看着，比秀儿还要高兴，把桌上那些纸包陆陆续续地打开，别的都罢了，唯有两双长筒丝袜子，秀儿最是满意，微咬了一下嘴唇，只管对桌上透开的纸包望了去。等王姥姥将袜子向她手上一递，她捏了两捏，在手心里是那样轻飘软滑的，也不免垂下眼皮只管看着。忽然有人在门外喊道："秀姐，你还不回来呀，你们老爷子找你呢。"秀儿哟了一声，也顾不了有生人在这儿，扭转身躯就跑，把那长辫子梢，跑得都飘了起来。因为自己跑上了一阵子气，李三胜迎了她望着道："孩子，你不能这样不经富贵不经穷呀。咱们刚是吃两天饱饭，你怎么就弄了两双丝袜子来？"

秀儿将手向前一抬，可不是有一灰一黑，捏了两双丝袜子在手上吗？因红了脸道："这……这……这是……"三胜道："别管是怎么来的吧，咱们这种人家，也不配用这种东西。照说，你出去挣钱养活我，这是好事，我不应当再说什么。可是老早我就想着，学堂这种地方年轻姑娘去不得，去了就学坏了。"秀儿听说，心里乱跳，脊梁上是阵阵地向外冒着冷汗，站在房门口，进也不知，退也不知，就这样愣住了。李三胜叹了一口气道："这年头儿，说什么是好，只让我们有岁数的人，瞧着心里怪难受的。"秀儿听了父亲这种口吻，显然是指着自己不该受人家的礼，急得直了两眼，只管出汗。好在李三胜却只说了她几句，以后自去到屋檐下炉子上烧饭吃，却没有再理会。

秀儿坐在炕头上，可是两条腿软瘫了，一步也移动不得。过了一会子，就听得有人叫道："秀姐，在家里吗?"秀儿用尽了力量，才低低地答应了一声道："在家啦。"随着这话，王二姐侧了身子，在李三胜身后一溜就进来了。秀儿坐在炕上，就向她招了两招手。王二姐走近前来，秀儿扶着她的肩膀，对着她的耳朵道："了不得，这事情有点儿露出来了，你瞧我怎么办?"王二姐也低声道："我因为桂芬叫你叫得那样邪行，怕是出什么事，所以赶快地跑了来。你们老爷子，没有说什么吗?"秀儿将一个手指，连连地向窗子外面指了两指。王二姐隔了窗户窟窿向外面张望时，只见李三胜将手叉着腰，昂了头向天上望着，不时地叹出几口无声的气，王二姐向秀儿伸了两伸舌头，微笑着就向外走了，不想走到院子里，三胜却突然地叫了一声二姑娘。王二姐听了这话，不得不答应，只好站住了脚，向三胜站立着，叫了一声三爷。三胜道："你现时也和我们大丫头在一块儿做事吗?"王二姐道："是的。"三胜向她周身上下，打量了一番。看她穿了一件青布长袍，短短的袖子，把肘拐也露在外面。腰身不用提多么细了，随着身子粗细的部位下剪的。因之前面突起两小块，后面突出一大块，简直是按着人身，罩了一个橡皮套子，便淡笑了一声道："二姑娘，别呀，咱们这手糊口吃，住家过日子的人，总要守着规矩过去，那些兴时髦儿的人，学他有什么好处，不过是多花钱。可是光花钱呢，那也不算什么。反正他们家爹、他们家爷爷，挣来的冤枉钱，不这么花出去不了，可是伤风败俗，什么不好的事情，全在'时髦'这两个字出了漏子。现在不说时髦了，又叫着什么摩登。名字越来越新鲜，事情可就越来越糟。以前，面卖三个铜子儿一斤，一点儿不摩登，大家全过太平日子。如今什么全摩登了。面可卖到二三十个子儿一斤。摩登有什么好处? 摩登救得了命吗?"

王二姐听了他这一大串子，简直摸不着头脑，只好呆呆地站着，向他微笑了一笑，她明知这话听着有点儿不好受，可是又不敢走开。所幸同院子里，卖糖人儿的李二，刚由外面进来，歇了担子，在旁边听了一个酶。这就接嘴笑道："三爷发牢骚啦。"三胜道："你瞧，年头改变了吗。我们这上了两岁年纪的老梆子，直瞧不惯。"李二叹了口气道："这话说来也是。就说我这行手艺吧，以前挑了一副担子出去，怎么着

134

也挣个七吊八吊的。那时候，除了管了一家嚼裹，晚上还剩下一吊两吊的，小茶馆里一坐，听一回薛仁贵征东，花钱不多，真有个乐子，现在铜子儿不值钱，七八吊还不值以前两三吊呢。人家有小孩子的，讲究买个洋玩意儿，这糖人儿，他们不要。小孩子全赶上摩登了，那还说什么。你没瞧东安市场、劝业场，那些玩意儿摊子上的东西，全是东洋货。大人一带小孩儿遛市场，一买就是两三块。眼望着大龙洋尽向东洋跑，咱们有什么法子和人家比。干我们这行手艺的，现在是一天比一天少了，不改行，得饿死。我也想改行，可是除了会这个，什么也不成。别提摩登，要提摩登，我可伤透了心。"

王二姐一听这两位老腐败，谈上了摩登正来劲，却是自己一个脱身的机会，一扭身子就跑了，她虽是跑了，可是在屋子里藏着的秀儿，心里是十分地焦躁。自父亲病好以后，向来没有这样大发议论过。这时痛骂了一阵摩登，必定有什么感触。论到他的感触，除了为着自己做模特儿，同受了段天得的礼物而外，并没有别的事是不合他的胃口的。若果然是这件事，他在院子唠叨了这一阵，回头到屋子里来，那更是要敞开来发牢骚的，要想躲开他一番骂，只有装病了。这个念头一转，为了不等李三胜进门，先就躲避起见，立刻向炕上一爬，拉扯着被条，在身上盖了，横侧了身子，就闭着眼睛睡去。虽是闭了眼睛，但是窗子外面人说话，当然还可以听到的。李三胜和院邻骂了一阵摩登而外，回得屋子来，还是骂骂咧咧的，只嚷摩登害苦了人。

秀儿在这一下午之间，脑筋始终在这种紧张刺激之下，不能安息一下，不但心里卜卜乱跳，就是身上也感觉得有点儿发烧，阵阵的热气由皮肤里透了出来，自己只是昏昏沉沉，似睡不睡地闭了双眼。尤其是两太阳穴，有点儿发涨，这简直是自己病了。等到李三胜走进屋子来，她已睡得十分沉着了。等到自己醒过来的时候，屋子内外，全是静悄悄的，小桌上放的那盏灯，还留了一条宽线头的红焰。这屋子里向来是不点灯过夜的，今晚点上了灯，显然是在特别情形之下父亲预备下的，定了一定神，这才觉得嘴唇皮有些干燥，嘴里也发生出一种不可言喻的苦味。于是两手撑着炕，把身子慢慢地抬起来，不想脑袋沉甸甸地有些抬不起来，同时也感到心里慌乱得很。哎呀，自己装病，这可真病起来了，哼了一声，依然伏在枕上躺着。

大杂院里没个钟表，这是初秋，街上也没有更夫，所以这深夜是到了什么时候，自己还不知道。过了一会子，却听到一个卖炸豆腐丸子的叫唤。平常这个小贩到这胡同里来的时候，总在一点钟以后，现在这又是一点多钟了，看看父亲，横躺在炕上，鼻子呼呼作响，睡得很沉熟。自己不敢发着哼声，十分地忍耐着，又睡去了。

　　到了早上，李三胜一睁眼抚着她的额头，皱了眉道："烧得真烫手，这孩子怎么突然地害起病来了？"秀儿被父亲的手按着惊醒了，望了他道："你别着急，我这是吓的，休息一会子，我就好了。"三胜道："什么？你这么大人，会吓着吗？"秀儿看看父亲，两只昏花的老眼正注视在自己的脸上，身子半俯着，完全透出那无可奈何的样子来，这是透着老人家那一番慈悲，哪里会生气呢。于是慢慢地抬起一只手，推着父亲手臂道："你别管我了，难道我这么大人，还要你叫吓不成。"三胜道："这么说，你倒真是吓着了。谁吓着了你？"

　　秀儿将手理着自己的鬓发，苦着脸子笑道："没谁吓着。昨日学校里，有人打架，我在一边看到，只替人担心呢。"三胜道："本来呢，大姑娘家哪该出去。你想吃什么？"秀儿只管摇着手，还带了皱眉。三胜道："要不，我到胡同口上，把马大夫请来给你瞧瞧吧。他又不要钱，替穷人白瞧。"秀儿道："一点儿小病，那样大惊小怪，怪寒碜的。"三胜道："这孩子说怪话。难道人穷了，连瞧病都瞧不得。"说着这话，他扭转身子，就向门外走去了。秀儿想着，若是尽管病下去，不能到学堂里去，怕是那工钱拿不着，为了早早去上课，吃一两剂药也好。因是静静地躺在炕上，只等父亲带医生回来。自己也不知道等了多少时候，只觉父亲去得是太久了，这就缓缓地爬了起来，伏在窗台上，隔了纸窟窿向外看去，这一看不打紧，又让她吓上加吓，哇的一声叫起来。

第十四章

对穷人表出同情

在这种惊讶的状况之中，秀儿的心理似乎有些变态，便是她自己也不明白身在什么地方，只急得爬起来坐一会子，又倒着躺了下去，躺了下去还是伏在窗户台上，向外面看了去。那院子中心正有一个穿西服的人，两手插在裤袋里，在院子里走来走去，尖了嘴唇，口里唏唏嘘嘘地吹着歌子。那不是别人，正是吓得人生病的段天得，原是向他说好了，不要胡乱向家里跑，怎么他还是跑了进来呢。这要让父亲看到了，一闹就是好几条人命，大菩萨保佑，父亲不要在这时候回来也罢。她只管这样祷告着，事情是那么凑巧，恰好李三胜手上拿了两个纸包，大开了步子，向屋子里走了来。段天得倒是毫不客气，就带了笑容，向前迎着一鞠躬道："李三爷，你回来啦。"

在屋子里的秀儿早是吓得身体抖颤，心里卜卜乱跳，那脊梁上的汗雨一般直流下来。不但她如此，就是在院子里的李三胜也吓得身子向后退了两步，他从来没有经历过，有这样漂亮的青年，同他鞠躬行礼。他呆过了一阵之后，这才向段天得道："你先生和我们面生得很，认错了人吧？"段天得笑道："没有错，没有错。我姓段。"在屋子里的秀儿，这时已不惊慌，向炕头墙上一靠，心里可就想着，我不管了，反正父亲知道了也不过要我的命，我去当模特儿也是为了父亲，父亲不明白我这一点儿苦心，他要把我弄死，我也就舒舒服服，闭着眼睛死去好了，反正我心里干净。她有了这样一个观念，就顾不到院子里的事情了，可是段天得在院子里，态度是很郑重，言语也很得体。

李三胜道："你先生姓段，怎么会认识我的呢？"段天得笑道："说起来这话，就绕大了弯子了。"李三胜望了他的脸上道："怎么回事呢？"段天得笑道："你那大姑娘在那个学堂里做工，我的姐姐，也在那里读书，她俩倒是很要好。"一个年纪轻的小子，提到了他的姑娘，

137

他脸上就透着红色了。瞪了他的老眼，望着段天得，听段天得说是他姐姐和秀儿很好，这就笑道："我们这孩子，向来就有个人缘儿。你令姊大概也是个和气人，所以见了我姑娘，她就很乐意。其实我们这穷人，就是脾气好、性情好又怎么样？和人家说话，人家还不爱理呢。"说着，长叹了一口气。段天得笑道："唯其是这样，所以我自己来一趟。"他一面说着，一面随在李三胜后面向屋子里走来。

秀儿心里头，恨不得叫上一千声糟糕。但是哪有什么法子呢，只好侧了身子，闭着眼，当是睡着了。三胜把段天得向屋子里一让，搬了一张矮的方凳子，放在房门口，抱了拳头拱拱手道："我这里屋子脏得很，不好容纳上客。哟，烟卷也没有，茶杯也没有，真不像一个招待客人的样子。"说着这话，在桌子上壶里碗里，全张望了一番。又把抽屉打了开来，将手摸索了一阵，笑着皱起满脸的横纹，因道："段先生我真不知道说什么是好。"说着这话，周身全现出踌躇的样子，将身子向后退着，眼睛望了人。段天得倒随着站了起来，向他半鞠着躬道："李三爷，你请坐，我们年轻人，只当我是个晚辈得了，可别太客气，要这么着，我坐不住了。"三胜见人家十分客气，自己拘了这一份面子，倒不好不坐下。

段天得先沉静了两三分钟，向屋子周围看看。李三胜坐着，倒有点儿受窘，这就对炕上看了两回，自言自语地道："这孩子也不知道怎么啦。"段天得这才向炕上看着，因道："你们大姑娘，不大舒服吗？"三胜道："昨儿由学堂里回来，还好好儿的，不知道怎么一躺在炕上，就病倒了。"段天得道："请大夫瞧瞧了吗？"三胜道："这胡同口上有个大夫，同穷人看病，倒是不要钱，刚才我去瞧瞧，他又上天津去了。"段天得道："这样子说，是没有瞧病了。市立医院的段大夫是我本家，我去和你叫一个电话请他来给你们姑娘瞧瞧。"三胜道："这可不敢当。"段天得道："这又有什么不敢当。病了请大夫来瞧，贫富不是一样的事吗？"三胜两手按了大腿，连连地点了头道："天下是有这样好人的。记得我今年夏天在什刹海耍手艺，心里一急，摔了一个大跟头，几乎没有摔死。就遇到一个做好事的梁大夫，给我白瞧了半个多月的病，到现在，我没买一包茶叶送人家，我心里真说不出来的这一份儿惭愧。"段天得笑道："这样说起来，可见好人还是有人做的了。"说着，在西服内口袋里抽出了几张名片，小口袋上抽出了自来水笔，就按住在大腿上，草草地写了几个字，这就一弯腰递到三胜手上，很诚恳地道："你拿我这名片去，他准会来。"三胜这就连连拱了拳头。

段天得道："这不算什么。我平常就是这样想，有钱的人，总要分几分之几的舒服日子给穷人，让穷人少受一点儿罪。反正有钱的人，分出一点儿好处来，也不怎么吃力。"三胜道："人家有钱，是人家的本分，谁肯这样想呢？"段天得道："不能那样说。我觉得无论哪个有钱的人，他的财产全是在穷人头上搜刮了去的，比如说：那百货公司的大经理，进出全坐着汽车，是很阔的。照说，他们那公司全卖的是阔主儿用的东西，没有挣穷人的钱。可是咱们想想，这阔主儿的钱，又是哪里来的呢？做官的不用说，一刮几十万几百万，反正不能由天上掉下来，就是收房租的收田租的，哪怕他怎么样子安分，他那份家财，总是由穷人身上剥去的。"

三胜伸起一只手来，搔搔颈脖子道："那也不见得。"段天得道："怎么不见得呢，你听我说。比如这胡同口上，那所大公馆，朱漆的大门，大石板铺的地面，多阔。车门开着，汽车房里摆了那油亮的汽车，他好像没碍着穷人的事。可是他那铺地面的大麻石，哪一块也要穷人用凿子锤子，在山上敲打了下来，搬到他家里去。穷人能得他多少钱？一天得个几毛钱工钱，就了不得了。他要没穷人，那地面就别想用石板去铺，就是那汽车，虽是打外国来的，不也是工人造起来的吗？大概搬到中国，也少不了用穷人装卸，所以有钱人过舒服日子，全是靠穷人捧场。"李三胜哈哈一笑道："要是那样说，那还有完啦，没穷人，这个世界，不成世界啦。"段天得道："我的意思，就是这样。你别瞧我穿一身洋服，是位大学生，可是我就很爱交个穷朋友。这没有别的，因为我也是个穷小子出身。"

三胜听说，可就向他周身上下，全看了一看，笑道："你先生闹着玩的，你也会是个穷人？"段天得道："不说明，你是不会相信的。我是过继给我大爷做儿子的，我自己的生身之父，是个庄稼人，自小儿的时候，在乡下什么苦都吃够了。可是有一层，苦虽苦，我可肯念书，我大爷是在湖北做官的，听说我还不错，就要我过继，供给上学念书。而且我大爷也说了，过继儿子过来，也不让我父亲连孙子也捞不着一个，打算替我娶两房亲事，一房归我生身之父，一房归我大爷，家产呢，将来也平分一半。我想着，我有了今天，自然是难得的事。可是天下穷人像我得着好机会的，能有几个呢？所以我见着穷苦人，想起我以前，我就很觉心里痛快，怎么我单单有这种造化呢？可是有了这造化，越替那些没有造化的人可怜。你说，我这个样子做法，对是不对？"李三胜不住地点头道："对的对的。"

段天得向屋子四周看看，又向炕上看看，便笑道："我大爷给我的好处，我都痛痛快快地受着，就是有一层，他和我讨两房亲事，我倒有点儿含糊。虽然他给我家产不少，两房家眷，全养活得了。可是我今年才二十一岁，这样享福，恐怕人家说闲话。本来我们那里，有一子双祧的风俗。你这儿也有这个风俗吗？"李三胜点点头道："有是有，现在少了，娶姨太太的，倒是比往年多。"段天得望了炕上，向三胜连连摇了两下手道："你别提姨太太这三个字。我觉得这三个字，最对不起女人。既是夫妻，那就全是一般儿齐，为什么单有人是小，单有人是大。"三胜听他进门之后，说了这么一番话，倒有些不解是什么意思，只管向他脸上打量着。段天得是很机灵的，已经随着这话尾子，抬头四处去看，对于刚才的话倒有些不在乎的意思。后来看到墙角上，挂着两个假人，白布包的脑袋，墨笔画的鼻子眼睛，虽然也有衣服，衣服里面，可没有什么撑着。袖子外没手，衣摆下没脚。因指着道："我明白了，你是耍这一行手艺的吗？很辛苦啊。"李三胜道："可不就是这玩意儿吗？俗名叫鬼打架，江湖上话，俗里套俗的玩意儿，这才是。无非也是赶赶庙会，上天桥，什刹海，从前还有东直门外的菱角坑。卖的也就是一些穷孩子的钱，稍微有点儿身份的人，可不要瞧。我耍了这么些个年，人越来越老，玩意儿越耍越不值钱，真没法子，这才让我这姑娘上学堂去帮工。我倒正想打听打听，你准知道，她在学堂里都干些什么？"

秀儿在炕上，微微地哼着，就翻了一个身。段天得笑道："我在学堂里，不大和你姑娘见面，倒说不上。"三胜道："听说是当女听差，无非扫地抹桌子，伺候小姐们，此外没别的吗？"段天得道："也无非做这一些事，不能有别的。"三胜道："工钱倒是不少，她拿回来，足够家里调费的。事到于今，不能说不让人家支使那句话，开一只眼闭一只眼，我也只好麻糊不问了。要在前两年，我还可以混一碗饭吃，怎么着我也不能让她去。”段天得点点头道:“李三爷真是一位古道人,我非常之赞成。家姊也是这样说,你姑娘很好,不让她这样干下去,将来再替她想法子。”三胜道:“哦,你还有个姐姐,你不是过继的吗?”段天得道:“我这边老爷子,虽没有儿子,可有两个姑娘。”三胜道:“现在年头儿改了。有些人就把姑娘当儿子。”段天得道:“这本来对的。像三爷,不就是得的姑娘的力吗?”三胜道:“这孩子,也是吃不了三天饱饭,你看她现在又病了。学堂里今天不去,不知道可要扣工钱。”段天得道:“这不要紧,我托人给你姑娘说一声儿就是了。只要是真病了,歇个十天半月,也全没关系。”三胜抱着拳头拱了两拱道:“那全凭你多维持。”话说到了这里,这就透着题目都说完了。

三胜又站起来,周围望望,意思是要再找茶烟献客。段天得在和他说话的时候,对炕上躺着的秀儿,总看过了二十四次,只是她静静地躺着,一动也不动,实在没有机会去和她说话。这就站了起来,在屋子里踱了两个来回,向三胜摇着手道:“你别张罗。你姑娘病了,找大夫瞧病要紧。你就拿了我的片子,赶快找大夫去。我家姊有事要找你姑娘的话,我明天再来一趟。话可得说明,三爷,你欢迎不欢迎我来,假使不欢迎,我可不能来只搅和你。”三胜道:“你太客气。我们这穷人家,就怕贵人不肯到。”段天得道:“既是那么着,我交你这个朋友了。”说着,他就在西服口袋里一掏,掏出一卷大小不齐的钞票,挑了一张五元的,向三胜笑道:“请大夫不要钱,病人养病也要钱。瞧你这古道人,绝不能张嘴和人家借钱的。我这里有五块钱,你拿去先垫着使。”

三胜啊了一声,人向后一退。段天得道:“三爷,怎么着?你瞧我不够交朋友吗?”三胜道:“不是那么说,咱们初次见面,怎好就要您破费。”段天得道:“话得说明,你姑娘将来发了工钱,有钱多就还我,钱不多,就多使两天。这么点儿钱,我不好意思说个送字。假如你不收的话,你就是小看了我这个人。”三胜还不肯收,只是对了他手上踌躇着。段天得也不再说什么,将那张钞票,放在桌子上,拿了一只破碗,将钞票压住,笑道:“你若不肯收,我明天来拿回去吧。再见再见!”说着这话,他扭转身就向院子里走了去。可是他穿着皮鞋,走得很快,三胜是个有病的人,走到自己房门口,他已经走上大门口了。

段天得走得其势匆匆,却没有看定了对面,不想迎面来了一个人,几乎撞了一个满怀，彼此全啊哟了一声。段天得将身子闪过，那人也就闪到一边去了。回头看看那人，不过是个做小生意买卖的人，这倒不怎么介意，自出门坐车子走了。那个人站在院子里，倒回过头来，向他呆呆地望了一阵。李三胜站在屋子里，却老早看清楚了，叫道："万子明大哥，你几时回京了？我没有一天不惦记你。"说着这话，自己也亲自迎出来。

万子明穿了一件深灰布夹袍，戴着一顶黑毡帽，脸上黑黑的，毡帽上的灰土重重的，全表示出，他是一位由乡下来的人，兀自风尘满面。秀儿听到父亲叫了一声万子明，也是一个翻身，由炕上坐了起来。恰好万子明也走进了门，这就向她深深点了一个头道："大姑娘，你大好一些啦？"秀儿将手理着头发，扶到耳后去，向他微笑道："我也没有什么病，万大哥怎么会知道了？"万子明道："我原也不晓得，刚才由胡同口上经过，听到你们这儿院邻一个小姑娘说的。"三胜笑道："这么说，不是为了孩子病着，你还不肯来看我啦。"万子明笑道："我昨儿个晚上才到京，什么事全没办呢。打算迟个两三天，再来看你爷儿俩。所以我进门来，空着两只手，什么东西也没有带。"

秀儿抿嘴微笑着，似乎有话要说出来，又不便说。李三胜道："万大哥干吗说这话，我高攀一点儿，咱们总算是患难朋友啦。你请坐，我这可要去上茶馆子里找一壶水来，沏碗茶你喝了。刚才来了客，我就这样干耗着。"万子明坐在小板凳上，对屋子里张望了一会子，因道："刚才谁来了？赛茄子好久没来吧？"三胜道："好久没见了。刚才来的，是我孩子学堂里的大学生。这人倒也不坏，只替穷人难受。"万子明道："大学生，你家大姑娘进学校念书了吗？"说着，对秀儿望了望。秀儿可低了头，没答复他的话。三胜笑道："你瞧我们这穷人家，有那份资格，送女孩子上学念书吗？这全是人穷了，无中生有地想法子。对过有两位姑娘，也在学堂里当女书童，把我们孩子也介绍了进去。一个月倒挣个二十块三十块的。"万子明道："女书童，没有这样一个名字。"他说着，摇撼了几下头，微笑一笑。三胜道："好久不见，见了得谈一会子，你在我这里坐坐，我去找开水去。"说着，提了桌子下的一把洋铁壶，径自走了。

万子明口里只嚷别张罗，也拦他不住。他走了，万子明坐在门口矮凳子上，透着无聊，笑道："三爷真是前清手里的人，现在的新名词儿，他全说不上。哪有个叫女书童的？"秀儿先是红着脸，这时就把颜色沉了一沉，带着笑道："哪儿啦，他是听鼓儿词，听入迷了。这是打鼓儿词上来的。又不能说我是丫头，就起了这么一个新鲜名儿。"万子明也笑道："我听了，也透着新鲜，到底你在学堂里是什么职务呢？"秀儿道："在女生寄宿舍里打杂儿。那些小姐们，全叫我的名字。"子明笑道："这个我倒知道了，说得好听一点儿，这算是女工友。可是工钱都有限的，不能有二三十块吧？"秀儿道："本来没有这些个钱。这两个月，是赶上了学校里有了几个阔主儿小姐，很给了几个钱花。往后也不能挣这么些个钱。这件事，说起来怪寒碜的，我就没让我老爷子把这话说了出去。"她口里说着，自低了头，将手去抚摸着被头。看那情形，倒很有几分不好意思。

这样一来，是让万子明更加了许多疑惑之点，问道："三爷对这件事，好像全不大清楚吧？"秀儿只说了一个他字，三胜已经提着水壶进来，秀儿像没提到这件事儿似的，立刻把话按捺下去，一声儿不言语。万子明同三胜谈了几句话，喝了一杯茶，也就告辞出去，走到大门口，却看到那个西服少年，将帽子戴得低低的，很快地走了过去。对门有个小姑娘，站在门口，向那人后影望着。接着，有一个姑娘跟了出来。他低声笑道："这小子，尽向我们这儿跑，真讨厌。不知道的，还以为我们这儿和他有什么事呢。"后面跟出那个姑娘道："他要是天天向李家跑，那偻老头子，要不打断他的腿，那才怪呢。"

万子明听到她们讨论着那西服少年的事，心里已经一动，就缓了步子走着，慢慢地听下去。现在听着她们是这样的说法，这完全和秀儿有关系。怪不得这老头子说他女儿一个月能挣二三十块钱。有了这样一个有子儿的人捧场，别说一个月挣二三十块钱，就是一个月挣二三百块钱，大概也没有什么为难之处吧？不过听这两位姑娘的话，老头子自己好像还不知道实情，显然是秀儿瞒了她父亲干的。以前以为她很是持重，绝不会做什么要不得的事。若依这件事看起来，这孩子是个外沉内浮的人，这最靠不住，说不定她做的事，想也不能仔细地去想呢。万子明虽有了这种心事，但是秀儿并不是他什么人，就算她做了不道德的事，用了身体去换饭吃，然而这是她的自由，谁能干涉她这种行动？万子明起先在这胡同里走着是无所谓，走到胡同口外以后却不免回转头来望着，将脚顿了两顿。在平常人看来，他这种顿脚生气，都过于幼稚。他尽管生他的气，有什么人知道呢？可是，照中国心心相印的神秘论来说，这倒是可以起一种反应作用的。

那躺在炕上的秀儿，这时心上不知道有了什么刺激，只觉一阵难受，一个翻身坐了起来。见三胜正在桌子下面，取出一只煮粥的瓦罐子，正在瓦檐下洗刷着，便道："你什么意思，还要煮稀饭我吃吗？我这会子心里正难过。"三胜道："你也总得熬着一点儿。我这就去替你雇车去，一路去瞧病吧。"秀儿道："倒不是要瞧病，我心里好像总有一件事放不下。"三胜道："你心里有什么事，不就是学堂里请假的事吗？这件事，已经有那位段先生帮忙，答应替你请假了。"秀儿皱了眉道："可别提到这位段先生了。以后，我想还是请他少来为是。"三胜手里提了瓦罐子，直走到炕边来，问道："你这话什么意思？他不是个好人吗？"秀儿红了脸道："那倒不是，因为他是个有钱的人，咱们这种穷地方，不宜让人家常来。"三胜笑道："你这孩子，也叫格外多心了。人家段先生不是说来着，最愿意和穷人交朋友吗？"秀儿摇摇头道："咱们哪能和他这种人交朋友，除非像万掌柜的，倒是咱们的好朋友。"

三胜点点头道："万子明大哥，自然是个血性朋友。可是这话得分别着来说。他和咱们一样，也是一个穷人，自然什么事，全能看一个透。可是说到段先生呢，人家是一位少爷，能够不嫌脏，跑到咱们家来已经是难得。而况他到咱们这儿来，又说了那么些个好话。我就常说，穷人不想阔主儿怎么周济，肯同穷人谈谈，这就很难得，不用说和穷人谈谈吧，就是多瞧咱们穷人两眼，穷人也是开胃的。因为他肯瞧穷人两眼，知道穷人过不下去，不来抢穷人的生意，咱们就有饭吃啦。"秀儿道："阔主儿抢穷人的生意，我倒不信。"三胜道："没出门子的小姑娘知道什么？就说我这玩意儿，在往年，这一夏天什刹海，只要老天爷不下雨，总可以挣几文。现在尽是新鲜玩意儿，有钱的，凉棚子一搭，洋鼓洋号一响，就是没什么玩意儿，也不愁着不上座。今年是更邪行，有两个穿洋服的人，不说变戏法儿了，说变魔术。在那儿扯了布棚，按着风琴，吹着洋喇叭。瞧玩意儿的，尽向他们那里去，像我这样凭本领耍玩意儿的，嚷死了，也没有几个人帮帮场子。你瞧，这能说，不是让阔主儿把生意抢去了吗?"秀儿道:"咱们自然比不上人家。你背着的那两个假人儿,衣服拖一片,挂一片,就是一个真人,也变成了鬼啦。"三胜道:"谁说不是。我自己也没有钱做衣,还能做了衣去收拾这两个玩意儿吗?"秀儿笑道:"你知道这么样子说,你就别抱怨什么了。咱们受穷,不是应该的吗?"

三胜坐在一边,只向她脸上望着,因道:"什么?你这样有说有笑的,是病好了吗?"秀儿道:"好了,我自己也说不上是什么缘故,说好就好,现在像好人一样了。"三胜道:"不找大夫了吗?"秀儿道:"有人家帮的那些钱,咱们买米买面,干什么不好。"三胜也笑道:"这孩子真也是淘气得精,昨天那样发烧发热的,吓得我饭也不敢吃。这一会子,说好也就好了。那么,明天你可以上学堂去了。"秀儿笑道:"现你倒比我的性情急。"三胜道:"不是那样说,现在不是按月得了人家的钱来着吗?咱们得了人家的钱,就得替人家做事。"秀儿也没理会她父亲的话,把腿伸下炕来,就要穿鞋子走路。只见段天得匆匆忙忙地又走了进来了。一脚跨进门,看到秀儿坐在炕沿上,便笑道:"咦,李小姐好了。"三胜见他笑得眉毛眼睛全活动起来,而且抬着肩膀,做出那份样子来,就不免向他瞪了一眼。段天得似乎知道了这事似的,立刻扭转身来,端正了脸色,向三胜点了一个头道:"刚才我就到学堂里去,同家姊说过了。家姊叫我来报个信,请李三爷尽管放心,凡事都有她啦。三爷,你没事做什么消遣,我请你上大酒缸喝两杯,你可肯赏光?"

三胜笑着把眼睛角上的鱼尾纹全皱了起来,抱着拳头,连连拱了两下,笑道:"这可不敢当。你这一身儿穿着,同我这样一个脏老头子坐在一处,那算怎么回事?"说着,将手把自己破大褂的大襟牵了两牵。段天得道:"我不是说了吗?我就爱同穷人在一处。口里光说,见了穷人就闪开,那是口是心非的人,最要不得的。"三胜笑道:"虽然这么说,可是大酒缸这地方,也不是你这样人应当去的。"段天得笑道:"这就引起我一段故事来了。"说着,两手同提着裤脚管,自在小矮椅子上坐下。然后仰了脸向炕上的秀儿道:"提起了这个人,大姑娘也是知道的。就是那位教中国画的仲先生。他每天都得上大酒缸两趟,回家来,就醉得泥人儿似的,全身都是酒气,和他说话,稍微站近一点儿,真会让他的酒气给熏倒。他是我们的老师呢,他能上大酒缸,难道我们就不能去吗？三爷，你信不信我这话，我向来可没同人说过谎。"

三胜倒真的透出了一番踌躇的意味，因笑道："其实酒这东西，若能常喝，倒真可以看出人的品行来，能喝酒的人，在酒壶旁边交的朋友，那全是真的，绝坏不了。我喝了四十多年的酒，绝没有做过一次丢脸的事，说是借了酒盖脸，和人家捣乱。"段天得对他脸上看着，就站了起来了，因道："我高攀一点儿，和三爷交个酒壶上的朋友，行不行？"李三胜伸了个大粗指头，向他点了两点道："我要罚你，你怎么同我说这话。只有我同你交朋友，说是高攀。怎么你同我交朋友，说是高攀哩？"段天得笑道："咱们不是把贫富这两个字全扔开吗？你这么大年纪，要算是我的长辈啦。我同你交朋友，可不就高攀吗？"三胜笑道："若是我不愿同你去喝酒，倒显着你是高攀不上了？好，凭这一句话，我请你喝四两。再说，这钱还是你赏的，我这要算是借花献佛。"说着，把墙上的一块干手巾，卷了一个小卷儿，向袖笼子里塞着。他们这类人出门，向来不戴帽子的，塞上这个手巾包儿，那就是要出门的意思。秀儿斜眼望了他，问道："爸爸，你倒真出门喝酒。"三胜笑道："人家段先生这样瞧得起咱们，家里又没什么可款待的，能说不陪人家去喝一壶吗？"秀儿因段天得站在这里，可不好说什么，只有望三胜同他一路走去。

三小时以后，三胜一溜歪斜地就走回来了。秀儿老远就看到他面皮红红的，直瞪两只眼睛瞧人，就知道他这酒吃得可以，便迎上前，鼓了嘴道："爸爸回来了。"三胜一扭脖子，咧了大嘴笑道："姑娘，不瞒你，今天够我充了一回量。"秀儿也没理会他，找了一把扫帚在屋子里扫地，可就自言自语地道："平白无事的，又喝成这个样子，平常多花几枚买点儿洋面包饺子吃，就只嚷不会过日子。这一喝起酒来，不定花个七毛八毛的，就不嫌多了。"三胜摸着在靠墙的一张椅子上坐下，听着这话，两手一拍道："算你聪明，可不喝了七八毛钱的酒吗？可是这酒钱不是我会的，又是段先生给的钱。段先生为人真好，不知道什么叫身份，同咱们穷人，那是有说有笑。这朋友算我交上了。我还说啦，来而不往非礼也。今天吃了人家一顿，明天也得让人家吃咱们一顿。"秀儿点点头道："哼！对了！来而不往非礼也，明天你回他一回礼，你再醉个人事不知。后天他再请你一回，你醉一个不知人事。彼此就这样让来让去，你这乐子就大了。你还叫我说什么？"

三胜拍手哈哈大笑道："我的姑娘，你就不用埋怨了。你觉得我不该喝酒的话，除了明天，我还人家一次礼而外，打后天起，我就不喝酒了。可是无论怎么着，明天你必得让我喝一顿。要不然，我这人光进不出，成了什么人呢？"秀儿道："喝酒没什么，你生病以后，忌的日子不少，就醉个一回两回吧。可是你同那姓段的在一处混，透着有点儿不好。"三胜道："怎么啦？人家只嚷不分贫富，你倒一定要瞧不起自己吗？"秀儿还是在扫地，身子四处转着，并没有向三胜脸上看了来，因答道："并不是为了这个。你想，咱们住在这大杂院里，飞短流长，人家什么话不说咱们。咱们家里，平常来的都是些什么人？现在这么一个穿西服的洋学生，只管向咱们家跑，这大杂院里的人，你相信一句闲话儿不说吗？要是说起什么闲话来，我可受不了。"她说到这里，把地已扫到屋门口啦。把一个洋铁簸箕盛起了脏土，自向院子里倒土去了。

三胜坐在椅子上，极力睁开了他那一双醉眼，向姑娘后身望了去，默然地出了一会子神。直等姑娘进屋来，很久，才叹了一口气道："穷人交朋友也没阔主儿那么自由。可是人家真和穷人表同情呢。"秀儿站在炕沿边，将手扶着头发，向耳后边理去，望了父亲有话要说。可是她微笑了一笑，把话又止住了。三胜道："你有什么话，只管说出来，干吗忍了回去。"秀儿笑道："并不是我不说。我瞧着，我说了你也不相信。"三胜道："没别的，你就是不让我去喝酒，我以后不去喝酒就是了。"秀儿理着鬓发，摇了两摇头道："我说的不是这个。"三胜道："你说什么，你就说出来吧。"

秀儿抬起手来，慢慢地理着鬓发，低了头道："倒没有别的。就是见着了那万掌柜的，你别提同段先生认得。"三胜道："那为什么？"他觉得这个要求，有些不可理解，便瞪了两只大眼向她望着。秀儿笑道："这也不为什么，你不想想，万掌柜的，他才真正爱惜穷人的。以前，他帮过咱们多少忙，并没有要咱们一点儿好处。这时听到说咱们交上有钱的朋友了，透着咱们趋炎附势，他不高兴。"三胜将脖子一扭，大声道："这是什么话，我们交朋友，还要受别人干涉吗？"秀儿红了脸，鼓了嘴道："你嚷什么？这是我说的话，又不是万掌柜说的话，你要怪就怪我，别怪万掌柜的。"三胜板了脸道："本来这有些不像话。只许我交万子明，不许我交段先生。这是什么道理。"秀儿道："不用嚷了，不用嚷了。你不是明天要回请人家上大酒缸吗？你去就是了。好在你身上有的是钱，用不着我给你去想法子的。"三胜手撑了桌沿，晃荡着身体，眯了眼睛笑道："你这又夸嘴了。共总养活着我，还不到一个月。将来我身体硬朗起来，我自然会出去做买卖。要你养活不了多久了。"秀儿道："我不同你说了，你那酒后的言语，还有个完吗？"说着，拖了一把矮椅子放到房门口，就掀起衣襟坐下了。

三胜晃荡着身体，向炕头直奔，笑道："喝这一点儿酒就醉，没那么回事。我才不睡呢。舒服舒服，倒也使得。"他说着这话，两腿一伸，人直躺了下去，把两个枕头拖过来，将头枕得高高的，身子向里转着，口里还嘟囔着道："喝酒，我哪年不喝酒，就是这半年，钱不大方便，把钱省下来啦。要说醉，我就没有那么回事，哼……唔……没……那回……"秀儿也没言语，过了几分钟，回头看时，三胜鼻子里，呼噜呼噜直响。约莫有二十分钟，他又道："段先生，你为人真不错，同咱们穷人表示同情。喝，这就叫同情。"说完呼噜着又打起鼾声啦。秀儿把嘴一噘道："你瞧，四两烧酒把他烧的。"

第十五章

未完成的杰作

李三胜喝了段天得这一顿酒，他实在是心满意足了。一觉睡得安安适适的，到了晚上点灯以后，方才醒过来。秀儿尽管是鼓着她那两片小腮帮子，他全没听提。到了早上，秀儿就赶上有课，也来不及在家里叮嘱他，匆匆忙忙地到学堂上课去了。天下事因祸得福的却也不少。自从她在课堂上，引得段天得晕厥了一次，大家传说纷纷，都说这个模特儿是个玉人儿。这艺术学校里，西画共有四班，画着秀儿的，就只有二三年级。还有一年级及特别班，全没有轮着，至于中画系、音乐系、雕塑系，更是轮不到，清朝有一位姓李的举人，曾在述怀诗里，有如下十四个字："凡所难求皆绝好，及能如愿又平常。"那天天把秀儿当模特儿的学生，尽管司空见惯。可是那大多数不及看到秀儿裸体的，都当了一桩新稀罕儿，谁都想研究研究到底是怎么回事。她当模特儿，可以把人晕死过去，但是在艺术学校里的学生都有一副正经的艺术面孔。他们以为模特儿是一种艺术上的需要，绝不能用猥亵的眼光去看。猥亵了模特儿，也就是猥亵了艺术。因为这个缘故，所以这些艺术学校的学生，他们尽管都想看看秀儿，可是绝不肯在人面前，公开地去追逐模特儿。而课堂上画模特儿的时候，凡是同人首平行的窗户，也都用布帘给挡住，连一丝透风的所在也没有，绝不让人在外面有偷窥的机会。

有几个好奇心最甚的青年，他们不得已而思其次，就另想一个法子，当秀儿进出课堂的时候，大家全当着有什么事商量一样，站在路口上闲谈。等秀儿由身边过去，全目逆而送之。可是模特儿为人，也都有这么一种习惯，出得课堂来总是很快地在人面前跑了过去。秀儿当了模特儿，不知不觉地也就传染着模特儿这种习气。所以她当了这些人，老远地将眼睛斜吊过来的时候，她就低了头，放快了步子飞跑。大家所能看到的，也就是她一半面孔。可是这半个面孔，比整个面孔，还要动人，因之大家见过之后，把那好奇的心，更引着深进了一层。当秀儿上课或下课的时候，在势所必经的要道上，总有几个男学生，夹住了书包，站在路头上闲谈。这种行为并不犯什么校规，学校当局虽明知道不无作用，可是不能来干涉他们的。

当秀儿这天来上课的早上，那是上自己课堂去的要道走廊上，遥遥看到，有两组男学生站着。一组是三个，两个把腿搭在短栏杆上，一人斜站路当中，怀抱了一个讲义夹子，将细杆铅笔打着讲义夹，卜卜发响。另一组是五个人，那更封锁得厉害，完全站在路的当中，秀儿低了头，一股子劲走了过来，并未想到前途有什么阻碍，猛然一抬头，却看到这两组人分站在路头上。只好突然地把脚步站住。自己每日到学校来，把这些男学生本来也看得惯了，不怎么介意。不过这两天，老是碰到这种拦路虎，心里也很有些明白。果然地走过去，必得和他们道两声劳驾，然而自己就没有同学生开过口，若是不过去，上课的时候，又已经到了。两边一张望，急中生智，跨过了那短栏杆，就跑到草地里去。也是跨得忙一点儿，一只脚插在浮土上，没有站得稳，身子向前一栽。所幸两只手正是随了这个势子，在草地里撑住着，算没有栽下去。走廊上这几个人，就哗啦一声笑了出来。秀儿红着脸，站了起来，头也不敢回，穿过了这大块草地，径直地就向课堂上奔了去。这就听到有人用很沉着的声音问道："不上课，大家全站在这里干什么？"

秀儿抬头看时，是一位穿西服的中年人，自然，那是一位教授先生，模特儿对于教授，那是不能不表示敬意的，因之将身子闪到一边，垂手低头站立着。他依然站在廊檐下，将目光向走廊上扫着，那些学生似乎有三分怕他，在他这一喝之后，偷偷儿地全走开了。他那副抖擞的精神，固然全都在他那一套西服上，但是他鼻子上架的那副大框眼镜，却也帮忙不少。他望了那两组拦路学生的时候，把额头低着，眼珠却是由镜框子上面射出来看人。直等学生们全都走完了，然后回转脸来向秀儿道："我姓姜，在三年级上课，还没有用过你啦。我已经和刘先生说了，我们画会里请你每个礼拜担任四点钟。报酬呢，比学校里要加上一倍，我想你一定可以担任的了。"秀儿见学生们都是这样怕他，料着有些来头，就不敢得罪他，低声答应了两句是。姜教授道："你不必考量，

150

我们全是艺术信徒，对于艺人，总是另眼相待的。而且我们这画会里，全是艺术界里有权威的人，我们一抬举你，你的前途就大有希望。"秀儿也来不及去想模特儿的前途，还会有什么希望，他说一声，自己就答应一句是，当教授的人，当然和当学生的人，另是一种态度。和秀儿只是说了这两句话，眼珠在那大框眼镜子里，转了两转，然后和她又点了两点头，这就带着笑容走了。

秀儿因为时间到了，也来不及去和姜教授表示什么敬礼，自也匆匆地上课去。下课的时候，曾和段天得见过一面，只见他面皮红红的，将额头伸着向前，径直地向前奔，好像有很大的心事。自己落得闪了他，也没有去理会。到了次日再到学堂里来的时候，校役老远地看到，就追了向前，轻地对她道："喂，你先别忙着上堂，刘先生同你有话说呢。"秀儿听了这话，就联想到昨日姜教授所说的话。这与自己并没有什么不利，反正是当模特儿了，在学校里是给人画，到画会里去也是给人画，有什么不可以，因之径直地就到刘主任屋子里面来，刘主任正向后靠在椅子背上，口衔了烟斗，眼望着烟斗上烧出来的烟，转着云圈子，一环一环地相连系着上升，脸上不住地现着微笑，秀儿自然不敢高声叫他，慢慢地走到写字桌边来。只见他面前，放了一张加大的裸体女人照片，他还是把一只手按在上面呢。他猛可地一回头，看到秀儿在面前，立刻将那张相片，反着在桌上盖下去。身子挺立着坐起来，问道："你有什么事？"秀儿低声道："是听差说，刘先生叫我来的。"

刘主任这倒好像想起了一件心事，微笑道："是的，姜先生曾托我一件事，说他们有一个画会，请学校里分一个模特儿给他，后来又指明着是你。只要和学校里的钟点不冲突，那是无所谓的，你就去吧。至于学校这边的薪金，因为你并不耽误时间，那当然照给。因为怕你不放心，所以特意把你找了来，对你说明了。你对于这个约会，去是不去呢？"秀儿垂了头，低声道："既是姜先生有这个意思，又有刘先生介绍，我当然是去。"刘主任道："你肯去就很好。他们今天下午四点钟，就有一个集会，你可以去找他们。我开一张字条，你可以带了去。"说着，在桌子抽屉里，抽出一张纸条，文不加点地写了几字，就交给秀儿道："你拿了这张字条，到他们画会里去，你什么话也不用说，他们自然会招待你。"

秀儿对于刘主任这种盛意，当然是不敢过拂，老远地同伸出两只手去，把字纸接过来，而且还微微地向他鞠了两个躬。刘主任道："你去吧。"说到这里，望了她一望，似乎还有话要说，又不急于说出来的样子。秀儿自然是唯先生之命是听，立刻站着定了一定神，才悄悄地问道："刘先生还有什么事命令我吗？"刘主任却不由得眯了双眼，微微一笑，因道："你这孩子，倒是会说话，还加了命令两个字。"秀儿见刘主任这样夸奖，也就低了头哧哧地笑着。但是心里很明白，在刘主任面前，绝对是不许失仪的，因之微低了头，将上牙咬住下面一块嘴唇皮，极力地把笑意给忍耐住。

刘先生把烟斗放到痰盂子上去，将手托着，敲了几敲，然后握了烟斗，将烟嘴送到嘴里吸了几下，再拖出来，向秀儿笑着点点头道："你到我们学堂里来，不过是工作这样久，居然有这样好的成绩，教授都为你特意设一个画会，你真是个幸运之儿。不过你对于姜先生那番提拔的好意，也不可忘记了。"说着，又把烟嘴子送到嘴里去，连连地吸了两口，眼睛可斜望了人，不断地微笑。秀儿只有低了头，不敢走，也不便怎样答话。刘先生笑道："你这人还有点儿聪明样子，关于这一类的话，不用我吩咐，大概你也知道的。我也没什么可说的，你去吧。"说着，站了起来，还向她点了两点头，表示一番送客之意。

刘主任在本学校里，是个有权威的人，他能这样对人和颜悦色地说话，那就是一种荣幸。而且秀儿想到学校里的饭碗，都在刘主任的手上，若是得罪了他，就是同自己的饭碗有仇，因之在学堂里下课以后，赶快地坐了车子，就跑回家去。见着父亲正手捧着一壶茶在廊檐下，太阳影子里，背朝外坐着，慢慢地喝着，喝一口，嘴里哎上一声，好像是喝得很有劲。秀儿走到他身后，轻轻地叫了一声爸爸。三胜一回头看到，问道："瞧你忙得只喘气，什么事？"秀儿道："有一位女学生，要我帮着她做一点儿针线活，我特意回来，给你说一声，我这就去。"三胜望着她，犹豫了一会子，问道："哪一个小姐？"

秀儿一时答复不出来是谁，偶然触机，她想到有一次段天得曾提起过他姐姐的事，便信口胡诌地说道："还不是那段小姐，除了她，还有谁呢?"说完了这话,脸上故意装出生气的样子来,好像埋怨三胜多事似的。三胜笑道:"你又噘那小嘴子了。你只管去得了,可是我的晚饭呢?"秀儿道:"回头我留一毛钱,放在二荤铺子里,让他给你送一大碗面来,那不好吗?"三胜道:"一顿饭就吃一毛大洋。那也太花费一点儿了,随便给我买一点儿什么吧。"秀儿道:"只要你不拦住我在外面挣钱,我多挣几个钱,让你每顿吃个一毛二毛的,那要什么紧?"三胜笑道:"这会子你有本事,我全靠着你啦,你这话不是落得说的吗?"秀儿一瞧父亲的颜色,料着不会生气,这个机会可不能失掉了。于是笑道:"我这就走啦。"说着,扭转身子就向外跑。只听三胜在后头嚷着:"快一点儿回来。"

秀儿答应了一个喂字,人也可走到院子外面去了。她身上可揣着刘主任的那张字条呢,于是抽了出来,自己看了一看,那上面写的地名,却还认得,雇了人力车子,就径直地奔了去。这个画会的地方,是设在一所纯粹的老式房屋内,进门一重小小的四合院子,一排的四棵大槐树,大槐树绿荫下,一带宽走廊,四根朱漆柱子,屋子配了一排朱漆的窗户格扇糊着雪白的窗纸,这一种东方的美术情调,一看到自然会给人一种很好的印象。槐树下,扫得干干净净的,只有两块青草地,青草里放着两个小石骆驼,倒没有放一盆花,在走廊屋檐下,倒有一块横匾,将宣纸写的字,裱在上面,大书"艺术之宫"。秀儿在学校里,常听到先生学生们夸嘴,说他们那里是艺术之宫。不想这个地方,倒真挂了这么一块匾。

照着北方的规矩,到民家去访客,一定要在大门上先敲几下,惊动里面的主人。秀儿来的时候,以为这不是人家,所以先跨进门来,到门房里去张望了一下,打算找门房通报。不想门房里空着,连桌椅板凳也没有。在院子里看看,倒也不像是没有人住的,只得退回到大门外去,连敲了两下门,这才听到有人答应一声,由里面迎了出来。那人穿着西服裤子,上面套了一件灰绒紧袖子的画师衣服。头上的头发,乌溜光滑的,一抹向后,尖瘦的脸子,虽带了一些黄色,但是洗擦得没有半条皱纹,可见他是个爱好艺术的人。他老远地看到秀儿,就点头笑道:"你贵姓李不是?姜先生老早在这里等着呢。"秀儿料着他也是会里的会员,不敢得罪，便听了他的话，随着走到屋子里去。

这屋子里，除了有紫檀木的雕花落地罩，隔开了半间而外，这边一个大统间，全是硬木桌椅。雕花几榻，随着大小高低的木器，放着许多古董。那屋梁上悬下来的灯，全用绢糊的宫灯罩子罩着，像图画上画的屋子那样好看。心里这就有点儿高兴，觉得这种画会，都是规规矩矩地教画学画，绝不是胡来的。

秀儿站在屋子里，不免四处张望。那人对着秀儿，很是客气，微微地笑着点头道："姜先生在后面呢，你同着我来吧。"秀儿也没有说什么，只好跟了他走，又穿进了一层院子，这里是更透着幽静。院子里有七块太湖石零乱地放在草地里，三四十根瘦竹子疏疏密密地四处散着，只有中间一条方砖面的小路通到正面屋子去，四周的白粉墙，全布满了爬山虎的绿藤，这院子几乎四处都是绿的。在正面走廊的屋檐下挂了一个小白铜架子，上面站着一只白鹦鹉。在走廊地面上扫得光光的像镜子一样，加之这前后院子里，一点儿声音都没有，倒显着像一座庙宇。那人抢上前，把门拉开来，连连地点了几下头，笑道："请进请进。"这也不必他吆唤，里面的姜先生，早是迎上前来，笑道："李小姐来了，李小姐来了，好极好极。"秀儿微笑着，低了头走将进去。

这里又不同了，完全是一个小教室的布置，不过比教室里布置得精致些，地面上铺了很厚的毯子，窗户玻璃里面，全都垂了活动的紫幕，可以随便拉扯。那个模特儿的坐榻，也比学堂里的精致，加漆之外，还画有图案，上面是一条墨绿色带穗子的线毯，斜牵盖着。坐榻是斜放在墙角落里，那里有一座绿绸屏风。不过对了这座木榻，却只有四五个画架子，并不像学堂里重重叠叠地放着。在屋子另一方，也都放着方几圆桌之类，上面放了花瓶古董，就是以写生而论，这里的标本也就比学堂里多得多了，这屋子里除了姜先生而外，还有两个穿西服的，年岁全不很大，约莫有三十上下。

姜先生这就介绍着一位是刘先生，一位是邵先生，那位开门的，是王先生。秀儿听说，都一一地给他们点过头。姜先生笑道："你到这儿来敲门，大概透着有点儿奇怪吧？"秀儿微笑了一笑。姜先生道："我们这几位先生，都有一股子傻劲，打算扫地抹桌子，以至于关门开门，我们都要自己来做。一来表示我们不是什么贵人，可以自己劳动。二来我们自己做的事，自己总顺心些。"他说着这话，立刻到旁边小屋子里去，捧出一杯热茶来，笑嘻嘻地直送到秀儿面前来，秀儿两手接着，笑道："劳驾劳驾，你怎么同我这样客气？"姜先生道："我刚才不是说了吗？这里不论做什么，全是我们自己来的。"秀儿道："那么，我到这里来，我也不算外人，就让我自己来做事得了。要是像你这样客气，倒让我怪受拘束的。"姜先生一拍手笑道："若是能这样，那就好极了，我们全都愿意呀。"其余三位先生，也都连连说好。

秀儿初进来的时候，以为到了教授们所在的地方，自己不能不加倍慎重，现在进门以后，看到全很和气，也就态度活动一点儿，不是老板着脸子了。手里捧了那个茶杯子，回转头四处看，见这屋子里，只有几只四方的小矮凳，那全是画画的先生们预备画画坐的。自己怎么好坐下去。那刘先生虽然年轻，雪白的脸子上倒蓄了一小撮胡子。他道："李小姐，先不忙工作，你可以休息一会子，外面坐也可以，到这里面屋子里也可以。"秀儿听到这一句话，再一看里面那间屋子，正垂着一幅紫色的门帘子。由外面向里张望，可以说没有一丝漏缝。不知是何缘故，这点儿印象，给她是很不好。脸皮上立刻通红一阵，直红到耳朵根下去。

姜先生见她手上握了一只桶形的茶杯子，只管把杯沿碰在嘴沿上，不住地抿着嘴唇喝茶，这就笑道："也许李小姐家里有事，不能在外面多耽搁，我们这就动手画吧。"秀儿偷眼看看窗户外面，已是太阳偏了西，却没有许多工夫来延宕，因沉了脸子道："姜先生，我今天只能画一点钟，下次再补吧。"姜先生看她那情形，大概是不许久闹的。于是点点头道："好的好的，我们这是私人组织起来的画会，怎么都好凑乎。今天就先画一点钟吧。"秀儿仍然手握了那只茶杯，斜靠了窗台站着，低头只管出神。姜先生对另外三位画家道："我们这就动手吧。"他虽这样说了，秀儿像发了呆一样，还是斜靠窗户台站着，只是缓缓地呷着茶。姜先生对她望望，那句"你就脱衣服吧"几个字，虽是送到嘴唇上来了，无论如何，这话也说不出口。偏是秀儿老是那样站着，也不抬头看看别人的颜色。姜先生走到木炕边抖了两抖毯子，又把画架子移了两移，还隔了画架子向木炕上做了一个瞄准的姿势。回头看秀儿时，她还是那样站着。

开门的那位王先生，这就不能忍了，笑道："李小姐，我们这就开始画了，请你宽衣吧。"他的语尾音是比较重一点儿，这才把秀儿给惊醒了，这就点着头，对他做了一个惨笑，自己也是有些莫名其妙，竟是把那只茶杯子捏在手里，一直带到屏风后面去，直等自己用手来解纽扣的时候，这才发觉了手上还有一只茶杯子。因为屏风后面，并没有可以放下杯子的所在，所以拿了那茶杯子又送出来。王先生这就有点儿不高兴了，板着脸道："你要知道，我们这画会里，比学堂里，可自由得多，你何必还是这样推三阻四的。"秀儿一看人家那样子，可不敢别扭，只好将杯子放在地面上，自到屏风后去脱下了衣服，再出来工作。这几个人不生气了，立刻精神抖擞的，也就画起画来。

这屋子里并没有挂钟，又不像学校里有下堂钟报告。秀儿只有静静地坐在那木炕上，等这里四位先生去描摹。心里这就在那里想着：怎么还没有到钟点？心里老是如此想着，眉毛可就只管微微皱了起来。姜先生对着她身上看一笔画一笔的，正是得劲，忽然将笔停住，对秀儿脸上看了一看，嘴里吸了一口气，做出一个踌躇的样子来，因道："怎么回事，李小姐，你惦记着什么事情吗？"做模特儿的人，也有许多神秘，当她脱光了衣服，尽人赏鉴的时候，她总是把自己当了一个失去灵魂的木偶，眼睛不瞧到什么，耳朵不听到什么，自然也不张嘴同人说什么。这时姜先生当面问她的话，不容她不答复，便低了头道："不想什么。"姜先生摇摇头道："不，我在你脸上看得出来的，你很发着愁呢。"秀儿道："不是别的，我父亲这一程子老不舒服，到现在还没有好。今天我出来得久了，不知道他在家里怎么着了。我们现在画过一点钟了吗？"姜先生倒是没有答复，回过头来，向同画的三位先生看看。王先生点点头道："也许……"说着，在衣服袋里掏出挂表来看了一看，立刻又把表塞到口袋里去。

秀儿心里这就明白了，两手撑了木炕，将头低着，答道："各位先生，现在画过两点钟了吧？"王先生道："你若有事，你就回去吧，下次我们在这屋子里放上一口钟好了。"那三位先生对了她虽然还有些不舍的意味，可是因为王先生已经说出了口了，这倒不好意思挽留，有的把画笔在颜料碟子里蘸蘸，有的对了画板上的画，做一个审查的样子。秀儿可不管那些，自走到屏风后面去，把衣服穿起来。上身衣服，还只穿起一只袖子呢，那位王先生，就闯着走过来了，他笑着一点头道："李小姐，你别忙，我出去和你雇车。"秀儿一看他相距只有两三尺路，扭过身子去，手忙脚乱地，就把袖子穿好。看见他在屏风口上拦住的，这就伸手来移屏风，想抢出来。不料也是快一点儿，扑通一声，把屏风打倒。

姜先生斜站在画架子边，正歪了头向屏风里张望着。那屏风倒下来，正好把那空格子，由他头上直套下去，架在他颈脖子上。这一来，姜先生倒仿佛戴了一副大枷。秀儿看着，这就啊哟了一声，抢上前来，把屏风给取下来，不想又伸手伸得快一点儿，那屏风架子在姜先生脖子上重重地给砸了一下。姜先生红着脸，抬着手，只管去摸后脑勺子，秀儿自己也红了脸，向他赔着笑道："我想不到这样子巧，姜先生，碰伤哪里没有，我给你揉揉。"姜先生忍着痛微笑，将手抚摸着后脑勺，抚摸的时候，而且还睁眼向她望着，秀儿原来是说的一句客气话，这会子人家真要她揉，揉是怪不好意思的，不揉又拨不开姜先生的面子，只好低了头，将牙咬了下嘴唇，走到姜先生身后，伸了两个指头，在他后脑勺子上，蜻蜓点水似的，胡乱揉擦了十几下，姜先生弯着腰，低了脖子下来，静静地让她揉，秀儿在后脑勺子上揉过了，正打算缩手回来，姜先生可又伸手在头顶心里指指，又在耳门子上指指，指慌了，在鼻子尖上，也指了一下。

秀儿想着，这可是存心。若是鼻子尖上，也让屏风碰了，早就出血啦，还等得及别人来揉吗？于是缩手回去道："我告个假，先走一步了。"姜先生道："忙什么？不是说好了，给你雇车去吗？"秀儿并不理会，径直地就向前走，王先生更是好人，一直追了出来，在大门外看到一辆人力车子，在身上掏出一张毛票给了车夫，就向秀儿笑道："车钱已经给了，你上车吧。"秀儿在胡同里头，也不便同人家去拉拉扯扯，只好点了个头，坐上车去。

到了家门口，远远地就看到段天得，由自己院子里走了出来，他迎上前，挺了胸脯子站着，瞪了眼道："你是在老姜的画会里来吧。"秀儿见他满脸是怒容，只得跳下车子来，挥着车夫自去，站到人家墙脚下，低了头走着路道："那是刘先生介绍我去的。"段天得道："你到了他们那里，你总也知道，在后进屋子里，那一丝人声音也没有的地方画画，白天也觉得阴寂寂的。他们也真怪，怎么一所房里，一个用人也没有。"秀儿道："那是他们省钱。"段天得将肩膀扛了两下，笑道："他们省什么钱？要省钱，还不赁一所房来画画呢。你要是肯信我的话，请你下次别去。自然，你以为得罪了这些教授们，学堂里可就不要你了。这个你放心，我谅他们不敢。"他的话说得越来越长，秀儿的路可就越走越慢，因停住了脚，皱着眉道："段先生，你别跟着我，成不成？"

段天得遭了她这样一番拒绝，却不由脸红了。秀儿虽硬言顶撞了他，可是到了人家脸上一红，这就有点儿后悔，倒是放下笑容来，向他点了一个头，然后走回家去。段天得站在胡同口上，倒有点儿发愣，还是跟了她去呢，还是不去？就在这个时候，有个穿蓝布大褂子的擦身过去，却是瞪了眼望着人。而且当他走过去很远的时候，还是回过头来，瞪着眼睛多大，远远地看了他，横了肩膀走进李三胜那院子里去。于是自言自语地道："好吧，明天学堂里再见。"他这样一怒而去，他反是战胜了。当他次日早上，上学校去的时候，秀儿也坐着车子来了，看到段先生，她立刻下车子付了车钱，笑道："段先生，你说的话是对的。我昨天晚上想了一宿，那画会里，我决计不去了。"段天得道："那随便你。其实，你去图着什么？要说为了多挣几个钱，那用不着这样累，我们全能帮你的忙，要说怕得罪教授先生，那你放心，我们给你保镖，料着谁也不敢奈何你呀。"

秀儿将一个手指头放在嘴唇里面，自低了头慢慢地走。越是靠着学校近了，学生们越是不敢同模特儿在一块儿走，所以段天得也就落后了。秀儿走进学校门，踏着那青石板路，咯咯地作响，这就想起了段天得，脚上穿的皮鞋同丝袜子全是人家买的啦，虽是说他这样做好人没着什么好心眼儿，可是就凭着自己这一点儿身份，有他这样看得起，也就当感谢人家啦。她有了这样一个转念，态度更是变动了。在学堂里碰到了姜先生刘先生，全低了头没作声。到了下课的时候，自己出大门去。那校役把那种瞧不起人的口吻喊道："喂，回来，这儿有个字条给你拿去。"秀儿回头来，那校役站在阶沿石上，左手叉腰，右手将两个指头夹了一张字条，老远地伸出来，秀儿走向前去接时，不知道他是否有意，那字条又落在地面上了。秀儿望了他一下，也没说什么，自走向前，把那字纸条捡起。上面写的字倒还认得，乃是"今日下午四至六时，绿室画会有课，务必按时前去。姜字"。

秀儿将那字条捏在手心里，搓成一个纸团儿，自塞到口袋里去，一会儿工夫没耽搁，自向大门外走。校役后面追来，大声喝道："喂，那几个字，你认得不认得？看过了，也该给我们一个回信。"秀儿看看这所站地方的附近，正站着不少的人，把脸臊得通红，低声答道："我知道了。"校役道："你知道了就得。你准着时候去吧。"秀儿哪敢和他多纠缠，扭转身子就向门外走了去。当她走的时候，身后却是哄然一阵大笑。秀儿心里也就想着，莫非他们是取笑我的。本来自己的步子，走得是很匆忙，这就随着从从容容地走了起来。也就为了人家这一番大笑，心里在那里想着，无论如何，姜先生这个画会是去不得的了。本来昨日去的时候，就透着这事有点儿尴尬，现在由好几件事上看起来，这画会里是不能当画画看的。于是在路上就把这字条给撕了。

那边的姜先生，以为自己待她很客气，而且报酬还比学校里好，照说这是不会有什么问题的。所以这日把画室里布置得更周密些，除了泡好一壶茶之外，而且还陈设着两碟水果。同着几位在一处画画的朋友说着笑着，他谈得高兴起来，还走到画架子边把画取下，两手捧着，偏了头东边看看，又向西边看看，口里衔了半截雪茄，满脸堆下笑来。王先生远远看到他这样审查自己的画稿，也就走到他身边来，笑道："姜先生，你怎么啦？是画得很得意吗？"姜先生道："我敢说，这一张画，至少是我这一年以来的成功之作了。"王先生的画，虽没有姜先生画得好，可是赏鉴的力量总是有的。听到姜先生对他自己的画这样夸张，一定有别的长处，因之对于这张画不免仔细地观察一番。若以姜先生平常的成绩而论，这并不见会好到哪里去。于是抬起一只手来不住地搔着头发，打算在这种沉吟的时间里，将姜先生画里的好处给找了出来，可是找了很久，这好处是依然找不着。

姜先生把画放到架子上，然后向后退了两步，将两手互相拍着笑道："我们画人体画不外两个目的。其一，动物身体的构造，以人为最齐全。若是把人的肢体能够画得妥当了，那就画什么动物的姿势，也不会困难了，这是对于初学画的人而说。其二，要把我们喜怒哀乐的情感画出来，那还是以人为题材好。我们能够用客观的手腕去找题材，而后以主观的判断，构成画面，这就能成为好的作品。画人的躯壳，会动笔的人，那是尽人能为之的。若是我们画，必定要画出模特儿的灵魂来，那才让我们的情感有所寄托。同时，才能叫我们的艺术可以影响到别人。我们要艺术成功，必得有这样一种手腕，我们要从这一方面去努力。"这一大篇话，犹之乎他在课堂教学生一样，王先生倒有点儿不好意思接受，便淡淡地一笑道："也许是。艺术这样东西，是仁者见仁、智者见智的。姜先生所说的，也许我以为不是这样。姜先生这幅画还是未完成的杰作，也许完成以后，你就又是一种观念了。"姜先生伸了三个指头，笑道："你接连倒来了三个也许。不过我总有机会让你知道我的话，不是夸大。"他说着这话，态度很是自然的，口里还是咀嚼着半截雪茄烟头子，带了微笑。站着向了画出神。

　　随后刘先生邵先生也都来了，看到这前后两进屋子里，都没有秀儿。开口一句，都是"模特儿还没有来？"姜先生道："也许她已经在路上了，我们到外面屋子里去谈谈，说着话，不觉得是在等人，就不会发躁了。"王先生道："她要来，我们就画三点钟，她不来，我们就不画，这也无所谓烦躁。"大家慢慢地走到前面客厅里，就很自然地坐着，王先生歪坐在沙发上，把腿架在椅靠子上，把两只脚晃荡着，笑道："骂谁是布尔乔亚，谁也不肯受。可是我们这种生活就完全是布尔乔亚的生活。"姜先生背了两手在屋子里踱来踱去，不时地还向窗子外面伸头看。王先生笑道："这个模特儿，若是不来，可要把姜先生急坏了。我以为姜先生是能抓着她的灵魂的。要向下画去，必能画出更有意义的作品。所以姜先生等着她来，是比什么人都急。"

　　姜先生这就只好跑到屋角边椅子上坐下，因向他红着脸笑道："王先生这俏皮话，若是在别人听到，一定难过。但我老脸皮厚，可不在乎的。到现在为止，画师追求模特儿的事情，虽不能说绝无，可也为数不多。在这不多的数目中，难道就有我一个？"说时，伸个中指，点了鼻子尖，刘先生靠了姜先生的椅子坐下的，于是将一只手掩了半边嘴，歪过身子，向他耳朵轻轻地道："你不要这样说，我们那位主任先生，就看中了这个模特儿。"姜先生摇着头道："这话我不大相信。我想，无非为着她长得稍微美一点儿，大家就造下这一个谣言。一个当模特儿的人，在这种社会里，还有什么身份可言，只要肯花钱，那就不会更有什么问题的。像我们这位主任先生果有此意，随时给她几个钱就是了，何必还加上追求二字？"

李先生他坐在一边，闲闲地抽着烟，始终是不说什么。这时就站起来，正着脸色道："姜先生虽是替我们刘主任加以洗刷的，可是究竟不是一个艺人所应当说的。"姜先生听说，这就不由得抬起手来，搔了两搔头发，摇着头笑道："你说得我无话可说，只要我们做事能够持重一点儿，嘴头上纵然开点儿玩笑，那倒也没有什么关系。其实学校负责人，自有他的地位，哪里能胡来？"这样交代了一句之后，于是全屋子里都寂然了。

姜先生等了很久，实在忍不住了，抬起手臂一看手表，却已过了预定时间四十分钟，因道："也许我留下的那个字条，没有交到。要不然，她没有什么理由不来。"于是在座的人，有的翻着袖口，有的看看墙上的太阳影子，各人也都悄悄地嘘了两口气。姜先生向大家道："她不来，我们今天也就不必画吧。"李先生道："这样说，我们这画会，不必叫绿室画会，改叫秀儿画室吧。没有她，我们这会就组织不起来了。我们去画一点儿静物吧，免耗费了这几点钟光阴。"王先生道："我们总得找一个有意义的题材，将来这作品拿出来，也让人家知道我们是前进的。我主张抱一双皮鞋放在阶沿上太阳光里，题目是踏上光明之路。"李先生道："那太象征了。象征的艺术，那不能算是艺术。依我说，不如画这院子里的十几根竹子，题目就是粗线条。"王先生道："那更象征得厉害了。我们不妨普罗一点儿。"姜先生不由得哈哈一笑道："玩笑玩笑，普罗两个字，可以这样用的吗？"王先生道："我们只要知道是怎么一种意思就行了，至于说出来是哪两个字，这没什么关系，有人把普罗两个字，改译作破锣。我觉得在字面上，还能象征着这点儿意思。"刘先生道："要画静物，其实不必到这里来画。我们另外找人吧。"

姜先生早是坐不住了，正是背了两手在身后，只管在屋子里，来去地打着旋转。走路的时候，眼睛只看了窗外院子。过了一会儿，听到外面街门，扑通着碰了一下响，自己这就出屋子门去，口里还埋怨着道："你怎么到这时候才来？这里许多先生都等着你呢。"那碰着门的倒是一个人，已经有一种踢踢踏踏的脚步声走了进来，口里还操着山东音叫道："倒土。"

说着，一个矮小而又穿了破片衣服的人，胁下夹个倒秽土的破藤筐子走了进来。只看他满脸是干灰，黑脸上只有两只眼睛珠子，在中间乱转。在屋子里面的人，都也以为秀儿来了，大家全向窗子外面看了去。及至看到一位夹了秽土筐子的人，迎面同姜先生相对站立着，不由得对着院子里，全哈哈大笑起来。把姜先生的两张脸腮，臊得通红，回过头来笑道："这倒土的幽默。其实我们就画他一画，也未尝不好。"王先生听说，首先拉开门，跳到院子里来，向那倒秽土的人，连招了几下手道："喂，出一块钱三点钟，你坐在我们屋子里，让我们画三点钟，你干不干？"那倒土的，听了这话，把灰尘里面的乌眼珠子，连连转了两转，问道："什么？你们愿意出一块钱？我知道，你们要给我照相，我干的。"他口里说着，把土筐子就放到地上，将那粗黑的灰手，不住在脸上擦着。刘先生喝道："去吧，不要财迷脑瓜了。"

那倒土的被人叫起来摔了一跤，倒有些莫名其妙。望望这几位先生，全都神气很足，也不敢和他们多说，夹了那个土筐子，自垂头走了出去。王先生站在阶沿上，向屋檐下抬头看了一看，正是艺术之宫的那块匾，横列在当头，微笑道："艺术之宫里，怎么会有倒土的一个座位呢？"姜先生昂了头看看天色，也没说什么，自走到后面画室里去，把画架上的那张作品，捧在手上，放到怀里看看，又伸出去，和眼睛平着视线看看，因把脚一顿道："她若是不来，我带到学校里去也要画了起来。"刘先生跟在他后面进来道："姜先生也太急了。一个大画家，十年八载才成功一幅杰作，那有的是，迟一两天工夫，你急什么？"

姜先生只向他微笑了一下，并没有答话。在里面屋子里找出一张白纸，把那张画纸给严密地包裹了，然后莫名其妙地还送到鼻子尖上嗅了一嗅，将手在纸包上拍了两拍道："不错，我一定要把它画成功。"于是抬起手臂来，看了一看表，摇着头自言自语地道："什么时候了，她还没有来，大概今天她是不来的了。"说着，连连地摇头，自向门外面走了去，已经走出大门口了，他又回身走到院子里来，一面走，还一面向四处地张望着，刘先生道："喂，老姜，你丢了什么？"姜先生笑道："我倒没丢什么，我问你，我还是在这里待一会子呢，还是就回去？"王先生一只手抬起来，连连地在头上搔了好几下子，笑着摇摇头道："这去留的大计，倒够让我踌躇的。其实她除了没有接着那字条而外，我们不能再找出一个理由来说她不愿干。你想，她为了她新得的职业，不怕给砸了吗？"姜先生正了颜色道："你不能把我们自己看着那样卑劣。她不来，那是她的自由，我们能够勉强她吗？我们以正当的眼光去看待她，她也不能以那种心理来揣测我们的。"

姜先生说这话时，胸脯微微地挺了起来，眼睛望了屋顶，那至大之气，是可想见的。那三位先生听了这话，各做了一种鬼脸，微微地笑着。姜先生回头看到了，倒透着有点儿不好意思，这就笑道："一个人要忠于艺术，这不能说是玩笑，这是艺人可钦佩的一种态度。谁要讥笑这种人，我以为谁就是不忠于艺术。"他说到这里，还把声音提得高昂一点儿，这让别人首先感到一种威胁，加之大家看看他那样子，也透着有心捣乱，谁也不愿接着他的话，向下说什么。

姜先生在前面院子里站一会子，又回到后面院子里站一会子，胁下夹了那张纸包住了的画，只管来往徘徊。他们可以等人，那墙头上的太阳，可是不肯等人。那黄色的太阳影子，由墙的下方早是移到墙的上层，现在索性移到墙的顶端上面去。姜先生走着路，眼睛是不住向那墙上看着的，见竹梢子上只抹了一层很浅很浅的黄光。那太阳微弱的力量，不能维持这光亮于天地之间了。他口里念着："她绝不来了，绝来不了。"就走出了他这可爱的画会，这一天算是混过去了。

到了次日，上学校上课，他把一切的事情放下，就径直地到休息室里，把昨天传递字条的那个校役叫了来。见面之后，姜先生不等他开口，就瞪了眼道："你们当工友的，越是让我们做先生的高抬你，你越是自负得了不得了。无论做什么事，都讲的是一种信用。要像你们这样，那还成吗？"校役道："姜先生这话怎么说？我并没有给姜先生办坏了什么事呀。"姜先生道："那么，昨天我写的一个字条，你怎么不交给那模特儿？"校役道："怎么没交？她接过字条去，我还再三叮嘱着，叫她要务必准时候去呢。她现时正在上课，你若是不信，等她下了课，叫着当面来问。"姜先生把口里半截雪茄，夹在手指里面，正指着校役发脾气，听了这话，那只手也就不知不觉地垂了下来。红着脸，望了门外院子里，呆了很久，然后说出可恶两个字。校役趁他不留神的时候，自走了。

姜先生一回头不看见他，心里更气，于是鼓了一鼓子气，直奔到刘主任屋子里去。刘主任还不曾开口呢，他就把纸包的那张画放到刘主任写字桌上，摇着头道："刘先生，我们学校里的校风，实在要整顿一下，这样下去，这书不能教了。"他说着话，也不管这里的地板漆得有多么干净，只把一个指头，在雪茄上乱弹着烟灰。刘主任早已站起来的，这就很和蔼地问是什么事。姜先生挺着胸脯子道："太岂有此理了。那个姓李的模特儿，约好了，我们随叫随到，照学校里的工钱一样地给她，她前天画了两小时，昨天就不到。"刘主任倒微微地一笑道："这不关乎学校里的事，怎么叫学校里整顿学风。"姜先生道："把一个模特儿的脾气都惯到了这种样子，怎么能管别人。"刘主任道："她不去就拉倒，有钱还找不到模特儿吗？"

姜先生把雪茄向嘴里一塞，把包画的纸撕开，一手拿了画，一手将手背连连在画上拍着，因道："你看，这是我精心结构的一张画。我早就要找一位这样面孔的女人，题目是没有灵魂的人。有两三年了，也不知道遇到多少模特儿，全不合适，好容易遇着她了，我欢喜得什么似的。她偏是让我画了一大半，不让我画完，这样叫我非常地失望。"说着，把画放在桌上，用手又连连拍了几下。刘主任听了这话，倒不免把他的画拿起来看了一看。姜先生将手背着，闪在他身后，由人家肩膀上伸出头来，咬着雪茄道："你看，这不是画得很好吗？"刘主任望了画道："你老哥这样发急，是就着艺术出发点而言的？"姜先生道："当然是就着艺术立论。难道我还有对人的意思吗？笑话笑话！"刘主任道：

"这好办。回头我把那模特儿叫来，要她明天务必去，那也就完了。"姜先生迟疑了一会子道："她去不去呢，那都没关系。可是我这幅画不能完成，我是有遗憾的。"刘主任见他脸上那浅浅的红色依然未曾退掉，这就向他道："好的，我在相当的时间内，一定让她去到画会，把你这幅画完成。她要不去，我就把她辞了。"姜先生觉得这样一句话，那是最有保证的。这才放了心，包了那张画走了。

在课堂上做模特儿的秀儿，她觉得这样出卖灵魂式的佣工，并不是什么大发横财的事。多干一次，固然多挣几个钱。少干一次，精神上却也能得着些安慰。虽明知道不到画会里去，是少收一笔钱的，可是自己现在总算不挨饿了，这就够了，要多挣那些钱干什么。至于学校当局，绝不会管到这私人的事，所以这一天，她还是坦然地干她自己的事，不料出了课堂门，不远的路，就碰到昨天那个校役，瞪了眼向她道："喂，你这不是存心找别扭吗？昨天叫你去的地方，你为什么不去？"她发愣了，对于这句话还没答复呢，校役又道："去吧！刘先生对你有话说。"秀儿听到这，就知道有了问题。于是乎她的噩运来临了。

第十六章

好 消 息

人生在世，生活太平庸了，那是透着无味的。无论怎样一个起码人，他的命运，总有一些波折。有了波折，才可以让他把人生的酸甜苦辣滋味，全尝遍了。秀儿刚是吃了两天饱饭，心里头总算是稍微痛快了两天。现在遇到了这样一位姜教授，要她完成一张杰作，这颇是一桩痛苦的事。本来打算极力躲开，偏偏又有当头一位主任出来多事，要躲也躲不了。所以她听了校役的话，只好硬着头皮，走到刘主任屋子里去。

刘主任本是半侧了身子坐着的，这就用眼睛横睃了她道："李秀儿，你好大的架子，连姜先生请你，都请不动吗？"秀儿低头道："你说的是姜先生要我去画画的事？"刘主任道："你凭什么不去？"秀儿道："你瞧，他们那儿两进屋子，冷静极了。一个用人也没有，我害怕。"说着，把嘴微微地噘着。刘主任道："难道他那儿就是姜先生一个人画画吗？"秀儿道："那倒不。"刘主任道："这不结了。他们有好几个人画画，你怕什么？屋子冷静，又不要你看房，你何必去过问？"秀儿依然低了头，可没敢言语。刘主任道："现在就是两句话对你说。你要想在学校里长久地干下去，你就不能得罪了学校里的先生。反过来，你要不听学校里先生的话，那我就不能容你了。"

秀儿真想不到刘主任会说出这样的话来，涨红了脸，垂下眼皮子，一句话说不出。刘主任道："今天是来不及了，他们这几位先生也没有到画会里去。你要是愿意干的话，明天下午四点钟，再到画会里去。"秀儿呆呆地在写字桌子外面站着。刘主任道："去吧，我没话说了。"秀儿倒退了两步，才缓缓地回转身向房门口去。可是刚刚手扶了房门，伸脚要跨过去，却依然回转身来，对了刘主任望着。刘主任问道："你还有什么话？"秀儿道："我没有什么话。不过……"这句话，说得非常地低微，几乎她自己都听不出来。刘主任道："你说什么？"秀儿低了头，将手牵牵自己的衣襟，低声道："他那儿没有用人，许多不便当，可不可以请刘主任告诉姜先生，让他们雇一个老妈子，一来，我有个伴儿，二来……"说着，抬头望了刘主任一下，接着道："若是姜先生不愿花这笔钱，让姜先生扣我的工钱得了。我这话，总算是好说的。"刘主任笑道："若是为了这一件事，那也没有什么难处，我想你去和姜先生说，他一定会答应，你还有什么话说。"秀儿虽是看刘主任笑了，但是在他的脸上，依然保持着一种威严的气色，却是不敢对了他脸上望着，因低声道："没有什么可说的。"说完了，缓缓倒退了几步，才走了出去。

她走是走出来了，心里头立刻拴了一个极大的疙瘩。刘先生的话，绝对是不许违抗的。可是真到那画会里去，又不定姜先生这班人，要干些什么花样。坐着车子回家，兀自在车子上，现出那苦脸子来。耳边下有人连连地叫着李小姐。回头看时，却是画会里的王先生，便向他连连地点了两下头。王先生胁下夹了一个大皮包，可就向车子跟了上前来。秀儿脚踢着车踏板，轻轻地喝道："快拉走，快拉走!"可是王先生走得也算很快，只在她催走的当儿，已经伸手抓住了车棚，大声问道："你今天去不去? 昨天可把我们等苦了。"秀儿觉得在大街上，被他嚷出这样的话，实在不高明，就接接连连地答应着回头见。所幸那车夫不愿停在路中间，已是拉了车子跑开了。

秀儿连头也不敢回，免得他再嚷起来。她心里也就打定了主意，今天可别和他们别扭，再去敷衍他们一回吧。他们做先生的人，不能不讲理。我说你们要我来画也可以，应当找个老妈子，免得人说闲话。做先生的人，难道还不如我们当模特儿的爱惜名誉吗? 这话说着他们受不了，我的计划就算成了。自己这样想起来，觉得是很有理由。在车上坐着，也是不住地点头。耳边忽有人笑道："这时候才回来啦。"

心想，又是那个讨厌的段天得在门口守着，就掉过脸来，向左边瞪着眼，却是万子明脸上带了笑容，拱手在自己大门外候着。秀儿也赶快地跳下了车，笑道："你今天得空儿到这里来一趟?"万子明笑道："我早来了，同三爷谈了两个钟头。"说着，在衣袋掏钱，问人力车夫道："多少钱?"秀儿道："你别客气，熟车子，我早给了钱了。"万子明笑道："现时大姑娘手边，大概是便当得多了。一个人总还是有职业的

167

好。"秀儿笑道："别让人笑掉了牙，我们这算得什么职业啦。"万子明道："你可别说那话，将本求利，将力气卖钱，那可全是一样的道理。"秀儿微笑了一笑，觉得没什么可说的了，因道："你还进去坐一会子吗？"万子明倒没说什么，抬起手来，搔了几搔头发，笑道："我已经坐得很久了。"一个做大姑娘的人，绝不能拉客人到家里去坐着，秀儿看到万子明那样犹豫的样子，也就算了。万子明向她拱拱拳道："再见吧，往后我短不了来。"他说着，自去了。

秀儿站在门楼下，呆呆地向胡同口望着，禁不住自言自语地道："倒是挺忠厚的一个人。"约莫站了五分钟之久，听到身后院子里，有人大声喊叫，这才转身回家去。李三胜脸上红红的，似乎带了酒色。桌子上有一张破荷叶、一堆花生壳。秀儿道："爸爸，你今天又喝酒啦。"三胜用手一摸胡子道："今天你可别怨我。万大哥来了，两人谈得一高兴起来，拿了墙上挂的酒瓶子就打一瓶酒回来。而且连下酒的也带着来了。你瞧，我好意思不陪着人家喝两盅吗？"秀儿道："在咱们家里，怎么好让人家花钱？"三胜道："我自己能掏出钱来打酒吗？我那么一办，你又要说我借花献佛，用待客的名儿，自个儿过瘾了。"秀儿笑道："待客也瞧什么人，像万掌柜的这种人，咱们多多地和他来往，那没有错。"三胜听了这话，似乎得着什么便宜似的，翘了一小把胡子，只管笑着。

秀儿睃了她父亲一下，自向屋檐下炉子里添煤烧水，并不向下谈去。因为秀儿才在大门口同万子明说话，后面有人嚷着，这就吃了一惊，有点儿难为情。这时又提到万子明为人不错，倒像自己存心这样，所以借了在屋子外面做活，避开父亲的眼光。三胜有过一点儿酒意了，脸上红红的，身上微微地出着汗，透着人也有了精神，端了一把小凳子，在院子里坐着。秀儿把炉火笼旺了，上了一壶水在炉子上炖着。三胜点点头道："你得烧壶水在这里，我猜，过一会儿那位段先生该来了。"秀儿望了父亲一眼，可没作声。三胜道："我这人就是这样，人家敬我一尺，我就敬人家一丈。有人说，家里有这么大闺女，青年男客来往，有点儿不便，那叫他妈的瞎说。有大闺女的人家，能把封条封起大门来吗？再说住在大杂院子里，开了房门，就是大家共有的院子，谁禁得住人来人往儿的。"他自言自语的，声音是越来越大，秀儿跑出来，只见他白瞪了两眼，满院子张望着。这就低声问道："你这是怎么了？多喝了两盅，到炕上去躺一会子吧，我瞧着，你又有一点儿醉了。"说着这话，就伸手扯三胜的手胳膊。三胜道："说两句要什么紧？这年头儿不能让人。砍了手指头给人，别人还要脑袋。"

秀儿偷眼看着院里，已经有几个人，在屋子里面，向外张望着。便使劲将三胜的手胳膊拉着，低声笑道："你来你来，我还有话同你说呢。"三胜先不起身，歪着脖子，对她瞪了一眼。见她脸上，始终还是带了笑容的，便道："有什么话？在院子里说，不成吗？"秀儿道："在院子里能说，我还不就说出来了吗？"三胜点点头，随她到屋子里来，又重新逼问了一句："什么事？"秀儿道："我还得出去一趟，有人来了，你可别喝酒，回头我回家，我会给你带两瓶回来的。"三胜道："是这样两句不相干的话，干吗还把我拉到屋子里来说。"秀儿伸手到衣袋里去摸索着，向三胜笑道："我还要给你两块钱用呢。"说着，拿出两块现洋托在手心里，向三胜笑道："这不够你喝两天的吗？"三胜将钱拿到手上，颠了两颠，向她望了道："这是怎么回事？你这工钱，总是零零碎碎儿地拿着的？"秀儿道："工钱自然是整把地给，可是咱们来得及等那整把的钱吗？"

正说到这里，段天得手里拿了一只酒瓶子，又是两个荷叶包，喜气洋洋地一脚跨进了屋子门，笑道："三爷在家啦？"他口里说着，眼睛可是向秀儿全身上下打量了一遍。秀儿倒表示着很大方的样子，向他一点头笑道："又要段先生花钱。"段天得看到三胜手上，还拿着两块钱呢。由这一点推想到她钱的来源，也就可以想到她这两日的行为。便笑道："李小姐今天下午，又该出去工作了。"秀儿瞪了他一眼，没言语。三胜倒代她答道："她在学堂里的事也很忙。穷人家的苦孩子，倒是不怕累的。"段天得将酒瓶同荷叶包全放到桌上，却向三胜道："我倒知道，打过三点以后，学堂里没什么事。可以不必去了。坐车去费车钱。走着来回，那也很吃力。"

秀儿在一边听到，虽然只管将眼去瞪他，可是他只是向三胜去说话，秀儿无论向他做什么眼色，他也是看不见。三胜便道："既是这么着，你就不必去吧。"秀儿这就退着站到房门口，因低低地答道："不过我们已经答应人家了。"段天得偏是听到了，回转脸来，连连向她摇着头道："那没有关系，那没有关系。有什么事，我替你保险就是了。"三胜道："段先生这样说了，你就别去吧。又让段先生花了钱，你就在家里烧开了水，给我们沏上一壶好茶，咱们慢慢地谈着，你在旁边听几句，也长个见识。"秀儿心里想着，想不到爸爸同段天得倒是这样要好，因之斜靠了门框，微低了头，只管向他两人望着。

李三胜将酒瓶拿在手里，摇了几摇，笑道："我是刚才同一个姓万的朋友喝的，已经有八成儿醉了。咱们可只能再来半瓶子，你看好吗？"说到这里，将脖子扭了两扭。段天得两手就去解荷叶包，里面正是油鸡卤肉之类。不用说吃了，透开荷叶包，先就有那一股子香气，向人鼻子直扑了来。三胜倒不急于要去吃那卤菜，却拔开瓶塞子，送到鼻子尖上，连连嗅了几下，因笑道："酒倒是挺好的。"一面说着，一面就拿了两只酒杯子，放到桌上，笑道："段先生特意把酒送到我们家里来，我们不能不给人家面子，来喝吧。"那杯子在桌子两边，分别地放着，又在抽屉里取了两双筷子放下。

秀儿始终靠了门框站定，心里想着，看你们闹些什么玩意儿。段天得站在屋子角落上，只管两手互相搓着。只要李三胜一不留意，他就向秀儿看上一眼。秀儿被他张望得多了，心里倒不免拴上一个疙瘩。若是他把画会里的事，告诉了爸爸，好拦着我不出去。那样一来，就把自己的纸老虎给戳破了，那个乱子，可就不小。今天不到画会里去，就算得罪了姜先生，也不过挨刘主任两句骂。段天得已经说是保了险的，就瞧着他的吧。段天得也好像知道秀儿的心事似的，同三胜隔了桌面子，一面喝，一面谈，老没有个完，直到天色昏黑，那一瓶子酒，已是底朝天，向杯子里滴过两三回。

三胜将手一按杯子，站了起来，身子晃荡了两下，向段天得笑道："段先生，我瞧你这样子，至少还可以来半斤。叫我们孩子，再去打半瓶子来。要喝……"说着，又把身子晃荡了两下，笑道："那就得喝一个痛快。"段天得比他更来劲，只他这一句，立刻在身上掏出一块钱来放在桌上，笑问道："酒铺子在哪里？我去！我也是这样想着。不喝就不喝。若要喝的话，那就喝一个痛快。酒铺子在哪里？"他口里这样问着，眼睛可总是看住了三胜。三胜还是站着的呢，笑道："论理，你到我这儿来了，应当我请你喝酒，干吗让你掏钱呢？不过……哈哈！谁让我比你穷。钱是归你出，跑路是我……"身子又晃了两晃。

秀儿这时坐在门外屋檐下，回转头来笑道："你走得动，那才怪呢。"三胜把酒瓶子放到桌沿上，瞪了眼道："那就你去。今天你打算不让我喝，那可不成。段先生，你是不知道，这大半年，为了家里没钱吃饭，几个月没喝酒，我就透着伤心。现在有酒喝了，我喝一回是一回，就算喝死了，我认命。"秀儿看他那样子，又怕他自己会走去打酒，一声没言语，进来把酒瓶子和钱同带走了。一会子，打了酒回来，同找的钱，全放在桌上。段天得笑道："密斯李，你干吗这样君子，就是找的几毛零钱，都要还我呢。"秀儿向他射了一眼，淡笑着道："我去打两毛多钱酒，倒要七毛多的零钱吗？"

三胜取过酒瓶子，左右两边先各斟上一杯，因向秀儿道："这位段先生，少年老成，真是难得。你别瞧他穿上了一套洋服，他可规规矩矩，不沾一点儿洋气。"秀儿也没理会他的话，自端了一把椅子，放到屋檐下去。三胜道："同你说着话呢，你倒走开。你过来。"秀儿被他父亲喊着，只得又走了进来，远远地站定。三胜左手端了酒杯子，右手伸了一个指头，向段天得指着道："你瞧人家，可是一位君子的样儿。像咱们和人家……"说着，端起酒杯来，吧唧有声，喝了一口，仍然将一个手指，向段天得指着，接着道："咱们同人家说是交朋友，可过分一点儿，好在段先生说了，你在学堂里回来，就在家里，不必出去。一位大姑娘家出去挣钱混饭吃，那已经是没法儿的事……"说着，把剩下的半杯酒，一仰脖子又喝了个干净。

秀儿听了他这一篇话，倒有点儿摸不着头脑，三胜把酒瓶子拿过来，向杯子里满上，身子微微地晃着道："段先生，喝！"把酒瓶子放下，将酒杯子举了一举，口里嘟囔着道："没关系。谁要说咱们不干净的话，我就去揍谁。家里有大姑娘，又不是珍珠宝贝，怕人给抢了去。你劝她少出门，这就不是有坏心眼儿的人肯说的话。年轻人要都像你这样正经，有大姑娘的人家，那就不怕你来往了。"秀儿本是正正当当地站在他下首听着说话。听到了这里，突然将身子一扭，口里还叽咕着道："越说越不像话了。"这一生气，就跑到对门王家去，过了两小时，直等街上电灯放亮，方才回家。心里逆料着，段天得怎么好的忍心，也不能在这里坐着的。不想走到院子里一听，自己屋子里，还是叽叽咕咕，有人在说话。这就呆了一呆，心想，进去呢，还是不进去呢？于是有一阵哈哈大笑的声音，送了出来，接着道："就凭咱们常在一处卖艺的这一份儿情分，你也会想到我，不能在三爷面前撒谎。"

这个说话的人并不是段天得，完全是一位北京城里人的声音。今天是什么日子，家里倒是这样不断地有客来。于是在院子里静静地站着，向屋子里听了去。那人又道："你若是愿意的话，我不算数，一定要找一个有面子的人出来做媒。"三胜哈哈大笑道："老兄弟，你怎么说这种话，论说，凭你这句话，我就得罚你。"

秀儿这就把那人的声音听出来了，正是说露天相声的赛茄子。他忽然跑来做媒，到底是同谁做媒呢？心里一稀罕起来，少不了又跟着在院子外听了下去。只听到他接着道："我要说的话，已经是全说了。但不知道你还有什么意见。"三胜道："我没有什么可说的了，像万子明这种人，规规矩矩地做小生意买卖，家里又有产业，还有什么比不上我的吗？只是这年头儿改了，婚姻大事，绝不能凭娘老子做主就算了事。必得问问姑娘自个儿。"赛茄子道："这一层，倒不用你操心，据万子明说，每次到府上来，都承姑娘看得起，当一位客待，彼此的年岁，也很相当。照着这一层看起来，提起亲事来，姑娘或者不会怎样反对的。"三胜道："但愿这样就好。不过这孩子脾气也倔，就是她心里愿意的事，也得慢慢地去同她说。若是把她说拧了，她可随便怎么也不干。"赛茄子答道："若是那么着，咱今天的酒兴很可以，那就别同她说了。我愿意这件事成功，比当事人还留心呢。"

秀儿听到这种话，站在院子里黑暗地方，一寸路也不肯移动，只是向下听了去。不料在这个时候那快嘴桂芬叫起来道："秀姐，干吗你站在那黑地方？仔细院子里爬出长虫来了，咬你的腿。"这一声，好像是同屋子里谈亲事的人发了一个暗号，立刻就把说话声音停止。秀儿只在暗里睃她一眼，也没有答她的话，这就慢慢地走到了自己家里去。只见赛茄子同父亲隔了桌面坐下，在桌子当中放了一把茶壶，还有一盒烟卷，只看他俩脸上带着了一种高兴的样子就可以知道，他们这话说得很有劲，而且是时间很长的了。

赛茄子倒是先站了起来，勾勾头笑道："大姑娘，好久不见，人长得发福了。"秀儿也不知是何缘故，只凭他这一句话，已是把脸涨红了。

口里叽咕着称呼了人家一声，点了一个头儿。赛茄子也听不出她称的是什么，反正人家总称呼来着吧，因笑道："我刚才和三爷谈了半天，觉得大姑娘这份儿能干不在男子以下。三爷下半辈子不必发愁了。"三胜道："兄弟，你坐着。同一个晚辈说话，你还这样地客气。"赛茄子道："我不坐了，所有咱们说的话……"赛茄子口里说着，人已向外面走，三胜道："你老远地来，茶也没有好好地喝上一碗，坐一会子，忙什么的。"赛茄子笑道："不，有人还等着我呢。我这人做事，就是这样，宁可自己受一点儿累，不让朋友着急。"三胜跟着他后面送着道："那也好，我要说的话，全都跟你说了。"

秀儿站在屋子里呆呆地听着，仿佛听到赛茄子说："你得好好儿地说，别把姑娘给说拧了。"秀儿两手按了桌子沿，把身子轻轻跳了两跳，口里还是哼哼唧唧地唱着。三胜走回来了，笑道："咱们家也是鸿运当头了，今天下午倒来了好几回客。以前倒霉的时候，十几天，也没人向这屋子里瞧一眼。"秀儿也没理他父亲，自把屋子里桌椅收拾得清楚了，又找了一把扫帚来，弯了腰扫地。三胜道："天都黑了，你还扫地干什么？"秀儿一面扫着地，一面答道："一个望上的人家，家里总得收拾得清清楚楚的。人家到你家来，什么话不用说，只要走到你家里，瞧瞧你家里是个样儿，他先就乐意了。"三胜道："其实人要倒起霉来了，就是屋子里摆得像皇宫一样，人家也会瞧着不顺眼。明儿一早又该上学堂去，你就歇一会儿吧。"秀儿笑道："你今天也同我客气起来，准是那几毛钱酒，喝得不错。要是这么着，以后我每天都给你买两毛钱酒。"三胜笑道："你这孩子，这是对你爸爸说话吗？我今天高兴也是真的，不过我高兴绝不是为着多喝了两杯酒。"秀儿道："那还为什么？是了，我今天交给了你两块钱。"三胜这就哈哈大笑道："这孩子说话，越来越不像话了。我为了两块钱，就这样高兴吗？"秀儿道："那为什么？"她说着这话，人就扫了地向屋子外面走了去。

三胜道："我为什么高兴吗？我总可以告诉你。不过在今天晚上，我还不愿告诉你。"秀儿弯了腰，只管把地上的尘土扫拢到一块儿。在门角落里找出来一个洋铁簸箕，把土搬运到门外去，那一阵胡忙乱，对于三胜的话，就没有听到。等着再进屋子去，又忙着擦抹煤油灯了。三胜靠了里面的墙坐着，一只手扶在桌子上，另一只手却不住地摸了胡子，笑道："今天这个乐子，我觉得不小，我长到六十岁，像这样的乐子，真还没有几次。"秀儿手里拿着个煤油灯罩子，两个手指卷了一块蓝布，只管伸到里面去擦抹。擦一顿子，又对着里面呵一口气，呵完了气，接着再擦。三胜看到姑娘擦了有半点钟了，嘴里这就有点儿忍不住，因道："别擦了，凑付着使吧。"

秀儿把灯罩子放下，在抽屉里取出一盒火柴来，还不曾擦着呢，笑道："哟，灯里头还没有加油呢。"顺手将火柴盒子向衣袋里一揣，然后在墙窟窿眼里，把煤油壶提下来灌好了一灯油。放下壶，就在桌子上、抽屉里、炕头边全都摸索着，口里连连叫了几声咦。三胜还是坐在那里的，问道："你是找取灯儿吧？刚才我还看到你拿着的。"秀儿道："我记得随手扔在桌上的，找不着算了，我去买两盒去。"于是人向外走，手伸到衣袋里去掏钱。已经走到了院子里了，这就笑道："啊，在这儿，我揣在袋里啦。"于是走回来了，擦了一根火柴，把灯点上。火光之下，看到酒瓶子倒了，这就扶起酒瓶子来。可是酒瓶拿到手，没放下，向灯头上放着。三胜道："你怎么了？那是空瓶子，火一烤，还得了吗？"秀儿道："哟，我自己怎么啦，我还以为是灯罩子呢。"三胜道："我瞧你总有什么事，心里头乱得很，你定一定神再做事吧。"

秀儿两手按住桌子，真个对着灯出了一会子神。那灯芯被火焰烧得热了，向外直抽着黑烟，于是伏了身子，对着灯头一阵乱吹，唏呼唏呼有声，偏是吹不熄，还是三胜手摸了墙上挂的一柄蒲扇，远远地一下把灯扑熄了。秀儿笑得身子乱扭，喘着气道："这真有个意思，干什么，什么都出岔子。"三胜道："你总说我喝醉了，瞧你这样子，你倒是醉了。"秀儿也觉得自己的态度太失常，没有敢答复父亲的话，镇静了一会子，把灯光点着，然后闪到屋子外去烧火。三胜道："这时候你又笼火干什么？"秀儿道："你瞧，忙了这么大半天，咱们全没有吃饭呢，你肚子不饿吗？"三胜坐在那里，摸了两摸胡子笑道："这倒是真的。我今天什么事乐大发了，怎么饭都不记得吃了。"秀儿道："我知道你是什么乐大发了？你自己做的事，你自己总知道。"三胜道："我乐是乐，酒也喝多了，我得上炕去躺一会儿，想点儿心事。"秀儿也没言语，自在屋檐下煮面吃。

三胜在炕上约莫躺了有五六分钟之久，就隔了窗户问道："姑娘，我说话，你怎么不言语？"秀儿道："你都上炕睡觉了，我还言语什么？"三胜道："我不是说，我还想心事吗？你该问问我想什么心事。"秀儿笑道："说你不醉，你又醉了。你躺到炕上去想心事，我还同你打什么岔？"三胜道："我想的心事，就是在你身上。"秀儿道："是关乎我身上的事吗？"说着这话，心里可跳了两跳，等着三胜的回答。三胜这老头子，有时候不醉，有时候又很醉。等着秀儿问他的话时，他又不作声了。秀儿本待追问他父亲一句，只喊了一声爸爸，三胜却是随便哼着一声答应的，这就不敢问了，自己煮熟了面吃过，走进房去，父亲已是睡得很熟。

第二日早上起来，匆匆地把家事安排好了，又赶着到学堂里去，也来不及去问父亲的话，直等下午回家来，又是赛茄子坐在屋子里，同父亲谈话。他先站起来笑道："姑娘我等你大半天了。"秀儿道："那是我爸爸少跟你提一句，每天我总得到这时候才能回来的。"赛茄子道："三爷倒是同我说过了。也是我话多，有那么些个话，要同三爷说，不等你这时候也走不了的。姑娘，你坐着。"说时，他哈了哈腰儿。秀儿看他这个说话的架子，也就料着要提那件事，脸上微微地泛起了一层红云，把上牙微咬着下嘴唇皮，向后退了两步，靠门站着。三胜道："你就坐着吧。现时在学堂里已经做过事了，你也应该大方点儿。"秀儿这就把一张矮凳子拖过来，低了头，缓缓坐下去。

赛茄子坐着把身子斜侧了，对秀儿望着，先笑了一笑道："我这是大年夜灶神上天，一本奏上，不用说什么闲言闲语啦。"秀儿笑道："有什么指教，你就请说吧，干吗这样客气？"赛茄子道："指教两个字，你太言重了。我不过报告你一点儿好消息。"秀儿听到这话，立刻把脸红着，低下头去。赛茄子偷看她那样子，似乎没有什么反抗的意思。于是转过头去，对三胜看了一看，三胜的皱纹脸上，似乎带了很甜的笑意，点了两点头。赛茄子道："我这话呢，好像是来得直一点儿，你别见怪。"秀儿这才抬起头来，笑笑道："大叔，你说话还嫌直啦。"赛茄子笑道："是的，我是说相声的。可是我卖艺的时候会说，到了正正经经说话的时候就不成了。"

秀儿对他望着，也没说什么。赛茄子道："姑娘，你现时在学堂里做事，应该开通得多了。我说的话中听，那是千好万好，若是不中听，

175

只当我没说，你就包涵一点儿吧。"秀儿微笑了一笑。赛茄子道："姑娘，你也到了岁数了，三爷年岁大了，已然是不能卖艺。虽说你有那番好心，这样地卖力供养着他，可是你不能养他一辈子。姑娘总是姑娘，不能当儿子看待的。所以这两天我同三爷商量着，得找一个长久的法子。自然，最好是三爷有一个能干的姑爷，那就同他帮忙帮大了。"说到这里，赛茄子咳嗽了两声，就要谈入正题了。秀儿突然地站了起来，向门外闪了去，笑道："这些话，别同我说。"只这一句话，她是越走越远，已经看不见了。

赛茄子望了她的后影，就向三胜道："她的意思，到底怎么样，我倒有些瞧不出来。"三胜道："只要她这样，这事就妥了。"赛茄子道："可是她没有知道我提的是谁。"三胜摸着胡子，微微地笑道："你以为她是一个傻子呢。我们说了两天，万子明自己也来过，她心里大概是很明白的。回头我瞧她高兴不高兴，要高兴，这事我就做主办起来了。"赛茄子点点头道："我瞧姑娘的意思，也不怎么坏。好吧，我去回万大哥的信，就是这样着手了。"

秀儿虽是走到院子里去了，可是她走得并不远，闪在屋阴下面，看看天上的阳光。听到父亲把这事已经认为妥当，于是很高兴地到对门王家姐妹家里去。一进门，王大姐就抢上前挽住了她一只手，问道："秀姐，你什么事这样高兴，瞧你这两天，进进出出全都笑着，是画会里已经给了你一笔薪水吗？"秀儿笑道："你别骂人不带脏字。我就没见过钱，也不能这样不开眼。"王大姐道："你总有一件事是很高兴的。"两人说着话，这就走进了屋子。王大姐把她推倒在炕上，两手按住了她两只手，对了她耳朵低声问道："是不是姓段的，同你有了什么约会了。"秀儿红了脸，高声道："谁同他有什么约会？"

王大姐松了手，在她对面椅子上坐着，正了颜色道："不是他同你有了什么约会，那就很好。我老实告诉你，他们那些人，尽管对我们说，这是为了什么艺术牺牲。又说什么艺人眼里，没有阶级，那全是废话。他们把咱们当模特儿的全不当人，谁要同模特儿亲近点儿，谁就没有人格。我告诉你一件事，你还会气死呢。以前有个姓何的姐妹是个口直的人。也是一位赵教授同她说，你们这钱得得太容易，再要不好好地干，真是对不住人。她说，先生，你别说容易呀，你请你太太来干一天试试。赵教授听了这话，上前就给她两个大耳巴子，还要把她送警察，说她侮辱了人。你瞧，这是什么话。我们干这个，还说我们受了抬举。把他太太比方一下，就算受了侮辱，还要揍人。我们这事还能干吗？"秀儿道："既是那么着，你们为什么劝我加入呢？"王大姐道："咱们都不是为了穷吗？"秀儿叹了一口气道："这个年头儿，就是这样，想发财，就不能顾着廉耻。我现在还是心里捏住了一把汗，瞒着老爷子的，有一天老爷子知道了，就是两条人命。所以我现在也是想破了，有一天乐一天，有一天乐不成了，大事全完。"

王大姐听了这话，倒是很沉吟了一会子，对她脸上望着道："要是照这个样子说法，你就不往下干也罢，可是你正红着啦，谁都愿意请你去画。只要你腾得出工夫来，像你这样子，每个月准可以挣个四十五十的，丢下了，倒也是怪可惜的。"秀儿听着，垂了头，沉沉地想了一想，因道："唉，走上了这条路，我真是没有法子。不过今天我得着一点儿好消息，也许以后我不用干了。咱们做姊妹一场，要求你一点儿事，我这段儿经过，请你全替我瞒着。"王大姐望了她道："怎么着，你找着更好一点儿的事吗？"秀儿道："你想，我除了干现在这一行，还能干什么？"王大姐道："这我就有点儿纳闷了。你不干这事了，老爷子也是在家里闲着的，那么，你靠什么进项来过活呢？"

秀儿听到这里，倒好像一阵欢喜由腔子里直透出来，立刻把身子一扭，笑得把头低了下去。王大姐两手轻轻一拍，笑道："我这就明白了。"秀儿笑道："你明白了？我有点儿不相信。"说着，把头摇了两摇。王大姐复又走到她身边来，两手按了她的肩膀，将嘴对了她的耳朵，轻轻地道："不是老段说要娶你吗？"秀儿将脖子一扭，嘴一撇道："哼，他？我才瞧不起他呢。他虽有钱，可是我自己也明白，没有那福气，得他那大把的钱用。他有子儿的人，哪儿找不着女人，用得着到模特儿里面来找人吗。"王大姐笑道："还有一层，他是小白脸儿。倒也不见得没有好心眼儿。"秀儿道："人家同你说心眼儿里的话呢，你倒闹着玩。"王大姐笑道："我并非闹着玩，除了这个，我还真猜不出你有什么好消息，干脆，你告诉我吧。"秀儿笑着，摇了两摇头。王大姐拖住她一只手道："喂，你说，到底为了什么，你很高兴。"秀儿笑道："有是有点儿事，现在我不愿告诉你。"王大姐道："真的，你不告诉我吗？那可要胳肢你了。"只说了这句，秀儿早就把身体缩着一团，向炕头边藏躲，口里还是咯咯地狂笑。

王大姐抢近了一步，把五个手指伸到嘴里去，呵了一口气，笑道："你说不说，我可要胳肢了。"秀儿笑道："我冤你的，实在没有什么。你别胳肢我，我最怕这玩意儿的。"王大姐道："那不行，我得胳肢。"她说到这里，在嘴里呵过气，就向秀儿身上送了过去。吓得秀儿叫了一声哎哟，两手夹着肋窝紧紧的，人的身子，只管向下蹲，笑着喘不过气来道："可别，可别，我受不了。啊……啊……哟，得，得，我说就是了。"王大姐笑道："我要你说，不怕你不说。你说，这到底是怎么一回事吧？"秀儿停止了喘气，将手摸着前额的乱发道："你别和我捣乱了，我有什么……"王大姐撮了五指，又待伸手到嘴里呵气，秀儿立刻将她的手捉住笑道："你千万别再胳肢，我说就是了。"王大姐道："既是那么着，你就说吧。反正你不说，我没完。"

秀儿真怕她再来，依然不放王大姐的手，笑道："你坐得好好儿的，我自然会慢慢地告诉你。而且我到这里来，也是有意来请教于你，因为你比我大两岁，究竟比我知道的事情要多些的。"王大姐看她正正经经地说着，果然有所求的样子，便道："那么，我就好好地坐着，让你向下谈。"说着，半斜了身子在椅子坐定，对了秀儿望着，等她说下去。秀儿道："这个人，你也应该看见过的。"王大姐道："我也看见过的。谁？"秀儿听到这一问，把身子一扭，又低头笑了起来。王大姐道："这是怎么回事，说得有头无尾，我倒有些不明白。"秀儿想了一想，接着又摇了两摇头道："我不说了，我不说了。"王大姐把两只手正待向上举着，秀儿便笑着把身子向里面一藏，因连连喘着气道："你又要胳肢了。"王大姐笑道："我不胳肢你，我没有办法，你老是这样吞吞吐吐的，我真受不了。"秀儿道："我告诉你也可以，请你别笑我。"她说着这话时，脸色正正板板的，已是没有一点儿笑容。王大姐道："你好好儿地同我说，我自然不会同你闹。"

秀儿道："这个人是一个卖书的，为人倒很老实。以前同我们老爷子就认识了，我可不认得他。是后来有一次我老爷子卖艺摔倒了，就幸得他帮忙，把我老爷子送到医院里去。为了这件事，我们就认识了。可是我没有想到别的事情上去。"王大姐听她说话时，只管抿了嘴微笑，这就笑着点点头道："我有点儿明白了，这个人姓什么？多大年纪？哪儿人，长得好看不好看？"秀儿把嘴一噘道："原来说得好好儿的，你又开起玩笑来了。那我还是不说。"说着把身子扭了一扭。王大姐笑道："我又不是男人，你在我面前撒娇干什么？"秀儿站起来，一扭身子道："同你好好儿地说，你总是不爱听，我不说了。"说着，人就向屋子外面走。

王大姐一手把她的手拉住，笑道："得了得了，我不同你闹着玩就是了。"秀儿鼓着嘴站定了，不说话，也不要走。王大姐回头一看，见房门上的布门帘子，卷起了一只角，于是抢过去，把布门帘子放下来，再把秀儿拖得炕上，两人并排坐着。一手握了秀儿的手，一手拍了秀儿的肩膀，低声下气地道："好妹妹，你别着急，慢慢地告诉我。若是有我帮忙的地方，多少我还可以同你帮着一点儿忙。"秀儿先是看看她的颜色，随后也就放开胆子，同她说起来了。在一小时以后，王大姐挽了她的手，由屋子里走了出来，直送到大门口。只看秀儿脸上笑嘻嘻的样子，也就想到谈话的结果良好，她心里很快活。

秀儿走到胡同中间，两个人的手，拉着很长才得分开。她到了自己大门里，还回转头来，对她点点头道："大姐，我所说的话，都放在你心上了。"她说着这话，还是把嘴一努，对了胡同的东头丢了一个眼色，然后转身进去了，王大姐先是莫名其妙，回头一看，却是她的冤家来了。

第十七章

钱 与 爱

当王大姐已经把段天得看出来以后，秀儿已是藏到家里去。他到了面前，王大姐向他点了一个头。段天得倒不好不理，向她面前走来。王大姐竟是像做了什么亏心事，怕人看到一样，扭转身子，就向大门里跑。段天得对胡同两头看看，并没有什么可注意的事，也很快地追了进来。王大姐站在北屋廊檐下，看到了他，就低了声音道："段先生，你幸而是迟来一脚，早来了，出了娄子了。"段天得道："有什么事？"说着这话，又回转头，四面看了一看。王大姐道："刚才有两个查户口的警察，只管在这里盘问，他说，你们这儿常有一个穿西服的人进进出出，那是谁？你想，我们怎能说什么，只好说是没有这回事。"

段天得站在院子中心，却不免呆了一呆。回头四处张望着，也不见得有什么动静，微笑道："你别吓唬我。"王大姐道："段先生比我们聪明得多吧？你想，我们这人家又说不上干什么的，再加着有年轻的人进进出出，警察看到，有个不注意的吗？"段天得将两手反背在身后，在院子里踱来踱去的，有了几次，就突然地向王大姐道："这我倒要问问你，学校里，最近有什么人由这里经过吗？"王大姐道："怎么没有，常见的。"段天得道："这门口也是一条热闹的胡同，常常有人经过，这也算不了什么。"王大姐道："若是光在门口经过，那自然算不了什么，可是他们是到家里来调查的。"段天得道："这是你骗我的话，漫说你们在学校里工作的，他们管不了。就是我们当学生的，他也只能在学校里管我们，出了学校门，那是私人行动，他们管得着吗？"王大姐道："他们并不是来明查，有什么法子拦阻他们。比如那马先生，他就到这里来找过我们的。本来有什么事，我们这儿有电话，学校里打个电话来就得啦。现在他亲自来找，这就有缘故。"

段天得听了这话，把一只手托了腮，将一脚点着地，很是踌躇了一会子。看着王大姐老站在屋檐下，并没有向屋里让去的意思，自己不便硬闯了进行，于是站在院子里，对王大姐望着道："对过李秀儿，没上你这儿来吗？"王大姐道："你这人说话，就是这样两面倒。当着人家的面，李小姐长，李小姐短，这会子彼此没见着，你就连名带姓，一块儿同人家叫了出来。"说着，将嘴撇了一下，段天得昂着头向天上看着，淡淡地笑道："无论什么人，总是以不恭维不巴结为是。你越是抬举了她，她越是瞧你不起，好吧，咱们瞧着办吧。"他说完了这话，抬起腿就向外面走了去。王大姐受了秀儿之托，这样拦阻段天得一下，也并没有什么更深的用意，以为他虽不爱听，也不能算自己直接得罪了他。这时他昂头大笑地走了出去，那些话又全都是牢骚之极的言语。倒觉得为秀儿惹了祸，自己不便追到外面去叫他，只好把这话搁在心里，打算明日到学校里去，有机会和他说话，再去向他解释。好在自己同段天得向来没有交情，纵然得罪了他，也不要紧。

可是秀儿对这事又不放心了，当屋子里亮着煤油灯的时候，她敲着大门进来，在屋子里听着，是徐秀文将她拉着谈话去了。很久很久，她在外面叫着大姐二姐。王大姐不便装麻糊，只好向徐家走来。只见她和秀文两个人并肩坐在那假的沙发椅上，彼此还互挽了一只手。一盒火柴，压着一包小长城烟卷，放在桌子角上，地面上扔了不少的半截烟卷，在烟头上还有一截红胭脂印。于是就向她二人望着道："你们聊天的时候真不短，还抽了这么些个烟头子呢。"秀儿伸出一只手，把她也向下拉着。王大姐刚坐下去，就站了起来，笑道："来不得，来不得，那垫着这椅子的砖头，已经活动了。咱们三个人一坐，这椅子会变成一条龙，飞腾起来的。"秀文斜乜了一眼，笑道："干吗呀，老笑我们这张假沙发椅子，总有一天，我发了财，买一张真的。"秀儿道："你还想发财吗？我倒要问问，你凭着什么本领会发财。"秀文笑道："做大姑娘，有什么法子发财，只有像你一样，有小段这么样一个人来捧，那就快发财了。"秀儿红着脸，啐了一声。秀文笑道："你啐什么？女人不都是靠着找一个好主儿，才有一辈子饭吃吗？所以一个女人，到了十二三岁的时候，不用得算命，就可以知道她这一辈子能不能发财？"

王大姐扶了桌子角坐下，向她问道："那为着什么？"秀文将腿架起来，两手抱着一个膝盖，将脸一偏道："那还有什么，就为的是脸子。

脸子好的人，那就是一张发财票。我们不行，就为的是长他妈这一身肉。"王大姐笑道："哟，你吃醋了。你是要同谁吃这一份醋呢？"说着这话，就伸手过来，在秀文的脸腮上轻轻地撮了一把。又笑道："小王不是也很喜欢你吗？你还发什么牢骚？"秀文鼻子里哼了一声，将身子一扭道："没有那样说话的。"秀儿笑道："把王大姐找了来，原是有话同她说，你又在这里面打岔。"秀文道："你说是谁打岔吧。她尽同人家闹。"王大姐笑道："你不用说，我也明白，不就是为了小段的事吗？他来的时候，我把话吓唬着他，说是巡警到这儿来调查的。他就开骂起来，说是咱们不受抬举。你说，他是抬举咱们吗？"秀文道："你在艺术学校里的日子，比我多，小段为人，你应该比我知道些。你想，小段可是好惹的。校长见他都麻头皮子，校务会议有好几次想开除他，也没有开除了。我刚才还同秀姐说，他只管送这样送那样，就收下吧，又不是讹他的。不收他的，倒反是得罪了他，那又何苦呢？再说到他那个人……"说到这里，她把那个小圆胖的脸儿，笑着簇拥起两圈红晕来，眼睛眯成了一条黑缝，低声些道："他脸子长得也不错吧？"王大姐微笑道："就是，眼睛差点儿劲。"秀儿笑道："你们尽同我开心吗？那我不说了，回家去了。"说着，就站起身来。

王大姐一把将她拖住，正色道："你别走，我正正经经地同你说几句话。"秀儿看到她这样子，便站住了。王大姐把她扶着在椅子上坐了，笑道："只管坐下，我又不咬你一口。"秀儿道："我是等我老爷子睡着了，溜出了来的。他要醒过来，不瞧见我，他那份碎嘴子，叫人受不了。"王大姐道："我们这院子里，除了徐家老师，并没有第二个爷们，你回去直说在我这里，大概也不要什么紧。"秀儿笑道："我的天，你就别抬出这样大的话帽子了。有什么话只管说吧。"王大姐道："徐姐叫你别得罪小段，那是真话，小段虽是很调皮，到底为人还不坏。"说着，将下巴向她点了两点。秀儿笑道："别做这种样子，怪难为情的。还有什么话说没有？我可要走了。"王大姐笑道："咱们全是一样的人，闹闹要什么紧的。我现在归根结底问你一句话，你还是要钱，还是谈爱情？"

秀儿坐着把身子一扭道："我不知道。"王大姐正色道："我倒不是闹着玩。我听到说的，为了你到姜先生那个画会里去，小段没有气死，他说，决计不让你去。你昨天没去，他倒是很高兴。不过他今日来了，不上你那儿去，就发脾气走了，不知道又为着什么。你再要把他得罪了，你是两头儿不讨好，学校里这份事，就怕你干不下去。"秀儿听说，倒低头沉吟了一下，因道："并非我成心要得罪他。你想，我们那个大杂院子里，什么人全有。他老向我们那里去，非把这件事闹穿了不可。我把这事同他说着，他也答应不去了。"王大姐道："怪不得他往我们这儿跑了。可是青天白日的，老是向这里跑，也透着不方便。"秀儿道："你瞧，你也不是怕他来吗？"秀文笑道："大姐刚把话提到了节骨眼上，又说远了。我说，秀姐，你若是看定了老万，学校里你就不能去了。我看那姜先生同小段都在找你的碴儿。老万是个古道人，他要知道你干这个，恐怕不高兴。"

秀儿听了这话，触动了满腔的心事，把两条眉毛几乎簇拥着成了一条线。王大姐把桌子里面的煤油灯，向外挪了一挪，用手掌挡住了灯光，偏头向秀儿脸上望着。秀儿还是皱了眉毛，苦笑着道："你这是干什么？"王大姐笑道："我瞧你满脸愁容，倒替你怪难受的。"秀儿道："你瞧，我现在是三面夹攻，姜先生不能得罪，小段也不能得罪。"说着，胸脯子一伸，叹了一口无声的气，因摇摇头道："我简直不知道怎么是好。"秀文眯了眼笑道："你说三面夹攻，这还只有两面，还有一面呢？"秀儿道："这用提吗？这一程子，我们老爷子，天天吃白面馒头，天天喝白干，钱用得挺称心。我要说不干了，他又得挨饿，那还是小。他要问起来，我凭什么有钱不挣，我没法儿交代。"秀文笑道："那样说，是四面把你包围了，还不止是夹攻呢。"秀儿道："人家心里正为难，你不同我出点儿主意，还只是哄我，我又不是新娘子，起什么哄？"王大姐将她一只手拉住，笑道："不开玩笑，我给你出个主意，小段那东西很留意我们二丫头。明天让二丫头给你去疏通疏通。你还是到姜先生那艺术之宫里去画，请小段别捣乱。可是有一层……"说着，把秀儿给拉了起来，两手按住她的肩膀，对她的耳朵喁喁地说上了一阵。

王大姐说完了，两手将她微微一推，又大声问道："你看我说的这个办法怎么样？"秀儿站着沉吟了一会，因道："蒙你的好意，给我提出这个主意来，我还有什么话说？可是……"她说到这里，脸色已经变紫，手扶了桌子，将一个食指在桌上画着圈圈，只有她脸上的两丛睫毛，拥着几乎成了一条线缝，那分明是垂了眼皮，有哭出来的意味。王大姐道："你也别伤心，我说一句不大中听的话，我们已经脱了衣服，光着眼子给人画，还有什么事做不出来的。现在只有糊弄一天是一天，糊弄几个钱到手了，咱们爱干，那就是大爷了。"秀儿道："我一个人同小段去，可害怕，让二姐也去一个成不成？"王大姐笑道："那不成，这有个名堂呢，我也是在学校听来的。人家一对，中间要是夹一个人的话，这人叫萝卜干儿。当男学生的，就最讨厌这种萝卜干儿。"秀儿噘了嘴道："若是那么着我可不去。"秀文道："大姐，你瞧，说得挺好的，给你这一打岔，这事又要吹了。秀姐，你先别发愁，到了那时候再说。咱们虽然这样出了主意，小段那小子受这个不受这个还不知道呢？你这么大一个人，还怕有人会把你吃了不成？"

秀儿只是默然站在桌子角边，并不理会她二人的话。王大姐道："不用说了，你回去睡吧，今天晚上，你好好地想一宿，明天再说。"秀儿对于她们的话，仔细想了一想，觉得她们总是有理。自己正等着钱用，将学校里的一条路塞死了，以后还到什么地方去找几十块钱一个月？不过对王大姐所说的，总不肯立刻答应，还要回家里去，躺在炕上仔细地想上一想，便站起来点点头道："那也好，明天见面再说吧。"她交代过这句话，起身告辞回去。可是，她回家躺在炕上想了大半夜，实在没有更好的办法。

到了次日上课在路上会见了王二姐，这就笑着迎上前，对她道："我昨晚在你那里谈了大半天，你没出来，都在干吗啦？"二姐笑道："我有什么，睡觉啦。我是糊涂虫一个，任什么心事不想，倒上炕就着。"秀儿叹了口气道："这是各人家境不同。以前我不也是同你一样，倒上炕就着。可是现在怎么成呢？"王二姐道："刚才我姐姐把话全对我说了。你的意思怎么样？只要你言语一声，我就同你去对小段说。"秀儿只是低了头走路，没有能答复。王二姐道："你不作声，我可不说。说出来你不兑现，我可受不了。"秀儿道："你能在学校里同小段说话吗？"王二姐笑道："那当然不行，可是，我总有办法让他知道就是了。"说到这里，抿着嘴微微地一笑。秀儿道："你有什么法子，告诉我也不要紧。"王二姐道："这样说，你是答应了。你听信儿吧。"

她说到这里，已是迫近了学校大门口，再要说什么，一定会泄露了秘密。而且模特儿迫近了学校，她立刻另变成了一种人的，不但地位卑贱，还在身上藏了许多毒菌，人在面前经过，千万沾惹不得。若沾惹了，就要生病的。所以她们进了学校门，总是低头，很快地放开步子走。秀儿在王二姐身后跟着，心里那一句话始终也不曾说了出来。好在她叫着"回头听信，且看他怎样回信"。上过了课，秀儿故意在屏风后，慢慢地扣着衣服，很耽搁了一些时候，然后才走出来。当即看到王二姐在课堂门外面，伸头探望了两三回，便抢着出来，握住她的手道："我知道你会来，在这儿候着你呢。"王二姐道："你同我到后面校园里去，我同你说几句话。"秀儿道："咱们一块儿走回去，一路谈着，别坐车子，好不好？"王二姐道："你别忙回去。"说着，拉了她的手，向花园里走去。

　　走到一丛矮树下，将秀儿拉了过去，对她耳朵低低地道："小段对我说，今天晚上八点半钟，在我家里等着你。姜先生那个画会，还是让你去。姜先生为了你不去，已经在那新房子里雇了一个老妈子，这让你也就没什么可说的了。"秀儿听了这话，把眉皱了两皱，同时，嘴里还吸了两口气。王二姐且不说什么，却伸手到口袋里去摸索了一阵，然后向秀儿手心里塞过来。秀儿捏住着，低头看时，却是两张五元钞票，吓得手向回一缩，因道："这是干吗？这是干吗？"王二姐道："是小段交给我，再让我交给你的。"秀儿红了脸道："这可是怪事了。无缘无故地，他送我一笔钱干吗？我可不能收，你送回给他。"王二姐道："他早走了，我把钱送谁？你要是不收，回头你们有见面的时候，你当面送还给他就是了。你也不是没有收过他的东西的。"秀儿道："好吧，我暂时收着吧。"王二姐道："你只管到姜先生那画会里去。小段说只要你再去三四回，他就有法子让你不去，你若是现在不去，倒白得罪了人。你去一趟，他就得给你一趟的钱。干吗不去。"

　　两个人正说着，远远地已经来了好几个人，二人只得走开。秀儿还不曾拿定主意，却见那个助理庶务马先生板住了他那白麻子的面孔，老远地站定，向人瞪了白果眼。秀儿料着他是有所为而发，就站住了等他发作。他劈头一句，就问道："姜先生画会你干吗不去？"秀儿只好用柔和的声音答道："昨天下了课，我就头晕，所以没有去。"马先生道：

"今天还脑袋晕吗?"说着,脸上还带了一番冷的意味。秀儿道:"你不用说这个,我去就是了。"马先生道:"他们那儿,为了你说闲话,已经雇了一个老妈子了。这对你还不算是客气之极了,你还有什么可说的。去吧。"说到去吧两个字,语意更见得沉着。只这两个字,已经逼迫得秀儿不能不去。好在艺术之宫里的几位画员,因为她今天复工颇是不容易,她去了就画,画了就让她走,并不叫她有为难之处。

秀儿走到自己大门口,就碰到赛茄子由院子里笑嘻嘻地出来。他笑问一声:"大姑娘,下学啦。"秀儿垂手站在一边,笑着点头,叫了一声丁大爷。可是叫过之后,脸上就红了一阵。赛茄子抱了拳,拱着几下道:"今天我坐久了。明天再来吧,明儿见,明儿见。"他说着这话,便走到很远去了。秀儿站在一边,倒有些发闷,自己何尝叫他不走。对着他后影微笑了一阵子,自走回家去。

三胜在今天,并没有喝得醉醺醺的,靠了自己的房门框,坐在门槛上。手扶了一支旱烟袋,衔在嘴里抽烟。他身子虽是朝外的,脸可向着里面墙上,秀儿远远地叫了一声爸爸。三胜回转头来,向她看了一眼,依然回过脸去,向里面墙上看着,那墙上正挂着他演鬼打架的那两个假人,那假人的脑袋上浮尘有几分厚,白布上画的眼睛鼻子也有些看不清。秀儿见他这样地注意,那就多少知道了他一点儿意思,便道:"你还操什么心,现在我挣的钱,也就够咱们家里花的了。"三胜口里吸着旱烟袋,喷出两口烟来,便叹了一口气道:"我能一辈子都指望你吗?再说,现在你这份儿事,终究还是个短局。一天你的事情歇了,我能不出来吗?"秀儿对于他这层解释,倒是不能否认,走进屋子来,也向那墙上两个假人发了呆地望着,心里又想着,八点钟还有段天得的一个约会,不能不去,自己赶快地把晚饭做得了,就陪着父亲吃饭。

这餐做的是大米饭,还有羊肉烧白菜、酱油醋拌个萝卜,全是挺下饭的。可是三胜把饭碗捧在手上,总是紧锁了眉头子,像有什么心事似的,扒一口饭,又对墙上悬的那个假人,看上一眼。秀儿道:"你尽瞧那玩意儿做什么?"三胜道:"我为什么不瞧?我对它发愁啦。到了现在,我也不能不同你说实话。这几天赛茄子不断地问咱们家来,他为着什么,你也该知道。论到万子明这门亲事,你也不会怎么反对的,所以我也就替你做主了。不想万子明这个人比我还古道,他说,若是要结亲的话，只有一件事要依从他，就是从今以后你别再上学校了。至于我的家用，他每月可以贴补几块钱。我听说到后半截，就透着不像话。凭什么要亲戚帮贴我呢？再说咱们这一身债，慢慢地，也就可以料理清楚了。若是光凭他那几块钱，有了饭钱没有房钱，有了房钱，没有衣服钱，更不用提还债了。干脆，倒不如不要他贴钱。"

　　秀儿听着父亲说话，可是低了头吃饭，一点儿也不向他父亲看着。父亲说完了，自己还是绷了脸子低头吃饭，爷儿俩对面，寂然无语，后来秀儿噘了嘴道："你也犯不上为了这事发愁呀。好容易找着学校里这份事，当然我得好好地干上两个月。"三胜摇摇头道："那也不能为了我吃饭，耽误你的终身大事。"秀儿道："忙什么？我有三十四十的了吗？"她口里说着这话，两只眼睛望了碗里，更不敢对父望着。三胜道："这话可不能那样说，难道我为了吃饭，还能耽误你终身大事吗？"秀儿还是低了头吃饭，因答道："就算那……反正也不是眼前的事。咱们刚是过了两天舒服日子，我又能让你去吃苦吗？"三胜沉吟了一会子，点点头道："自然，假如你再挣几个月的钱，我更顺手。不过向大处说，那透着说不过去。"秀儿道："有什么说不过去。这是我自己愿意这样做的，又不是你强迫我去做的。只要你敞开来让我出去做两个月，让我多挣上几个钱，咱们早早地把账还清了，比什么都强。"三胜道："就是让你苦干几个月，咱们也轻松不了，该人家的钱，就多着呢。"秀儿道："那不过是比方着这样说，不一定就是让我苦干两个月。周年半载也可以，三年两载我也可以。"三胜道："那可用不了这些日子。"

　　秀儿听了父亲的口吻已经和缓过来了，所以向碗里注视的脸也就扬了起来，向三胜望着。三胜道："你吞吞吐吐的样子，还有什么话说吗？"秀儿脸上泛了一些红晕，微笑道："有一位张小姐，今天上火车，让我帮着她去收拾行李。"三胜道："以先没听到你说，有这么一个张小姐。"秀儿道："学校里那么些个女学生，我怎么能够全告诉你？"三胜道："人家既然是找着你帮忙，你当然不能不去。"秀儿皱了眉道："她要到十一点钟上火车呢。我一个人也不敢去。还有王家二姐做伴。待一会儿，她会来邀我的。"三胜吃完了饭，自去将盆舀水洗脸。秀儿要交代的话，却是没有能够说出来。等着三胜转身进门来了，自己抢上前去，接过脸盆来放在桌子上，先拧了一把手巾，两手交给三胜。这就带说着道:"爸爸,你瞧,我去不去呢?"三胜道:"你老问干什么?"说时,把他两只带了鱼尾纹的眼睛,向秀儿瞪着。

秀儿极力地在脸上泛出笑容来,因道:"你瞧,我问得仔细又不好了。再说,这一趟我也不能白跑,那李小姐不定给个三块两块的。"三胜道:"你不是说张小姐上火车吗?怎么又是李小姐了。"秀儿道:"张小姐去,李小姐也去,两个人一路走。你想,姑娘家出门一个人好走吗?"三胜这才没说话,将手巾交给秀儿,斟了一大杯热茶,一脚踏在门槛上,一脚踏在地上,对了院子里望着爱喝不喝的。

天色已经昏黑了,秀儿正在屋子里擦抹煤油灯罩。却听到王二姐在院子里叫了一声秀姐。秀儿左手拿了玻璃灯罩子,右手拿着一根筷子头上缚着棉花布卷的刷子,伸到罩子里去,不住地摩擦。摩擦了一会子,又对罩子里呵了两口气。呵过了,再向罩子里继续地摩擦着。这就一面地走出屋子来,两面张望着,低声问道:"二姐吗?"说着话时,迎上前去。却见王二姐半侧了身子,在大门洞子里掩藏着。秀儿越上前去,她倒是越向后退,秀儿一直送到胡同中间,握住了她的手,低声问道:"他,他来了吗?"王二姐道:"你还不去,回头他又不高兴了。"秀儿道:"不要紧,我已经在家里交代好了,一会儿我就来,一会儿我就来。"她口里说着,转身就向家里头走。

三胜依然捧了杯子在房门口斜站着,那灰色的天幕,已是很零落地冒出了一些星点,他对了那些星星,自言自语地道:"明天该天晴了,我得上天桥去溜达溜达。卖艺的这些老朋友,两三个月没见,真让人惦记着。"秀儿道:"你老惦记着这些干什么。"三胜笑道:"我为什么不惦记他们?这个日子不先去给他们打个招呼,将来我去卖艺,也好说话些,要不然,人家骂我闲日不烧香,临时抱佛脚了。再说,房东明天又该来收房钱了,我躲他一躲。"秀儿听了这话,心里头未免又拴上了一个疙瘩。到房子里点上灯,在茶壶里加上了水,又把炕上的被褥,也都折叠好了,然后打了一块抹布,擦抹着外面的桌子,一面问道:"爸爸,你不买盒烟卷抽吗?我这里有钱。"三胜道:"我不抽烟,好好儿的抽烟卷干吗?"秀儿默然了一会儿,因问道:"爸爸还有什么事吗?我可要走了。"三胜道:"你去吧,别只是麻烦我了,可得早早地回来。"秀儿答应了一声是,连第二句话也不用说,这就向门外带跑带跳地走了去。遥遥地听到三胜后面道："这么大丫头，你瞧，还是两岁三岁的小孩子一样。"可是秀儿也来不及管他了。

到了王家，在院子里就看到她们家北屋子里灯火通亮，段天得两手插在裤子袋里，灯光下走来走去。也不知是何缘故，心里就有点儿怦怦地跳。明知自己非进去不可的，然而站在院子里，还不免呆了一呆。王大姐一手掩着灯光，探了身子，向外望着，问道："秀姐来了吗，我听到街门响。"秀儿只好答应道："二姐叫我，你有什么事吗？我刚放下饭碗。"说着，走进房来，向段天得点了个头，微笑道："段先生来啦，你得闲儿？"段天得笑道："我早来了。特意来找你去看电影，赏脸不赏脸？"秀儿本是很大方的，走到这屋子里来的。听了这话，脸上拥起一阵红云，把头低着，接连地退了几步，退得靠了一张椅子，然后反了手扶着，慢慢地坐了下去。段天得笑道："你这也客气什么？咱们都是挺熟的朋友，谁请谁听回戏，瞧个电影，这都不算什么。开演还有十五分钟了，走吧。"

秀儿本想把不去的这句话极力地挣扎出来，可是那句话无论如何不能够说出。本来到开电影的时候，已经是很短，而在这两人当面对话的时候，需要的回答时间那是更短之又短，她老是一个不作声，把站在屋子中间的段天得急着将两道眉毛联合到了一处。王二姐便道："秀姐，你就去吧，别耽误了。段先生，你去雇车。"秀儿听了这话，只把手去卷衣裳角。当她卷衣裳角的时候，手就碰着口袋里的那两张五元钞票。原来打算见着他，就把钱退回给他的。可是想到明天该给房钱，想到父亲所说，若是没有相当的收入，父亲不免又要出去卖艺，便把还钱的意思给打消了，没有退钱的意思，也就不能拒绝段天得的邀请了。因之虽听到了叫雇车，还是不曾回答。

段天得哪里知道秀儿肚子里，自打着原被告官司。以为她不好意思，已经是默允了，便向秀儿微笑道："叫了车再进来叫你，那是白费时间。现在咱们就出去，带叫车子带走。走吧。"他说着这话，已经跑到院子里去了。秀儿依然手卷了衣裳角，微低了头，靠着椅子站定。王大姐抢到她身边，将手扯着她的衣襟，低声喝道："你还不走。白瞧电影，为什么不去。"她口里说着，还是牵了她的衣服向门口走去。秀儿虽有力量抵抗她的牵扯，但是又陷入了没有灵魂的状态，人家这样一扯，她也就不知不觉地走到院子里了。段天得兀自站在那里守候，手臂微微地碰了她一下，低声笑道："走吧。"秀儿生怕他做出那挽胳臂的式样来，只好抢先两步，走到大门外去。可是到了大门外，又不知道应该向哪一头走，所以又站着等了一等。

段天得走到她身边，低声笑道："这就是你的不对了。我这样地将就着你，你还是不肯听我一句话。"秀儿没作声，只是随在他身后走。段天得道："真的，你应该懂得我的意思，我一见你，就非常之爱你，直到现在，我这一点儿爱情是有加无减。"秀儿突然听到段天得说一个爱字，心里就是一跳，将头低着，只管抢了先在前面走。段天得紧紧在后面跟着，因道："我说，你是没有听到还是怎么样？"秀儿道："你不是要我去看电影吗？时间没有了，还不雇车？"段天得笑道："瞧电影算什么？今天误了，还有明天，我有几句要紧的话，想同你说一说。"秀儿道："你有什么活，刚才在王大姐家里，为什么不说呢？你说瞧电影不忙，说话更不忙。有什么话，明天再说吧。"秀儿交代过了这句话，扭转身子，就要向回头的路上跑。

段天得他伸着两手，跳了几跳，笑道："我可不能让你走，好容易把你请了来了。前面大街上，有一家糖果咖啡店，我请你去吃一点儿洋点心。"秀儿站定了脚，把头一偏道："我不去，我老爷子回头找我，怎么办？"段天得道："这就是你的不对了，我约你出来看电影，你说有时间，现在约你喝咖啡，你老爷子就要找你了。难道喝一杯咖啡，还比瞧电影的时候要多吗？"秀儿道："我喝不惯那东西，我去干吗？"段天得道："你不喝咖啡，同我去喝一杯红茶，也可以。喝不喝那全是小事，我的意思，只是要找个地方，同你谈几句话。"他口里说着，人已是走了过来，挽住秀儿一只手臂。

秀儿待要把手臂抽出来，无如他是夹得很紧。段天得将手臂轻轻摇撼了几下道："你这人不能这样不明白是非。我为你费了很多的心事，受了很多人的闲话。你在别人面前，没有说过我一个好字儿。"秀儿道："段先生送了我那些个东西，又帮了我不少的钱，我心里很感激的。"段天得道："送点儿东西，那不算什么，钱更谈不上。"秀儿道："可是我总也应当谢谢你，我就是嘴笨，没有当面谢过你，我心里可没有忘了你。"段天得笑道："你心里没有忘了我吗？"秀儿趁他这不提防的时候，猛然地把手胳臂向怀里一抽，抢前一步，回过脸来望着，因道："我知道你就是问我这几句话，我现在已经说了。"段天得道："下面一句话，我赶着替你说了吧：现在可以回去了。是不是？"秀儿被他顶头一句说破了，倒不好说什么。段天得道："你不用瞧我别的什么，单说把艺术之宫画会里的姜先生给得罪了，又不怕别人闲话，和令尊大人谈着交情，这都为了你。难道请你去吃点儿东西也不成吗？你那位王大姐，就常同人一路去吃馆子。"

秀儿在街灯下站着，靠了墙，将一个食指衔到嘴里。段天得笑道："你想什么，假如你是想看电影，我还可以陪你去。刚才我说差十五分钟，那是附近一家小影院，有一家大影院子，是九点一刻开演，现在赶去，还来得及。"秀儿正想和他抵赖，无如来了一位巡逻警察，手里晃着手电筒的白光走了过来。秀儿怕那警察注意，只好一声不言语地，就在前面走去。段天得自然在后面跟着，和那位警察不前不后地，走上了大街。街灯明亮，秀儿越是不敢和他别扭，免得路上行人注意，委委屈屈地同他走到附近一所咖啡店里去。

这地方好像是段天得极熟的一个所在，一直地登楼，自到楼角进，一间屋子门边，伸手撩起帘子来，点着头笑道："来来来，我们在屋子里坐。"秀儿听听这楼上七八间屋子里，全有人说话。假使撞巧，遇到一两个熟人，那可怪寒碜的。因之不必他多说，自己也抢到那屋子里去。这屋子里除了一张玻璃板桌面、四张机凳而外，还有两把藤睡椅。段天得先坐下，指了对面的座位便道："在那儿坐，你还有什么不放心的吗？"秀儿觉得能让自己坐他对面，这还是在客气之中，且放大了胆子坐下。店伙跟着进来，问明了要什么东西，出去的时候，随手就把帘子放了。段天得撮着嘴唇，吹了一套曲子，并没说什么。

直等店伙把饮料点心全送到桌上来了，他便向店伙道："你去吧，叫你再来。"店伙去了，段天得笑道："你看这地方谈话，不很好吗？"秀儿也没作声，将茶匙舀着红茶慢慢地呷着，低了头。段天得又道："干吗不言语？"秀儿抬头向他笑了一笑。段天得笑道："这个茶，不是平常那样喝法。"说着，拿起糖罐子里的白铜夹子，夹起两块白糖，就放到她的红茶杯子里去，笑道："你试试甜不甜？若是不甜的话，还可以加上一块糖。"秀儿将小茶匙在杯子沿上拦着，皱了眉道："我不要，我怕太甜的东西。"段天得将脖子一伸，笑道："那要什么紧？越甜越好，我就喜欢甜甜的。"秀儿低了头，又没有作声。

段天得在身上摸索了一阵，摸出一个小小的锦盒子来，将盒子打开，里面有一只黄澄澄的金戒指，他将手掌托着，送到她面前，给她看，笑道："你那样的白手，不戴一只戒指，那真是辜负了它了。"秀儿听说，不免对那戒指盒看了一眼。段天得笑道："我同你商量商量，我把这戒指替你戴上，好不好？"秀儿红了脸道："以前我蒙你送了许多东西，就很感谢了。现在哪能够要你再送东西。"段天得道："这话不是那么说，只要咱们交情够得上，天天送你东西，那不算多。交情够不上呢，那自然是送一两回就够了。"

秀儿没言语，将茶匙只在红茶杯子里搅和着。段天得将那盒子放在桌上，两手环抱在胸前，架住了桌沿，向她望着道："你只要应答我一个小小的条件，你把手伸出来。"秀儿以为他所要的条件，就是伸手，笑着把头偏到一边去。段天得左手拿起戒指，右手拉过秀儿的一只右手，笑道："我这个条件，很容易办到。我问你，你爱我不爱。你就答应着爱我，这戒指就给你套上。现在我问你了。我那小秀儿，你爱我不爱？"秀儿哪里肯答复，索性把头枕在自己的手臂上。段天得拖住她一只手，只管摇撼着，笑说："难道我把这样一番诚心待你，就是你说一句假话爱我，你都办不到吗？"

秀儿把手夺了回去，然后抬起头来，正色道："段先生，你可得放老实一点儿。要是这么着，我可要走了。"段天得听了她这话，在门口站着，两手横伸着，拦住了去路，因道："你就不让我说什么，坐一会子也不要紧，忙着跑什么？"秀儿道："你说的那些话，叫我没法儿答应你。"段天得这才笑着又坐下来，因道："你是知道的。我现在还没定亲……"秀儿不等他说话，抢着道："你的事，我怎么会知道？"段天得笑道："你知道不知道，那没什么关系。我不过把我的话，对你讲个明白。"说着，将雪白的铜叉子叉了一块鸡蛋糕，送到她面前碟子里笑道："请你吃东西总可以受吧，吃一点儿，吃一点儿。"说时，伸过手来，轻轻地拍了秀儿的手臂。

秀儿见那只金戒指还没有收起。金戒指上面放出黄光，好像对人说，那至少有十分之六七是属于你的了，把这现成到手的东西不要，未

192

免可惜。你不是老早老早，就想弄一枚金戒指戴吗？秀儿受了这个感动，对于段天得，就不忍十分拒绝，于是拿起那块鸡蛋糕送到嘴里，咬了一口，立刻把糕放到碟子里。皱了眉头子，摇了两摇头道："唔，奶腥味儿，我不吃。"段天得道："这里面也有不加奶油的，我给你挑一块吧。"说着，就伸手到碟子里，拣出一块花生酥来，依然放到她面前碟子里。段天得两手撑了头，隔住桌子面，对秀儿呆望了很久，微笑道："凭你自己说一句良心话，我待你到底怎么样？"秀儿道："段先生，我又不是一个傻子，你这样老帮助我，我还有什么不明白的。"段天得道："你是聪明人，明白就好。那么说，我刚才的话不算过分，你为什么不肯，这地方也没有第三个人听到。"

　　秀儿低了头只管喝水，却不去答他的话。段天得突然站起来，做个沉吟的样子。秀儿这倒吓了一跳，以为他生了气，立刻就要走，不免昂起头来向他望着。段天得绕着桌子犄角，走近来两步，笑道："你不说这个字，我可要……"秀儿也立刻站起来，抢着道："你别忙，你别忙。你坐过去，我慢慢地对你说。你若逼着我太狠了，我不客气，我倒要走了。"段天得见她脸腮上鼓起来，瞪了眼皮子，也不敢再向前追问，只好手扶了桌子角慢慢地走着，走回了原处。秀儿倒是正着脸色，向他低声道："你叫我说的话，我可没有法子说出来。"段天得道："你低一点儿声音说，就说那么一个字，你也说不出来吗？"秀儿低着头，依然摇了两下。段天得对她脸上望望，见她果然是把脸红着，因道："假使……"第三个字还没有说出来，他就伸出手来，握住了她的手。

　　秀儿看到那个盛金戒指的小盒子，依然还放在桌上。待要把手缩回来，那是断绝了自己这得珍物的机会。只好把另一只手扶了桌沿，而把自己的脸，枕在手臂上。段天得把那金戒指，将两个指头钳着，在桌面上卜卜地敲上了一阵响。秀儿虽不抬头，可是咯咯地笑了。段天得道："你既是笑了，你就是动了心。我知道，你口里虽然说不出来，心里已经是答应了。我再问你一句。你爱我不爱？"秀儿把头刚抬了一抬，又低下去了。段天得笑道："你点了一点头了，就算是答应了我吗？"秀儿还是不作声。段天得把她的手放下了，把戒指也放了，两手插在裤子袋里，站起身来，叹了一口无声的气，然后昂了头望着屋上的电灯，却把一只皮鞋，在楼板上连连地打着响。

秀儿一抬头，看到他满脸不高兴的样子，便笑道："你这人真不讲理，人家一个大姑娘家，你问的那话，叫我怎么样子答应。"段天得脸上，就不带一点儿笑容了，因道："我不要你一定说爱我，你说不爱也成，我的意思，就只要你给我一个确实的回答。我现在改变办法了，请你对我说一句，不爱你。"秀儿见他已是有了很生气的样子，便笑道："你干吗说这种话。我请你帮忙的时候还多着呢。我还有什么不明白的吗？可是我是穷人家出来的孩子，懂不得什么，要像你们当学生的人那样开通，我哪成呀？"说着，低了头下去微微一笑。

段天得站着望了她一会子，然后坐下来，笑着摇摇头道："对你这种人，真是没有办法。记得我有一次在家乡县教育会开会的时候，我有一个提案，赞成的请起立。结果一百多人，只有两三个人站起来。就是这两三个人，看到站起来的很少，很快地又坐了下去。我倒纳闷，怎么全场的人，都不赞成我？我也是下不了台，就想反证一下。因说反对这案子的请起立。这一下子，我气不是笑又不是，还是给我一个闷台，一个站起来的没有。我大声笑着说，大家既不表示赞成，也不表示反对，那么，大家对这事不愿表示意见的，请起立。你猜怎么着？"秀儿笑道："大概大家全没站起来。"段天得笑道："可不是吗？你说这样的事，叫我们说什么是好？你说，你是不是这一样的角色？"秀儿笑道："你知道就得了，反正我这人心眼儿不坏。"段天得笑道："我又不是你肚子里的虫，你不表示意思，我知道你心眼坏不坏呢？"秀儿瞅了他一眼道："你比什么人还聪明，这一点儿事还不知道吗？"

段天得把那戒指拿在手上看了一看，又托在手掌心里，颠了几颠，笑道："我现在还要问你一句话。据你说，你心里待我，已经不错。你这份儿不错，是因为我在你身上花过一小注子钱呢，还是我这人真有点儿可爱？不要说这个爱字吧，你忌讳这个字。是不是你心眼里有了我？"秀儿低了头笑道："要是那样子说法，更不好张口说出来了。你别逼我，反正我对你好，不为的是钱。你别瞧我家穷，我并不是那样儿瞧着洋钱说话的人。"段天得笑道："那就很好，只凭你这句话，我心里也就痛快得多了。来，我给你戴上。"说着，向秀儿点了一点下巴颏儿。秀儿笑道："干吗还要我走过来，隔了桌子面，不是一样地可以同我戴上吗?"口里说着，两手按了桌子沿，就缓缓地站起来，缓缓地走着，靠近了段天得身边．将眼皮向下垂着，微咬了下嘴唇皮。段天得拉了她的手臂，微微地向怀里一拖，笑道："来吧。"秀儿站立不住，向他怀里直撞了去，就是这一撞，结束了他们这一番交涉。

第十八章

变　幻

在三十分钟后，秀儿同着段天得走出了咖啡馆。自然的，在桌子上放的那只金戒指，已是戴在她的手上了。段天得笑道："要我送你回去吗?"秀儿笑道："不用了。你送我回去，又得同我一路地慢慢溜达。走到家，也就十二点了。明天又见面的，你忙什么?"段天得笑着摇摇头道："这不叫忙。这叫恋恋不舍。"秀儿同他走路，相依得很近的，就伸着手，在他手臂上碰了一下，低声笑道："大街上这么些个人……"段天得见她如此，却是哈哈地笑了。秀儿趁着他这份儿高兴，自雇了车子回家。也是她高兴过分，把手指上戴的那个金戒指，却未曾取下。

次早李三胜先起来，看到她侧了身子睡在炕沿上，一只白手搭在被外。左手第四个无名指上，黄澄澄地戴了一只金戒指。三胜先就发着愣，只管呆望去。随后俯了身子，对那戒指仔细看看，实在是真金的。这就在墙上取下自己的旱烟袋，坐在椅子上抽烟，斜对了秀儿望着，却是有一下没一下地将烟喷了出来。约莫吸了四五袋烟，把旱烟斗便在墙上敲着烟灰。他把旱烟斗敲到最后一次，那鼓起了他的勇气不少，大声叫道："不早啦，该醒醒了。"秀儿一个翻身坐起来，偏是不留神的，又抬起手来理着鬓发，向耳朵后面扶了去。

三胜将旱烟袋指着她的手道："昨晚上一宿工夫，你在什么地方，弄了一只金戒指来戴?"秀儿立刻把手缩着，红了脸道："是张小姐送给我的。"三胜低声喝道："你别瞎说。当小姐的人怎样大方，也不肯把一只金戒指随便给人。我猜着，不是你偷来的，就是哪个男学生送你的。你说，到底是哪条路来的?"秀儿噘了嘴，低声道："你想想吧。若是来路不正，我就敢戴在手上吗?"三胜将那没有烟的旱烟袋，也衔到口里，吸了两口，因道："就算我猜得不对，也绝不能是什么张小姐李小姐送给你的，你实说了吧。你若是不说实话，我同你没有完。我就常说着，姑娘总得在家里养活着，不能放手。为了肚子饿不过，只得将就着让你出去。不想你就不替我争气。这也不怨你，谁让我见钱眼开，让你到什么鬼学校里去找事做。这年头，男女混杂，学校会有好事吗？"

秀儿直等她父亲骂过一阵之后，才低声道："我说你听，你不相信，我也没法子。你是没瞧见有钱的大小姐那份儿不在乎，只要碰巧在她高兴头上，漫说一只金戒指，就是一只金刚钻戒指，照样地给人。"三胜将那无烟的旱烟袋，依然放在嘴里衔着，点点头道："不忙，我总也会查得出来的。查出来了，你要是有一个字瞒着我，慢慢地同你算账。"秀儿靠了床沿站定，低头很出了一会子神，便道："对你实说，也没什么要紧。戒指是由段先生手上交给我的，他说是张小姐的。他也是你的朋友，你也说，没什么关系。"三胜一跳道："我说怎么样？你撒谎不是？你说，他为什么送你这样重的礼？"秀儿低声道："谁知道呢？他借钱给你花，买酒给你喝，买菜给你吃，你又知道他凭什么呢？"三胜鼻子里吓的一声哼着，冷笑道："我就知道这小子没安好心眼儿。你说，你同他有什么事没有？你要再瞒我，我就宰了你。"说着，把旱烟袋挂在墙上，两手互相地卷了袖子，瞪着金鱼眼，只管看了秀儿的脸。

秀儿低了头，不敢看父亲，心房卜卜地乱跳。李三胜两只袖口，是挽了五分钟，还不曾挽好。秀儿看那神气，说又不是，不说又不是，两只腿软绵绵的，移动不得。李三胜把胸一挺，走到她前面来，横了眼道："学堂里有金子捡，我也不让你去了。你别想出门，咱们先耗着。"他说着，突然一转身，把那张破椅拦门口放着，自己坐下，架了一条腿在门槛上，两手可叉住了腰。秀儿虽然极力地低下头去，不免把眼皮向上微微地撩着。见父亲脸皮上，黄中带紫，胸脯一起一跌的，那气就大了。正在十分为难，不知道要怎样才能解除这层困难。不想就在这个当儿，院子外有人高高叫了一声三爷。秀儿不用回头瞧，也听得出那声音是段天得，心里只发愁，这岂不是冤家路窄？

三胜回头看时，段天得左手提了一只大瓦坛子，上面掩盖了一张红纸，不用怎么细猜，就知道那是一坛高粱酒。右手他还提了一串荷叶包，由那酒坛子联想起来，准可以知道这是些下酒的熏鱼卤肉。人有三分见面情，人家好好地叫着三爷，不能张嘴就骂人。因之板着脸站起来，回头也勾了一勾头儿，却没答言。段天得绝对没有料到那只戒指会发生了什么问题，因之还是很高兴地向前走了来。李三胜虽是拦门坐着的，人家客客气气地送东西来了，不能截住他不让进门。于是身子一偏，让他侧身而过。段天得首先看到秀儿低垂了头站在墙角炕角落里，而且那戒指还戴在当胸前横着的手指上。她看到段天得进来了，并不作声，只把眼皮抬了一抬。

这一来段天得是完全会意，立刻把酒菜向桌上一放，笑道："三爷，我今天这样早来，正是有一件事要来报告你。我还想着，你未必起来了呢。"三胜道："我平常起来得很早，今天还晚了呢。"段天得道："是的，你是一位道德高深的老人家，总是叫后生青年要怎样勤俭，自然是要起早的。我们年轻的人，真得跟着学学。"李三胜听到这话，倒是开胃一点儿，因微笑着点了一点头。秀儿向父亲和段天得看了一看，便道："段先生很好，你说话不失信，要不然，可是黑天冤枉。我这戒指，不是由你的手交给我，说是张小姐送给我的吗？我爸爸愣说我是偷来的，我太冤了。"说着，两行眼泪落下来。右手在左手无名指上，使劲一拉，把戒指脱了下来，老远地用两指钳着，伸了出来道："段先生你带回去给张小姐吧，谢谢她了。我们穷人，没生这戴戒指的命，别为了眼前的这点儿好看，惹出了别的麻烦。"

三胜望了她，一时说不出话来。段天得两手同摇着，笑道："别忙别忙。老先生有什么误会，我给你解释好了。张小姐上火车，都走了好几百里了，我到哪里去找她。"三胜倒没了主意，手扶了椅子背，睁着大眼睛。段天得笑道："三爷，你就是这一位姑娘，你自小养得娇惯了，这没什么，我心里明白。"三胜这才笑道："幸得段先生是一位明白人。要不，你刚进门，听了她这没头没脑的一大串子话，还不知道我怎么为难她呢。段先生，你这就不对，今天怎么又送我东西。"段天得道："交朋友，谁花得起，谁就花。谁花不起，可别拖累人家，这才是朋友。不是我自夸的话，我虽是个当学生的，手头总比三爷好一点儿。咱们在一块儿，不花我的花谁的。是我想着，零零碎碎打酒没意思，买一坛子放在这里，留着咱们慢慢地喝。"三胜笑道："你这话太痛快了。可是你把酒放在这儿，我一个人全喝光了，那怎么办呢？"段天得道："那算什么，再来一坛子。"三胜手摸了短胡子，点点头道："你是好人。"

段天得道："我今天不光是同三爷喝酒，还有一件事要同三爷商量商量。"三胜道："什么事？"说着，瞪了两眼望他。段天得笑道："没什么要紧的事，咱们带喝带谈吧。"三胜笑道："我可多日不喝早酒了。"段天得笑道："没有那话，喝酒的人，高起兴来就喝，没什么早酒晚酒的分别。"三胜道："高起兴来就喝，这句话是吃酒的人说的话。至于说没有早酒晚酒之分，老兄弟，你还差着一点劲。早酒醉人，比晚酒可来得容易多了。兄弟，不信，将来你喝着试试瞧。"

秀儿在一边偷眼看着，觉得父亲已是完全消了气了，就揉着眼睛缓缓地走过来道："我可以笼炉子烧水了吗？"三胜笑道："你倒比我还记得长，我说完了，你还没有说完呢。"秀儿噘了嘴，没甚言语，自做事去了。段天得今天却是特别话多，由八点钟谈到十点钟，两个人已是透开了荷叶包，将碟子盛着，开了坛子，先舀起一斤酒来，用壶烫热了，隔了桌面对喝。秀儿也得了许可，向学校工作去了。段天得等三胜酒喝得有六七成了，便笑道："三爷，你不用愁啦。你有这样一个姑娘，比有一位令郎还强。"三胜端起杯子来，把大半杯酒，唰的一声，喝了一个干净。然后放下酒杯子，把手按了一按，笑道："总算她救了我一把。可是她终究是别人家的人啦。她能养活我一辈子吗？"段天得道："这是你没有想透。你就是这么一位姑娘，在家同出门子，有什么分别。回头招一位好姑爷，不许你住大房子，不许你坐汽车吗？"三胜哈哈一笑道："那怎么办得到？人家自己都不做这样一个梦呀。"

段天得一手按了筷子头，一手按了自己的大腿，把身子向前挺了一挺，问道："人家是谁？姑娘已经有了人家了吗？"三胜沉吟着道："倒是有一位姓万的，托我的朋友，在这儿提着。"段天得哦了一声，端起杯子来，微微喝了一口酒，然后又放下杯子来，举了筷子夹菜，很不在意地问道："那准是一位卖艺的吧？"三胜道："不，是个摆书摊子的。挣钱不怎么多，靠着他为人老实，将来一碗饭总是有的吃的。"段天得情不自禁地唉了一声，道："三爷，你这算盘可就打错了。你姑娘自己现在就可以挣个三十四十一月，就算将来减少些，二十来块钱总是有的吧。若是让她出了门子以后，还不如现在，那不让她心里难受吗？凭你姑娘那份聪明，要找一位好姑爷，实在不费力。你若不相信，这小小事儿，包在我身上，我可以承担。"说着，将胸口连连拍了几下。

三胜随便地笑道："那敢情好。"段天得道："我并不是同你开玩笑，我说的是真话。"三胜回转身去，将墙上挂的那鬼打架的假人儿，扯了一扯，然后皱了眉道："你瞧，我是干这玩意儿的，稍微好一点儿的人，哪里肯和我们结亲呢？"段天得道："这话不能那样说，不用向远处说吧。比如说我，不敢说怎么有身份，饭总是有一碗吃的。可是我就不分什么富贵贫贱，很愿同你交朋友。"三胜笑道："段先生，不是我当面恭维你，像你这样的人，可是不易得啊。"段天得道："那有什么不易，不过你没有遇着罢了。有了我这样肯和你交朋友的人，自然也就有愿和你结亲的人。你假如能信我的话，你就把万家辞断，我准同你姑娘做一位红媒。你觉得我这话要是突然一点儿，那你等姑娘回来，仔细问问她。"他一面说着，一面只管把脸皮红起来。

三胜这倒不由得把眼光向他周身上下打量了一番，自己姑娘的亲事，与他什么相干，要他这样上劲，便端起杯子来，慢慢地呷了两口，缓缓地放下杯子来，笑道："你这番热心，我总记着。"段天得微微笑道："不光是记着的事。"他说着，自己也就端起一杯酒来喝了。将眼光由杯子沿上，向三胜瞟了过来。三胜这老头子，也是久经世故的人，看到段天得那番兴奋的样子，心里早是奇怪，因淡淡地笑道："你那好话，我总记着。"段天得道："三爷，像你这老班一辈的人，对于现在青年人那种婚姻制度，是不会满意的。其实这没有什么，经历惯了，就当着很平常的事了。"

三胜对于他的话，却不十分明白，手摸了酒壶，先向杯子里，满上一杯，右手还扶着酒壶呢，左手可就端起杯子来，叽咕喝了一口。喝完了，跟着又满上一杯。段天得看不出他是什么意思，就改谈闲话。由高粱可以酿酒，说到了种地。段天得道："俗语说得好，隔行如隔山，那是一点儿不错，别瞧端起书本子来，什么全知道。可是种地这件事，我就上尽了当。阜成门外八卦屯附近，我有一顷多地，包给人家种，老收不着什么粮食。你路上若是有人要买地的话，请你给我做个中人，我把那地卖了。"

三胜手按了桌子，把脖子向前一伸，瞪了眼道："段先生，你干吗做这种傻事？银钱埋在土里，比什么法子保险也妥当。"段天得道："也有些人劝我别卖，可是我又找不着一个的老实人同我去种地。其实我家也不指着收粮食过活。只是同我种地的人那份冤枉气，我就不愿受。"三胜瞪起来的两只眼，依然未曾复原，问道："这是个大笑话了。难道做地主的，还怕种地的吗？我做了一辈子的梦，没别的，就是想在城外，弄几亩地种种。到城里又不远，闲着一点儿的时候，就可以到城里来遛遛。可惜我出不起租钱，要不，我就把你的地租过来种。像咱们这样说得来，彼此一定相处得很好。"段天得道："三爷，你真愿意下乡种地吗？"三胜将一只手指了屋顶道："天爷在头上，我有一个字撒谎，七孔流血而亡。"段天得将桌子一拍道："那好极了。咱们一定合作。只要你肯给我种地，每年该给我多少粮食，你给我多少粮食，我半个字儿不言语，你出力气就得了，我不用你出一大枚地租。"三胜咧开嘴只管笑，收不拢来。段天得道："哪天礼拜没事，咱们出城去瞧瞧。"

三胜左手握住了酒杯，好像是很出力，右手放在桌沿上，竖了巴掌，向他摇上两摇道："那些地方我最熟，全是好地，不用瞧。可是有一层，你说借给我种庄稼，不用出租钱，可是你要辞退现在的佃户，你不用拿钱出来退租吗。这可是一笔垫款啊。数目大概还不会怎样少吧？"段天得瞧三胜这个样子，已经十分心动了，便笑道："说到退回种地人的租钱，那是很有限的数目。只要咱们把事情决定了，我随时就可以把那钱退给他的。三爷，我也同你想了。你上庄种地，由城里到乡下，不能空着两只手去，要把事情办妥了。什么犁锄牲口种子，哪样不得花钱？我人情做到底，再借三百块钱给你，你就什么全办妥了。"

三胜起来叫道："我的天爷。我是实心眼子的人，你可别拿我开玩笑。"段天得道："笑话，你是我的长辈。漫说我向来不大同人开玩笑，就是我同人开玩笑，我也不敢轮到你头上来。"三胜抬起手来，搔搔头皮道："不是啊，以前我总说，人躺在炕上，天上是不会掉下馅饼儿来的。若照你这种说法，竟是天上也有掉下馅儿饼来的日子了。"段天得笑道："这也算不了什么，不过你由一个卖艺的，变成了种地的，也算不得什么馅儿饼。那发横财的人，一宿工夫，发上百八十万大财，那有的是。"三胜坐下来，端了一杯酒，沉吟地喝着，因笑道："话虽如此，可是周身全是穷骨头的人，一下子工夫，就找着一个安身立命的所在，那可是不易的事啊。"他放下酒杯子来，又摸了两摸嘴上的胡子。段天得笑道："你说到了这里，我才敢把话口头说了过去。我说你将来要找着一位好姑爷的话，可以一辈子全有指望，由现在看来，这绝不是虚言了吧？我就是爱三爷这份儿义气，就肯替三爷帮这样一个忙。若是你自己有一位能挣钱的姑爷，岂不是更可以大大地帮一个忙吗？"

三爷听他所说的话，实在不算怎样夸张，说不出心头是那一份高兴，手心继续地摸着胡子，把眼角的鱼尾纹，笑着只管簇拥起来。段天得看到他笑，自己也就不免嘻嘻地笑。但是在每次张口，想要和三胜说一句什么话的时候，立刻又自己停止了，总是端起酒杯子来喝一口酒，把这话头子给牵扯了过去。三胜是坐在他对面的，酒还没有喝到十分醉，他的举动，如何看不清楚？但是他的话，似乎有点儿难于启齿，自己看透了，也就不必问了。两人又喝了几杯酒，段天得看到大杂院里的人，兀自来来去去地向屋子里望着，这分明是引起了院邻的注意，于是推杯站起来笑道："三爷，我有事，不能再喝了。晚上没事，咱们到大酒缸去再喝两壶。"三胜将脖子歪着望了他道："咱们晚上还喝吗？"段天得笑道："很不容易的，咱们交上这么样的朋友，有吃有喝，谁也别瞒着谁，痛快一天是一天。"三胜连连地点着两下头道："就是这么办，我别不受抬举……"

正说到这句，还不曾说完，外面就有人抢着问了一声道："三爷在家啦？"三胜听那声音，就知道是赛茄子，因道："丁二哥来了，来喝两盅吧。"赛茄子一抢步进来，看到一位穿西服的少年坐在那里，桌上是酒杯菜碟，陈设得很热闹。三胜这就站起来，在两边介绍。说赛茄子是同在市面卖艺的朋友。说段天得是我们姑娘学堂的先生。赛茄子也摸不清是学堂里的学生呢，还是学堂里的教书先生，反正是与秀儿有点儿关系的吧。于是向段天得勾勾头，带着微笑。可是很快地把他全身扫看了一遍。段天得西服口袋里，掏出一方白绸手绢来，在嘴脸上擦抹了几下，笑道："来搅了半天，我这里先告辞了。"他回头看到墙钉上挂着的帽子，捞在手上，立刻就走出去了。三胜拱了拳头，一直送到院子里来，笑道："别走了去，雇车吧，我瞧着你，也很有几分醉了呢。"段天得只把手举起帽子来，在空中摇晃着，头也不回地走了。

三胜回身走到屋子里来，赛茄子拱了两拱手，笑道："这让你不得自在，那一位客人刚走，我又来了。"三胜道："这位段先生，人是极好的，绝不分个富贵贫贱。这样的好人，我长了这么大年纪，简直少见。他自己虽还是在念书，可是凭他那份气派，大有宰相之才。"三胜口里说着，手就来收拾桌上的残肴剩酒，笑道："二哥，你来晚了一点儿，没有菜了。要不，你先来两盅寡酒。"赛茄子连连地把手拱了两拱，笑道："不用客气，我是不喝早酒的。"三胜道："大半上午了，也不算早了吧？"赛茄子笑道："我也是这样说，老早地就出来，也不知道是怎么弄的，糊里糊涂一混，就混到了这大半上午了。"他说着话的时候，随手坐在靠墙的破椅子上，两手按住了椅子扶手，很透着一种全身不得劲的样子，不知道说什么是好，只半昂了头，向着三胜强笑。

三胜道："二哥，你怎么一大早出来，混到这时候。"说着在墙上大窟窿里，摸索了一阵，摸出一只棉絮团似的烟卷盒来，伸着两个指头，在盒子里掏摸一阵，掏出一根粗面条子似的烟卷，交给了赛茄子，笑道："你凑付着抽吧。"赛茄子接过烟去，可就笑道："别瞧这支烟卷打了皱了，这还是三爷上次买给我抽的烟，现在还留着呢。就凭你这点儿待朋友的好意，我也得把这碗冬瓜汤喝成功。"三胜坐在正面椅子上，顺手取了墙上挂的旱烟袋，左手握住了，放到嘴里，待抽不抽的。右手两个指头，伸到旱烟杆皮袋子里去，只管掏烟丝。眼睛望了门外的天空，只管出神。

赛茄子已是在桌上找着了火柴盒，将烟卷衔在嘴里，推开盒屉，钳一根火柴出来，又放了过去。接着另挑一根，第二次又放进去，眼可望了火柴盒道："三爷，我今天来，有两件事要说。"只说到这里，擦着火柴，抽起烟卷来，将火柴盒递给了三胜，然后才微笑道："第一件事呢，万子明大哥说，知道你境遇很不好，年岁又大了，不能再卖艺。彼此成了亲戚的话，养你的老，这是他的事，不用你烦心。他吃洋白面，你也吃洋白面。不幸他要是啃窝窝头，也不能饿着你。第二件事呢？他那意思，大姑娘就别上学堂去做事了。虽然挣几个钱，那究竟……"

三胜听他的话，先是有点儿微笑，随后可就耸起许多皱纹，微微摇了两摇头。赛茄子是个久经世故的人，把今日各种情形对照一下，心中已是了然，便道："自然婚姻大事，也不是三言两语就可以定了的。我现时不过是把万大哥的意思，转达给三爷。三爷应当怎么办，三爷只管告诉我。"三胜道："实不相瞒，前一两个月，我差不多是穷得要讨饭了。幸亏我这个姑娘，找着一份事，每月挣个二三十块钱，才得混到现在，可是外面欠着人家的钱，还多着啦。你说，不让她再到学堂里去做事，这每月我就得短少二三十块钱的进项，那找谁来填补呢？子明的意思很好，说是可以养活着我。我想着倒有几层难处，第一是我虽上了几岁年纪，男子汉大丈夫，我也不能靠了外姓人来养活我。第二呢，子明做的那份买卖，也只够糊自己的口，突然间就添上几口人，怕他受不了。再说到我那姑娘在学堂里做事，也做得起劲，现在要她停了不干，她也未见得肯。现在，年头儿不同了。子明还那样不开通。男人能做的事，女人就全能做，为什么还要把这件事提起来？"三胜说着说着，可就把面孔板了起来了。

　　赛茄子一看这情形，越来越不对了。早两天，这亲事提着他很高兴的，怎么今天他板起脸子来了。于是昂着头，看看天上的太阳，又把手扑扑衣襟上的灰尘，点着下巴颏儿道："你这话也说得是。好在这事不忙，咱们慢慢地商量。下午两点，我还得赶东安市场那一场。晚上没事，咱们在澡堂子里躺一会儿，再谈一谈，你说怎么样。"三胜点着火，抽了两袋旱烟。眼睛可望着自己口里喷出来的烟，在半空里打圈圈。沉吟了总有十分钟之久，才道："这些话，我也得和姑娘提一提，我今天可不能给你的回信。"赛茄子笑道："既是那么着，我听你的信儿，再见吧。"说着，站起来拱拱手。他向外走，三胜也就跟着送了出来。

　　到了街门口，三胜忽然笑道："丁二哥，我告诉你一个消息，我要改行了。"赛茄子正回转身来向他点头，便站住了脚望着他笑道："那准是你姑娘在学堂里也给你找着了一份事。爷儿俩在一处，那就便当得多。给你道贺。"说着，又拱了两拱手。三胜摇着头道："不，我要下乡种地去了。我一辈子的指望，快要望到手了。"赛茄子道："下乡种地去？你不是京西的人吗？"三胜笑道："就是这一点，合我的心眼儿。我前两辈，就在香山脚下种地，在旗营下，还带做一点儿买卖，据老辈说，那简直是天上的日子了。在我十来岁的时候，地就卖光了。谁都说我们老爷子是个败子。我早就想着得争这口气，我有一天混好了，我总得回去种地，凭着气力，由土里栽出东西来养活自己，总比在街上要这份讨饭的手艺强。刚才你不是遇着一位穿西服的段先生吗？有这么巧的事，他有一顷多地在阜成门外八卦屯，除了不用我出地租而外，还要借三百块钱给我，让我上庄种地。有这么好的事，我干吗不去？"赛茄子哦了一声，跟着脸上勉强放出笑容来，对着三胜全身上下都很快地看过了，然后向他连点几个头走去。这回去得是非常地坚决，直着颈脖子，径直地向前闯，连行人路两边也不肯回看一下。

三胜站在门口，直望着他出了胡同口，才回转身来，可自言自语地道："我也猜着，你会不高兴。不高兴活该了。我能够为了朋友的交情，糊里糊涂地就应下亲事来吗？耍手艺总是耍手艺的，干什么也好不了。他倒掘瘠儿似的。"李三胜这一顿自言自语地骂着，那态度是可知的了。赛茄子虽是走远了，不曾听到，可是他看了三胜那番情形，也不用得听他再说什么的了。

这个消息带给了万子明，让他受着一种不可言宣的难过。到了这日下午三点钟，在三胜家这胡同口上，发现了万子明愁眉苦脸地在那里徘徊着。一直到了五点多钟，太阳落得没有了一点儿的阳光，在那昏黄街灯下面，他兀自笼了两只袖子，靠了电灯杆站住。远远看到秀儿坐了一辆车走进来，便迎上去，拱着手道："大姑娘，刚回来啦。"秀儿看他微弯了腰，很恭敬地站在路边，只得下了车，向车夫道："车钱有人给了，你走吧。"万子明向她看看，微笑道："大姑娘，我在这儿等你两三个钟头了，今天回来晚一点儿。"秀儿道："你没到我家里去吗？"万子明退后两步，靠了人家的墙，笑道："大姑娘，你站过来一点儿，仔细来往的车子碰了。"秀儿也就随了他的话，站过来一点儿。万子明笑道："我没有敢到府上去。我听到丁二哥说，大概三爷不大高兴我。其实……其实……"他说不下去了，却又同秀儿拱了两拱手。

秀儿看了他这样子也明白一点儿，没作声。万子明在袖笼子里，摸出一块折叠了的白布手巾，擦擦额头上的汗，又擦擦脸，笑道："我不大会说话，你是知道的。其实我并没有坏心眼儿。假如你觉得在学堂里做事很好，那就干下去。我没什么。"说着，又把那折叠的手巾擦脸。秀儿道："我不知道呀。万掌柜同谁说这话？"万子明笑道："没同谁说。"秀儿向他看着道："那么，请你到我家里去坐坐吧。"万子明道："我不去了。我想着……三爷早就同我认识啦。谁也知道谁为人的。不过，我是诚心。我已经托人下乡卖地去了。我想多凑合几个本钱，开爿小书铺子，那就收入多一点儿。"

秀儿听他说话时，已是慢走着。万子明也是挨了人家墙根，一面儿说一面儿走。秀儿低头走着路，心里已是来回地想了几个周转。那万子明看了她走，也是在一边不肯住脚。猛然地面前有了汽车喇叭声，原来由胡同那一个口子上，走到了胡同这边的一个口子上，两人穿过了一条长胡同，经过了秀儿的家门口，彼此全是不知道。秀儿这倒有点儿不好意思，因问道："万掌柜上哪儿，我在这口上油盐店里买点儿东西。"万子明道："我回去了。"他并不要回去，还有许多话想同秀儿说呢。只是走到这胡同口上来，有点儿莫名其妙。人家已是到油盐店里买东西去了，难道自己还能呆站在这里，等了人家买好东西，然后一同走吗？心里这样想着，呆呆地说不出话来，老远地秀儿见他发愣，更不好意思回来和他说话，只得向他点了一点头道："明儿见。"说着，她已向斜对过的油盐店走进去了。

万子明站在那里，却是更透着无聊，只好垂了头走去，然而今天所做的事，没有得着一个结果，他心里是很不安的，当次日早上，太阳黄黄地照着胡同里的时候，他又在胡同里徘徊了，因为在胡同中间一拐弯儿的所在，有一所小学校，小学校门口，有许多卖吃食的担子，被学校当局赶开了，就停放在这里，以便在半路上截杀小学生。万子明到了这里颇感着无聊，就和那卖烤白薯的、卖糖葫芦的厮混在一处。约有半小时的工夫，秀儿来了。她穿了一件新做的棉袍，外套了阴丹士林的翠蓝大褂，窄小的身材，一点儿皱纹也没有。头发梳得光滑，在耳鬓边夹了一支嵌水钻的牙梳。脚下乌绒的浅口平底鞋子，套住雪白的线袜子，真也丰致楚楚。万子明在昨晚一宿，他本已在胸襟里面，储藏满了赞美的思想。这时看到秀儿这种情态，更是添了无限的羡慕，老远地就向她拱手作了两个揖。

秀儿想不到昨晚黄昏时候分手，这个时候他又来了，远远地看到，也不免怔了一怔。这就站住，笑着点了两点头。万子明迎上前道："大姑娘上学啦。"秀儿看到前面有许多小贩，虽不曾交过谈，大概彼此总是认识的，怎好答应人家上学去这一句话。可是说出不是上学去，那也未见妥当的，所以只是在微笑之中，轻轻地哼了一声，这算答应了一个是字。她不敢在这里停留，依然继续着向前走。万子明远远地跟着。出了胡同口。秀儿虽是不曾回过头来看，但是她已知身后跟着有个人。到了胡同口外边装着雇车的样子，四周观望着，就看到万子明带了笑容闪在路的一边，两手兀自是拱起来抱了拳头的。觉得他想说话又不说话的样子，很是可怜，便点头道："万掌柜的，你有什么事要找我爸爸吗？"万子明笑道："没什么事。可是……"他说到这里，只笑了一笑，没把话继续地说下去。秀儿站定了，对他看看，也就没有走开。

万子明在她每一顾盼之下，几乎就跟着一哆嗦。但是这哆嗦，并不在身上表示出来，仿佛由自己的血液里面，直到自己的皮肤上，全都震动了一下。这样的动作，秀儿自然是不看见，万子明也不希望她看见。秀儿呆站了一会子，见他并没有什么话说，便点点头道："万掌柜，你到我家里去坐一会儿吗？我要走了。"万子明跟着抢了过去，好像是有很要紧的话说似的，秀儿便将脸对了他，等他说话。可是万子明抢到了面前，仍然是一回苦笑之后，没有话了。若在别人有这种举动，秀儿一定要申斥他两句的。可是看到万子明那老老实实的样子，又不忍再给人家钉子碰，这就向他笑说："万掌柜，你老早地到这里来，不是找我爸爸吗？"她说了这话，脸皮是绷得很紧。这也由于她到学校里去混了两个月，把男女交际也看到很平淡了。

万子明被她问着，倒不知道要怎样地答复，越是向她干笑着，因搔搔头发答道："虽然有话要和三爷说，其实……也没什么要紧的事。再说，我的口齿又笨，有话也说不出来。大姑娘，你上车吧，我也该做买卖去了。"他说完了这话，连拱两下拳头自去。秀儿站在大街旁边，倒有点儿看得呆了。这人老要盯着我说话，见了面可又不说，便沉吟了一会子，微微地笑着，自雇车上学去。在这日的下午，散学回来的时候，心里早早地就想着，他必定在胡同里徘徊着。这次见了他，别让他有口难开了，把他请到家里去吧。

当秀儿想完了这个主意，偶然抬头一看，已到了胡同外面的大街，万子明是笼着两只袖子，很快很快地擦人家墙脚下走了过去。秀儿忍不住，就叫了一声万掌柜的。万子明抬头看着，照例地说了一声："大姑娘，你回来啦。"秀儿道："万掌柜的，到我家里去坐一会子，好吗？我……"万子明也不等她的话说完，已是高拱了两手，连说着回头见。等秀儿想把那个我字以下的话说起来，万子明已是走到很远很远的地方去了。

秀儿在车上，倒不住地回头，对他那后影看着。到了家里，三胜正借着院邻的一把算盘，放在桌上，自己弯了腰站着，将一个食指，把错落的几粒算盘子儿，拨上拨下，口里念着："两头牲口、一辆大车、四把铁锹……"秀儿笑道："你又在算那一套财迷的账了。"三胜笑道："怎么是财迷的账？段先生约了这个礼拜，引我到庄子上去看地了。"秀儿站在一边，对三胜脸上，很注意地看了一阵，然后发出微笑来。三胜道："怎么样？你这还能说我是财迷脑瓜吗？"秀儿也不答复她父亲所问的话，将买回来的茶叶放了一包在茶壶里，自到屋檐下炉子上，提了开水壶沏茶。在她做事的时候，脸上依然带了微笑。三胜站在桌上，将五指胡乱拨着算盘子，眼睛也只是望了秀儿出神，口里沉吟着道："难道他同我说的话，有些靠不住吗？他那样斩钉截铁地答应帮我的忙，不能够就这么算了。"秀儿道："帮忙他是会帮忙的。不过你指望着他借地给你种，我有点儿不相信。"三胜道："你怎么知道他没地借给我种？"秀儿微笑道："他是你喝酒的好朋友，你不知道，我还会知道吗？他是个四川人，到北京远着啦，会在京西有地，我有点儿不相信。可是，你要他帮什么忙，只要他做得到的，他倒不会推诿的。他用钱很大手，每月家里寄一二百块钱，就全让他乱七八糟给花光了。总是上个月等不及下个月。"

三胜听说，心里有点儿微微地震荡，可是接着就弯下腰去，稀里哗啦地拨算盘子。秀儿也因为三胜老和段天得在一块儿喝酒，似乎开通了许多，也就不必把他看得怎样的顽固，随便说话。三胜很不在意的，一面打着算盘，一面问道："他这样能花钱，都是怎么花的呢？"秀儿道："当学生的人，也没有什么新鲜玩意儿，不过请朋友瞧个电影儿，上咖啡馆子里吃点儿洋点心，朋友多了，吃个小馆子儿也是有的。"三胜道："他总也请过你吧？"秀儿不由红了脸道："他是一个学生，我是……是一个用人，他请我干什么？"三胜板着脸，瞪起大眼睛，哼了一声道："你别当我是睡在鼓里，一点儿不知道。虽说这年头儿不同，什么全开通了。可是我是个老古板，我还得照古礼行事。虽说他待我很不错，交朋友是交朋友。我也想过了，他要有什么意思，像万子明那一样，得托人出来说。他要是给我胡搅，往后我这儿可不让他来。我这院子里街坊多多的，他这么一个洋装学生只管往这儿跑，可有点儿招别人的议论。"

秀儿心里也在那里想着这些话，我管得着吗？也不是我介绍他同你交朋友的。可是她心里想着，口里可说不出来一个字。三胜道："照说，万子明这人也算不错。我就信了姓段的，把他得罪了。"秀儿忽然很沉着地问道："什么，你把言语得罪了人家吗?"三胜道："那可没有。不过我想着他心里对我有点儿不高兴了。"秀儿道："他为什么不高兴?"三胜道："刚才不多大一会儿，他在门口经过，我怎么邀他进来，他也不干。他虽是对着我笑，看他那样子，笑是很勉强的，那不是对我有些不高兴吗?"秀儿将桌上的茶杯，用湿手巾擦抹干净了一只，斟了一杯热茶，双手送到他面前，低声问道："你晚上想吃什么?"三胜手扶了茶杯，待拿不拿的样子，却扬起脸来，向秀儿望着，微微地叹了一口气道："我也是没法子，我怎好让你来养活我?"说完，又叹了一口气。

秀儿退着靠了墙，两手反在身后，向父亲周身上下，也打量了很久，问道："你怎么好好儿的说起这种话来?"三胜道："我不让你向下干吧，这两个月吃惯喝惯了。一下子再穷下去，我简直有一点儿受不了。我要再让你去挣钱我花，我又怕耽误你的终身大事。其实万子明的话呢，也不能算是老古套。"秀儿听到父亲提起了自己的婚姻大事，这话不好让自己措辞，只是把头来低着。三胜将那杯茶端起来，慢慢地呷着，一面向秀儿望着道："你大概还不知道我这份为难。唉!"秀儿道："这有什么让你为难。我到学校里去做事，是我愿意的，又不是你勉强我去的。我现在还没满二十岁，谈得上什么终身大事不终身大事? 我早也就说过了，我自己没什么关系。到外面去找点儿事情做，也无非是为了你的病老不好，挣几个钱给你调养。现在您的病虽好了，可是还不能卖力气，所以我不能不跟着向下干。倘若你觉得我在外面做事不大妥当，我随时可以不去，你瞧好不好?"

三胜端着杯茶，虽是微微地呷着，也不知不觉地呷完了，自己站起身来又斟了一杯茶继续地喝。可是他的眼光，由秀儿的头上，看到秀儿的脚底下，又由秀儿的脚底下，反看到秀儿的头上。秀儿也不知道他这是什么意思，便扭转身子向外走着道："我该去预备做晚饭了。"三胜道："不忙，我有了心事，就什么也吃不下去的。要是这么办，可委屈了你一点儿，要是那么办，我又有点儿不相信。"秀儿道："你这是什么话，我很有点儿不明白。"三胜道："你问什么呢? 我也就为了这个，为难透了。"秀儿突然板着脸道："我不要听了，你这些话，我越听越糊涂。"说着，扭着身子又有要走的样子。三胜道："你忙什么？你怕和我说话吗？"秀儿皱了眉望着父亲，有一句什么话要说出来，可又忍回去了。

三胜沉吟了一会子，将眼睛望了桌子上那只空杯子，只是出神。于是还捏住了空杯子，不住地转着，然后缓缓地道："丁二爷不是那天来过一趟吗？他来的时候，正碰着我同段先生在一块儿喝酒。段先生瞧见丁二爷来了，他就走了，后来……"秀儿道："不用说，我全明白了。"说着，把脚在地上还轻轻地顿了几顿。三胜也就手扶了桌子站起来，因道："你既是明白，那就很好。这年头儿变了，做父母的，本来不能做主。我瞧万子明成日地在这胡同里来往遛着，显然是还想等个回信儿，你要是有什么主意，你就说了出来吧。"他说话的时候，挺了自己的胸脯子，左手撑了腰，右手摸了嘴上的短胡子，那态度的沉静与决断，随便什么人也看得出来。

秀儿垂了左手，右手扭着自己肋下的纽襻与纽扣，将上牙微微地咬了下嘴唇，静静地站着，也是没有作声。三胜道："这该你说话了，你怎么不作声呢？"秀儿道："你叫我说什么呢？我不是说了吗，只要你照着怎样办好，我就怎样地办。"三胜对她脸上看着，她又把头低了，因道："回头找丁二哥前来谈谈好吗？"秀儿竟是不言地走出去做晚饭去了。

三胜呆坐在屋子里，也是摸不着一点儿头绪。平常一个人心里烦闷的时候，也不免找两杯酒来刺激一下。三胜是为了酒，可以牺牲一切的人，这时心里十分难受，就想酒喝。看看墙上挂的那酒瓶子，玻璃质透明，里面是空空的。向口袋里摸摸，倒很有几张毛票，自取了瓶子，出去打酒。秀儿在屋檐下做饭，只是低了头。鼻子里忽然闻到一阵酒香，又是噼噼啪啪的剥花生壳声，伸头向屋子里望着，见三胜把一条腿架在椅子上，两手架在膝盖上，不住地剥花生，脸上已是红红的，大概喝的不少了。秀儿知道他酒后的话更多，虽望了一望，却不肯理会他。只在这时，他身子向后靠着，碰动了玩鬼打架的那两个傀儡人，卜笃一声，落在地上，还把墙壁上的灰尘，带下来不少，身上桌子上全撒的有。三胜看到酒杯子里，也撒上了许多灰，这就皱了眉道："人要倒霉，祸从天上来，这一茶杯子酒，我是刚刚斟上，全是土，怎么喝？"

秀儿跑了进来，首先把两个傀儡捡起，因道："你瞧，这一身的土，衣服脏了，吃饭家伙也摔了，全不管。你还是喝酒要紧。"三胜翻了两眼，站起来道："你说什么？打算我长了八十岁，还干这讨饭的玩意儿啦。什么叫吃饭的家伙？老实告诉你，现在你就是我的吃饭家伙。你打算不养活我可不行。我的姑娘，什么人也不给，我就要的是大洋钱，有了洋钱就是大爷。今天早上，房东来收房钱了，我两块大洋向桌上一扔，他妈的那阎王脸子，也笑起来了。欠着他两个月房钱，也答应我慢慢地还清。你瞧早两个月是什么神气，进门就嚷着，今天非给钱不行，要不，就上区。九九八十一，钱迟早得给他，要说上八百六十句好话。这样看起来，还是钱好。万子明是朋友，不错。我不能……"

"三爷，干吗在背后你还直夸子明？"三胜的话不曾说完，外面有人搭腔截住了。正是要喝冬瓜汤的赛茄子又跑来了。他进了屋，只笑着拱手说："赶上啦，我是叨扰你三杯。"三胜摇着头道："别提，三杯？就剩桌上这杯，还落下去许多土。"赛茄子笑道："你别心疼，家里酒喝完了，我请你出去喝三杯。"三胜笑道："什么？二哥要请我上大酒缸？"赛茄子道："不，我请你上小馆子。"三胜将手按了桌子犄角，向他瞪眼道："二哥，咱们是好朋友，谁吃谁，那没关系。可是你要是为了同万子明帮忙，才请我一顿，那我可不领你的情。"赛茄子笑道："三爷，怎么着？咱们是一天的交情吗？我要做媒，不在乎请你一顿。反过来说，我请你，绝不能为你什么。"三胜笑着向秀儿道："这话有个意思。"

秀儿还把两个傀儡，抱了在身上，听了父亲的话，前后颠倒，只是把头偏过一边去。赛茄子指着傀儡问道："干吗把这玩意儿也取下来了？"三胜道："就为的是这东西挂在墙上，它不动自落。他妈的这兆头不好。不是我要砸碎饭锅，就是我还得靠它讨饭去。我得提防一二。"赛茄子笑道："这一桌子全是土，得让你姑娘来归拾归拾，咱们走吧。"他说着这话，就挽了三胜一只手向外走。三胜脚上走着，口里可道："二哥，吃你可不成。你等我到炕头下拿钱去。"这话是越说越远，已经走出大门去了。秀儿站在屋子里，倒不免发呆。父亲为人，现在有点儿变了，尽谈钱，今晚上和赛茄子出去吃酒，一个提亲，一个骂人，恐怕是无好结果的呢。

第十九章

最后的胜利

这两天的情形，在秀儿身上，在万子明身上，在段天得身上，全都觉得是一套变幻不定的情形。秀儿觉得同万子明结了亲，父亲要少条发财的大路，那是事实，那么，赛茄子这次请他吃酒，那贿赂的力量，是很有限的。也许父亲那股子蛮劲上来了，在大酒缸就和赛茄子冲突起来，想着想着，总是放心不下，于是匆匆地吃完了饭，放了厨房里的事不做，走到大门外来瞭望着。瞭望得久了，又怕街上来往的人疑心，只好悄悄地回去。这样地来回跑着，自己也不知道什么是好。最后是忍耐不住了，就直接跑到大酒缸去看个究竟。

在冷静的街上，又是夜晚，那大酒缸的铺门，已经上了十停的九停，只空着中间两扇门出入。秀儿走到那门口，站在街心，远远地向里探望着。只见垂下来一盏发光的电灯，被晚风吹着，兀自有点儿摇撼。在那摇晃的灯光里面，很有几对人，抱了桌子角坐着喝酒。赛茄子和三胜，正是一对儿。只看三胜扭了身子靠住桌子，脖子歪垂在肩膀上，那样子就醉得可以。本待进去叫唤一声，又怕言语冲犯了他，她是在大街上来去地转着，刚巧那店里的伙计捧了一盆水，向街心直泼将起来。秀儿大叫一声，直跳开去。所幸这盆水泼出来，离着秀儿稍远，只在她身上溅了几个泥点，黑暗里她自己还觉察不出来。

那伙计已是看到她闪在路灯下，便笑道："大姑娘，对不住，对不住，你老爷子在这儿喝酒呢。"三胜睁了大眼，向外面望着，可也望不见什么，因道："是我们家姑娘来了吗？你叫她进来。"秀儿已是闪到店门边，半掩了身子，站在光处，老远地皱了眉道："喝酒的地方，你也让我来。"三胜左手端了酒碗，右手抓了一把盐煮蚕豆，一粒粒地向嘴里抛着，笑道："喝酒的地方，为什么你不能来。上八洞中八洞下八洞神仙全喝酒。就是八仙里面的何仙姑，她能够不喝酒吗？一天到晚，

212

全同喝酒的神仙在一处，就算不喝，让酒气熏着，也该熏得会喝酒了。二哥，你瞧我这话怎么样，还有什么不对的地方吗？"歪了脖子，伸着脑袋看了赛茄子的脸。

赛茄子面前一大堆花生壳，他两手靠了桌沿，兀自剥着。三胜叨叨地说着，他把一张马脸，只管朝了桌上的酒碗点着下巴。秀儿将身子一扭道："有什么话回去说吧。"于是匆匆地就向家里跑。在院子里，就有一个人告诉道："大姑娘，快回去吧，你家里来了人，坐着等你呢。"秀儿心里明白，必是段天得来了。这家伙天天把拣好听的告诉自己父亲，自己父亲是比喝醉了酒还要迷糊一点儿。自己的房门，是对院子里虚掩着的，这就两手一推，跳了进去，口里还道："我猜着你今晚上该来了。我父亲上……"她突然把话停住，不能向下说。

原来站在面前的，却是万子明。他连连地弯着腰笑道："我来得冒昧一点儿。三爷还喝着啦？"秀儿怔了一怔，退到门槛外站着，便道："万掌柜也上大酒缸去了吗？"万子明笑道："我没去，我不会喝，我瞧见三爷同了二哥走过去的。"秀儿想了一想，把屋门大大地开着，然后把屋檐炉子上的开水壶，提进来沏了一壶茶。斟了大半杯，双手捧着放到桌边。又提了开水壶出去，手拿了长火钳弯腰向炉口子里通着火，却向屋子里人道："你坐一会子喝杯茶，我爸爸也就回来了。"万子明左手臂弯过来撑住了桌子，右手端了茶杯，眼望了煤油灯，慢慢地喝茶。把这杯茶喝完了，答道："不忙，晚上我没什么事，可以慢慢地等着。"

秀儿在屋子外面，仿佛格外地透着忙，洗锅碗，扫炉灰，手脚不停。万子明自提了茶壶，又高高地斟了一杯，照旧那个样子喝着。他喝完了这杯茶，就问道："三爷该回来了吧？"秀儿在外面看着他那无精带采的样子，便答道："谁知道呀。他老人家一拿上了酒杯子，就什么事情都忘了。"万子明道："我倒不一定要和三爷说话。大姑娘，你也太勤快了。白天是整日地在学校里忙着，回来之后又是这样地当家理事。"秀儿笑道："那也是没法子啊。"她说着这话，闪在灯光暗处。万子明在屋子里并不看到她，只听到她说话，便道："大姑娘，你不进来歇一会儿，喝一杯茶。"秀儿依然在暗地里答应着，并不现出身来。

万子明感到无聊，又自斟一半杯茶喝着，喝完以后，这就背着两手走到屋子门口，向东西两面张望了一下，因低声道："大姑娘，再见吧。"秀儿这就迎上前来问道："你不等我爸爸吗？"万子明听了这话，身子向后退缩了一步，笑道："大姑娘刚才也说过了，三爷一喝起酒来，把什么全忘了，我知道要等着到什么时候？其实……其实……"说时，望了秀儿的脸。见秀儿两手反背着身后靠了门框，眼皮微微地下垂着，簇拥着两圈睫毛出来，却真有一份含情脉脉的意味，于是索性退后一步，手扶了那小桌子。秀儿是受过文明洗礼的了，态度究竟大方些，便微微一笑道："你要是能等，就再等一会儿吧。"万子明向秀儿又看了一眼，因低声道："我也不知道我这话当说不当说。"秀儿好像没有听到他的话一样，依然是怔怔地站着。万子明道："可是我把这话憋在心里头，已经有六七天了。我要是不说，说句时髦的话吧，我准会得神经病。"

秀儿虽是低头站着的，却也禁不住扑哧一笑，有了这一笑，那是更替万子明壮了胆子了，这就沉住气道："大姑娘，你不知道我这一档子事吗？"秀儿道："你这话，我不大明白。"她口里如此说，可没有抬起眼皮去向子明望着。子明道："丁二爷常常到这儿来，他的意思，你总也知道吧？"秀儿上半截身子，全没有挪动，却将右脚尖，在地面上画着字。子明道："你现时在学堂里做事，和那些文明人在一处来往，当然也是很文明的。我本当也要文明点儿，早和你谈几句，可是我不成。可是……可是我要老不说吧，可是我这一点儿意思，你又不会明白，我这份希望，那就很难达到目的。所以我今天来了，所以我只得同你说一声儿，总请你给我一个回话儿。"他这样可是所以地闹了一阵子，真正有什么话，还是不曾说出。他叫秀儿给他一个回话儿，那可是给了秀儿一个难题目。因之她乐得装模糊，便道："万掌柜有什么事要我去做吗？"万子明道："不，你没有明白。"说着，咳嗽了两声，接着道："就是……就是……反正你知道吧？"

说时，向秀儿脸上看去，以为她纵然不答复，只要在她的脸上，能带着欢喜或害羞的神情，那就是明白了自己的意思了。明白了自己的意思，又不加以拒绝，那就默许了。不想眼光对着她，她的眼光，却是对了地面，就是要用眼光去揣测，也揣测不出所以然来，因之又接着咳嗽了两声，把声音压低了许多，断断续续地道："论着我为人，实在没有什么长处，不过我这人生平只知实心眼子待人，自己觉得还可以比上不足，比下有余。我托丁二哥在三爷面前说了许多次。我是一个人，三爷又是爷儿俩，再说三爷上了岁数，也不能卖艺了，何不两家合一家？三爷头里听了这话，好像也可以。后来他那口气，意思是总要问大姑娘自己。这一问，大概有半个月，总没有个信儿，我真急。"

万子明是连我真急全说出来了，秀儿不由得扑哧一笑。本来万子明就有点儿不好意思，秀儿扑哧一声笑过之后，他更加地不好意思，只好搭讪着又提起茶壶来，叮隆隆地向杯子里斟着。斟了一杯茶，就喝上一口。喝完了，放下杯子，再斟上一杯。秀儿低声道："万掌柜的你坐着，我父亲过一会子也就回来了。"万子明手按了茶杯，点了两点头，轻轻儿说是的是的，手扶了桌沿，慢慢坐下。眼睛可就向秀儿望着，脸上微微带了笑容，放出很沉着的声音来道："大姑娘，我可不大会说什么话，你觉得……"说到这里，咯咯地发出笑声来。秀儿看到万子明这种情形，也不好说什么，只是呆了似的，靠住门框，在这短短的一时间，屋子里非常地沉寂，屋檐下炉子上的开水，嘘嘘作响，一声声听得很清楚。

万子明觉得十分无聊，只把五个手指，轮流地敲茶杯边沿，眼睛可就看在杯子里。这样似乎有十几分钟，他突然地站了起来，笑道："我要走了。"秀儿道："忙什么的？你再坐一会子，我父亲就回来了的。"万子明站起来，垂了两手，向秀儿望着，笑起来声音抖颤着道："大姑娘，我可走了，你不说什么了吗？"秀儿看他那种态度，既是诚实，而且又很可怜，若不给他一种答复，今天晚上，他又要魂颠梦倒一晚的了。这就昂起头来，向万子明瞟了一眼，而且微微地露着雪白的牙齿，向万子明浅浅地笑着。万子明虽然是个老实人，但是看到她那引人动心的微笑，也就情不自禁地跟着她一块儿笑了起来。随着也就连拱了几下手道："只要是……"一言未了，秀儿突然地将身子一转，跳到院子里去。

万子明回头看，却见李三胜一路歪斜地走了进来，口里还嘟囔着道："今晚上真喝够了。其实丁二哥那个量，同我比起来，那就差远着啦。末后两壶，要不是我多来两下子，今晚上他准躺下了。哈哈！别管是他会东，或者是万子明拿出钱来，给他会东，我这么大岁数，扰他们一顿，不算冤。再说万子明这小子……"万子明可就迎上前，低声叫了一句三爷。三胜在星光下，还看得清楚他那身材，这就笑道："万大哥，你怎么不上大酒缸去喝两盅？"万子明道："我正是赶着来请三爷喝酒的。一问大姑娘，说是已经上大酒缸了。我这儿话刚问过，三爷就回来了。"三胜道："哦，你也是刚来？不同我一块儿喝碗水吗？"他这样地说明白了。万子明倒不能不跟了他再进屋去。

秀儿在灯影里看着他俩进来，这就向后退了两步，不住地向万子明看着。万子明连忙地道："你说巧不巧？我们这儿的话刚说完，三爷就回来了。"秀儿抢上前，两手将三胜搀着，因道："你瞧，差一点儿，你又躺下了。"三胜歪着脖子，将那朱红色的眼睛，转了两转，问道："谁躺下？我躺下吗？那可是一桩大笑话。"秀儿两手捧住他的胳膊，脸可回转来，向身后的万子明望着，而且是不住地努嘴。万子明看到秀儿这样表示，分明是相处得很熟了，不带一些芥蒂，心里更是高兴，也向秀儿微微笑着。

秀儿一直把三胜送到了炕边，一面哄着道："你躺下吧，我烧好了水，给你沏一壶好香片喝。"三胜道："你怕我喝醉了吗？再来一斤，我也喝得下去。"秀儿道："谁又说您喝醉了呢？我瞧着你有点儿乏，让你躺一会儿。"三胜道："刚才不是万子明大哥同我打招呼来着吗？"秀儿笑道："你醉了，醉的人都分不清了，那是咱们院子里王二叔。"秀儿口里说着，可就掉过头，向万子明连连地眨了两下眼。万子明点点头，张了大嘴，把手向身后指了指，意思说，我可走了。秀儿对于他这个动作，似乎也明白了，就向他点了两下头。

万子明将身闪到屋门外，还不肯走，探头探脑地向里面望着。秀儿站在炕面前，慢慢地给三胜剥去两只泥底鞋，又牵下被头来，在他身上盖住。三胜兀自嘟囔着："男大当婚，女大当嫁，我并不一定把姑娘留着。"秀儿道："爸爸，你躺在炕上啦，你以为你还在大酒缸同人聊天吗？"三胜道："我知道我在炕上。我这话到哪儿去也能说，在炕上又怎么样？"秀儿没法阻止他的话，把被头牵起来，索性和头和脑地将他一齐盖上。好在三胜是侧了身子睡的，纵然头脑全盖在被里，他自己并不知道。秀儿在炕边又站了一会子，然后轻轻地走了开来，却见万子明依然站在那屋子门外边。秀儿低声问道："万掌柜还没有走吗？"万子明道："晚上我也没什么事，多待一会子，不打紧的。"秀儿站在屋子

216

里亮处，没有请他走，也没有请他进来，只是斜站着向他微笑。

万子明站在门外，感到周身都是不得劲的样子，将两手轮流着搔搔脸又搔搔头发。秀儿看得久了，终于也是有点儿心不忍，就向前两步，迎了他低声笑道："现在我爸爸睡着了，你不进来喝一碗水？"万子明伸头对屋子里面看了一看，笑道："三爷刚睡着，我不进去搅扰他了。"秀儿笑道："院子里可很凉。"万子明道："是是是，我该回去了。"说时，不免两手抱着拳头拱了几下。秀儿正想说什么，看到院子里有个人影子，由那边过去。心里这就想着，只管这样进退不定地在黑影里站着，院邻还不知道是怎么一回事，索性大大方方地送他出去吧。于是走出院子来，还问道："万掌柜，院内很暗，你走道瞧得清吗？"

万子明听了这话，不能主人送了出来，自己还在院子里挺着，因之向前走着，还答道："我一天到晚，就在外面跑，什么地方，我都钻个够，哪里怕黑？"说着话，已经到了大门口。万子明在胡同中间站着，秀儿可就拦门框站着，两人又对峙在这地方。万子明道："大姑娘，你觉得我这人说话啰唆吗？"秀儿笑着身子一扭道："你这是哪儿说起，你并没有说什么，怎会谈到上这两个字？"万子明笼了两只袖子，在胡同中心徘徊着，连笑了几回，也没提一个字。秀儿道："万掌柜的不雇车吗？"万子明又移近了两步，向她拱拱手，口里呵儿呵儿的。秀儿看他那样子，知道他是有最后的一句话要说了，这就等着他吧。

那天上半轮月亮发出疏淡的寒光，正当了人顶上。万子明那局促的情形，在这月亮下更容易看出，白地上缩着一个短小的人影子。这倒让秀儿发难透了。假使在这里等他开口，静站着很无聊。假使不等他开口就进去，把人家扔在大门外，那是叫人家更难为情。心里一急，急出一句不相干的话来，她道："今晚的月亮，倒是很好。"万子明抬头看看，半轮月亮，旁边并不曾凑合一片云彩，只是三两颗疏星远远地相伴，在月亮下看到人家院墙里伸出半截落了叶子的枯枝，虽然并没有刮风，然而那月亮下的权丫，若有若无的，更透着一种清寒的意味，便道："月色虽不坏，可惜不是圆的，若是圆了就好了。"秀儿没理会他的用意，手扶了门框子，悬起一脚，将鞋尖点了地，只是抬头向月亮望着，万子明在月亮下偷看她两眼，见她态度很自然，这就接着道："不过月亮虽是缺的，到底总有圆的一日，人要团圆，可没有一定啊。"他鼓起了一万分的精神才把这句话说出。可是人要团圆四个字，依然细微得一点儿听不出来。

秀儿虽没有十分听得清楚，但是他所要说出的那份意思，已经明白了。这就向他笑道："万掌柜先回家吧。等明天我老爷子酒醒了，你再来得了，他会有话对你说的。"万子明听了这话，联想到自己所问的那句话，分明是一句很好的答复，就把脸子正对了秀儿，凑近了一步，咯的一声笑着，问道："大姑娘，你这话是真的?"这虽然在月亮下面，秀儿也是低了头的，这就在低头的当儿，微微点了两点头，很细的声音答道："真……的。"万子明把胸脯挺了一挺，似乎胆子又壮了许多，因大一点儿声音道："是大姑娘在家的时候来呢，还是大姑娘到学校里去的时候，我才来呢?"秀儿道："还是我到学校里去的时候你来吧。"万子明微弯了腰，向她做个鞠躬的样子，那态度是很诚恳，从从容容地道："大姑娘，我心里有两句要紧的话，想对你说，总是没有这样大的胆量。现在我放大了胆，对你把话说出来，可以吗?"秀儿不由得扑哧一声地笑了出来，因道："你那话不用说了，谁不知道呀。"说完这句话，带跳带跑地回家去了。跑得很有劲，脚步卜卜地响着。

万子明先是呆呆地站着，望了秀儿的后影。后来他回想过来了是怎么一回事，立刻扭转身来，在月亮地里跳了三四跳。自己拍起掌来笑道："这真是想不到的事，在今晚上，她就答应我了。明天我见了三爷，得好好儿地说，别再弄僵了。可是今天她答应了我的话，要不要告诉这倔老头子呢?"他自己走着路，不住地对他的月亮下的影子商量着。他心里也就在那里估计着，今晚在月亮下对影子这样商量着，明天在太阳底下，就可以对自己的影子道喜了。他许多天以来，在这胡同里徘徊的时候，全都感着四处栽了荆棘，走是不大便当，站着又不是办法。现在变了，仿佛地上铺了尺来厚的鸭绒毯子，走起路来软绵绵的，身子比树叶还轻，可以飞得起来。也不用雇车，也不嫌着寂寞，一路沉思的，回到家里去了。

他那计划是没有错的。到了次日中午太阳底下，果然很高兴地，同人商量着在这胡同里走。而且同他商量的，不是自己的影子，是做媒的赛茄子。赛茄子走着，也是满脸的笑容，因道："大哥，不是我昨晚在大酒缸那一斤白干，这事情成功，没这么快啊。"万子明笑道："丁二哥，要说到这回亲事成功，那自然是多亏了你这番热心。可是说到昨晚上的事，各人心里有数，那不能说完全是白干的功劳。"他说这话，充分地表现着得色，将胸脯挺了一挺，脖子也伸直了起来。赛茄子向他周身上下看了一看，见他走路三摇两晃的，便笑道。"万大哥，你这份儿得意，好像我们卖艺的在台上说相声一样。"

万子明把头上的呢毡帽扶了一扶，又在灰布棉袍子上，扑了几下灰，笑道："不瞒二哥说，这件事做得我真够得意的。你说这位姑娘，模样儿、性情儿，还有那一份能耐，粗的细的，什么不能做？人家家里有了这么一位内掌柜的，就说不发财，落一个百事顺心，也就登了仙啦。"赛茄子笑道："那几天事情要成不成的时候，闹得你丧魂失魄的，真也怪可怜的。现时实在该让你痛快一下子了。"万子明笑道："我常听到通俗教育馆那演说的先生说，最后的胜利还是我们的。"他很得意的这句话，只是对赛茄子说的，绝不会料有什么反响。

谁知就在这时候，呵的一声，身后发出一声冷笑。万子明赛茄子回头看时，一位穿西服的青年，将两只很明利的眼睛望着人，在鼻子边上，透出两条笑人的斜纹，万子明认得他，这就是常到李三胜家里去的段先生。人家既是睁了两眼望着他，他不能木头似的置之不理，便笑着向那人点了一个头。段天得笑道："你二位在李三胜家里来吗？"赛茄子见他把两手插在裤袋里，悬起一只脚来，在地上连连地点着，那一种轻薄藐视的样子，很让人难堪，便提高了嗓音答道："不错，我们在李三爷家里来。这位万掌柜的，将来要同三爷做亲戚了。"段天得听了这话，哦了一声，然后道："原来说的最后胜利，就是这件事。不过说是最后胜利……"说着微微一笑，转身走了。

赛茄子对着他的后影，狠命地盯了两眼。万子明道："咱们别理他。他说他是个花花公子，由我看来，也不过是这么一回事。她虽是个穷家姑娘，为人很端正，未必就把他放在眼里。"赛茄子沉吟着道："虽然那样说，不过这小子只在这儿跑来跑去，也很可恶，你这喜事，还是赶快进行才好，咱们是好朋友，这是无话不谈的话。"万子明听了他这话，倒不由得脸上一红，苦笑着道："咱们在社会上做人，也不能处处都存那份小心眼。"赛茄子对他看看，想叹一口气，可是看到他那一脸笑容，便不好将声音放出来。万子明这才拱拱手道："二哥说的当然都是好话，我自然记在心里。"赛茄子道："万掌柜，我告诉你，人生在世，得两个好儿子，得个好媳妇，那全是前世修来的，你有了李家这姑娘做内掌柜，你的造化不小。你是个老实人，千万可别把这机会错过了。"

万子明忍不住笑，摸着头发道："这个我自然知道。不过三爷已经一口答应下了。她也是欢天喜地的样子，似乎不会有什么事。这姓段的小子，他是瞎捣乱。他自己看了自己是一位花花公子，他就肯要他学校里一个当女工的姑娘吗？"赛茄子笑道："大街上，你别嚷。你今天赶快回去，请人择个好日子，先下小定。说不得了，今晚我再到三爷那里去仔细地问问，瞧他还要些什么。"万子明道："今晚上又去，透着急一点儿，那不会惹得李老头烦腻起来吧？"赛茄子道："你的意思，是要明天去吗？"万子明道："我晓得，你是怕那小子使坏，没事没事。"赛茄子见他这样坚决地说着，自也不便从中做主，当时各自回家。

其实赛茄子的话，是很有理的。当赛茄子次日上午到三胜家里去的时候，三胜的屋门却紧紧闭着，在外倒锁了门。问问院邻，说是他父女两个，一早就出门了。算算日子，这天是星期日，秀儿是不应当到学校里去的。那么，他父女两个哪里去了呢？莫非有意躲开这件事？赛茄子站在院子里，发了一会子愣，却也无可如何，只好懒洋洋地走开。其实他父女两个，都没有远去，三胜在姑娘手上拿了三毛钱铜子儿，到大酒缸喝酒去了。秀儿却在对过王家，和那几个同行谈心，王大姐外面屋子里桌上堆了一大堆花生，五位姑娘围了桌子剥着吃。

大家都说说笑笑，只有秀儿老是皱了眉头子，不时地叹那无声的气。王大姐笑道："你这是怎么了？我怎么譬说，你也想不开。"秀儿道："我怎么想不开，我什么全想到了。不错，小段家里是有几个钱。可是拿我们当模特儿的闹着玩罢了。他会要我们吗？姓万的人是很好，但是我瞧我老爷子的意思，很勉强。听说他没有多大能耐。"王二姐笑道："若是那样子说，那就两个人全不中意，你还干你的得了。"秀儿道："不过在我心里又想着，那个姓万的，只能说他穷一点儿，别的没有什么褒贬。就说这一个多礼拜吧，我倒觉得他怪可怜的，成日地全在这胡同里溜达，又不敢到我家里去。我只稍微对他笑了一笑，他就像捡到了发财票子一样。我觉得这种人，实心实意的，又不忍让他闹个空。"王二姐坐在她对面，不剥花生了，将一个食指扒了自己的脸腮，向秀儿微笑着。

王大姐正色道："你笑人家干什么，这说的是真话。像学校里的学生，穿得漂漂亮亮的，尽坑人。别说我们这种人，他们看成了脚底下的泥，就是那些小姐们，也斗他们不过。就是我们班里那位杨小姐，总算不错，模样儿也好，学问也好。让姓李的那个小子，成天成月地跟着，就上了他的当，家庭脱离了，学校里的名誉闹得很臭。等到杨小姐要同他结婚，他自己的太太由家乡赶来出面了。杨小姐一点儿办法没有，尽哭。所以我瞧着那些西服穿得漂漂亮亮儿的人，帽子歪歪戴着，领结子打着拳头一样大，我最不相信。"徐秀文将一粒长一点儿的大花生，在桌子上画了圈圈，点点头道："这话果然，还是做生意小买卖的人，最靠得住。可是这话又说回来了。咱们都是拿了这条身子卖钱，过惯了舒服日子的。有一天咱们变成了做小生意买卖的人了，恐怕过不下去。"

秀儿道："我没什么，天天啃窝窝头，也可以过得下去。就是我们老爷子，他刚享一两个月的福，不能再吃苦。他说了，他只能要姑娘养活，不能要别人养活着。我要是不在家，他还去卖他的苦力。我不就为了他在什利海一跤摔昏过去才干这个的吗？假如他再出去，一跤摔过去了，我光眼子给人家画几个月，就没意思。"王大姐道："这样说，你还干你的吧。小段也别得罪他，多少总可以帮你一点儿。没别什么可说的，咱们就是先捞他一注子钱。有了钱，将来再说。"

秀儿听她说到这里，就没什么可说，只是低了头剥花生吃。她们五位姑娘围了方桌子，剥了一斤大花生，这方桌会议，并不曾得着结果，却听到一阵皮鞋声，呱嗒呱嗒，走进了院子。王二姐是个小机灵虫儿，眨了眼睛，对了秀儿，只管向门外努嘴。秀儿回头看时，段天得一脚跨进门来了，便勉强地站起身来，手扶了桌沿，向他笑着点点头道："这时候，你有工夫赶了来。"段天得走进屋子，随便拖开一张椅子，将身坐下，笑道："这个滋味很不错。"说过之后，就伸手在桌上堆的花生壳里，扒找了一会子，在里面找出两粒完整的花生，将手心托住，轮流地抛着，笑道："咱们找个什么乐子玩玩？"秀儿皱了眉毛，倒是向其余的人看了一看。王大姐笑道："段先生，我们家这地方，窄小得很，恐怕是招待不周。"段天得将手一招，把两粒花生，握在手心里，这个样子，是非常地带劲，却向王大姐笑道："听你这话音，是讨厌我们这种人常来搅乱你，对不对？"王二姐笑道："我们可不敢说这样的话。不过这消息要传到学校里去了，你是当学生的，那不算什么，反正是拿别人开玩笑。我们靠了学校各位先生吃饭呢，若是先生们不高兴起来，把我们饭碗打碎了，我们找谁去？再说我们在这儿住家，偷偷摸摸儿的，自己就担着一份心。要是把我们的情形，明明白白地全说出来了，就是说在这儿住家恐怕也不行啊。"

段天得听了这话，脸上涨得红红的，强笑道："据你这样说，那干脆是轰我走。其实我并不要到你这儿来打搅。李小姐的父亲，和我就很说得来。我到她家去坐，光明正大地交朋友，什么人也不用回避。因为今天李小姐不在家，所以我追到这儿来。你们不愿我来，我马上就走，我还不高兴来呢。从今以后，你们不要有什么事找我段先生。"他说到这里，站起身将腿踢开了椅子，就有要走的势子。王大姐看到一伸手就把他一只袖子扯住，因道："你这是干什么，段先生。我二妹就是这么一个快嘴快舌的人，其实她心里没什么，以前你还喜欢她呢，这一翻脸，什么就不管了。坐着坐着。就是你同秀姐的事，我们还帮忙帮多着呢，你就忘了吗？"她口里说着，人也起身走过来，挡住了段天得的去路。段天得才把脸色缓缓地和缓下来，因道："并非我要闹什么脾气，实在是你妹妹说话，太过分一点儿。"说着话，依然在先前所坐的那张椅子坐下。

秀儿当他和王二姐还没有争吵的时候，本来想说两句话，现在可不敢再作声了。段天得这就淡淡笑道："老实对你说吧，我今天到这儿来不是偶然的。有话也不用瞒人，现在就凭了几位姑娘全在这里，把心里的话说上一说。这一阵子我和李三爷谈得很好，三爷不但愿和我做朋友，还愿到我乡下去种地呢。那不是吹，就凭我的力量，帮着李小姐换一个环境，去做一位有身份的人，大概还不怎样难吧？可是李小姐不知道怎么样心眼儿想窄了，看上了一个摆书摊子的。就凭她这样一表人才，别说是同那种人做终身伴侣，就是同在一处走路，也透着不相称。王小姐，你看见那位万掌柜的没有？这个日子，就穿上一件挺厚的灰布大棉袄，拖着一双老头鞋。倒不问他年纪多大，那满脸的黄黝，真够瞧的。"

秀儿听了这话，不但是脸红中透青，几乎要哭了出来，眼睛里面两包眼泪已经到了眼角上，周围看看这些人，究竟不便哭出来，弯了腰只管咳嗽。段天得不管她是否难堪，继续着道："要是李小姐跟了那种人过日子，真是一朵鲜花插在牛粪上，不但我心里不服，恐怕各位也有点儿不服吧？我这话好像是扯淡，其实我也无非是为了朋友。"王大姐笑道："你这倒是一番好意。段先生和李三爷不是朋友吗？你就劝劝李三爷去吧。"段天得道："三爷是个老实人，没有什么主张。这件事翻来覆去，全是李小姐的错处。"

秀儿低了头，老是在花生壳堆里寻找花生出来剥，对于段天得的话，虽是留神听着，可是连鼻子里透气的答复也没有。王大姐道："段先生，你可别把话来冤好人。你说李三爷为人老实，你可知秀姐为人更老实。"秀儿这才把头抬起，嘛了嘴道："段先生有钱，帮过我们穷人的忙，我们穷人受过段先生的好处，段先生说我们什么，我们就得听着。"段天得道："你听也好，你不听也好。我老实告诉你一句话，你别瞧万子明为人那样忠厚，是极靠不住的人，将来你吃了他的亏，可别再来找我帮忙。"

他说这句话来，是激起秀儿一句回答的。便是王大姐这一群人，也觉得秀儿受了人家的逼，一定会回答一句话。可是她始终在花生壳里面寻找花生出来剥，并不说别的。王大姐道："段先生既有这样好的意思，愿意保护秀姐，秀姐就不用三心二意了。今天真光有中国片子，段先生带她瞧电影去吧。在电影院里，两人好好地谈一会子。"秀儿也不作声，依然低头坐着。王二姐道："假使段先生不爱看电影，就请秀姐去吃顿馆子吧。有什么话，你们可以到馆子里去直接交涉。"

段天得不由扑哧一声笑了。因道："这可了不得，连直接交涉这话，你也懂得了。"王二姐将眼珠向段天得瞟了一下道："那自然，要不，您就会叫我王小姐了吗？"段天得道："你是比你姐姐调皮，得人喜欢是这一点，招人生气也是这一点。"王二姐道："招你生气，你还常常地向我们这里跑？"段天得道："到你们这儿来，就是我一个人吗？"王大姐道："段先生，你可别信口说话。你瞧我这里，又有多少人来。只有段先生同班几个人，偶然来一两次。来的时候，谁都是在手心里捏住一把汗。像段先生这大模大样来来去去的，可找不出第二个。"段天得笑道："要找出第二个来，那还了得吗？你这屋子里该造反了。醋罐子醋坛子醋盆子，什么盛醋的东西，全得打翻。"王大姐笑道："段先生，你这话，我也不能说你不对。不过把你这话仔细去想上一想，就让心里不大痛快。要是那么着，我们这儿，成了什么地方呢？我们自然是下贱的人，可别再往下贱的路上比。"

段天得见王大姐微微地板着脸，那丰润的肉腮上更透出两块红晕，也有几分风韵，就向她拱拱手道："算我失言，我请大家吃饭。你们愿意上哪家馆子，尽管说。"王大姐道："我不怕把话说粗一点儿。你这么一位正正派派的先生，带着一群模特儿去吃馆子，让人瞧见了，那算怎么回事呢？真话，你和我们秀姐，恐怕总有一段交涉，你带她到馆子里去谈谈，那倒是正当。"段天得站了起来，撮着嘴唇，吹着英文歌的曲谱，把一只脚踏在方凳子上，连续地拍着板，偏了脸望着秀儿笑道："请你吃晚饭去，赏光不赏光？"秀儿只抬头说了谢谢两个字，本来是板着脸腮的，不知道怎么的，她一撩眼皮，看到了段天得那风流的样子，却也扑哧一声笑了。段天得笑道："成啦，有你这一笑，什么大事全妥了。据万子明告诉人，他已得着最后的胜利。我不敢说他没有得着胜利，可是要说那是最后的胜利，我死也不相信。事在人为，我总得凭我的力量做着瞧瞧。若是有你刚才这态度，这最后的胜利恐怕是我的了。走走走，吃饭去，我高兴极了。"他说着，挽了秀儿一只手就走。

第二十章

破坏为成功之母

当段天得把秀儿的一只手夹在胁窝里的时候，自己心里这就想着，这最后的胜利，到底是属于我的了。可是屋子里的几位姑娘，全把眼睛向他两个人的后影望去，也想着这么一对人，勉勉强强地凑合在一处，能够顺顺溜溜地过去吗？这其中的徐秀文，她也是和秀儿有同样遭遇的人，而且那问题也在要解决不解决之间，不过她的那个意中人，不像万子明同秀儿那样亲切罢了。

这天下午，秀文也是一肚子的心事，破例走到大门外来，靠了门框，闲闲地向胡同两头看看。那金黄色的霞光，洒满了一胡同，同在火光里面。偶然两三只飞鸟，由人头上飞过，那也备觉得有情。秀文在艺术学校里做了一年多的模特儿，对于什么是有美术意味的，当然比平常的人感受得要更深切些。昂了头看对面人家一道围墙，拥出一丛落叶萧疏的树梢，配着青色的天，红色的云，很是好看。一大群乌鸦，飞到树梢子上站着，仿佛在那树上，结了很多黑色的果子。秀文虽是心里颇有点儿烦恼的人，但是在这种情形之下，精神也觉得很是舒畅。也不知道哪里来几个野孩子，口里唱着"功课完毕太阳西，手执书包回家去……"走到秀文面前，就全都站住了脚，挤眉弄眼地向秀文望着。秀文偶然一低头，便瞪了眼问道："干吗？不认得我吗？"

这其间有个十三四岁的男孩子，穿一件短棉袄，外面倒罩了一件很长的蓝布长衫，所以下面飘飘荡荡，穿了裙子似的。那长衫虽然是蓝色的，可是成了浅灰色，深一条浅一条的油痕灰渍，全都糊满了。在后身下摆，还刮破两块，就那么倒拖着。下面穿了一双大人的青布方头鞋，大概是不跟脚，用两根粗绳子来缚着。秀文看到他那样子，又是满脸灰痕，只有两只乌眼珠子在转着，不知不觉地扑哧一笑。他本来是偏了头向秀文望着的。秀文这么一笑，他更是有气，两手叉了腰，向秀文望着

225

道："赶马？我赶驴。你还笑人呢？你到炕底下，把你的尿盆子拿出来，对你的尊容照照。"秀文红了脸道："这小子开口就伤人。"那孩子歪着身体走了过来，瞪了眼道："徐秀文，你怕我不知道你吗？你别瞧我长相不如你，我就是不卖给人瞧。出千块钱一点钟，也不给人瞧。"他说着，把身子一晃，扭转头来向同伙的小孩子道："吓，你们知道不知道。光了眼子让人瞧，一块钱三点钟。"秀文听说，把两眼都气红了，大声骂道："瞧你妈的！你这些兔崽子，惹翻了姑奶奶，姑奶奶揍你，你别错翻了眼皮子。"那几个同伴的孩子跳起来嚷着道："瞧吧，瞧吧，一块钱一瞧，大姑娘光眼子。"秀文回转身来，在背后找出一根木杠，两手操起，向这群野孩子身边就扫了去。那几个野孩子哄的一声笑着，全跑了。

那骂秀文的孩子跑得最快，还不住地回头看着。正好向对面来的一个人，撞了一个满怀。那人将他扶住，笑道："小兄弟，别淘气。你这是撞着我。假如是撞了汽车，可没命了。"这人正是万子明，只因为心神不宁，今天第二次，又要到李三胜家去。那野孩见他很客气，便道："劳驾，劳驾，不是我要跑，是姓徐的那丫头，拿门杠追我。"万子明道："你准骂了人家吧？她好好的不能追你。"野孩子笑道："她不是好人，她是光眼子给人瞧的。"正在这里说着呢，那一群野孩子又叫了过来："瞧那不要脸卖光眼子的！"万子明望了那孩子道："你们真淘气，大街上胡乱骂人可不大好！"那个大些的孩子笑道："我们真不是骂她，她真是光眼子给人照相的。"他说话时，鼻子眼里拖出两行清风鼻涕，把袖子横着在嘴上一抹，将鼻涕揩掉了。

万子明也不敢惹这些无冕之王，自向李三胜家走去。要走进大门时，回头一看，见对过大门里，一位白胖的姑娘，脸上红红的，鼓了两片腮帮子。大概刚才和小孩子们淘气的，那就是她。有两次曾看到她和秀儿在一处走，当然彼此是朋友。看她的外表，倒也很老实的，难道她会脱光了衣服，让人照裸体相片吗？自己同行里面，有许多偷着卖淫书的，也带卖裸体照片。为了这事，就常疑心着，真有这种女人，把整个身体照相给人瞧？照着这一群小孩子的口气来推断，大概她就是那种人。由表面上去看她，那真看不出啊。他心里想了这一个问题，人就没有走过去，只是在那大门洞里，回转头来望着。

天色晚了，姑娘们爱在这个时候，到大门口来闲望，王氏姊妹同倪素贞也都出来了，和徐秀文站在一处。万子明看到，倒不免呆了一呆，原来她们家里，有这么些个姑娘。瞧她们那份装束，虽不摩登也不落伍，却不像是平常人家走得出来的。像这么一个窄的门户里面，走出这么四位穿窄小旗袍，剪头发的年轻姑娘，倒有点儿奇怪。就算那些小孩子们是冤枉她们的话，也有这么一段缘由，不是凭空捏造的。

　　万子明把到李三胜家去的事都忘了，只管向对过打量着。自己肩膀上，这却有人轻轻拍了一下，笑道："万大哥又来啦。可是我说着，你也该来了。"他说话的时候，满口的酒味，向人脸上喷了过来。回头看去，李三胜枣红脸皮上，尽透着粗毫毛，心想，这老家伙又在哪里得了一笔钱，喝得这样昏天黑地，便笑道："三爷，你上大酒缸去，也不带我一个。"三胜晃荡着身子，笑道："我也是人家请的，我怎能请你。"说着这话，跌撞到院子里，伸着两手去推自己的房门。他那意思，好像是一推门就开了。不想身子向前一栽，头在门板上，轰咚一下碰着，便向后退了一步，将手连连地摸着脑袋道："门倒锁着呢，这一下可撞得不轻。我们这大丫头，到这时候还没回来。在对过聊大天，把家都给忘了。"万子明挽着他道："站稳着点儿，别摔了。你说哪个对门？"三胜道："不就是对过王家吗？她们那儿一大群子姑娘。不行，这时候该回来了。她不让我到王家去叫她，我也得去。"他说着这话，一溜歪斜的，又向大门外走去。

　　万子明听他说过这话，人都呆了，靠了他的窗户，不知道走开。这样呆立着，很大一会子，只听到三胜远远地嘴里咕哝着走回来。他道："这孩子也摩登起来了，瞧个电影，吃个洋点心，简直不是咱们穷人家的孩子了。万大哥，你还在这儿啦，劳驾劳驾。"说话时，把手伸了过来，摇撼着脑袋道："我眼睛不成，请你给我开一开锁。"口里说着，那一只手，伸过他的肩膀，人还是随着手栽过来。子明先把他扶住，然后接住钥匙来开门。三胜进得屋来，还笑道："万大哥，对不住，我有点儿迷糊，找不着灯在哪里，你自己找取灯儿，把灯点上吧。"他说了这话之后，也就没有了下文。

　　万子明在屋子里摸索着一阵，找出了火柴将灯点上。一回头，却看李三胜上半截身子爬在炕沿上，下半截身子，站在地上，偏着脸紧闭了双眼，向外喷着酒气，扑扑作响，口里咿唔着道："这丫头胆子越来越大，居然留下钥匙给我，同人出去了。"万子明道："她同谁出去了？其实你该拦着她一点儿。"三胜咿唔着道："我也拦不下来。再说，那个姓段的，我也认识，我也犯不上拦她。"万子明道："段先生为人，倒是很好，我也和他见过。"三胜道："你是个老实人，你哪里知道什么。这位段先生，调皮着呢。"万子明笑道："他调皮随他调皮去，我和他井水不犯河水，碍不着什么事。"李三胜摇了两摇头，微微地笑着。因为他的脸贴在被上，摇头和微笑，别人都不大理会。口里咿唔着，渐渐没有了声音。

万子明站在灯下，倒是向他摇了几摇头道："这位老爷子，真叫我不知道说什么是好。有了酒，脑袋也可以不要。这样爬在炕沿上也睡得着，谁受得了。我瞧着真也不忍。"他口里这样说着，人已是走近前来，把李三胜的身子搬到炕上去，他脚下还穿着两只泥糊了的鞋呢，也给他扒了下来，放在炕边，牵开了被给他盖了下半截。扭转身，把桌上的灯头拧着小了一点儿，也就预备出去了，只一跨门却见秀儿在门外边灯影里站着，便笑道："大姑娘才回来，三爷又醉了。"秀儿道："我瞧见了。倒累你把他扶上炕。这位老人家，什么都好，就是不能见着酒。"万子明笑道："年纪大的人，也得叫他有个贪图。可不像咱们年轻的人，日子长着，往后尽有指望呢。"秀儿连说了两声劳驾，没有留万子明坐，也没有走进屋子去。万子明心里也明白，人家并不怎样欢迎，老站着干什么，说句再见，自也走了出来。当时心里并没有什么揣测，从容地走出大门。

可是到了大门口以后，这才恍然大悟，原来这胡同中间，还站着一位段先生。他两手插在西服裤袋里，只是在三五步之内，踱来踱去，两眼老是向大门里看着。假使刚才秀儿把自己让进屋去坐着，他在这里望着，那会是个什么情景呢？如此想着，索性给他一个大方，向段天得点了一个头道："段先生不进去瞧瞧李三爷去。这位老爷子是有酒必醉。是我扶他上炕的。现在他姑娘回来了，有人伺候了。不然，我还是不敢走。"段天得也点头笑道："他醉了，我不进去了。万掌柜这一程生意好吗？"万子明道："凑付，段先生不照顾我们一点儿。"

说着话，两个人共同向胡同口上走去。段天得见他走得慢，自己也

228

慢慢地走着相陪，因道："现在这一折八扣的书，出来的很多，万掌柜该生意好些了吧？"万子明道："有道是本小利微，挣不了大钱。"段天得道："既是挣不了钱，为什么现在满市都是一折八扣的书呢？"万子明道："你只瞧见一折八扣的书，满街满市，你没有瞧见那正当行市的书，书庄上整天书架子堆着。自然，为了书便宜，可以多招些主顾。可是那买正当书的人，以前出一块钱买的书，现在出几毛钱也该改买便宜书了。好比我们打二成利，以前卖一部书，就可以挣两毛钱。现在非卖十本书，不能挣那些个了。这全是上海印书的滑头书局，抢了正当书商的生意。我们做小贩子的人，捞不着好处。以前没有一折八扣的书，每天卖十部书，也有五六元的进账，那就够一天的嚼裹了。现在卖十部书，连本带利，不过块来钱，除了六七成的清本，你瞧，我们怎么过活？这年头儿，做生意非滑头不可，卖苦力的人，只有饿死一条路。"

段天得点点头道："原来如此。你现在挣的钱，够花的吗？"万子明道："勉强凑合着，比以先是比不上了。"段天得道："我们学校门口，倒有一块空地，你可以到那里去摆个书摊子。挑着学生适用的书稍微摆一点儿，倒是多预备些信纸信封、讲义夹子、图画钉，准保你卖得了，那些东西准不止二成利吧？"万子明笑道："段先生，你倒什么全都明白。"段天得笑道："读书的人，有什么不明白的。无论社会上什么事情，全都在书本子上告诉我们的了。我还是真肯同穷朋友帮忙。只要我力量办得到的，人家不来求教于我，我也要就上去同人家帮忙。"万子明道："是啊，那李三爷就常提到你很好，能讲平等。上大街了，你不坐车？"段天得道："万掌柜，你往西走吗？"万子明道："不，我往东走。"段天得道："我也往东，那很好，咱们一块儿走着聊聊天吧。你同李三爷也不坏。"万子明道："以先我在各处赶庙会，他也是的，所以常遇到。"段天得道："他很可怜，那么大年纪，还干那种苦玩意儿。若不是他姑娘在学校里赶上那么一件工作，他真得要饭。"

两人说着话，顺了大街边的人行路走。这街道很宽，又非热闹处所，两人走着，只有那瑟瑟的脚步踢蹴灰土声。万子明默然地量着步子，并不曾答这句话。段天得道："这胡同里，像李家大姑娘，总算难得的。她同行四五位姑娘，都比她来得摩登，花钱也比她大手得多。"万子明带了一点儿笑声，好像是很不注意的，问道："她还有个同行啦?"段天得道:"怎么没有同行?她的同行,可比你阔得多,每个月挣好几十块钱呢。坐着那里,一点儿也不用动,三点钟就是一块钱,一个子儿老本也不用掏。"

万子明心里,不由得暗暗叫了一声,果不出我所料。但是他依然把态度镇静着,微微咳嗽了两声,因道:"你这话我不大懂。学校也不是衙门。再说,她们也不是干什么坐着办公的事情,可以坐着不动就拿钱吗?"段天得哈哈一笑道:"原来你还不知道她干什么的,那我不用说了。说了是揭破人家的秘密。"万子明道:"她们对过那几位姑娘干什么的,我倒知道一点儿。李家姑娘,和她们所干的是一样的事吗?"段天得倒不作声了,咯咯发笑。方子明道:"三爷对我说,他的姑娘是在学校里伺候女学生。我也就有点儿地纳闷,当老妈子哪会挣二三十块钱一个月。"段天得道:"我以为你和李三爷那样好的朋友,李三爷一定会把实话告诉你的。既是你不知道,我真不该多这个嘴了。可是话又说回来了,要是由我们当学生的人眼里看去,这也是很平淡的一件事,算不了什么。你见着三爷,你可别提。我在三爷当面,就没有提过。人家老面子要紧。"

万子明听了这话,心里那一份愤怒犹如热油在火焰上浇泼着一样,实在不能忍耐。但是在他脸上依然持着镇静的态度,笼了两只袖子,慢慢地向前走着,微笑道:"果然的,经你一提,我有点儿明白了。这也难怪,他们家这份经济情形实在难以维持。这文明的年头儿,人的身体也不用那样看得神秘了。北戴河水边,我就看到成队的女人,光了手臂,光了腿,大伙儿在一处玩,一点儿关系没有。"段天得听他说话,颇有点儿哆嗦,仿佛受冷的人,牙齿嘴唇有些不听指挥,心里早是咯咯发了一阵奇笑,但是在表面上,也极力地镇静着,便道:"万掌柜真是一位极开通的人。平常做生意买卖的人,想不到这样子的。"万子明道:"你高抬着我。我们做小生意买卖的人,知道什么。段先生,你那学校里,用了这种人多少个呢?"段天得道:"这不一定,多的时候,有上十个人,少的时候,总也有六七个人。"万子明道:"都是李家大姑娘这一路人吗?"段天得道:"也有穷人家的女儿,也有干别的,哈哈……无非都是些穷人。人要不是穷,肯干这些事吗?"万子明哼着答应了一声,实在不能接着向下说了。还有那嗓子眼里,似乎塞住一块痰，只管呼噜呼噜出声。

两个人默然地走了几十步路，谁也没说话。不知不觉地已是走到交通便利的一条大街上，远远有一阵哗啦啦的响声，分明是电车来了。段天得就向万子明道："电车来了，我要搭电车走了。"万子明并没有答复，很久很久才道："你请便吧。"其实他说这句话的时候，段天得已经走到很远的地方去了。万子明看不到他，站在大街中间，倒有点儿发愣，便昂头向着天空，长长地叹了一口气，然后跟着一跺脚自己走了。

段天得给秀儿放的这一把野火，总算有了效力。但是秀儿自己哪里知道？以为万子明昨晚上在这里耗了半天，并没说上一句话，第二日一定老早地要来拜访。因之早上起来，把头发梳得溜光，洗过脸之后，抹上一层雪花膏，而且还把胭脂膏在脸腮上浅浅地涂了两个红圈圈儿，炉子上烧好了一壶水，预备沏茶。悄悄地买了一盒烟卷，放在桌子抽屉里，预备客来随时就可以拿出来敬客。不想等了又等，直等到这日的半晌午，并不见万子明来到。秀儿心里头也就随着疑惑起来。昨日回家的时候，自己藏躲在灯影里，不肯进屋，那完全是为了老段在门口守着不得不硬下心肠来。要不然，得罪了老段，还没有什么要紧。他要乱说起来，会把万子明也得罪的。难道这一番好意，他并不谅解，反要怪下来吗？秀儿有了这番心事，在家里做事，总是神志不安。扫扫地，或者洗洗碗筷，总得伸了头向大门外面张望一下。

一直吃过午饭，自己是要到学堂里去做工，这只好把万子明来与不来的这件事，暂放到一边去。不想不如意的事，这日是接连地跟着来。刚刚走进学校大门，就遇到一名校役，由里面出来，向她点了点头道："喂，你倒是这样从从容容地走着，刘主任找你好几次了。"秀儿望了他道："他找我干吗？也没有什么事他要找我说的。"校役道："话我是带到了，去不去由你吧。"秀儿很是嘴硬，可是心里头，不住地在这里转着念头，主任为什么要来找我，莫非是他要开除我吗？他倒是早有这个意思，不过许多人都留着我。她心里如此想着，由慢慢地走路，以至于完全停止了，站在路头上琢磨起来。

她正在出神呢，身体有人碰了一碰，回头看时，正是王大姐。一群姊妹里头，只有她是个足智多谋的人，正好请教于她。这就心里踏实了一点儿，向她低声道："大姐，刘主任他要找我，你说他是干吗？"王大姐向她丢了一个眼色，立刻在前面走路。秀儿紧紧地跟着她走去，在大院子里，一丛矮树下面，王大姐站定了脚，回头看看没有人跟来，便拉住她的衣袖道："你还不知道吗？有人散你的传单了。"秀儿望了她道："散我的传单？什么事？我也有那资格吗？"王大姐在衣袋里掏摸出一张油印的纸卷，交给她手上道："你瞧吧。"

秀儿还是摸不着头脑，缓缓将纸卷透开来看。虽然这上面的字，十有七八是不认得的，但是艺术之宫、姜先生、模特儿，这几个字是极熟的字面，也还知道。把这一类的字全连串在一处，那意思也可以猜出来一二。因捧了字纸沉吟着道："我也没有什么犯法的事，能说我什么？"王大姐道："有人念给我听了，说姜先生在艺术之宫里画画，老是后走，总想留着模特儿陪他。"秀儿红了脸道："哪有这事？"王大姐道："你别急呀。这也不是我说的，传单上这样说着。好在这传单上，并没有提到你的名字。"秀儿道："那不行呀。那里就是我一个人。我不去，他们就不画。你是知道的，虽然说多挣两个钱，压根儿我就不愿去，谁造我这个谣言？我和谁也没冤没仇。"王大姐道："散传单的人，本来就骂的不是你。他那意思，说是姜先生这种人，没有当教授的资格，什么全干得出来，大概是和他捣乱的几个学生，想把他轰走。"秀儿道："要轰他，说他什么全可以，为什么把我扯上呢？真是气死人。"说着，把脚在地上连连顿了几下。

王大姐道："散传单贴标语，学校里是常有的事，这算不了什么。刘主任不是叫你去吗？大概就为的是传单上的事。"秀儿道："那不用提，他准是把我开除了。那也好，倒让我死了这条心，不想挣这个造孽钱了。"王大姐道："那倒不至于，你放心去。假如他要开除你，随便下一张条子得了，干吗要把你叫了去当面开除呢？再说，你长得美，人缘儿好，别说你是受了冤枉。你就真是做错了什么事，也会原谅你的。你信不信？"说毕，抿嘴微笑。秀儿噘了嘴道："事到于今，你还拿我开玩笑啦。"王大姐道："这是安慰你呀。来吧，我陪你见刘主任去。你要有什么话说不上，我可以在一边提醒你两句。"她口里说着，手上就拉了秀儿走。

到了刘主任屋子门口，王大姐让她站在后面，先向前在门上敲了两下。刘主任隔着玻璃窗子已是把她看到了，重重的声音答道："都进来吧。"王大姐回转头来，向她点了两点，又伸了一伸舌头，表示居然也可以进去了。于是她首先推开门，牵了秀儿的手进去。自然的，都站定了，向刘主任鞠了个躬。刘主任正伏在桌上，用自来水笔写字，且不放下笔，翻眼向秀儿看了一下，表示那师道尊严的样子。王李二人看了他那副面孔，也有些害怕。全都垂下眼皮子来站着，刘主任见秀儿雪白肥嫩的脸腮透出红晕来，睫毛长长的，在垂头的当儿更明显地透露着，便把手上的自来水笔放在桌上，伸直腰来向椅子背上靠着，然后望了秀儿，带一些忍不住的笑容道："你知道我有什么事叫你来吗？"秀儿低声道："我刚到学校，听差叫我来，我就来了，不知道有什么事。"

刘主任淡淡地笑了一声道："自从你到学校来以后，替我们加了多少麻烦。"秀儿听了这话，不免把头低着，不敢作声。刘主任道："现在学校里又有人发你的传单，说你……"说到这里，把脸色板起来，因道："你总应该知道。那一种谣言，学校里为维持校誉起见，不能忍耐下去。"王大姐这就插言笑道："既然主任也说这事是谣言，那可见得是假的。人家要造谣言，那叫她有什么法子呢？这可不能怪她吧。再说做我们这行的人，压根儿人家就瞧不起。别说是发传单散布谣言，就是再做些比这厉害的事，我们也没有对付他的法子。"刘主任两只眼睛原来都是看在秀儿身上的，听了这话却把眼光移到王大姐身上来，虽然不生气，但是笑容没有了，因道："这件事与你无关，她还没有说话，为什么要你接二连三地说个不歇？"王大姐道："这传单上并没有指着是谁，也可以疑心是说我的。我们几个姐妹们，看了这传单，心里都很难过。刘主任是知道的，我们全是穷人家的孩子，不得已来干这事，总指望挣几个钱，好养活一家人。若是让人家造我们这种谣言，这学校给我们开除了，别处就找不到事做。干了这行事，社会上就瞧不起我们了，干别的又没有人要，那怎办？"

刘主任听了这一番话，倒不免向她微笑，因道："这样看起来，你出来和她打抱不平。"王大姐把头低了，没有敢作声。刘主任回过脸来问秀儿道："事情自然是不能怪你。不过据我的意思，艺术之宫那边的工作，你不能担任了。这件事的起因，就为着你只到艺术之宫去画，不到别组画会里去画，别组画会不高兴，所以说出这种话来。其实对于你，没有什么大妨碍，不过每月让你少挣几个钱。可是姜先生看了这传单，活活地气死了。今天一连找了我好几趟。"秀儿道："我本来不愿到他们那个画会里去的。因为刘主任当面吩咐我去，我只好抽工夫一个星期跑三次。现在姜先生既是怕麻烦，那很好，我不去就是了。"刘主任道："姜先生倒没有叫你不去。他那意思反是说，越有这些谣言，越要你去。我觉得他是个书呆子，那办法不妥。"秀儿道："只要有刘先生的话，姜先生就好对付，我一定不去。没什么吩咐了吗？"

刘主任架了腿坐着，将右手五个指头轮流地在桌子上敲打着，眼光望了窗子外的天空，只管出神。王大姐暗暗地扯了她一下衣襟，于是两人行了鞠躬礼就走了出去。虽然听到屋子当的一下，有落下压纸铜尺的声音，也不管了。两人走出主任室，老远地就看到好几个男学生，在走廊子下走动着。秀儿一见那些人，心里头就有些害怕，缓走了半步，缩到王大姐身后去。王大姐是无地方可以再躲避的了，只好低了头，向那些人身边走了过去。其中就有一个人淡淡地道："怎么啦，脸色不大好看，准是刘先生没说好话吧？"秀儿的脸皮是通红的，手扶了王大姐的胳膊，把头低了下去。王大姐手牵了秀儿的手，很快地穿过了重围。一直转过了这个走廊外的大院子，才站住了脚向她道："你看到没有，那一群人里面有一个姓吴的，他和小段就是对头。他知道小段对你很好，大概有点儿找你的碴儿。这回到刘主任屋子里去，要不是有我陪着你一路走，他又可以大造谣言了。"秀儿道："若是这样说，这传单也是他散的了。"王大姐道："那倒不见得。"说到这里，她微笑了，因道："大妹子，你究竟比我小着一点儿，社会上这些玩鬼手段的事，多着呢，你简直摸不着头脑。已经打过预备钟了，我要上课去了，你也上课去吧。"她说过这话，扭转身子就向她自己课室里走了去，把秀儿一个人扔在大院子里路头上。

秀儿听了她的话，心里又加了一个疙瘩，这又知道有一个姓吴的来捣乱了。她低了头，一个手指头子，是缓缓地轻轻地在嘴唇上弹弄着。自己的头发上，却有一个小小的东西砸了一下。回转头看时，段天得藏在一丛小柏树底下，把手放在耳边，只管向她招手。秀儿四周看看，并不走过去，只是呆站着。这就看到段天得夹了一个大讲义夹子在肋下，很快地走了过来。他走过来的时候，并不说什么，他垂下来的那只手，却在秀儿手上一碰，立刻有一样东西塞在她手上，轻轻地道："五点半，老地方。"他说完这话，人已走得很远了。

秀儿就觉得手心里捏住了一样东西，不免抬起手来看看。却是一张电影票，还有几毛钱票。段天得总是这样的，要她到什么地方去总预备好了车钱。秀儿接到车钱，心里就想着，人家车钱也给了，若是不去，倒是太不给人家面子。唯其是这样，段天得也就开了一个每次必给钱的先例。因为不给钱，就好像对她说，不一定要她去的了。秀儿拿了这票子在手上，深深地皱了几皱眉，又微微地叹了一口气。她站在这里只管不知道如何是好，那上课的钟，可又当当地在响着，她只好把几张票子，统同塞到贴肉小衣的口袋里面去。她这个样子，那就是决定了赴约去了。

到了五点钟，秀儿下了课，坐了人力车，径直赶向电影院。七点多钟，她是跟在段天得的身后，同走入一家小饭馆子去用晚餐。在九点钟，她又被段天得挽了一只手臂，在电灯暗处走着。段天得似乎很高兴，一路之上，有说有笑。秀儿却只是低了头，把眼皮向下垂着，只让他挽了走，并不曾哼出一个字来。段天得笑道："你心里别胡思乱想的，我已经说过了，你每月不够的用费，都由我来承担着。你还老发愁干什么？"秀儿道："我虽然不懂什么事情，可也不是那种只顾眼前，不问将来的人。现在用你的钱，自然用得痛快。将来若是没有你这样一个靠山呢？"段天得笑道："你发愁什么，像你这样子长得美的人，总会有靠山的。就怕你受了人家的奉承，把无用的人当了金不换。假使你真能把眼光放远，认定了哪种人可以做靠山，你总不至于毫无办法的。"

秀儿默默地陪他走了很远的路，就突然地止住了脚，向他道："时候已经不早了，我可以回家去了吗？"段天得道："现在我本来就是送你回去。"秀儿道："你让我雇车走吧，别这样子。有人瞧见，怪什么的。"段天得道："瞧见怎么样？现在社交公开的时候，不许吗？"秀儿道："你是一位大学生，你尽管可以说这样话。你不想，我们是什么人家的子女，是什么身份，什么自由啰，改良啰，把这些话去给人说，人家不会笑掉牙吗？我把实情话告诉你，我不能这样混下去，我得找一个办法。因为这两天，胡同里那些小孩子，见了王家院子里那几位姐妹儿，他们尽嚷嚷，那话还是真难听。大概不久的时候，全胡同里都会知道。好在我不是同她们住在一个院子里。我也不大和她们同走。所以那些胡同里的小孩子，还不知道。可是三日三，九日九的，他们将来总会知道的。我要是趁着这个日子，就洗手不干，我还可以落个好下场。"段天得笑道："你又不是做强盗，说什么洗手不干。不过你有什么要紧的事，只管向我家里去电话，你就说学校里打去的得了。"秀儿道："我没事打电话给你干什么？"段天得微笑了一笑道："没事就好，你雇车吧，我可走了。"说毕，他先行扭了身子走开。

秀儿对于这种情形，虽有点儿奇怪，却也猜不出所以然来。当时雇了车子，径直地回家。在院子里就听到李三胜骂道："他妈的嘴上无毛，办事不牢。说了下午三四点钟来回我的信，现在什么时候了？让我在家里老等。"秀儿站在院子等了一等，想候着他把这一阵子脾气发过去。不料他是越骂越厉害，简直不肯完结，只好低了头过去，轻轻地叫了一声爸爸。三胜直挺了身子坐着，手上搓着两个核桃，只管转个不了。两只眼睛翻了多大，向门外瞧着发愣。秀儿道："交朋友，高兴多来往两趟，不高兴，少来往两趟，你干吗生这样大的气。"三胜道："你瞧我说什么来着？我说的是赛茄子这小子。是他约好了我，今天下午三四点钟来的。我这人是真讲信用，连大酒缸也没有去。"秀儿微笑道："大概也就是为着没有上大酒缸，你心里不大痛快。"三胜道："喝酒，我哪天也喝，这个不够生气的。结亲如结义，他们先有这番意思，又不是我去找他们的。到了现在，事情有个八九不离十了，他又搭个什么架子，爱来不来的。他要是早两天是这种样子，那还真不含糊。因为我现在对有些人说了，说是同万子明结亲了，他要是从此不干，那我这老面子，可真有一点儿磨不下来。"他说着说着，声音低下了，眉毛也皱了起来。

秀儿见父亲明白提到了自己的亲事，就不好怎样搭言，自把桌上的煤油灯，拧大了一点儿，然后清理着桌子上的东西，又到屋檐下，看看煤炉子里的火，搬了一簸箕煤球来，放在煤炉子口上，用双火筷子缓缓地向炉口里加了进去。她两只手同两只脚，简直没有片刻的停留，也就为着不敢在父亲面前站着，怕引起了他的牢骚话来。过了很久的时间，自己才到父亲面前坐着，见他手心里搓着两个核桃，还是不肯停止，只管沉了脸子对地面上望着。因道："你别生气。这又犯不上向心上搁着的事。凭了我自己的想头，早就说了，还得挣两年的钱。你不用三心二意的，就依着我这个主张得了。"三胜并不理她的话，只是搓着那核桃，后来突然地站起来道："时候还早，我赶到赛茄子家里瞧瞧去。"秀儿板着脸，噘了嘴道："没有这样的。你这时去追人家，要算怎么一回事呢？别去。"

可是三胜站起身来以后，就是一个起身的势子，等到秀儿把话说完，他已抢步走到院子里去了。秀儿追到院子里时，三胜口里骂骂咧咧的已走出大门去。他道："再想我答应，非他做大媒的，给我磕三个响头不可。"秀儿听了父亲这话，料着这形势一定很僵，可是他既出了大门，那是不可挽回的事了。

在这晚十一时附近，李三胜回家来了。他回来之后，一言不发，对了灯就解衣上炕。秀儿因为等父亲，并没有睡，找了一双线袜，坐在桌子边灯光下缝袜底子。看到三胜进门，正张罗着要和他倒茶，见他背对了灯光，急忙地解着纽扣，便有上床睡觉的意味，这就问道："爸爸，你……"三胜重声道："别问我，我要睡觉。"秀儿正倒了一杯茶，两手捧着，要向三胜面前送去，听了这话，倒站着发愣，不知道怎么是好。三胜偶然回过头来，看到她这种样子，便对她周身上下看了一眼，轻轻地叹了一口气道："这也不能怨你。"秀儿心里，不免跳动了几下，低了眼皮子，不敢望他，反而把那杯茶放下了。

三胜说了那句含糊不明的话，也不再去加以解释，自牵开了炕上的被褥，就土炕躺下了。秀儿几回想问，看着父亲的面色，还是忍耐住了。到了次日，秀儿在炕上刚翻身睁开眼来，就看到三胜直挺挺地坐在椅子上，两眼向门外望了去，手上搓着两个核桃，不知道停止。秀儿一骨碌爬起来，两只脚在炕沿下摸索鞋子，手理着头发，向他微笑道："你今天起来得这样早，我一点儿都不知道。"三胜看了她一眼，没言语。秀儿越是看到父亲这样子拘板，越是慌了手脚，哪里还敢多问一句话，忙着伺候过了父亲的茶水，就把一面小镜子放在窗户台上，拿了一只长柄牙梳，对着镜子缓缓地梳理头发。三胜睁了两眼望着她，很久才道："你又该上学校去了吧？"秀儿道："是的，今天上半天就有事。"三胜道："唉，做人的事，真是难说，维新的人，说什么男女平等，女人现在一样可以出去挣钱。古道的人，又有古道的说法。"秀儿道："昨天你到丁掌柜那里去，他说什么来着吗？"三胜道："咱们吃饭要紧，也顾不了人家说什么，以前没你出去做事，过讨饭的日子，也就过去了。自从有你挣钱，吃惯用惯了，现在要是再过那穷日子，还真是不行。"

秀儿对了那面镜子，老是理着头发，好像这头结了几千万的疙瘩，有些梳理不清。三胜道："你也不用为难，我昨晚上就想了一宿，我既然让你出去做过活了，往下干，也不过是让人家说废话。不往下干，废话人家已经说多了，悔也悔不转来。好比你年纪大一点儿，在外面当老妈子，不过是穷着卖苦力，也不算什么坏事。回头你要见着段先生你请他来一趟。"秀儿道："又叫他来干什么？我们自己家里的事，自己拿主意，别请教人。"三胜道："谁要把你的事去请教他。我还是记着他那话，约我去种地。只要我有事情干，你就不必抛头露面了。这两天，大概他有点儿不乐意我，并没有来。虽然他带几分洋气，可是照实情说，这人并不坏。"

秀儿这才理好了头发，换了一件蓝布大褂。当了父亲的面，不敢修饰，把小小的一瓶雪花膏，同一面粉镜子，全放在衣裳口袋里，走到大门洞子里，回头看着没人，赶快挑了一些雪花膏，涂在手心里，两手揉擦着向脸上扑了去，然后左手拿了那面小镜子在掌心里，对着眼睛，右手在脸上很快很快地一阵擦抹。在身后，却咴咴地有人笑了起来，回头看时，便是桂芬那孩子。她手上捧了一个酱油瓶子，半侧了身子，斜了眼望着她，并不言语。秀儿笑道："你瞧我干吗？我美不美？"桂芬嘴一噘，哼着一声，冷笑道："你太美了。你美过分了。我们哪配同你站在一块儿，别沾了你的香气。"秀儿红了脸道："我同你闹着玩，你干吗开口就损人？你没有同我闹着玩过吗？"桂芬道："不错，我同你闹着玩过，那是以前的事。现在呀，哼！"秀儿道："现在我不是人了吗？"桂芬鼻子尖耸了两耸，笑道："是人？是人还不做你那种事呢。别瞒人了，现在谁不知道哇？"说着，把身子一扭，人就跑走了。

秀儿站在这大门洞子里倒愣住了，很久很久，没有说出话来。因为人来人往，自己不能老在这里站着，只得缓缓地走到胡同里来。也不知是何缘故，立刻两只脚却有了几千斤重似的，有点儿提不起来。看到有人力车子，也不讲什么价钱，就让车夫拉上学校。到了学校里，第一桩事便是找段天得。可是事情那样凑巧，今天他偏是没有来。秀儿在学校里，是不能乱钻的，除了在一间小小的休息室里坐着而外，只有打过上堂钟以后，到课堂上去，由院子里经过，可以慢慢地走着，或多绕一点儿路。可是走路的时候，在人多的地方，还不敢扬着脸，以便避免人家的注意。在这种情形之下，要去找人也就感到相当地困难了。

自己坐在休息室里那把木椅子上，紧皱了眉头子，抬起手来撑着头，很久没有说话，每隔两三分钟，却叹上一口气。在快要上课的时候，徐秀文也来了，一进门向她伸伸舌头，笑道："差不点儿晚了。"秀儿只半抬起头来，向她做了一个苦笑，并没有答话。秀文挤在她一张椅子上坐了，低声问道："你怎么啦？"秀儿摇摇头，又叹了一口气。秀文道："你不舒服吗？"秀儿将嘴对房门努着。秀文会意，起身把门掩上了，又挨了她坐着，低声问道："怎么啦？小段和你闹别扭。"秀儿道："我心里乱得很，没有主意了。昨天我老爷子出去，不知道听了什么话回来，对我只管生闷气，刚出门的时候，桂芬那小丫头，对我说了许多废话，大概我们的事，街坊全都知道了。"

秀文把脸沉着，连摇了两下道："他们管得着吗？咱们卖咱们自己的身体，咱们过咱们自己的日子，也不碍别人的什么事，别人敢把咱们怎么样？"秀儿道："别人管是管不着咱们。可是一闹出去了，人家见着咱们，就在背后说这个说那个，人都是个面子，那多难为情呢。就是咱们不在乎，那些……"秀文伸手握住了她的嘴，笑道："别说了，咱们要干这个事，就得什么也不管。只认得大洋钱。"秀儿道："我和你们不同，我这件事是瞒着老爷子的。老爷子要知道了真情，他会要我的命。死我是不怕，那么一来，你瞧我这个家怎么个结果？"徐秀文道："那就太难了。你要挣钱养家，又怕人家说你家的坏话，总不成咱们有那能耐，躺在家里，有人把大洋钱向咱们口袋里揣了过去。"秀儿道："你不会晓得我的心事的，这话不用说了。我今天不能上课了，你瞧着我吧，我已经站不起来了。怎办？"说着，将手连连抚住了胸，皱了眉道："我的心，还是跳得真厉害。"

秀文站着，微偏了头，向秀儿出神地看了去，沉吟着道："至于吗？再说，这件事，你也不能老瞒着，迟早总得让你老爷子知道。"秀儿对于她的话，并没有什么表示，只是摇摇头。说到这里，上堂钟已经响起来了。秀文摇摇她的身体道："喂，该上课了。"秀儿仍然把手按住了胸，皱着眉头子，低声道："我请假成不成？"秀文苦笑道："我又不是教务主任，你问我干什么？"秀儿也没有了主意，手扶了椅子靠背，缓缓地站了起来。秀文开了门，手扶了她出去。秀儿出了门，立刻摔开了她的手，抢着向前走去。她这一走，走得非常地快，秀文要在后面追她说两句话，也是来不及。

秀儿到了课堂上，闪到屏风后去，照常地脱了衣服，坐到模特儿的坐榻上去。今天还是继续着上一堂的姿势，一手按腿，一手撑腰。秀儿已经干这项职业有三个多月了，随便人家怎样地看，姿势已是很自然。可是到了今天，有些不能自持了，也不知是何缘故，只是周身抖颤，嘴唇皮跟着活动起来。自己虽然将撑腰的手，用力地支着，但是那手跟着不听命令，也颤动起来。约莫有五分钟，由近处的学生，以至于站着远些的学生，全看出来了。这里王教授穿了一件画师的罩衣，两手插在袋里，正绕着路，在各位学生身后，看各人的画稿，见学生很注意模特儿的姿态，也注目看着，便走近来问道："噫，你是怎么了，身上冷吗？"秀儿道："不……不……我有……有病。"只说了这句，人向木炕上倒了去，便俯着身子，哇的一声，哭了起来，立刻全堂学生哄然一声，大家围了拢来。皮鞋踏地声、打翻颜料盒水罐子声、碰倒画架子声，闹成了一片。王教授道："你这是怎么了，肚子疼吗？"但口里虽这样问着，因为秀儿赤身露体，又不便近前来挽扶，便对女学生道："你们把她扶到屏风后去，先穿起衣服来再说。"

女学生们见秀儿伏在木炕上，头发掩了脸，哭得两只肩膀彼起此落的只管耸动着，十分可怜，也就真有两人向前来挽她。秀儿虽是被人挽到了屏风后面，但是周身瘫软，只管要向地下沉着，哪里能站起来穿衣服。两个挽她的女学生，倒以为她真是生了病，就帮着替她把衣服穿上，还安慰着她道："不要紧的，你请假得了，我们这两堂课，可以画石膏模型。"秀儿乱了一阵，已是把哭止住，横抬起袖子，擦抹了眼泪道："我不过一阵肚子疼，现在好些了。"王教授隔了屏风，兀自在屏风缝里，向里面张望，因道："你走得动吗？你走不动，我让听差送你上医院。"秀儿已是扶着墙走出来了，摇摇头道："不用不用，我回家去得了。"说话时，偷偷看看众学生，全向自己正望着，心里一动，索性一手按了腹部，一手扶了墙，鼻子里不住地哼着，缓缓地走出课堂去。可是同时也转着为难的念头，这时若是回家去，自己形色不对，父亲一盘问起来，恐怕反是露了真情。不回去，到休息室里去坐着，又怕让学校里人看出来，自己并没有害病，那事更不好，教务处说是自己装病，会开除的。如此念着，只在走廊上转了一个弯，却见王大姐匆匆地来了。她是个有主意的人，倒让心里先安慰了一下。

秀儿还不曾走开，王大姐抢上前，将她的手挽着，问道："你这是怎么了？"秀儿道："我……我……"王大姐对她脸上看看，便挽了她的手向休息室走去。到了里面，把房门掩着低声问道："怎么啦，你已经知道了吗？"秀儿道："你说的什么我知道了？"王大姐道："你老爷子在家里发脾气，你知道了吗？"秀儿红着脸道："我出来还是好好儿的呀，他什么事发脾气？"王大姐扶了她坐下，脸上带了忧闷的样子，皱了眉道："你也不用发急，你暂时躲开他，不和他见面就是了。"秀儿道："那准是我爸爸知道我在当模特儿了。"王大姐道："可不是？本来我也不知道这事，刚才他红了两只眼睛，撞到我家里来，找我姥姥说话。他说我们把你引坏了，干这种丢人的事，他要找我姥姥拼命，我姥姥和他说了许多好话，说是嚷出来了，大家没有面子。你爸爸后来转口说了，也不怪别人，谁让自己姑娘不学好呢？现在只有一个办法，姑娘回家了，一刀将她杀死，然后自己搬家。你爸爸那一份厉害，不用提了，吓得我躲在屋子门角里，不敢透气。砸了我家好几个茶杯子呢，我姥姥真有忍心，把他说得软下去了，要不然，我家就先要出事。"

秀儿听了这话，脸上红中变青，只是向王大姐望着。王大姐道："事到于今，你也不用害怕，天倒下来，屋梁顶着呢。"秀儿道："天倒下来，自然是屋梁可以顶着，我现在可是屋梁要倒下来了。"王大姐道："你也有根屋梁，小段就是。"秀儿道："你意思说，这一场飞祸，是让他给我抗着。请问，他是怎样地给我抗法？"王大姐道："这件事，我疑心就是小段玩的手段，要不，哪有那么巧的事，我走出胡同口上，就遇到了他。你猜他怎么着，他开口第一句就对我说，一个人要不捣乱，事情是干不好的。当时，我赶着要来找你，没有理会到这句话，现在想起来，那一句话说得一定是有原因的。"秀儿道："我也正想找他呢，他怎么不上课，到我们那条胡同里去了。"王大姐道："所以啰，我就疑心这里头有缘故，现在你靠佛靠一尊，你只有去求教他，给你想个法子，在一个地方藏着，白天还是到学校里上课。谅着老爷子也不会找到这里来。就是找到这里来，他也不敢进学校的大门。"秀儿道："那不成啦。他要是在胡同里截住了我，半路上就要打我一个半死，还不等到他拖我回家，也许我就没命了。"王大姐道："他只知道大门，由大厨房里进来的那个后门，他是不知道的，往后你由后门进出得了。我以为这全不是什么要紧的事。只是这样一来，你同万子明……"说着一笑道："并非在这个时候，我还同你闹着玩，这是实话。"秀儿皱了眉道："别提了，这事……唉！"王大姐道："莫非姓万的也知道了这件事。"秀儿道："那可真难说。可是这没有什么。我不过觉得他为人很老实。待人也是实心眼儿。我在良心上不能让人家难过。不过他既是瞧我不起，那没什么可说的了。"说到这里，把眉毛皱起来道："这些闲话，全都不用说了。我今天还是回去不回去呢？"王大姐竖起两只巴掌来，沉着颜色道："随便怎么着，你也得熬过今天去。你真要是没地方睡，到了晚上，你悄悄儿地到我家里去睡。明天一大早的，你再出来。"

秀儿低了头，将手去抚弄自己的衣襟角，很久很久不曾抬起来。王大姐斜坐着她对面，原是只看着她而已。后来见她衣襟上，连连地滴了几点眼泪，便道："喂，你哭什么？回头让人看见了，不大好。"秀儿摇摇头道："我没了主意，我还是回家去吧。"王大姐道："你不怕你老爷子要你的命吗？"秀儿道："那没有法子，我出来干这件事，本来是要养活着他。他不能找着我出气，他心里难过，也许会因了这件事会气死的。那不还是害了他吗？"王大姐听说，脸上带了一点儿苦笑。秀儿道："你别以为这是笑话。我们老爷子那一份倔脾气，可别和他弄拧了。要是弄拧了，他真看到水向水里跳，看到火向火里跳。我回去了，跪在他面前，苦苦地一哀求，也许他就回心转意了。你让我躲，难道和他躲一辈子吗？再说，在我躲的时候，他若出了什么岔事，那更是让我悔不转来。"

王大姐听她把话这样说着，也就不能十分去劝她，彼此默然坐了一会，秀文也就下课了。大家见面，秀儿还是那一套话。秀文望着王大姐道："秀姐所说的，自有秀姐的意思，那等她回去试一试也好。她住的是那大杂院，终不成她老爷子要杀她，就让他白杀了。她只要一嚷，总也有人救她吧。虎毒不食子，她老爷子脾气拧是拧，总还不是那样下毒手的人。"王大姐点了几点头道："你这话说得也有理。咱们先到大街上去遛两个弯，回头等天快黑了，我们陪秀姐回去。那个时候，院邻全回家了，院子里热闹一点儿，纵然有什么事，也可以请人出来说话。"秀儿说了一声走吧，便起身向外走着。

大家低头走出了学校门，不到二三十步路，旁边横胡同里冲出来一个人，正是段天得。他似乎非常高兴，笑嘻嘻地就迎上前来，点着头道："你三位联合阵线回家，怕路劫的吗？"王大姐低声道："喂，后面有人。"她说着，还是牵着两个人的衣服，径直向前走。段天得倒也知道这个，紧紧地在后面跟着，还低声道："我不是和你们闹着玩，我在这里等你们好久了。李小姐家里有事，你们知道吗？"秀儿虽不断地走着路，听了这话，却站住了，因道："段先生，你同我父亲说过话了吗？"段天得道："你问问王小姐吧。你父亲由屋子里跑到大门口，由大门口又跑到屋子里，就是这样跑着。有人问他的话，他也不答应，人家还以为他是喝醉了酒呢。我和他说话，他也红着两眼，说我不是好人。他杀了自己的姑娘，再和别人算账。李小姐，你可回去不得。"

王大姐扭转头来，向他瞪了一眼道："既是人家家里有这样着急的事情，为什么段先生不早点儿来给人报信，还是这样笑嘻嘻的。"段天得道："在大街上，我能哭着同你们说吗？依着我，咱们到前面大街上去，找个咖啡馆谈谈，你们赞成不赞成？"秀儿没说什么，只是随了人低头走着。段天得笑道："前两天我在大街上遇到万掌柜的，他说了，最后的胜利，属于他了。我听到这话，心里头倒有些好笑。胜利两个字，本来就很不容易说。万掌柜的更要说句最后的胜利，我有点儿不服气。现在他算失败了。失败了不算，而且……"他不说了，微微地笑着在后面走。秀儿回过头来，狠命地盯了他一眼道："照着段先生的说法，是你成功了。"段天得笑道："一定说是我成功了，我也不敢承认。反正我现在的地位，可比万掌柜强，万掌柜若是有能耐，还可以比胜我的。"他说着咯咯地笑了一阵。

王大姐也回过头来瞪了他一眼，红着脸道："人家心里全是很难过的时候，段先生这样地和人家开玩笑。"段天得总是微笑，也没回答。她们三人在前走，他老是在后跟着。三个人全心怯，怕是让学生们看到，很是不便，因之走了两条胡同之后，不敢走了，只有坐了人力车子

243

回去。段天得也坐了车子跟着，前面的人总听到他在后面咯咯地发笑。秀儿被他笑得心里异常烦躁，当车子停下来的时候，自己就打算向家中直冲进去。可是没有抬步，一个人飞奔出来，连说进去不得，把她远远地就给拦住了。

这个跑出来的人，也是秀儿所想不到的。只是呆着看了他，作声不得，原来正是万子明。他直了两眼，抄了手在胸前，向秀儿望着，微笑道："大姑娘，你的胆子不小，在这时候还敢回家来吗？"秀儿依然直了两眼对着万子明微笑。表面上是微笑，其实她两只眼睛框子里，含着两汪眼泪水，差不多立刻要滚了下来。万子明只管把手向前，做个空虚推送的样子，脸上却很恳切地表示着道："大姑娘，你以为我是冤你的吗？你们老爷子，气可大着呢。假如你要在这个时候回去，那算你赶上了。你老爷子手上正拿着一把飞快的切菜刀呢。你这一进门，不是我说一句吓人的话，那准是白刀子进，红刀子出来。"

王大姐站在秀儿身后，只管拉扯了她的袖子，连连地道："走吧走吧。别发愣了。"秀文也把两手在秀儿身上推着，皱了眉道："你走吧。"秀儿还不曾回答出一句话来，只听到大院子门里面，有人大叫一声道："他妈的，我想不到养出这样一个丢人八代的丫头来。我要是还让她活着，我他妈的不是姓李的子孙。"这正是她父亲在院子里嚷着，只听那嗓子带哑音，可以知道他是嚷得很久了。秀儿那周身的肌肉也不知是何缘故，又犯了那原来的毛病，只管哆嗦着，手扶了秀文的手，接二连三地向后倒退了去。

王大姐虽然不认得万子明，但是到了这紧急关头，不得不向他问两句话，便带了笑容对他道："万掌柜，她们老爷子为什么发这么大脾气？你和他是好朋友，你劝劝他吧。"万子明听了她的话，也不明白这怒气是从何而生的，向她恶狠地瞪了一眼，咬着牙道："哼！你们。"王大姐无故碰了他一个钉子，自然是不舒服，红着脸向后退了两步。万子明放下了脸对秀儿道："你一个清白人家的好姑娘。唉，那难怪你们老爷子生气。"秀儿见他脸都气紫了，站在大街上，也不好同他说什么。万子明横了眼睛，对她周身上下全打量了一遍，鼻子里哼了一声道："我本来不愿管你们的闲事。因为三爷和我的交情总算不错。说起来，他怪可怜的，我不忍他这么大的年纪出什么惨事，你要是知事的，你现在就躲开一点儿。现在街坊四邻全知道了，你要进了那大院子门，你老爷子不把你怎么样，他下不了台。我还告诉你一句话，你家里锅盆碗盏，还真砸的不少……"

秀儿两行眼泪像滚珠一般地由脸腮上落下来，颤着声音道："那准是他太急了。"万子明道："你没瞧他那样子，腰带系得紧紧的，把大袍子撩起一块大衣襟，塞在腰带里面。他眼珠全都红了，平常喝一斤白干也到不了那样子，右手里拿了一把切菜刀，左手叉着腰，拦门一站，老远地就听到他鼻子里呼呼出气。这一副情形，你想谁敢近他的身。你们的院邻本要去报巡警。又有些人说，三爷为了顾面子，才这样地做出来，一报巡警，那是要他更死得快了。"秀儿向王大姐同秀文两人望着，抖颤着道："这这这怎么办？"王大姐道："我原说让你慢点儿回来，你急着要回家瞧瞧。要走就赶快走，老站在这里，有那多事的，给你们老爷子一报信，你还打算在这胡同你唱上一台戏啦。"

秀儿听了这话，毫无目的地跟了她两人就向胡同口上走去。心里六神无主，两只眼睛也就不知道向前去看。走了一截路，也不知段天得由什么地方又钻了出来，向三人笑道："我请你们去喝咖啡，赏脸不赏脸？我相信，有什么大事到咖啡店里准解决得了。"秀儿一看到他，回头向后面看看万子明。万子明倒成了一个狠心人。在她们大门外说了秀儿一顿之后，虽然她不作声地乱抛着眼泪，可是他丝毫不替她难过，两手环抱在胸前，斜伸了一只脚，在墙下站定，看着她们走去。

秀儿到了胡同口，自然不看到他，便道："段先生，算你成了。你总得再给我想点儿法子吧？"段天得也把笑容收住，脸色沉起来道："李小姐，若是听你的话，倒有点儿怪我的了。我……"王大姐手胳臂已是碰了秀儿两三下，笑道："段先生，到了这个节骨眼儿，你还有什么原谅她不过的吗？我想着，她这个时候，心都碎了。你说，咱们上哪儿就上哪儿。"段天得对她三人全看了一看，脸上带了微笑，因道："事久见人心。将来，你们总有一天知道我是好人的。"于是他就雇了四辆车子，自把三位女士，引到一所小酒馆子门口停住，笑道："早到了吃午饭的时候，三位全没有吃东西吧。我索性请请客。"

秀儿丝毫没有主意，对王大姐看看，王大姐推了她一下道："既是到了这里，那就进去吧。你到了这一份儿情形之下，你豁出去了，还怕

245

什么?"秀儿道:"我并不怕什么。你二位回去晚一点儿,不要紧吗?"王大姐在脸上表示着得意的样子,笑道:"谁也管不了我。"说着,她已是在头里引道。秀儿毫无主张地跟着大家走进酒馆的楼上,大家走进一间小雅座里。段天得笑道:"若不是借了这一点儿小缘故,大概请三位来吃饭,还不大容易吧?"王大姐正色道:"段先生,你别说玩笑话了。这会子,不仅秀姐心里难受,我们心里,也很是难受。吃不吃,我们全心领了,只求你快点儿同她想法子。"段天得一伸手,在她脸上掏了一把,笑道:"吃得吃,法子也得想。"王大姐把身子一闪,躲开了段天得的手,只将脸板着却没敢说什么。

段天得并不介意,却伸手在徐秀文肩上连连拍了几下,笑道:"你为人很大方的,别学大王那样子,你说要吃什么吧。"秀文皱了眉低声道:"你总是这样子。"秀儿恐怕他继续往下闹,在这馆子里闹笑话给人看,便连连敲着道:"喂,大家坐下,大家坐下。"说着话,还向二人丢了几下眼色。王大姐同秀文会意,分了对面坐下,恰是三个人占了三方位子,意思是空一方给段天得坐。段天得并不理会,却拖了一只方凳子和秀儿并排坐着。秀儿虽是将眼横睃了他一下,可是并没有回转脸来看着。段天得笑嘻嘻地叫着伙计来,告诉他要些什么吃。每说一样,却回转脸问秀儿一声。秀儿正着脸色,只把鼻子哼上一声。那伙计看到他们那种亲热的样子,便插句嘴笑道:"先生说了,也就和太太说了一样,太太爱吃什么,先生还有个不知道的吗?"段天得听了,就用手拍拍秀儿的肩膀,微笑道:"喂,你说怎么样?"秀儿虽知道他完全是占便宜的行为,不愿答应,又不敢不答应,正着脸色又是鼻子里哼了一声。然而当她随便哼一声的时候,脸腮上两道红晕,可就红到耳朵后面去了。

茶房去了,段天得笑道:"这可不是我占你的便宜,人家一瞧,咱们就是小两口儿。"秀儿板着脸,将身子一扭道:"没有这样子开玩笑的。"段天得道:"这并不是开玩笑,你要我想法子,这就是我想的法子,你们说好不好?"他这样说着,在座的人都默然无语。接着伙计向桌上陆续端着上菜送汤,大家也就没有了说话的机会。可是秀儿到这个时候,已经踏上了生死关头,无论什么吃到嘴里也没有味,只有紧皱着两道眉头子望了桌上,吃一下菜,便将筷子放到桌上几分钟。段天得是很高兴地吃喝着，还要了一壶酒，左手执壶，右手拿杯，斟一杯，喝一杯，脸上总是带着微笑。他忽然若有所悟地，却拿了杯筷，坐到对面空席上去。

这一下子，桌上三位女宾都有些愕然，莫非怠慢了他，他离开独坐了。段天得倒不把这件事放在心上，站起来却把桌子那一面的一把酒壶提了过去，笑道："咱们好好儿地谈一谈，不开玩笑。"徐秀文道："不是我说话透着啰唆，我觉得秀姐的小八字儿，都在段先生手里拿着。是很急地等着段先生的话，你老是……"段天得将筷子夹了一个炸丸子，送到徐秀文面前的酱油碟子里，笑道："这样菜是为你要的。你尝尝，做得不坏。"秀文的话，不曾说下去，却微微瞪了他一眼。段天得的态度是很自在，斟着酒连喝了三杯，笑道："凭了王徐二位在这里做证，我姓段的做事，不能有前劲没有后劲。在你们面前，我是再三再四地说过，我很爱李小姐，只要李小姐肯把我做一个对象，我就遇到什么牺牲，全不顾惜。"说着，将左手握住的壶，向酒杯子里倾倒着，左手举起来，就向口里直倒了下去，表示着这一下子是很痛快。

王大姐觉得他这话很是露骨，对徐秀文看着，微微一笑。段天得接着道："自然，你们很疑心，一个当学生的人，无非拿模特儿开开玩笑，哪有把模特儿真正地当对象的。所以我说的话，绝引不起你们一点儿同情。"在座的三位姑娘，彼此对望了一眼，全没有作声。段天得继续着道："其实我为人是抱平等主义的，只要是个有五官四肢的人，我看去，他并不比我小，也不能比我大，当模特儿的人，根本不应当小看了她，至于我们学艺术的人，当模特儿的就为我们而牺牲，我们正要感激她那伟大的精神，更不能小看了。你们先把这一层看透了，再就可以论我对李小姐的态度。李小姐长得美，这不是我一个人的看法吧？差不多我们全学校的人都是这样说的。至于她的性情，她的知识，我算认识得最深，我觉得在艺术学校女学生里，也找不出几个。"

秀儿听了这话，微微一笑。王大姐笑道："秀姐，你别跟我们一块儿混，干脆去当学生吧。"段天得道："你以为我这是夸奖过分的话吗？人聪明不聪明是一件事，认识字不认识字又是一件事。假若李小姐一早就进学校念书，这个时候，大学也毕业了。我根据这几点，所以对于李女士，格外追求得厉害。李小姐那样聪明，对于我的话，总不能说是随便撒谎吧?"秀儿接着这个话音,又是微微一笑。王大姐道:"段先生,你这话,我全都明白了。只是现在不是谈这种话的时候。"段天得笑道:"有道是打铁趁热,要谈就是这个时候。假如李小姐觉得回家去不了,从今日起,我马上就给她安顿一个地方。有吃有喝,也有衣服穿。"

秀儿听了这话,把头低着,只将手去比齐着放倒的筷子。王大姐脸上带了一些笑容,将筷夹着菜,做个很不在乎的样子,将头微微摆着道:"段先生,这话不是在这里这样说的。"段天得道:"怎么不是呢?难道你们还反对婚姻自由吗?"王大姐道:"我的意思,不是这样说。你要是讲恋爱自由呢,这婚姻问题,你当私下同秀姐两个人谈话,不能当着我这两个萝卜干儿的面。你要是照老规矩,托人出来做媒呢,就托我两个人,也没有什么不可以。可是你又不该当着秀姐的面说。"段天得连连地点头道:"你这话有理。可是我有我的想法。我和她的这一番交情,你二位全知道,若是瞒着你二位,倒嫌着我这人不忠实。我想李小姐对于我这番追求的意思,总是很明了的,不会怎样拒绝我的。既是不会拒绝我,彼此之间,是没有问题的了,我何不在你二位面前直率地说了出来呢?假使你二位也赞成的话,在公在私,一齐通过,多么简单明了。我做事,向来就讲个痛快。"王大姐道:"痛快是痛快,也瞧什么事。"

段天得将两只筷子,当了鼓条子,噼噼啪啪在桌沿上敲着,可就向秀儿笑道:"我说的话,也许是冒昧一点儿,但是我的心眼儿不坏。现在你既说是自己的生死关头,那你也不必害臊,就干脆地说,可不可以答应我的话。你不要以为我乘人之危,在这个时候胁迫你,但是我有我的意思。因为你答应了我的话,我是一种做法。你不答应我的话,又是一种做法。所以在这个时候,我先要问个水落石出。"秀儿已经在吃饭,两手扶了筷子碗,只管低了头,将筷子头拨着碗里的饭粒,虽然抬头向他看了一看,可是那时间非常之短,立刻又把头低着下去了。王大姐道:"段先生的话,你听见了,大概你不答应还是不行。"段天得将筷子头摇着道:"不是那样说法。应该说是不答复不行。若是说不答应不行,那还不是我强迫人家吗?"王大姐点点头笑道:"段先生说得很有道理,秀姐,段先生的话虽然说得很恳切,可是他还请你自己拿主意,你就言语一声吧。"

秀儿很久没有作声，只是拨弄着碗上的饭粒。徐秀文伸着腿，在桌子下面轻轻地碰了秀姐两下，低声道："有话尽管说。话搁在肚子里，可是自己吃亏。"秀儿在心里犹豫了很久，也就有些主张了，便把脸色一沉道："段先生这话，怕不是好意。可是人生这样的终身大事，绝不能卖瓜子花生似的，随便就算成交了。段先生说是我要答应了，另有一种办法，这是什么办法呢？请段先生说出来听听。"

　　段天得又斟了一浅杯酒，端起来在鼻子边上闻了一闻，半举半不举的，沉吟了一会子，微微地抿了一口酒，然后放下杯子，笑道："说到这一层，我要套一套作小说的老调子，卖个关子，这一件事现在不能发表。"秀儿听了这话，脸色越是向下沉着，红着脸却不肯答应一个字。段天得向王大姐道："其实李小姐家里的事，我就能做一大半主。李三爷直到今天为止，还愿同我合作。我有钱借给他，他肯要。我有地租给他种，他也愿意接收。若是李小姐有什么事，我出来做主，李三爷一定可以放手。既是李小姐不大相信我的话，那我也不必多说了。"说着，将酒杯酒壶推开，让茶房盛了饭来，将碗放在汤碗边，提起汤匙，向碗里乱浇着汤水。把这碗饭都浸过来了，然后端着饭碗稀里呼噜就吃了起来。

　　当他吃的时候，连头也不肯抬一秒钟。一阵风似的他把这碗饭吃下去了，照样地又来了一碗饭。饭吃完了，他自在身上掏出一张五元钞票来，交给了伙计，重重地说了一声算账。交代过了这句话之后，他在衣袋里取火柴烟卷来，点了烟放在口里衔着。然后两手插在裤子岔袋里，在雅座里来回地走着。王大姐见他的头高高昂着，并不向人张望，看那样子，简直不理会刚才说的这一套话。伙计把零钱找来，他在里面抽了几张毛票给他，又是很干脆的一声，小账给你。桌上这三位女宾，也是刚刚放下饭碗，见他立刻有要走的样子，都不免向他望着。王大姐道："段先生，怎么了？你不管我们的事了吗？"说到这里，向段天得睃了一眼，微微一笑。段天得道："我说的话，你们不听。我要用的办法，你们也不能同意，一切都是白说，我还提什么？好在李小姐态度镇定，一定有她的主张，我也用不着白操心了。"他说话的时候，把两张脸腮向下沉落着，并不对秀儿看着。

　　王大姐道："段先生，你可别说生气的话。秀姐是个老实人，只有

249

回家去送死一个笨主意，你倒说她有主张。"段天得笑道："那也是她的主张呀。并非我见死不救，她愿意这么办，我有什么法子？"王大姐侧身到一边，在端着碗漱口的时候，却悄悄地扯着秀儿的衣服，将她拉到屋角上，低声道："你该拿出点儿主意来了。"秀儿道："我这一会子，真拿不出什么主意来。谁要逼我，我只有一条大路，立刻就死。"段天得远远地站着，并不过来，悬起一只脚，在地面上不住地颠动着，却向王大姐笑道："你劝她干什么？她既拼了一死，那就什么问题也解决得了。对不起，我走啦，以后的事，别向我麻烦。"说完了这话，手掀了门帘子，就待出去。

徐秀文看到，抢着一把将他衣服扯住，笑道："咱们这样熟人，你倒真拿乔。"段天得倒不是那么坚决，随着一拉就回身进来了，正色道："各人有各人的事，你让我老在这里耗着，耗到什么时候为止？馆子里是吃饭的地方，我们也不能在这里吃顿饭，把人家的地方老占住。"王大姐道："秀姐，你觉得怎样？要不，我来做个东，请大家喝咖啡，在咖啡馆再谈一谈。"秀儿没有作声，站在墙边，将一个食指在墙上画着字。秀文道："秀姐要回去，那是回去不得，除非到我们家去住。可是你们老爷子要知道了……"秀儿依然在墙上画着字，噘了嘴道："我也不能连累你们。"王大姐道："那么，你是决定了回家送死去。"秀儿也没言语，呆呆地站着。

段天得道："这可是你们要我不走的。我不走，还不是没有交代。我现在给你们五分钟的限期答复我的话，不答复我就走了。这答复也很容易，就是请你三位到我公寓里去谈一谈。去不去，给我一句话。"王大姐道："段先生不是在北平住家的吗？为什么住公寓？"段天得道："住公寓为的是自由一点儿，不受家里干涉。这也就是我手里的钱太方便了，所以这样高兴。若是我手上不便，自然办不到。也许我将来要住大饭店呢。"说着，抬起手臂来看了一看表道："已经是三分多钟了。"王大姐道："现在也不过八点钟吧，到公寓里去坐一个钟头，也还早。秀姐，那就去吧。"

秀儿在墙上画字的那个指头，似乎画出趣了，还老是画着。脸对了墙，不看人，也不作声。徐秀文道："这没有什么，咱们就去一趟吧。"她和王大姐丢了一个眼色，一人牵住秀儿一只手就下楼去。段天得在后面跟着："是到我那儿去吗?"徐秀文的小肉泡眼睛，回头来向他睃了一眼，低声笑道："你总算成功了，还说什么呢?"秀儿在他们当中走出了酒馆，悄悄地在人行道上走。虽然大街上灯火通明，行人如蚁，她全没理会，也不知道理会了。

第二十一章

以身殉艺

李秀儿这一去没有回来，是逃脱了三胜这一刀。可是三胜绝不能就此罢休。他将那把菜刀，放在桌上，端了一条板凳拦门一坐，两手抱在怀里，直瞪了两眼。由天黑坐到胡同里的更锣转过了二更。天上半钩月亮，照着大院子里，有些昏昏的黄光。已是初冬天气了，西北风刮过天空，扑到人身上，也让人身上冷飕飕的。他心里的怒火，已经烧得周身发热，虽然那西北风吹着，他也不管，因为他屋子里没有灯火，院邻也全不知道，后来他连连地咳嗽了几声，这才有两个院邻听到。

其中一个叫老刘的，是个卖烤白薯的老者，年已过五十了。他口里衔了管旱烟袋，慢慢地走近前来，先站住了脚，缓缓地问道："三爷还没睡啦。"三胜叹了一口气道："老朋友，我没脸见你。"说着这话，就哽咽住了。老刘道："你别往窄处想。活在这个年头儿，自身就难保，儿女的事谁又是管得了的？等着她回来，你慢慢地审问着她，也许人家传言是靠不住的。"三胜道："这还用审问吗？只怪我老糊涂，让她瞒过两三个月。她不见着我就罢，只要我见着她，在大街上我也把她杀了。她以为不回来，就躲开了吗？"老刘道："她躲是不会躲的。可是谁人不怕死。你在家里提刀动杖的，嚷着全胡同人都知道了，你以为她是个傻子，自己回来送死吗？"三胜道："她今晚回来，也许我可以赏她一个全尸。今晚不回来，我一早就去找她。有道是，跑得了和尚跑不了庙。我把刀揣在身上，到那学堂门口去候着她。"老刘道："我的天，这个你可别胡来。别说咱们这要饭似的样子，闯不进那学校大门。就算进得去，你先没动刀，人家把你先拿下了，你说把刀揣在身上，别人不知道吧？可是你那个样子，脸色像土一样，两只眼睛红得怕人。你说你走上大街，巡警看着你，准不管吗？"

三胜默然了一会儿，突然地答道："巡警把我捉去坐牢也好，比在家没有脸见人强。老大哥，你是知道，自从十年前，我那老伴儿死了，这丫头就是我一手拉大的。我总说等她长成人了，找个老实点儿的孩子招门纳婿的，弄成一个人家。那时，她有了终身的倚靠，我哪怕出去要饭，也糊了自己的口。两眼一闭，他们抓把土把我埋了，人生一世，也算交代得过去。不想她来这手，比上莲花河混事还要下流。人家不说我姓李的要钱不要脸吗？"老刘道："咱们全是老院邻，谁不知道谁，你是那种没有出息的人吗？孩子们做错了事，这也不能怪你。"三胜道："错非是老街坊，知道我李三胜穷虽穷，还不至于拿自己的闺女去换钱，可是这话一传扬出去了，哪里能叫个个人都明白过来。往后我真不好意思出去见人。"老刘道："这没什么，家家有本难念的经。谁能说家里出来的人，十个指头一般齐。就像我家那大小子，他妈的论什么活不干，整天便上天桥去鬼混。昨日我做一天活，挣了两百枚，放在墙窟窿眼里，让这个小兔崽子找着了，早饭没吃就出去了，到现在还没回来。"李三胜道："小子不成器，没什么，大不了不认他做儿子就得了。"

老刘越说越近，就把手上那管旱烟袋，不知不觉地递到三胜手上去，因道："你不能那样说。自己养活的嘎杂子不要，轰到市面上尽坑人不成。"两个人说到同病相怜之处，就在两对面，拦门的板凳上坐着。那昏昏的月亮越发是把光收敛了，两个人坐在这里，差不了都看不到人影子，只有旱烟袋头上那一点儿小小的火星，在暗中闪动着。老刘便道："三爷，你睡觉吧。天也不早了，有什么心事，到了明天再说吧。"三胜道："我怎么睡得着呢？天爷。"老刘身上带有现成的火柴，这就擦着了一根，晃了几下，看到那把切菜刀，放在桌沿上。等火柴灭了，笑道："三爷，你睡吧，我也该回去睡了。明儿个一早起来，我也得去找我那个畜生。"三爷说了一声劳驾，一手反藏在身后，他侧身走了。

三胜兀自坐那凳子上发闷，听着胡同里的梆锣声，又转了三更。仿佛自己身上也透着一些凉意，两只眼睛皮，全枯涩起。于是手扶了门框站起，深深地叹了一口气。关着房门，摸上炕去睡了。自己也不明是何缘故，一宿到天亮，竟是做了七八次的梦，其间有两次，梦的是格外吓人，自己却是一个翻身坐了起来。看到满眼漆黑，又躺下了，最后一次，却是天色大亮。这就毫不犹豫地伸脚下炕，把鞋子穿起来。一口气奔到桌子边，伸手就要去拿那菜刀。可是桌子上光光的，什么也没有。

回头看那两扇房门，照常地关着，插好了闩。这倒不觉望了正面墙上挂的一副破烂关羽画像，只管出神。心想，这倒有点儿怪，明明白白放在这儿的一把切菜刀，会飞起走了，莫不是神仙爷在暗中救了这丫头，这丫头丢尽了父母的脸，还命不该绝吗？

李三胜很是出了一会子神，又回到凳子上去坐下。两手叉住了大腿，瞪了眼向画像望着，心里默念着道："圣贤爷，难道我这个臭丫头，她有那么大造化？我要杀她，圣贤爷会把刀给收藏起来？"心里这样念着，眼看那画上的神像，眼睛微微眇着，好像有点儿向人发笑。而且看得久了，那像的衣服仿佛也有点儿飘动，这就不敢看了，开了房门，又呆呆地朝外望着。正好老刘推了架炉子的独轮车子，缓缓地走着。到了门口，就把车子歇下来，向他笑道："三爷，你一宿都没睡吧？"三胜叹了一口气道："不用提了，坐得心里发慌，周身发冷，没有法子只好到炕上去躺着。不想一躺下来，我就上了电影了，腾云驾雾，什么梦都做一个够，梦里头把我骇醒了几回，我只好起来坐着。你瞧这事真够邪行。我放在桌上的那把刀，门没开，也没有人进来，会好好儿的不见了。"老刘微微地笑着，将手摸了稀松的长胡子。三胜道："你知道，我是最敬重关老爷的，关老爷不让我杀她，我也不敢勉强。可是我在这里住了一二十年，满胡同的人谁不认识我？现在我要一出大门，脊梁骨也会给人指通了。没法子，我只好远走高飞。"

老刘将两只长满了蛇皮纹的粗手，只管互相搓着，向他望了道："什么？你要离开北京城吗？打算上哪儿去？"三胜指了墙上鬼打架两个假人，因道："把这玩意儿掸掸灰，带了出去，天津、保府、石家庄、张家口，哪儿不许我去。反正我这是要饭的玩意儿，到哪儿也是要饭，这没有什么走不通的。"老刘伸着五个粗指头，可摇撼了两下，笑道："三爷，你可别那么说，你有这么大年纪了。这是卖苦力的玩意儿……"三胜不等他说完，就站起来笑道："老大哥，你这话本来是对的，走江湖唱莲花落，还得拜拜码头呢。可是你要知道，我现在要出去卖艺，本来就是拼命，若是死了，那是我死得其所，强于我投河抹脖子了。"老刘道："你也别那么想不开，你那姑娘躲开了，无非是怕你要对她怎么样。现在你不对她怎么样，她自然会回来，到了那个时候，这件事，到底是怎么一个来由，你总可以问得出来。"三胜淡笑道："我的老大哥，

254

你倒以为我哪有那么大的精神?"他说着,把两手环抱在胸前,微昂着头,向天上望去,老刘这也透着无趣,搭讪着望望太阳影子,自说是天不早了,这就推了车子走去。

李三胜站在那里,还很是发呆,忽然一个转念,立刻跑回屋子去,爬伏在炕上,两手捧着脸,眼泪像泉水一般地直涌出来。这么大年纪的老人家,当然也不便哭出声来,哑着嗓子只是干呜咽着。哭得久了,自己觉得有些头晕,便昏昏地睡去。因为他两只手全是掩着面孔的,醒来之后,却酸麻得抽缩不动,嗓子眼里像是经过了火的燎灼,结成了疮疤,急于要用茶水来润湿。可是自己只抬起来,便觉加重了几倍,眼睛所看到的东西,全加上了一套红绿五彩的花纹,自己也不知这是什么现象,赶快又把脸伏了下去。这样静静地过了十几分钟,身子还是挺直不起来,只有翻转了身子,仰卧着。又睡过了一小时之久,这才觉得两只手臂是自己的,可以伸缩自如。看到桌上的茶壶,立刻抱了过来,也不问里面是哪一天的茶水,嘴对了壶嘴,咕嘟咕嘟一阵猛吸。随着有一阵凉气直透入肺腑里去,放下那壶,将墙上挂的冷手巾,擦擦脸,揉揉眼睛,似乎自己清醒一点儿,于是坐在方凳子上,隔着窗子,望了天空上的白云。

这就听到院子外面,有院邻轻轻的说笑声,立刻想着,这必定是说我。他于是屏住了气,继续地向下听着。只听得院邻喁喁地说着话。有时发生出两句较大的声音,却是说:"这事变了,往哪儿说去?"又有人叫:"这发瘟的老狗,老是在人面前,讨厌极了。"三胜这就联想着,所谓发瘟的老狗,那是说我的吧?自己的姑娘,做出了这样的事,人家准是不齿,藏在屋子里,人家还是这样讥笑着。若是出头同人说话,人家不会指到脸上来骂吗?心里这样犹豫着,这就听到院邻在笑,是笑自己。院邻在叹气,是叹息自己。便是院邻自说他家里的柴米油盐琐事,也是道论着自己。因之坐在屋子里,尽管自己极力镇定着,也不知道是何缘故,嘴里二十多个牙齿,自然相对地撞击起来。

这样约莫有两三小时,自己不能再忍耐了,就把墙窟窿眼里的一面小破镜子,取了出来,手里托着,只管向那镜子里的人影注意。许久许久才道:"李三胜,你就这样地算了吗?"自言自语时,更注意着镜中的人影,但看到自己瘦削的脸腮,越发高拱起中间的鼻子来,眼睛凹下去不算，而且在眼睛眶下，发现两大团青紫的印子，加之眼珠又是红的，看了很久，自己也跟着害怕起来了。最后他把镜子由屋子里扔出来，直扔到院子中间去。过了一会子，便是这院子里那位爱管闲事的小姑娘桂芬，伸进一个头到门里来，问道："三爷，你一个人在屋子待着啦？秀姐回来没有？"三胜低头看了地上，兀自出神。猛然抬头看到这小姑娘，不由皱了眉头子。桂芬把那面破镜子举了起来道："还可以使呢，你干吗扔了？"三胜勉强带了笑容道："我用不着。你要你就拿去吧。"

桂芬两手扒住两面的门框，身子站在门中间，却回头看了两看，然后跳着进来，睁着眼睛，张大了嘴，悄悄地向三胜面前走来。三胜笑道："桂芬，你有什么话？"桂芬道："三爷，这件事，你别尽怪秀姐，全是对过那几个狐狸精不好，勾引了秀姐去上她们的当。"三胜点点头道："我知道了。"桂芬道："她们全回来了。秀姐没有同她们一块儿来。"三胜道："你怎么知道呢？"桂芬道："我在大门口等着她们呢。我等了好几个钟头了。我见着她们撇嘴，她们就向我瞪眼。她们真不害臊。"三胜听她这话，心里就卜卜地跳了几下，低低地道："小姑娘别管那些闲事。"桂芬将身一扭，走出门去，骂道："我好意有话告诉你，你倒不睬。老梆子，养活的好闺女。"李三胜听了这话，心里又加起了一把怒火。待要追上去，她已到院子中心了。隔了窗户上的纸窟窿，向外面张望着。见桂芬那孩子偏着脑袋，兀自骂骂咧咧地向她家里走了去。

三胜呆呆地望了许久，咬着牙，使劲用脚在地上一顿。这一顿之后，他立刻倒在炕上，可就直挺挺地躺着，不再起来了。这样昏沉沉地睡下去，约莫有两三小时，却听得老刘在隔壁屋子里叫道："三爷，还在屋子里躺着啦。"三胜道："刘爷，你都回来了。你瞧，我急得人事不知了。"随着这话，老刘已是走进屋子来，看到他半侧了身子躺着，两个颧骨上全是焦红色，眼睛圈子更是凹下去许多。嘴唇皮上，有许多裂纹，便道："三爷，你还没有吃什么吧？"三胜已是手撑着炕沿，坐了起来，歪着脖子，垂下头去，有气无力地道："我还吃什么啦。睁开眼睛，直到现在，我没出这屋子，就喝几口凉茶。也不知怎么了，心里直发烧，脸腮上像喝了酒似的，只觉热气烧得难受。"

老刘也没言语，转身出去，却拿了两只很大的烤白薯进来，笑道："老朋友，你听我劝，想开一点儿。这里有两块白薯，你先拿去吃着。回头我煮面条子，咱们一块儿吃。"三胜坐在炕上，向他抱着拳头，连作了几个揖，因道："你多费心。可是一点儿也不想吃。"老刘道："你不吃也得勉强吃下一点儿。你姑娘没回来，你一个人在家，又这么大年纪，自己也该保养着自己。"三胜听说，心里一阵酸痛，摇摇头道："我没想到把她拉了这么大，她会这样坑我……"只说到一个我字，两只红眼角上，眼泪早是挂线似的流将下来。

　　老刘看着，手里捧了两个烤白薯，放不下来，跟着直发愣。三胜在袖笼子里，抽出一块白布手巾，不住地揉着眼睛角。老刘等他把眼泪擦干了，就把烤白薯塞到他手上，点点头道："那也难怪你伤心。你先吃着，我把车子推回去，一会儿就来。"三胜按着那两只烤白薯只是拱揖。本来自己也不想吃什么。只是人家已然塞到手上来了，可也不便拒绝。先拿起一只，撕了一块白薯皮，送到舌尖上舔了两下。这一舔，可就把食欲引起，继续把两只白薯吃下。老刘真是看得起朋友，一会儿送着茶水来，一会儿送着煮面条子来，没有肯休息一下。三胜终于是受了他的感动，陪着他在一块儿坐着吃饭了。

　　晚饭以后，老刘又劝三胜出去散散闷，拉着一同去洗澡。三胜经过了几次畅谈，心里也就开阔些了。晚上回来，虽然还是一个人在家，他心里便另有了一个念头：没有儿女要什么紧？一个人挣，一个人吃，大不了一根棍子，一只破饭碗，也不会饿死的。人是着实疲倦了，倒下头来便睡。一觉醒来，窗户纸上，已经发着灰白色的光。自己悄悄地穿衣下炕。先把破箱子打开，将一件小袄子，和三四件换洗衣服，全都叠在一处，用一个包袱包了。然后找些细软的零碎东西，也都塞在包袱里。收拾完了，站在屋子里四周上下，全都看看，叹了一口气。那靠墙正中的方桌上，关羽画像之下，有一块小小的木牌，写着李氏祖先之神位，他对上面注视了一下，然后就恭恭敬敬地朝着上面磕了三个头，又比着袖子作了几个揖。接着把墙上演鬼打架的两个假人，取了下来，对两个偶像笑道："老朋友，还是咱们到一块儿去混吧。"然后把包袱同两个假人同在肩上背着，在桌子底下捡起一个煤球，在墙上涂了几个字。丢下煤球，把手擦干净了，就反带着屋门，开了大门出去。

他出得门来，似乎身后，有了什么魔鬼在那里追逐，径直地向前走，头也不敢回。直待走出了本胡同后，停住了脚，才向自己的来路看看。然而家门遥远，已经是看不见了。于是把肩上背的两个假人，也取了下来，笑道："朋友，替你两个人，也收拾收拾吧。"将捆住假人的板带解下，上下都掸过了灰，自己把腰子挺着，笑道："还是自己求自己靠得住。"说着话，把假人在肩上扛起，放步便走，没有走到五十步，对面一个人走来笑道："三爷，你身体大好啦？出来做买卖了。"三胜看到是一位街坊，更把腰子直立起来，带着笑道："好了，好了半个多月了。朋友，再见吧。"说着抱了拳头，拱了两拱手。那人还追着问："干吗这样早出去……"可是他径直向东走着，越走越远，遥遥地看去，好像他肩上两个假人，只管在推着他呢。

　　那人见他这种情形倒有些疑心，前日还提刀动杖地杀人，隔了一日，满脸全是笑容，就认真做起事来了，这透着新鲜。因之很快地赶回院子去，就向三胜家里看看秀儿回来了没有。却见他的房门，开着半边，里面空洞洞的，没有一个人影，不由得呀了一声。当他在院子里这声惊呼的时候，老刘也是推着烤白薯的独轮车子，由院子里经过，放下车子道："三爷又早起来了。"那人道："他早出去了。扛上他要的那玩意儿，已经去做买卖了。"老刘道："去做买卖？他那身体哪行？让我瞧瞧去。"说着话，走进三胜那间屋子里。首先可以注意的便是炕上的棉被，并不曾叠起，上面放了一只箱子，又乱七八糟地堆了些零碎衣服，好像是三胜搜寻过一阵东西的。他搜寻着什么呢？这却不由得跟了向屋子四周看去。在这样目光四射的时候，发现了墙上那煤球涂的黑字了。那字大概有饭碗大一个，是很容易看了出来的。那话是：

　　　　刘爷，我走啦。没什么说的，屋子里零零碎碎的，全都交你啦。青山不改，绿水长流，再见再见。我没面见人，街坊好友，我不辞啦。

　　　　　　　　　　　　　　　　　　　　　　　李三胜磕头

　　这大杂院子里，就算老刘认识的字最多。他看过之后，两手一拍道："吓，三爷真走了，这么大年纪的人，叫他向哪里去存身。这个老头子也真可怜。"他这一嚷，把大杂院子里全院子人都惊动了，齐拥进李三胜这间屋子里来。大家看着屋子里东西，并没有怎样搬动，不像是主人要逃走的神情，这就纷纷议论起来，说不定要出什么乱子。有的说，李三胜等不着姑娘回来，一定找姑娘拼命去了。有的说，他那个倔脾气，很容易想不开的，找不着有水的地方，遇到电车道他也会躺下去，让电车由身上过去。有的说，他面子丢大了，没脸见人，稍微躲两天，将来搬了家，这些东西还是要的。大家说了许多，都是不大高明的话。

老刘听着，只是皱着眉摇了两摇头。随后就望了大家道："李三爷既是走了，咱们不管他这一走之后怎么着，反正总是可怜的事。咱们全是多年的街坊，应当可怜可怜他。我这人就是实心眼儿，他既在墙上题下了字，把家里东西全交给我，那说不得了，我一定得负全部责任，把这些东西全管得好好儿的。因为将来三爷有一天回来，那自然没什么可说的。说句不懂人事的话，若是三爷不回来，我把这东西交给他姑娘，或者永远存着，都有一个交代。我说这话，各位觉得怎么样？"大家对于三胜这档事就不大满意，谁愿去多他的事。老刘问着，大家全没作声。虽有一个人说，"他既交给你了，你就接着吧"，那声音也小得像蚊子一样。老刘一看大家的情形，知道谁也不愿负责任。这没什么，自己和李三胜是老朋友，就担起这个担子来吧。大不了就让人家说，吞没了李三爷一套家产，也不过是破桌子烂板凳罢了。这样地想着，就一抱拳向大家拱手道："好的，交给我了，诸位请便，我要锁门了。"

那些街坊见他说话，这样地干脆，倒不免向他瞪了两眼。可是老刘把话说过了，并不怕人注意，首先走出门去，站在一边，抱着两只拳头，只管向大家拱揖。明是客气，其实是催人出去。有人叫着走吧，大家就一哄而散。老刘先把门向外反扣了，赶快就跑到家里去，取出一把锁来，把门锁了。那些走出门来的街坊，站在院子里，四围闲散地站着，兀自未曾散开。有位年老的街坊，淡淡地笑道："多费什么闲心？这儿的街坊，全不开眼，没瞧见过几张破桌子烂板凳？"

那个爱说话的桂芬姑娘，这时也站在院子里，便噘了嘴道："那个讨厌的老头子，活该他走了，人家同他说好话，他倒要搭起臭架子来，真是狗咬吕洞宾，不识好歹。"老刘瞪了眼道："你这孩子怎么张嘴就骂人?"桂芬手扯了身上的薄棉袍子大襟,将脖子一扭,连顿两下脚道:"活该活该,再说三十声活该!"老刘把颔下几根胡子,气得真撅撅的,那件灰布短棉袄外,拦腰系着一根大布带子,他是解开来重系,系了又复解开,倒有好几次。在这个期间,他心里是在想着,要用一句什么话来质问桂芬,最后两手拿了带子头,向前胸紧束着,就对桂芬瞪眼道:"你爹妈就是这样教给你说话的吗?"桂芬道:"怎么啦?我爹妈怎么教着我不好,把我卖过钱了?你别瞧那些个人穿得比姑奶奶好,她可没有姑奶奶身上香。"

说着这话时,她向大门外一指。正好对过王氏姊妹,坐了车子由外面回来,王大姐看到对过院子里,站着许多人,心里头正有一些奇怪,看到桂芬指手画脚向这里说话,便停住了脚,板着脸道:"呔,你充谁的姑奶奶,话可要说明白些。我是不怕事的。我不惹人家,人家也别惹我。谁要无事生非的,招到我头上来,那我不客气,真用大耳巴子量人!"说时左手就卷了右手的袖口,那神气简直就要向这里奔过来。桂芬道:"你干吗找我?我提着你的名,道着你的姓吗?你别向我找碴儿。"

王大姐睁了两只眼睛,紧蹙了眉头子道:"那么,你刚才向谁说话。"桂芬看到她来势很凶,只管慢慢地向后退,退着到一群男人的身后去。王大姐兀自轮流地卷着两只袖子,偏着脖子红了脸道:"要是像你这种东西,我们也含糊,别在北京城里待着了。丫头,你躲着吧。你别出来。不定在什么地方遇到你姑奶奶,姑奶奶就撕你。有道是:拼了一身剐,皇帝拉下马。别说是你,就是再厉害十倍的角儿,我不含糊。"桂芬藏在人身后噘了嘴哪里还敢哼上一声。王大姐气愤愤地还只想骂,王二姐可就抢上前,一把将她拉着,皱了眉道:"你同这种人讲什么理。"王大姐虽然让她妹妹拦住,掉过身去,可是她依旧回过头来向这边骂着。直等王二姐带推带送,直推到大门里边去了,这一顿风潮,方始了结。

在那边大杂院子里的人,全都站定了脚,半侧了身子,向王大姐看着,脸上还似乎带了一些淡笑。王大姐走了,大家都向桂芬埋怨着。有人道:"这孩子尽说一张嘴。人家真同你认真起来,你又没得可说了。"桂芬道:"谁同那不要脸的人一般见识?"说着,扭转身子跑了,大家正在哄笑着呢,王大姐换了一件旧灰布棉袍子,手里拿了一根洗衣服的棒槌，又跑出来了。两手一叉腰在大门口站住，横瞪了两眼，只管向这边大杂院子看了来。王大姐这么一凶，只向这大杂院子里光瞧着，这边站着的人心里也都想，谁吃了饭没事，同人找别扭去？所以王大姐在那里站了很久，不但这边没有人敢骂她，而且眼光也不射到那边院子里去了。她最后横瞪了眼睛，向这边看着，鼻子里可就哼上一声。因为这边没有什么回响，她也就转身走回家去了。

李三胜结束家庭的事，到了这里，总算告一段落。没有人去过问李三胜，也没有人去查问李秀儿。老刘反插着锁的房门两扇淡灰色的门板，向着这院子里来往的旧街坊，那是象征着李家的凄惨。这样过了一个星期，房东已是知道了。听说三胜的家具，是老刘代管着的，就催着老刘把家具快搬了出去。老刘自然不敢担认下来，就对房东约着，再等一个星期，找不着三胜本人，也要找着三胜的姑娘。房东的理由是：李三胜曾经欠过五六个月的房钱，好容易现在快还清了，不能再让他白占住房子。强制着扭开了锁，叫两个人力车夫来，把屋子里东西一齐搬到院子里来。同时在门外也贴上了招租帖，大杂院里的房客，差不多都是欠房东房租的，房东处置李三胜的事，大家也不过是白瞪眼，谁敢哼上一声。

在租帖贴出来的第三天，发生了反映了。天上仅仅只有一线光亮，胡同里的宿雾，罩着人家有些迷迷糊糊的，电灯杆上的电灯，现着一圈圈儿红丝。黑暗到光明在空间是分野的时候了。在胡同口上，进来一个老人，背上扛了一个极大的蓝布包袱。一顶破呢帽子，低低地放下帽檐来，罩着了自己的鼻尖。他的身躯，也许是很高大吧？只看他把身躯弯着，额角和胸部的距离，是很长的。他的眼睛，大概是不行了，罩上了一副玳瑁框的眼镜。他好像有什么顾忌似的，挨着墙，慢慢走到大门口来。到了大门口，他伸直腰了，向那租帖看着，接着又弯了腰，由大杂院里的大门缝里，向里面张望着。他总看了十分钟之久，听到大门里边，已经有了咳嗽声，他这就很快地掉回身来，向胡同外走去。约走了半里地，他的腰不弯了，直伸出来，再走了一里地，他的眼睛也好了，摘下了眼镜，这样是露出了他原来的形状，那正是李三胜。

他的脸更憔悴了，眼角里也藏了两粒泪珠。向东更向北，这就到了东城最大的一个庙会所在，隆福寺。这里的庙会期是逢每个八九十的日子，在每个会期里，这里除了出售日用百货而外，也容留着各种下层娱乐的卖艺者。李三胜背了大包袱，走进庙来，先买了两套油条烧饼，坐在茶馆里把肚子闹饱。然后在人稀少，而又是太阳晒得着的地方，就半坐半躺地睡了一觉，到了中午，一觉醒过，已是精神饱满，这就把那大包袱打开，先透出两个打架的假人，掸了两掸灰，半立着放在地面。后来找出一只洋铁香烟罐子，装了一罐子白石灰。自己用三个指头，撮了些白石灰，就在这面前空地上，蹲着画了个大圈圈，在圈子外正南，画了个长方格子，格子里，白粉撒了四个字："艺术之宫。"地面占好了，圈子中间一站，昂了头，提着嗓子喊道："诸位快来瞧吧，青天白日鬼打架。快瞧快瞧，这是新鲜玩意儿。"

他一顿大喊，也就有一二十人渐渐地走拢，围了这白粉画的圈子。李三胜看着这些人里面，却也有两个衣服穿得整齐些的，这就一抱拳向周围作了个罗圈揖，才道："诸位，我老小子不敢夸嘴，有什么玩意儿伺候你。你逛庙来了，在外散散心，解解闷，这是快乐的事。你就只当大门口要饭的，同你付了两大枚。你说没带钱，那不要紧，请你在这儿多站一会儿，帮帮场子，让没有来的朋友，瞧着这儿人多，向这儿来赶热闹。"大家看李三胜尖着脸腮，凹着眼睛，透着更老。似乎他没有什么力气，他能干什么呢？在大家心里这样猜度着，也就站定了不动，看一个所以然。

李三胜一面解着腰带，一面睁了老眼，向大家笑道："诸位，别瞧我这要饭的玩意儿，我也有那么一个字号。以前我把这字号叫作一人班。那意思就是说，这班子就是我一个人。于今想起来，我这人是太老实了。这年头儿，就是个蒙事，谁能蒙人，谁就有饭吃。不多几天，我学了个乖，把我这白粉圈的地面儿改了，叫艺术之宫。"说着话，他已经把带子解开，扔在地上，接着去解衣服的纽扣。同时就在白粉圈子里走来走去，对着四周人说话道："宫？就是皇宫内院那个宫，可不是吗？打二十年前说吧，这个宫字，谁敢拿来做招牌？到了现在，皇帝轰跑了，说是咱们四万万同胞一律平等，谁是要饭的，四万万人全是要饭的。谁是皇帝，四万万人就全都是皇帝。这么一来，皇帝是他妈的狗屁，宫殿这个招牌，也不能像从前是皇帝家里的独招儿，谁爱说他家是宫殿谁就说他家是宫殿，我保那么一档子险，准不犯法。"

说到这里，就对了四周的人注视着，好像寻找着谁。他寻找一番，把他所要找的人，找着了。那人由头发到颈脖子上，全像是用黑墨涂过了，身上穿的青布衣服，黑得放油光。两只乌鸡爪子的手，环抱着手臂在胸前，斜伸了右腿，好像听得正入神。三胜这就一抱拳道："这位大哥，你不是煤铺子里的吗？什么字号？"那人倒是一怔，答道："我们是义和家，干吗？"三胜笑道："不干吗。我的意思说，宝号若是不叫义和煤号，叫起义和煤宫，不好听得多吗？"看玩意儿的人，这就哄然一阵大笑。

三胜向大家瞪着眼道："别乐，我这是实话，这年头儿只要会吹，白水可以当香油卖。你要是不会吹，香油当白水卖，准保还没有人肯瞧上一眼。你以为我这是废话不是？可是我的话有来历的。我有一位远房亲戚，就算是晚辈吧，她在一个学校里当老妈子。这学校不大不小，也有个二三百学生吧，总也算有点儿面子，他们那里的学生先生，觉得这学校两个字不大新鲜，对人不说学校了，他们说咱们是艺术之宫里出来的。我只听说有乾清宫、雍和宫、娘娘宫，没听到有四个字的什么艺术之宫。后来我一打听，才知道只要是卖艺的手艺，这都叫着艺术，学玩意儿的地方，叫艺术之宫，那是说他们的人，像谭老板杨老板一样，当过内庭供奉。"

他说到这里，把小短袄由身上扒了下来，只剩一件单裢子，这就把地面放下的两个假人提了起来，在怀里抱着，抖了两抖，因道："诸位瞧，我一个人变作两个人，这虽是讨饭的玩意儿，可也不易。吹牛，大家就吹吧。我也说是艺术之宫里出来的，有什么不行？你要说我老王卖瓜，自卖自夸，我还压根儿就瞧不起那艺术之宫呢。这年头儿，什么新鲜事儿都有。就离着那学校不远，有一所民房，门口也挂了一块艺术之宫的招牌。你猜怎么着，那里面全是一般畜类。每天下午花一块钱，让人家大姑娘脱光了眼子，他们来四五个人围着人家画。他们说这是艺术，其实是瞧光眼子开心。这年头儿，大姑娘真不值钱，脱光了眼子给许多人瞧，一点钟才值两三毛钱。瞧光眼子的大爷，平摊起来，一个人才花二三十枚铜子儿，比上莲花河三等下处挑个人儿，还要省得多。这样作孽的人，我没什么可说的，只盼望他们多生下几个姑娘，在隆福寺光了眼子给人瞧，一瞧一大枚，让诸位也开开眼。"于是在场子上围着看的人，全都哈哈大笑起来，三胜把有皱纹的脸板得通红的，点点头道："我真不屈心，这全是实话。"

　　他说着，又把假人抖了几抖道："实不相瞒，也有这么一个姑娘，光了眼子卖钱，瞧我年纪大，做不动事，白养活着我。以先我不知道她是干这个的，所以糊里糊涂过下去，现在我可明白了。有道是人人有脸，树树有皮。我能吃碗脏饭吗？所以我一赌气，把手上这玩意儿扛了起来，还是来卖老命。以先，我瞧着这北京城里也有些乌烟瘴气，跑出城去，到乡下去混。唉，别提了，走了半个来月，倒饿有五六天的饭。没法子还是溜回北京城里来。北京城里虽然乌烟瘴气，人家可是真出钱，不来怎么办？今天到隆福寺来，是头一遭儿，诸位大爷，多少帮个忙。"说时，抱了两个假人，向周围的人，作了个罗圈儿揖。

　　说毕，就把这个假人，向身上套了起来，身子向地上一趴，两只手穿在假人的裤筒子里，两个假人立刻直挺挺地树立起来。于是那两个人回手相抱，就摇撼了几下。三胜下面两手两脚在地上爬滚着，上面两个假人，就揪缠着打了起来。远远地看着，就活像两个人在一处打架一般。围着看的人，瞧着这倒真是个玩意儿，笑着只叫好，连连地鼓掌，三胜背着两个假人，很打了一阵子，突然又把两个假人一掀，就捧住了拳头，向大家作揖，喘着气道："诸位，帮个忙。多少不拘，大家凑合我一顿窝头钱吧。"他说着话，蹲了身子，连请了几次安。四周围了百十个人，从中也就有两三位，扔了铜子儿在地面上的。

　　三胜见情形不好，就挑着两个衣服整齐些的，迎到他们面前，伸着巴掌，笑出来道："先生，多少随意吧。你只当买了几大枚猪肝，拌了猫饭。你只当买了两个羊肉包子，喂了你那小哈巴狗了。我反正是不要老脸，你若嫌我恭维得不够，我再跟你磕一个。"他这样一阵苦哀求，地面上又扔下了十几枚铜子儿。待再要四周告帮，看看那个人圈子，由一条粗线，变成虚线点，溜走的人已是不少。于是一抱拳，高举过顶，嚷着道："现在不要钱了。扔了钱的各位，只管向下看玩意儿，我不和你再要。没扔钱的各位，也别走，请你帮帮场子。您真是没带钱，我能要你坐汽车回家去取钱给我吗？刚才玩的几套玩意儿，也许你不以为奇，现在我还耍两套好的。"说毕，伏下身去，把两个假人竖着挺立起来。刚一摇撼身体，他复又直身子来，闭着眼，呆了一呆。有道是：天桥的玩意，尽说不练。若是老这样练下去，哪有许多玩意儿？看热闹的人以为他又要耍贫嘴，没理会到什么变故。

三胜将手按了一按额头，然后伸了巴掌，在颈脖子上拍了几下道："沉住气，还不够一顿窝头钱呢。"于是向大家供拱手道："实不相瞒，我两三天没吃过一顿饱，现在练起玩意儿来，脑袋直发晕。没什么，我一定神就好了。可是有一层，我一蹲下去了，诸位千万别走开。你要一走，我练给谁瞧?"说毕，喝了个来字，身子猛可地向下伏去，第三次练起。这一次练得果然不坏，那两个四手相抱的假人，摇撼着白布包成的脑袋。左撼右晃，下面四只脚，挑挑拨拨，闹个不歇。有时踢上一腿，有时分开两脚，俨然是摔角的一种解数。

约莫有十分钟之后，两个假人在场子中间定住了。随后下面四只脚，缓缓地移动几次。看热闹的人，以为演鬼打架的人，又要换招数，大家也就凝神看了去。不想仅仅地面上有两只脚起了一起，并无别个招儿。接着四只脚缓缓向两个假人的背后冲出去，四条腿，成了个大八字。大家全纳闷，真摔跤也好，耍假人也好，哪有这一招儿呢?全睁了眼呆望着。两个傀儡似乎是全打得疲倦了，四只脚各向后伸，人只管蹲子去。蹲得四只脚成了个平地一字，大家以为这倒是个新招儿，不由全体哈哈大笑起来。

可是这两个傀儡，却是哗啦一声响，把右边这傀儡的下半截衣服扯断了。这就看到李三胜的脑袋，由假人衣襟下伸出来，正是趴伏在地上。两只手臂各带了半截红裤脚，手上套了靴子，直伸过头去，直挺挺地双比着。两个假人的衣服套子断了，失去绊系的功用，也就随着倒在地上。看玩意儿的人，哄然一声就围了拢来，都嚷着道："这是怎么了?这是怎么了?"三胜的身子虽是趴着，脸倒是偏过一边，就重重地哼了一声。看热闹的当中，有个年纪大些的，就俯着身子，对了他脸上问道："喂，老头儿，你这是怎么了?"三胜哼着摇了两摇头道："我不成啦。"那人道："你家住哪儿? 给你家里送个信吧?"三胜连连哼了几声，闭着眼睛，没有答复。

看热闹的人见了这情形，又是哄然一声。有那热心的，已是跑到巡警岗上，找了一位巡警来。巡警弯腰一看，见他面色紫中带乌，情形很是严重，这就把他身上的假人，首先取下，放在地上，然后蹲着身子把他扶了起来，问道："你是怎么了?"三胜回转头向巡警看了一眼，因点点头哼着道："先生，你是好人。别扶着我，让我躺下，别脏了您的衣服。"巡警道："你家住哪儿？雇辆车把你送回家去吧。"三胜道："我不成了……"说着，把眼睛闭上。巡警看他的情形越发不对，招招手，叫看热闹的人把假人拖了过来，做了个大卷子，塞在三胜身后，就把他放在上面靠着。再问道："老头儿，你姓什么？你家住哪儿，赶快地说了出来，我好同你去报个信儿。"三胜点着头道："我家住在花枝胡同三号，大杂院子里。我叫李三胜，还有一个姑娘……"说到姑娘两个字，他就哽咽住了，说不出话，随着两行眼泪，由脸腮上直滚下来。巡警道："既是你有家有底的，这没什么，我到你家去报个信儿，你家来个人，把你接了回去得了，好好地休养，也许慢慢地就好了起来的。"

三胜的眼珠已是带了灰白色，缓缓地有点儿不能转动，只向巡警点点头，随着眼皮合了起来，不能睁开，两手臂缓缓垂下，脖子歪到一边，同时那脸上的颜色只管苍白起来，除了胸面前还有一点儿微微地闪动而外，五官四肢全板得没一点儿动作。巡警撕了一片破衣襟，将他的脸盖住，于是他看不到这世界，也看不到艺术之宫，更无须为这艺术之宫伤心了。

隆福寺的庙会，到了下午六七点钟，一切也就散完了。那些空洞的场子，白天到处都拥着动乱的游人。到了这个时候，天上的夜幕缓缓地张开，在模糊的夜色里，只看到一些长板凳方桌子架着木板的空浮摊。有些地方，较大的摊子没有拆掉，还有那歪斜不成格式的几根大柱，撑着大小架子，满地上是零落的碎纸和水果的皮核。墙角下，有一块地皮潮湿着，是卖食物的在那里倒下了残汤剩汁，正有那拖了尾巴的瘦狗，将鼻子尖在地上嗅着。两廊下的茶馆和其他的小商店，也都上了铺板门。两三家透出一点儿灯火，那是在报告夜之来到。在周围一两里大的隆福寺里，什么都沉寂下去了，哪有什么人奔走来去。做小买卖耍玩意的人是得了钱回去。看热闹买东西的人，是各自得了所需要的东西和快乐回去。这里只有四五个人，在大殿东角，在做另外一种的工作的。在夜色更深一点儿的时候，两根粗木杠子抬了一具白木棺材，悄悄地由庙的后门出去。棺材面前，有一个五十上下的人，手上挽了一只藤篮子，里面盛了纸钱和香烛。他正是大杂院里卖烤白薯的老刘。那么，后面抬着的是李三胜，不问可知了。

第二十二章

公寓里的私寓

当李三胜这样断送了一生的时候，他的姑娘秀儿那是完全不知道的。秀儿所住的是东城的一家公寓里，因为所出的价钱是相当地多，所以占据了第二进里面一个跨院。夜色这样模糊，也正是看第二场电影完毕，游人回家的时候。秀儿除了她原有的那件灰布棉袍子而外，还加了一件绿毛绳的短大衣。手里拿了一个新式的紫色小皮包，高跟鞋子是的咯的咯作响，由外面走进了这跨院。段天得穿着挺括的西服，也由后面紧跟了进来，已是老早地高声喊着伙计开门。伙计听到段先生的声音，答应起来，嗓子也觉得脆些。早是一个喂字，手里拿了钥匙，跑步到了跨院子里。

段天得撮着嘴唇吹曲谱，又在吹《璇宫艳史》，偶然问伙计一句道："有人来找我们吗？"问完了这句，又吁哩吁哩吹了起来。茶房答道："没人找，不过刚才有姓王的打电话来。"秀儿道："是男人是女人？"茶房道："是个女的吧？"秀儿对段天得道："那准是王大姐给我的电话。我们有两天没有见面了，我应当回个电话问问她有什么事情。"段天得老早伸出两手，拦住她的去路，皱了眉道："问什么？无非要敲我的竹杠，请她们瞧电影。"秀儿道："那倒不见得。也许她们给我通知一点儿家里的消息。"

茶房已是打开了门，段天得挽了她一只手，将她牵到屋子里来，笑道："你父亲也不在家，家里有什么消息报告给你？她们真有什么急事，绝不能打一遍电话就算了，接着还有第二遍电话来的，你既然放心不下，在屋子里坐一会子。等着第二遍电话就是了。"秀儿被他劝说着，只得在一张大椅子上坐下，身上罩的那件绿毛绳外褂子也不曾脱下，两手十指交叉着放在怀里，低了头，微皱着眉头子，轻轻地叹了一口气，却不说话，段天得走向前，掏起她一只手来，俯了身子问道："你有什么心事吧？可是现在既能挣钱，又没有人管你，十分自由，你也就可以满意的了。"秀儿抬头看了他一下，摇了两摇头。

段天得在下首椅子上坐着，半歪了身子，向秀儿脸上看去，沉吟着道："你所放不下心的，大概舍不得你父亲吧。昨日我还听到朋友说，在天津火车站看到你父亲，说是他身体很好，他自己说，要到济南去了。"秀儿将脖子一扭道："我不信。我不提，你怎么就不告诉我呢？你分明是信口胡诌。"段天得道："你不问我，我提他干什么，提起来，不是更引起你一番心事吗？"秀儿道："你真会说话，我怎么说，你怎么对答。可是我要不发愁，糊里糊涂地跟你过。大概我一辈子不提起我父亲，你也是不会说的吧？"段天得笑道："哪来的话，哪来的话？"说着这话时，连连地将秀儿的手背拍了几下。秀儿还是噘了嘴，并不说什么。

段天得站了起来，在屋子里来回走了几趟，因道："人生在世，无论在哪一个阶级里，总要知足才好。你现时同我住在一处……"秀儿也突然地站起来，板着脸道："姓段的，你说的话，不太屈心吗？自从那晚上你把我冤到这里来以后，天上说到地下，我要什么你给什么。别的且不说，你说离开学校，带我到天津去正式结婚，这事情打算在哪一天举行？"段天得道："结婚那不过是一种仪式。只要彼此有情感，那种仪式举行不举行，有什么关系。远的不必说，我们学校里，左一对爱人，右一对爱人，你是知道的，你瞧他们，谁是举行过结婚仪式的？"秀儿道："那我怎能和学生先生打比。她们没有工夫，照样地有饭吃，而且也不怕找不着丈夫。再说除非彼此交交朋友，各人不谈结婚就算了。不然，哪位小姐要是爱上了哪一个男人的话，结婚那一番排场，倒是越风光越好让大家知道。那为什么，为的是怕男人拿女人开心，玩够了就不要了。"段天得道："照你这样子说，你是不放心于我。可是你要知道，男人真要是变了心，结过婚，女人一样的不奈男人何呢。女人想男人不变心，那只有顺顺溜溜儿的，听男人的话。"

说着向沙发上坐下，架起一只腿，口里斜衔了一支烟卷抽着，接着道："别的你没有学到，女人诮人的本事，你倒先弄清楚了。你要是存了这份心，咱们将来是好不了。"秀儿也跟着坐下去，默然了很久，不由得两泪交流，向衣襟上陆续地垂下来。只看那泪珠，一粒跟着一粒向下飞滚，随着两只肩膀，也跟了哭态，陆续地颤动，可以知道她伤心已极。段天得只管斜偏了身子，向她看着，微笑道："这也算不了什么。你爱听我的话，就听我的话，不爱听我的话，你就别听。你也是有一项吃饭本领的人。就算没有我捧场，你也不愁什么。"秀儿道："对了，你把我带在公寓里住了这些日子，已经是玩腻了，我要走，你就让我走，对也不对？你说我有吃饭的能耐，你丢了我不要紧。对啦，你就存了这一番心事。这个我还有什么不知道，要你提着吗？可是我真要同你翻了脸，你就会到学校里去捣乱，我那饭碗也是保不住吧？事到于今，我很明白，我不靠你是不行的。"段天得摇摇头笑道："你别这样说。你要是这样说，我更要拿乔了，你不害怕吗？"秀儿道："我害什么怕？至多是一条命。"

段天得立刻两手伸出，握住她两只手，把她拖起来，靠在自己怀里，将手拍了她的肩膀道："你别害怕，我不是那种人。现在我正想法筹一笔款子，这一笔款子到了手，我就同你赁房住家。学校里这一份事，你就不必干了。虽说做这种工作是为了艺术，究竟带些牺牲的意味，能够不做这项苦工，那是更好。你跟我在一处住，也有这么些个日子了，你看我待你怎么样？由头上替你置到脚下为止，别的都可以假，花钱是假不了的。我早就立下了志向，要同一个穷人家姑娘结婚，娶了来，好替我持家……"秀儿道："你自己也说结婚了，咱们哪一天结婚呢？"段天得笑道："又让你把结婚两个字抓住了。我早就同你说过，就为的公开结婚，怕同学们散布谣言。大家知道了，我不好在那学校里念书。你既是跟了我了，你就得望我学业成就。你愿意我念不成书吗？"秀儿道："难道当学生的人，就不能结婚吗？结了婚的人，就不能念书吗？这话你不能冤我。"段天得道："我同别人结婚，没有关系，同学校里模特儿结婚，那是难免人说话的。"秀儿这就身子一扭，在远远的一张椅子上坐了，头一偏道："这还用说吗？你的心事，我全明白了。就是你艺术学校里那些先生学生的心事，我也明白了。你们口里说平等，你们口里说模特儿为艺术牺牲，也是艺术家，于你看起来，那全是假的。你们眼睛里，依然是把模特儿当奴才小子，你们做主子的人，玩玩奴才小子，那还没有什么要紧。若是真要娶奴才做女人，那是见不得人的事。你别拦着我了，让我回家去吧。"她说到这里，手按住桌子，突然地站了起来，瞪了眼睛向段天得望着。

段天得先把房门掩上，然后取了一支烟卷，在嘴角上衔着，坐在沙发上，左腿架了右腿，右腿悬空，只管颠动着，然后向秀儿笑道："劳驾，请你把那茶几上洋火递给我。"秀儿抓起茶几上的火柴盒，向他怀里扔了去，将脚轻轻一顿道："你别同我东拉西扯的，让不让我回去？你说。"段天得缓缓擦了火柴，将烟卷点着了，喷着烟笑道："你真是要回去，我还能把你拉住吗？可是你也得仔细想想，怎么回去得了？"秀儿道："我没有什么回去不了的，这权都操在你手上。我若是不管你肯不肯，一扯脚走了。你明天到学校里去，联合几个同党一散我的谣言，这一份儿事我就干不了。"段天得笑道："你说得我就那么坏。就算我散你的谣言，我也不是校长教务主任，用你不用你，那权柄依然操在人家手上，我捣乱有什么用？"秀儿道："我心里比你还亮呢。就为你不让我到艺术之宫去画画，那画会里几个人，把我恨透了。可是又为着你几个出风头的学生，帮了我的忙，他们不便为了抢一个模特儿翻了脸。假使你们再踢我一脚，我准得滚。"

段天得颠动了那条右腿道："你非干模特儿不可吗？"秀儿道："我根本是个六亲无靠的人，现在父亲又走了，我不自己去挣钱，谁养活我？"段天得摇摇头笑道："凭你这样一说，你倒是进退两难了。"秀儿鼓了腮帮子，对他看了很久，才道："也不算十分为难。只要你高高手儿，我就过去了。我现在退步了，不想在你身上找什么办法了。我不是让你糟蹋了吗？算我下贱，不敢同你计较，就算让你白糟蹋了。从今天起，让我离开这公寓。我干什么，你也别管，好不好？"段天得将手一拍身边的茶几道："那不行，你一走不要紧，人家说我这人狼心狗肺，玩玩女人就不要了。你还得跟着我。"秀儿道："我同你在这公寓里住着，除了你几个好朋友，根本没有谁知道。现在我离开你，更没有人知道，谁会来批评你？"段天得道："你长了一张嘴，嫁我没有嫁成，你能不对人说吗？"秀儿道："便宜都是站在你们男子一方面的。我要回家去，你怕我宣布你的臭历史；我跟你过，你又只愿偷偷摸摸的，不能让别人知道，因之我没法子说明。我跟了你，这模特儿的事，还得干，不敢把饭碗丢了。我除了得着你几件衣服之外，就是每天扰你两顿饭，你也太合算了。"段天得笑道："哦，你就为的是这个。我也对你说过了，学校里你不必去了，你既是我的人，我不愿意你去牺牲色相。"秀儿道："我还没有做你的女人呢，你就不愿我当模特儿。若我还是姓李人家的姑娘呢，你就不这样说了，当模特儿没关系，人身上肉哪儿也是一样，脸可以给人看，别处也可以给人家看。"

段天得听着有些不耐烦了，两脚齐齐落下，踏着地板咚的一下响，站了起来，反背了两手在身后，在屋子里连连走了几个来回，因道："两面的话，都归你一个人说了。你愿当模特儿，是你的志向，谁管得了，你现时还不是照样地上学校去吗？我并没有把你拦着。"秀儿道："你要诚心诚意地拦着我，那就好了。因为你真不让我去干的话，你得负着责任养活我，那就很不容易把我丢了。现在呢，我要是自己不干，是我自己丢了饭碗，与你无干。你现在还没有玩腻，留着我玩玩。将来不要我了，你还当你的学生，我还干我的模特儿。你说是不是？这几天以来，我是把你看透了。"

秀儿说到了这里，也就勾起了自己一腔怨恨，猛力地坐下，右腿架在左腿上，将两手抱住了膝盖，将脖子歪到一边，脸板得红红的。段天得虽是不断地来回走着，眼光还是向秀儿身上射去。见她这种情形，不走了，突然站住了脚，向她望着道："由认识你到现在为止，我待你不错呀。听你的口音，我这人又奸猾又厉害，简直是欺侮你了。别的是假，花钱是真，我在你头上花的那些钱，这也全是假的吗？你为了一点儿事不如意，就把我的好处也一齐抹杀，这未免欠着公平。话是由人说的……"

秀儿把那只脚放下来，两手连连拍了沙发的扶手，摇着头道："别的话全不用说了。我问你为什么同你谈起结婚来，你就推三阻四的。你说现在结婚不妥当，我也原谅你，你不结婚吧，暗下里先订婚总可以的了，可是你也不愿订婚。"段天得淡笑了一声，取了一根烟卷在手，在桌上连连地顿了几下，塞在嘴角上，顺手在茶几上摸起一盒红头火柴，取了一根在西服裤上一擦，火柴着了，自点着烟抽。那火柴且不吹息，将两个指头钳住，举起来看，对于秀儿的话，好像没有听到一样。直等那火柴快烧到手上了，这才把火柴扔到痰盂子里去。秀儿道："不管你爱听不爱听，我还是要说。我问你，把我留在公寓里，这样明不明暗不暗的，你打算到哪一天为止？"段天得道："这个权柄，操之于你了。

假使你愿意在这里住，我决不会要你走。你不愿跟我，你找着相当的对手方，那是你的自由，我也没有法子。不过你回家去，千万使不得。因为你父亲虽然暂时走开了，说不定什么时候，他偶然回心转意，就回家来的。你见着他，他问你这一程子在什么地方住，你还有命吗?"秀儿点点头道："哼，对的，同时他会找你算账。你也有点儿怕他啊。"

这句话段天得还不曾答复，屋子外面有人笑道："老段会怕人吗?我倒要打听打听，所怕这个人是谁。"随着走进来一个人，正是段天得最得意的同志章正明。他在西服上，罩了一件法国式的紫呢大衣，腰身和下襟都很肥大，黑呢的盆式帽子真个有盆那样大，纷披地掩住了头的四周，西服里透着雪白的衬衣，在衬衣外露出两条黝黑的领带子。胁下夹住极大的黑皮讲义夹子。他站在屋子中间，四周地看看，向段天得笑道："瞧你这小两口儿，一个是板着脸，一个是撅了嘴，莫非又闹着什么别扭。"段天得道："岂但闹着别扭而已? 这事很透着麻烦。我也不愿说，你直接问她吧。"章正明把胁下夹的那个讲义夹子，从从容容地放到桌子上，然后掉转身来向秀儿道："你们结合还不多天，新婚燕尔应该欢欢喜喜，为什么像结合了几十年的人一样，老是闹脾气。"

秀儿当他进来的时候，曾向他点了一个头，随着就坐了下来，这时低头坐到一边，不答话，也不理会，缓缓儿地就有几粒泪珠，落到衣襟上，然后深深地叹了一口气道："我是上够了你们的当了。"说毕，左手盘弄着右手五个指头，只管看了出神，那泪珠是像雨后的檐溜，过了一会儿，滴上一两点，过了一会儿，又滴上一两点。

章正明在她对面椅子上坐着，却向段天得注视着，带了一些微笑。段天得两手插在西服裤子袋里，站在屋子中间，却将一只皮鞋尖不断地在地板上敲打着，淡笑道："我们花钱的人太冤。她……"说到这里，就接连着说了两句英语。秀儿插嘴道："有什么话，你们说出来得了，干吗瞒着我。到了现在我是耗子钻牛犄角，都没有路了。你们爱把我怎么样就怎么样。我又不是三岁两岁的小孩子，你们当着我的面这样说话，难道我还有什么不明白的吗?"章正明笑道："你明白是明白，若是像你所猜的，我两人当面说你的坏话，那么，我们又成了小孩子了。他同我说的英语，虽然是说着你，可是并没有说你的坏话。"秀儿道："说我的好话，为什么不明明地对我说呢?"章正明笑道："若是这屋子里，只有你和他，他说的这些话，那就一点儿也不隐瞒，可以告诉你的。只是这话除了一男一女之外……"说着扛了两下肩膀，向秀儿做了一个鬼脸，微微地笑着。秀儿咬着牙道："你们全是铁打的心，我心里正是万分难过，你们还要拿我开玩笑。"说时，手扶椅子扶手，将额头枕住了自己的手臂。

章正明见她一把蓬的烫发之下，露出了一截粉团似的脖子，对段天得笑着，又向她努了两努嘴。段天得道："我真高兴不起来，你别同我开玩笑。"他说完这话，也就随身转过来，在床上坐着，两只脚垂在床沿下，来往地摇撼了几下，脸上沉沉的，不见着笑，也不见着发脾气。章正明左腿架在右腿上，右腿连连地向上踢了去，身子也跟着颠动起来，笑道："你二位吃过了饭没有？我还没有吃饭呢。我是特意来找饭落儿的。"段天得道："我们瞧过电影之后在外面吃过点心的。你若是等着，叫公寓里的厨房，开上三份客饭来吃吧。"章正明道："你们这一位，正闹着脾气呢，你不好好儿地请她吃上一顿，陪一番小心，你还让她吃公寓里不能伸筷子的饭菜。"段天得道："你知道什么，我们自己预备得有好菜。"

他说着话，首先把床底下一个大网篮子拖了出来，在篮子里面，两手捧了一只大瓦钵子，送到章正明面前茶几上，掀开盖来看时，却是大半钵子红烧肉。那肉汁成了白的冻子，犹如大半钵子猪油。接着，他又把写字桌的抽屉拉开，且不看什么，早是一阵油香味，向人鼻子眼直扑了来。干荷叶包的烧鸭，油纸托着的香肠，碟子盛着香油浸大头菜，满抽屉板上，全洒着零零碎碎的油炸花生米。章正明笑道："吃的倒还是真不少，别个抽屉里还有吗？"他说着，也就自己动手，来扯第二个抽屉，里面也不空着，有七八个干了的馒头，有两双假牙筷、两只细瓷碗，还有四五个生鸡蛋、两只没有洗的黑丝袜子、一本书、半只腿带、二三十个铜子儿，抽屉一拉，几个鸡蛋在里面乱滚，滚得哗啦作响，段天得按住道："小心点儿，别把我们的鸡蛋砸了。"章正明笑道："东西倒也预备的不少。可是你们只有两只碗、两双筷子，没有我的份儿。"段天得也把嘴向秀儿一努微笑道："你尝尝这红烧肉，口味还是真不错。"章正明道："这准是我们大嫂子做的，红烧肉就热馒头，再加上炒鸡子儿，这……"

秀儿突然一个翻身坐起来，还板了脸道："章先生，你别这样同我们开玩笑，我们是可怜的孩子。什么大嫂子二嫂子，你瞧我这样子配吗？"章正明笑道："哟，你瞧我多荒谬，进来这样久，我还没有摘下帽子。啰，李小姐，我这儿跟你脱帽行礼了。"他口里说着时，真的取下了帽子在手，站在秀儿面前，深深地鞠了一个躬。他见秀儿还是正端端坐在那里的，右掌举起来，行了个军礼，口里喊着道："敬礼。"随了这敬礼二字，两脚并拢，皮鞋打着啪的一声响。秀儿两只乌眼珠一转，扑哧一声地笑了。她好像不肯把笑脸给人看，立刻又扶了椅子扶手，低着头，把脸藏了起来。章正明道："这不结了？咱们在一处，吃一点儿，喝一点儿，乐一点儿，闹个老三点儿，多么是好。结婚不结婚，这没关系。你跟老段过了这些日子，谁不知道，难道还能说你们俩不是小两口儿吗？至于说你们同居，没有人证明过，不大妥当，那不算回事，哪一天我邀起几位得意的朋友，到这公寓里来聊天，你当场宣布一下，就行了。你不愿意朋友白证明，你就沏壶好茶，摆上几只干果碟子，那就很客气。再不然，大家吃回小馆子，要上四两白干，我们更是谢谢。你有办事的一笔大费用，自己多做几件衣服穿，比什么都强。"

秀儿在右襟纽扣子上，抽出一条素白的手绢，将眼睛揉擦了一阵，正着脸色道："章先生，你这话，论起来，也算很好听。可是人生结婚，一辈子也就是这一回的事情，自己透着事情很得意，请几位朋友来庆祝一下子，也不算过逾。"段天得道："老章，你听见了没有？她是要讲个虚面子，你还得由这方面向她解释才行。"章正明笑着点头道："李女士，先弄一杯茶来我润润口行不行？"秀儿虽然不高兴段天得，但是和章正明并无恶感。人家好好地说着，倒是不便不理会。只好站起身来代为叫茶房沏茶，茶房来了，而且把衣橱子里的茶叶瓶拿出来，取了一撮好茶叶，交给茶房沏茶去。章正明笑道："有香烟没有？送一根我抽抽，我一点儿精神没有，得兴奋一下子。"

秀儿靠了屋子中间椅子背靠住，向他微笑道："你这是成心。我不抽烟的人，你向我要烟抽。"章正明道："我也知道你没有烟在身上。可是我问你要，你可以再向别人去要。"秀儿道："我管不着。"说到这里，将头一偏。章正明笑道："这就是你不对。我好好儿地同你说，你也不应该给我一个钉子碰。"秀儿道："明知道我没有烟，你问我要，那不是让我为难吗?"章正明道:"我还是那句话答复你,你可以去问人要啰。那个人身上有,我指你一条明路。"说着,把嘴向段天得一努。秀儿笑着把身子扭过去,不理会他的话。正明笑道:"李女士,你更不对了。你想呀,你在我当面不和老段过言。我要走了,你两个人在一块儿住家过日子,还能够不过言吗?喂,老段,你别和她一样闹小孩子脾气。"

段天得这时坐在床沿上,远远地向秀儿看看,只是微笑。茶房已是捧着茶壶进来了,秀儿接过茶壶,斟了一大杯,两手捧着,送到章正明面前来。他笑着站起,两手捧住茶杯,笑道:"多谢多谢。不过朋友来了,应该是先敬烟,后敬茶。我又不是不抽烟的……"秀儿笑道:"这没有什么,我去买盒烟来请你得了。茶房。"她昂头对了窗户外,大声喊着的时候,已经是伸了一只手到衣袋里去。章正明这就大声拦住道:"不用不用。"秀儿掉转身来向他望着道:"你这不是成心吗?没有烟抽,你要抽,去买烟卷来敬你,你又不要了。"章正明道:"放着天得身上有烟卷,你不敬我,倒是掏出钱来,当我的面叫茶房买去。那不是打算臊我一下子吗?"秀儿道:"你们都是一条路上的,打算逼着我同姓段的说话,在姓段的面前讨饶,你说是不是?我想定了,偏不中你这一条计。"章正明笑道:"凭你这样说,世上做和事佬的人,都是坏蛋了。"秀儿道:"和事佬自然是好意,可是没有像你这样劝和,只同一边人说话的。"

章正明喝了一口茶,把茶杯轻轻地放在桌上按住,两手一拍,身子跟着一耸,笑道:"哦,你说这话,我明白了。你是嫌我,没有劝老段向你赔不是,对不对?喂,老段,你给我一点儿面子,你当着我的面和她说两句话吧。"段天得坐在床沿上,只管将两只脚来回地晃着,对人嘻嘻地笑,也不说他劝得对,也不说他劝得不对。章正明瞪了眼道:"老段,你听劝不听劝?你若是再别扭起来,我罚你同李小姐 Kiss 十次。"秀儿在学生堆里混了许久,什么叫 Kiss,她已经很明白了。红着脸道:"那敢情他愿意。章先生,我倒想起你一段故事。"正明道:"你想起我什么故事?"秀儿道:"那是王大姐告诉我的。说是今年正月里的事,你和平民学校一个女学生很好,在她家里打扑克,逮王八玩,你逮住了她,你就对她那么一下,她要是逮着你,也那么你一下。你倒老是让她逮着，你赢了你乐意，你输了，你更乐意，人家才十三岁的孩子……"章正明也把脸涨得通红，乱摇着头道："哪有这事，哪有这事。"

秀儿脸一偏，鼻子里哼了一声道："你们这艺术之宫的人，尽说人话，不做人事，讲起来好听，你们当大学生的人，愿意替社会做一点儿事，借了学校里的教室，教教没有钱读书的孩子。可是教不到两个月，长得好看一点儿的女学生，都和你们做先生的交上朋友了。你们办义务学校，就是这么一个想头。"章正明红了脸道："李小姐，你怎么啦？老段得罪了你，我可没有得罪你。你无缘无故地把我挖苦一阵，我真有些受不了。"秀儿道："章先生，你自己说吧，这话是真的呢，还是假的呢？"章正明摇摇手，笑道："我的小姐，别提了，这算我的错。我这儿跟你道歉。"他本是坐着的，说到这里，可就站了起来。段天得道："喂，你还不赶快拦着，真要人家同你鞠躬吗？"他说这话，眼光正是射到秀儿的脸上，秀儿笑着向章正明乱摇了手道："我不过同你闹着玩，你倒真急了。"章正明倒不理会这件事，两手拍着，笑了起来道："好了好了，你两人说起话来了，总算我这一番心事没有白用。别的事不用谈，我费了一番心事，你两个人得谢谢我，赶快把红烧肉热一热，馒头蒸起来，还得破费小段一毛钱，打点儿白干。"段天得笑道："你这意思，就算喝了冬瓜汤……"

秀儿本来是很有笑容了，听到这话，脸色又沉了下来，章正明抱了拳头，向她拱拱道："说得好好儿的，你又把小脸蛋儿鼓起来了，咱们还是谈吃。"他口里说着，正是把抽屉里的冷馒头同酱鸡香肠，陆陆续续地一齐搬到桌上放着。伸了一伸舌头笑道："我还是真馋。"秀儿虽然是很生气，但是经不得章正明滑头滑脑地只管在旁边说笑着。于是也带了笑容道："你们这些当丘九的人，厉害起来，总是闹得人哭不得笑不得。"章正明笑道："既是那么说，哭不得，那是更好，把哭都给憋了回去。笑不得，可想到心里头还是要笑，你跟着努力一下，那笑声不就出来了吗？"

秀儿也没有答这话，不过脸上的笑容，倒也有了几分。她弯着腰，把床底下一只打气炉子和一瓶火酒，都缓缓地拖了出来。章正明笑道："原来你们有这一套家伙，怪不得可以做出这些好菜了。来来来，我也来帮着。"他口里说出来，正待要蹲下身子去。秀儿笑道："你别磨咕了。让我好好儿地把炉子弄着了，赶快把吃的弄得了……"章正明道："对了，吃完了，咱们还赶着去看第三场电影。"秀儿将头一偏，哼了一声，并不说一句话。将炉子搬着放到桌上，在龙头上浇过了火酒，先点着了。手按了桌子角，对熊熊的火焰头望着，段天得抢到前面，就伸手要来抽那打气的栓子，秀儿一伸手，就把他挡住，因道："那炉心还没有烧热呢，你这时候打气，会把煤油给打了出来的。"段天得道："你不是不睬我的吗？现在也说话了。"章正明道："好了好了，现在你两个人都交言了。快预备吃的，吃完了，我请瞧电影。"秀儿道："什么时候了，还来得及吗？你是白说这句话。"章正明道："假如瞧电影来不及，请两位去听戏也可以。反正我说请客。我一定言而有信，不能把这件事搁下。"

秀儿且不理会这个结论，自在炉子上蒸肉吃，段天得把茶房叫进来，吩咐预备三份客饭。章正明道："你们不是答应下给我四两白干喝吗？怎么没有了下文，还要我自己掏钱不成？"段天得道："这是很小的事，你急什么，我这就去和你打酒。"章正明道："不，让我去一趟吧。也许瞧着什么好东西，我回头给你带一点儿回来。"说着，伸手到口袋里去掏钱，人就跟着要走。段天得笑着摇了两摇手道："那岂不是笑话，你坐一会儿，我去我去。"当他说着这话时，人已经走出小跨院去了。

秀儿掀开钵子盖，正将一双筷子拨动里面的红烧肉。章正明坐在沙发上，看她的后影。由她的头发，直落到她的脚下为止，构成了无数的曲线。这就联想到她在课堂上当模特的时候，那种曲线，人人得而赏鉴之，一览无余的，还不及这种样子耐人寻味。小段有福气，他径自把这个人独占了。他坐着那里，赏鉴秀儿的后影，默默无语。秀儿正耐着性子在那里煮肉，也没有心找话说。章正明在抽过一支烟卷之后，接着又抽一支烟卷，腿架了腿，视线一直的，只是射在秀儿后身。秀儿无端地肩膀一抬，却叹了一口气。章正明道："李小姐，你怎么老是想不开。"秀儿道："章先生，你别这样称呼我。我一个大字不认识，你这样的称呼，只让我惭愧。"

章正明放下腿来，踏着地板一下响，笑道："那么叫李姑娘吧。"

秀儿把钵子盖上了，啪的一声，将手上筷子向桌上扔着，板住脸道："姑娘，他妈的姑娘的姥姥了。"接着一转身，也在章正明对面椅子上坐了，两手抱住了一只膝盖，垂着头又叹了一口气。章正明偏了头向她脸上看了来，笑道："你数说了小段一阵子，小段一句也没有言语，这也就行了。依着你的意思，你还要怎么样？"秀儿道："我要怎么样呢？这样荤不荤、素不素的，算怎么回事？我过着真难受，小段不是有家住在东城吗？他放了家不住，带我在公寓过着，这就是一件不大正大光明的事，我越想越不对。"章正明望了她，微微地一笑。秀儿道："你笑什么，我这不是真话吗？"章正明道："自然是真话。我笑的是这件事你怎么到现时才知道？"秀儿道："我也早知道他有家的。不过他带我住公寓的时候，他嘴里说得好听，说是暂为住上几天，免得猛可地走回家去，家里发生误会。据我这几日看起来他简直不让他家里人知道。哪里肯带我回去呢？我也就为了这个，心里更透着不痛快。"章正明笑道："你要他带你回家去，这不是一个很大的难题目吗？"秀儿道："我脸上也没有贴字，说我是当模特儿的，为什么我不能见他父母。"章正明淡淡地笑道："也不光是不能见他父母。"

秀儿把抱住了的腿，放了下来，挺了身子向他望着道："那还有谁？我猜小段是结了婚的，家里有女人。"章正明见她一双眼睛，定了两只乌眼珠子，向自己脸上看来，便笑道："小段家里的事，我也不大清楚。其实男女之间，只要彼此相爱，结过婚没结过婚，那有什么关系。"秀儿的身体又是向上一挺，问道："他结过婚，我跟他过下去，还没关系吗？哼，本来这班学艺术的人，把我们当模特儿的，只看着一只小鸡小狗一样，肯娶我当小老婆，那还是二十四分提拔我呢。可是你要知道我们当模特儿，是为了救穷、救命，暂时忍痛一下子。若是去做人家的姨太太就一辈子不能翻身了。而且我也犯不上嫁他这样一个人，要卖身多卖几个钱。"

章正明伸了一伸舌头，笑着摇了两摇头，笑道："你可别这样大声地嚷。小段听到了，还说是我从中挑拨呢。小段家里的事，只有我知道。漏了消息的话，不是我还有谁？"秀儿道："这样说来，他是分明结了婚的了，你为什么不早早地告诉我？"章正明一句话也没答复，屋子外面就有一阵皮鞋的杂沓声，接着有人笑着叫了一声老段。章正明倒猛可地吃了一惊，把头偏着问道："有谁找到这里来。"秀儿站起来向外面答应道："在家里呢。请进来吧。"

随着这话进来两个人，却是学校两个有名的磨咕，一个是陈大个儿，一个是赛巴斯祈登。陈大个儿穿一件蓝布大褂，越显着个子长大。赛巴斯祈登，依然是一套情人的西服，白领子和领带子都比颈脖子大得多，由胸面前垂了下来，越显着那脖子细而且长。章正明向二人望着道："吓，你两个人太冒昧。老段住在这个地方，他是秘密的，不肯告诉人的。你们跑了来，戳破了他的纸老虎……"秀儿就插了嘴，两手乱摇着道："没关系，没关系，我也很欢迎的。谁不知道我跟了段天得？不让人家来，就守得住秘密吗？不来，我还要请着来呢。"

陈大个儿笑道："老章说话，就是这样不关后门。大家全是老段的朋友，你来得，我们就来不得。"那赛巴斯祈登走进屋来，就碰了章正明一个钉子，愣住了站在屋子中间，只管翻了两眼向秀儿望着。秀儿点点头道："没关系，你请坐。老段回来，你就说是我请你们来的。"赛巴斯祈登道："是王大姐告诉你们地点的，是你叫她带的信吗？"一面说着一面退到床面前，两手摸了被单，缓缓坐下去。段天得在门外叫道："快点儿来接东西，我两只手拿不下了。"

赛巴斯祈登听了之后，提脚就向外跑。可是走到房门口，又回身向里走。段天得是随了他这狼狈的情形，也进来了。怀里所抱着的大小纸包和酒瓶子，倒有六七样，这就啊了一声，把东西送到桌上一齐放下。赛巴斯祈登见那酒瓶子在桌面上滚得呼噜有声，要落下地来，于是抢着上前，把那酒瓶子接住，点了两个头，送给段天得。见老段绷着脸子看人，又把酒瓶子拿回来递给秀儿。秀儿倒忍不住笑了，因道："没事，我请你两位来的，老段也不能怪你。要怪你，他先怪我。"陈大个儿笑道："我们来还是好意呢。老段，你不记得我们有画烧鸭白兰地的一件事吗？"段天得道："记得又怎么着？"陈大个儿道："记得就好，这件事闹得教育部都知道了。现在教育部来了公事，还要彻查呢。"段天得道："彻查就彻查吧，这与学生有什么关系，与我们又有什么关系？学校行政的事情是应当由学校当局来负责的。"陈大个儿笑道："你倒推得干净。今日学校开会，听说要开除一批学生，你我都在内。这个学校不能念书，到别家学校里还可以念，这没有什么关系。可是咱们念半辈子书，落个开除的下场，面子上也太抹不下去。在这件事情还没有揭开以前，我们得赶紧把它按捺下去才好。要不然，我们才不来呢。"

段天得站在屋子中间，脸色由深红变到了苍白，手上拿了一个冷馒头，只管去撕浮皮。把浮皮全断完了，又一小块一小块地撅着，扔到桌子上，很久不作声。赛巴斯祈登两手插在大衣袋里，不断地鼓弄着衣襟，因道："我也想了，开除就开除吧。开除了，我到上海演电影去。"章正明笑道："你别不害臊了。你以为你这个外号就能名副其实吗？"赛巴斯祈登道："我怎么不成？不信，你就当一回导演试试。你……"段天得把皮鞋一顿道："你们急着来找我来了，我一言未发，你们又开起玩笑来了。"赛巴斯祈登道："怎么啦，我们做开除以后的打算，这算是开玩笑吗？"段天得道："现在什么话都不用说，吃过了饭，我们一块儿到刘主任家里去。他说没有这事，那就算了。他说有这事，他要是不收回成命，今天晚上请他别睡觉。"

章正明坐在椅子上架着腿，摇撼了几下，因道："怎么着？你要讲打。"段天得道："那不含糊。他也有劣迹在我们手上。他要是不让我们念书，我们就叫他的饭碗捧不牢。"秀儿本来是忙做菜热馒头请客的，这也就放了事不做，两手交叉着十指，垂在怀里，望着大家，并不插言。段天得一回头看到了她这种样子，便淡淡地笑道："我们让学校开除了，这是你最乐意的一件事了。因为没有我们几个人多事，你爱干什么就干什么。谁也管不着你，比如老姜要你到艺术之宫去上课。他们出的钟点费很多，你又可多买两双高跟皮鞋穿。"秀儿道："你就说得我那样一文不值。无论怎么着，我也不是那样幸灾乐祸的人。谁不知道我是你们一党。你们要是开除了，学校里还会用我吗？"段天得道："为什么不用，你长得美。长得美的人，到处都有办法的。"秀儿道："女人长得美有什么好处，不过是当人家的玩物。我也不算美，不瞎不麻罢了。可是这话说回来，假使我长得寒碜，没有人要我当模特儿，我也不至于这样地受人家的糟蹋。我就为了不瞎不麻，才落了这么一个结果。"陈大个儿笑道："李小姐，这算坏吗？上等的公寓，上等的房间，还有我们这样一位摩登青年陪着。"说着，向段天得一哈腰。秀儿道："你们这班人，没有一个说话不屈心的。别说是把你们开除了。就是……哼，我也不说，反正你们心里也明白。"段天得道："至多也不过枪毙的罪吧？枪毙之外，还能再把人头砍去示众吗？"

说时，他捏了拳头，在桌上咚的一声打了一下响，叫起来道："犯了强奸的罪，也不过是七年徒刑，这总说不上是强奸。"秀儿倒不料他猛可地说出这句话来，坐在沙发上，呜的一声哭了起来。章正明摇摇手道："别闹了，别闹了，我们还得商量事情呢。老段，你瞧怎么样，我们马上就到老刘那里去吗？"段天得道："不忙，咱们先吃饱了肚子再说。也许今天要闹一宿。到了那个时候，肚子不济事，就做不出什么威风来。只要我们肯努力，我想没有扳不回转的局面。"

章正明这就走到了秀儿面前，向她笑着一点头道："我说……"秀儿将身子一扭道："不用说，我做饭各位吃就是了。我打折胳膊向里蚀，宁可自己受点儿屈。"章正明拍了段天得的肩膀道："你瞧，人家说的这话，真的疼是疼，爱是爱，你还要生人家的气，那也就没有道理了。"段天得笑道："我也并非是生她的气。一听到了这开除的消息，就不由得我肝火兴旺。老刘这小子太不讲交情。人家接收艺专的消息刚是透一点儿风，我们就发宣言、开会、打电报给教育部。他要换哪个教授换不了，只要给我们一点儿口风，就给他轰跑。现在学校里这班教授，没有一个敢同老刘反对的，这难道不是我们的功劳。我今天到他家里去，我非同他拼命不可。"

赛巴斯祈登听了这话，把放在茶几上的帽子戴在头上，立刻就向外走。章正明道："电影明星，你往哪里走？"赛巴斯祈登道："拼命的事情我不干。我还留着这吃饭家伙过日子呢。"他说着话，已是走到了房门口。陈大个儿道："你忙什么？你没有闻到锅里这红烧肉这股子香味吗？"他听说，倒是真站住了脚，只管把鼻子尖连连地耸动了几下，回转身来瞪了眼道："老段，咱们这就吃吗？"段天得道："干吗不吃，再大的事，还有比吃饭大的吗？你们心里有事吃不下，我还吃得下呢。"章正明向秀儿笑道："人家的话，你听到了没有？"

秀儿本是呆呆站着的，好像忽然地有了什么省悟立刻收拾桌子，布置座位，忙了一个不歇。而且自己还到公寓的厨房里去，亲自指挥他们添了几样菜。饭菜来了，秀儿就把气炉上蒸的一大锅馒头也用托茶具的大盘子盛着，放到桌子上来。赛巴斯祈登一脚跨了方凳子，正要坐下，伸手就在热气腾腾的馒头堆里，拿起了一个。不想那馒头十分地热，不容在手心停留。可是他已拿起，也不肯放下，就交给右手，左手在衣服上连连擦了几下。然而馒头在右手心里捏着，也是不见得凉，于是还是交回给左手，将右手在衣服上擦着。这两只手总是这样颠来倒去地搬动，口里啊啊地叫着好烫好烫。章正明看到，便道："还不是有谁捧了镜头摄影，要你装出这种滑稽表演，你就放下来要什么紧，这盘子里馒头还多着呢。"赛巴斯祈登道："馒头尽管是多，但是我们有这些人，一个人也分不到两个吧？这年头儿不斗争就不能生存，要斗争那还客气什么？"

他口里说着人已是坐下。为了人已坐下，这馒头也就大胆地放在自己面前，扶起筷子来，先把正中白铁锅里的红烧肉，夹了起来，连瘦带肥，一齐向嘴里塞了去。段天得向大家点着头道："大家请坐吧。你看这位仁兄丝毫也不客气。我们再要谦逊一下，桌上吃的就光了。"秀儿第一个不客气，她已坐在主人席上，举起酒瓶子来笑道："我今天借了别人的酒敬诸位一杯。不过这席上也有我一点儿意思，在厨房里添的这几样菜，我已经告诉了厨房里，做现钱算，回头我就给他，不必记上老段的账了。"说着，她就将顺手边坐的章正明杯子里斟满了一杯，笑道："章先生，你喝，多承你帮忙，我这里先谢谢你了。将来我还有事要请求你的时候，希望你不要拒绝。"章正明手扶了酒杯，可站起来了，笑道："李小姐，这话可得先说明。我们做朋友的，总希望朋友好，假使你个人有什么事要我帮忙，我准办。可是为了帮一个朋友的忙，再得罪一个朋友，这就不敢喝下这杯酒。"

秀儿咬住嘴唇，先点了一点头，接着便微笑道："章先生是很聪明。我除了和老段的事要你帮忙，还有别的事吗？你倒先封了门，让我没法子向下说了。"赛巴斯祈登左手捏了个大馒头，右手拿住筷子，夹了一块肉，正向嘴里塞了去，要说话吧，口里却是塞得满满的，只好翻了眼睛，向秀儿望着，许久才道："什么？你们两个人的事，还用得着要朋友帮忙吗？那我们可办不了。"大家见他抢着吃的当儿，口里囔啰囔啰说出这两句话，还是不带笑容。再回想到他说出来的话，那一番误会，大家全都哈哈大笑起来。

幸而有了这一番狂笑，把段天得难于答复的这个问题，算是拉扯过去了。段天得虽然是故作镇静，但对于开除的这条消息，也不能完全放下，抢着把一顿饭吃过了，立刻站起身来，将两只手互相搓了几下，笑道："该走了，我们还是大家同去呢，还是……"章正明道："当然是大家同去。人去得多一点儿，也可壮壮声威。"赛巴斯祈登道："还有几个同学那里，应该去报告一个消息。我不去吧？"陈大个儿抓了他的衣襟，就向屋子外拖了走，笑道："你有一回不临阵脱逃，也算给我们做朋友的挣一点儿面子。"赛巴斯祈登手攀住门框，向屋子里奔，口里叫道："难道我的帽子也不用戴吗？你为什么这样忙？"陈大个儿放了手，他跑回来，首先将桌上剩下的一只酱鸡翅膀抓起，向口里便塞。段天得索性把一包酱鸡骨头，用干荷叶一卷，塞到他手上，笑道："还要什么？"赛巴斯祈登道："你不是说了吗？无论什么大事，也大不过吃饭，怎么着？我要吃一只鸡翅膀就不行。我吃得不乐意，我不……"陈大个儿第二次伸过一只手来，拉了他就向外飞跑。章正明和段天得也哈哈大笑地向外跟着。

秀儿送到跨院子门下来，叫道："章先生，回头还请你来一趟，我有话说。"章正明口里虽也答应着，人已是走远了。秀儿站在门下，倒不免向着他们后影，很久很久地发了呆望着。这时，有一个长了斑白胡子的人，穿了一件大袖子灰布棉袍，手里拿了一根旱烟袋，缓缓地由外面进来，正打这跨院门口过去，对了秀儿身上只管打量着。这是一位同公寓住的老者，每日见面无数次，彼此也都眼熟了的。秀儿倒不愿和他对眼光，向他点了两点头。那老人微笑道："姑娘，你贵姓是李吧？"秀儿道："对了，你应该认识我。"他笑道："也不过两年不见，你就大人了。以前，我们住过街坊。后来我家眷搬下乡去了，我到处住公寓，就没有会过面了。你怎么也住公寓了。你们老爷子呢？"秀儿道："啊，对了，你是孟家老太爷。我父亲出门去了。"孟老头道："姑娘，你出门子了吧？这位先生贵姓？好像是个大学生。"秀儿红了脸道："是的，也是没法子。"孟老头虽然说着话，口里还抽着旱烟袋呢。听了这话，猛可地把旱烟袋由嘴缝里抽出来，问道："没法子？你有什么为难之处吗？"秀儿道："那……那倒是没有。"孟老头道："姑娘，我这一大把白胡子，我到你屋子里坐坐可以吗？"秀儿道："哟，老前辈，又是老街坊，你干吗说这样的话？"于是在前引路，把他引了进来。

他进屋之后，先不坐下，站着四处观望了一会子，点点头道："很好。哦，哦!"秀儿让他坐下，立刻斟了一杯热茶送到他面前茶几上。茶房也进来收碗筷。他只是抽烟，不住地满屋打量，不曾开口。等茶房去了，他才道:"姑娘，你既然知道我是孟家老太爷，你就相信我不能冤你。我看你这样子，现时透着有点儿进退两难，对吗?"秀儿坐在他对面椅子上，不觉咬了下嘴唇皮，低下头去。两只脚互相交叉着放在地上，眼看了脚尖。孟老头道:"这几天，我进进出出，我早就看出你的情形来了。我听说那位段先生是大学生，总算是个文明人，没有什么关系，所以没有多事。"

秀儿忽然抬起头，正了颜色道:"不瞒你说，你是猜对了。我同老爷子闹了一点儿小别扭，他老人家要杀我，吓得我不敢回家。这个姓段的，是艺术学校里学生，我在那里……我做点儿小事罢了。他老早就认得我的。那天他对我说，不能回家，就跟他过吧。我一时糊涂，就过下来了。可是我老爷子气狠了，把家里东西全扔了，背了他那混饭的玩意儿，出门混饭去了，现在可不知道在什么地方。现时我要回家去，也是无家可归。"

孟老头将旱烟袋头在茶几腿上，缓缓敲了两下，另一只手摸着胡子，微笑道:"总算我这双眼睛没有看错人。既是这么说，你这事情，不能就这样含糊着下去，你总得要有一个打算才好。"秀儿道:"我有什么打算呢?本来我想着，既做错了，就跟着错下去吧。现在把这姓段的家事打听出来了，大概跟着错下去还是不行。好在我自己还能混饭吃。我再天一天二就离开他了。不过他是学校里顶出风头的学生，得罪了他也不成。所以我也在这里想着。今天遇到老太爷，那就更好，请你跟我拿几分主意。你是从小把我看大的，我高攀点儿，就算是你的子女一样。"

孟老头且不答话，把两个指头，只管在烟杆挂的皮荷包里掏烟叶子。秀儿把话说到这里，心里好像是很难过，脸色沉郁着，把眼皮垂下来，两道眉毛头子，慢慢蹙到了一处。孟老头把那旱烟袋吸着，烟斗上的火柴，自烧着了烟斗上的烟丝。嘴里喷出两口烟来，将身子向后靠着，微微笑道:"我们上了两岁年纪的人，用冷眼去看人，无论什么角色，我总可以分出个善恶来的。我看这位段先生，人倒是很活泼。就是……年纪轻的人都是这样，也不但是他。依着我的意思，姑娘能够回

284

去的话，你最好还得回去，你们老爷子回来了的话，卖着我三分面子，给他讲一讲情，也许你们可以团聚起来的。"

秀儿听了这话，猛可地站了起来，倒是从从容容地向他鞠了三个躬。孟老头随着站了起来，抱着拳头，拱了两拱手，笑着点头道："姑娘，你别这样。凡是我愿意干的事，你不请，我自来。我不愿意干的事，随便你说什么，那也是白费劲。要不，人家怎么说十个老头儿九个倔呢？"秀儿笑道："其实那不是倔。都为着老人家都是古道热肠的人，对于年轻人所做不规矩的事，有点儿看不上眼，就得说，就得管。虽然这件事同他没有关系，可是他为着同社会上去了一件不好的事，比替他自己办好了一件事，还要痛快得多。我可是瞎说，不知道对不对。"

孟老头突然地把旱烟袋放下，将手在茶几上一拍道："姑娘，不枉你是在学堂里做事的，你说得很对。"他这一拍太重，把茶几上放的一杯茶打翻，淋了满地的水汁，秀儿连忙抢过来，把碗扶住，口里连连地道："没有关系，没有关系。"同时，找了一方抹布在茶几上擦抹着。又掏出胁下的一方白绸手绢在他衣襟上拂拭好几下，孟老头哈着腰道："不敢当，不敢当。"秀儿重倒了一杯茶，放到他面前来，笑道："这有什么要紧，我高攀点儿，你就同我父亲一样。"孟老头手摸了胡子，先点点头，随后又叹了一口气，低声道："公寓公寓，简直就是私寓。在这里住的人，规规矩矩儿的，简直没有几个。姑娘，你听我的话，还是趁早儿回家去。"

秀儿坐在他对面椅子上，又低了头下去，两手放在怀里，互相盘着手指头。孟老头坐着吸了一阵旱烟，点点头道："你的意思我明白了，准是你住的那个大杂院里，人多嘴杂，你这样回去了，怕人家闲话。那没有什么。人生在世上，总有走错了路的时候。走错了路，能回头就是好汉。谁还能说不让你走回头路吗？只要你肯回家，明天我送你回家去。你说什么时候走吧。"

只这句话，又引出一番风波来。当晚上孟老头和秀儿足谈了约一小时之久，孟老头是把秀儿的胆量扩大了不小。恰是段天得这番交涉，办得很棘手，直到深夜一点钟方才回公寓。秀儿不曾理他，他有了满肚皮的心事，也就不来撩拨秀儿。次日早上起来，秀儿起来，见段天得在炕上睡个正酣，赶紧悄悄地梳洗了一阵，就走到孟老头屋子外面站住，隔

285

了窗户低声问道："老太爷起来啦，我先到外面等着去了。"孟老头道："我正等着你呢。我这全为着你，我不怕什么。谁要和我过不去，我都接着。"他说话时，嗓音还是挺大。秀儿四周看了一阵。放宽了脚步，就到胡同口上站着。孟老头手上提了旱烟袋，垂着两只大袖子，带了笑容走出来，老远地就嚷着道："不妨事，不妨事。"

秀儿倒是早雇好了车子，他过来了，就坐上车去先走。在车上，心里也就盘算个烂熟。见了院邻说些什么。见了街坊，又说些什么。总得绷住一股子劲，别害臊。不想车子刚拉进那胡同口，就听到有人在身后道："喂，瞧，那个当模特儿的姑娘回来了。"秀儿看也不看一眼，只当没听见。迎面就有两个小孩走来。一个大些的指着道："哒，没逃跑呀。怎么好几天不见?"孟老头在后面大声喝道："哪家的野种，当街对人家姑娘这样说话。"那孩子抬头向他一看，扭着头走了。可是在身后又叫起来道："喂，你们瞧吧。李秀儿嫁这么一个糟老头子。"孟老头气得根根胡子直翘，也只是回头干喝了一声。但是那些小孩子料着孟老头坐在车上，也不能下车来追人，经过这一喝之后，他们叫得更起劲，有的叫道："卖光眼子的回来啦，跟人跑的大丫头回来啦，大家瞧吧。"

这车子经过了这条长胡同，后面就跟有一二十个小孩，到了大杂院门口，那群小孩子远远地站住，索性噼噼啪啪地鼓起掌来。孟老头捏了旱烟袋的手，卷了自己的袖子，露出一大截光手臂来。捏了露出青筋的大拳头，瞪了大眼睛，向大家喝道："哪里来的这些野小子，抓着一个，我就揍死你。"那些小孩子看到，哄然一声地就四散跑掉了。胡同里住家的，被这些小孩子一阵鼓噪，惊动着都出来了。有些人认得孟老头的，便笑着问道："老太爷，久不见啦。这些小孩子怎么了?"孟老头哆嗦着嘴唇皮道："我送这位李家大姑娘回家来，并没有什么可笑的事，这些小孩子偏要跟在后面起哄，你看，这不是一件奇怪的事吗?"

孟老头还没有把话交代完毕，左右住户，已是来了一大群，各人带了一种鄙笑的样子，拥到大杂院的门口来，将秀儿围上。那大杂院里，看到门口拥了这么些个人，不知道为了什么事，也纷纷地跑了出来。人丛中有人叫道："嗬，李家大姑娘回来了。"秀儿被大大小小许多人围着，脸臊得通红，一句话说不出来，只有把头低了下去。这时有了那个人说话，她算得着了一个机会，就向那人笑着点了两点头道："张三爷，你知道我父亲的消息吗？"

那张三爷在人丛里面挤了向前对她点点头道："你还不知道吗？你们老爷子过去了。"秀儿问了一句什么，人向前一挤，抓住了张三一只袖子，再问道："三爷，你说什么？"她的脸色已是变成苍白了。人丛里这就有人插言道："你爸爸死了，在隆福寺里面死的，还是警察给收的尸呢。"秀儿抓住张三的袖子，连连地跳了脚道："三爷，真的吗？真的吗？我……我……怎么办呢？"说到这里两汪眼泪水，像奔泉的一样狂流下来，两张嘴唇皮哆嗦着合拢不起来。孟老头也挤了上前道："姑娘，你别着急，慢慢地把话问明了再说吧。"秀儿道："我真想不到……我真想……"她不能说完，哇哇地放声大哭。

第二十三章

回到艺术之宫去

在她这样大哭的时候，看热闹的人纷纷议论起来。有的说，李三胜本来不至于死，活活地把他气死了。有的说，李三胜死了，更合了这位的心眼儿，自由自便，爱干什么就干什么。有的说，养活姑娘，究竟不如养活儿子。秀儿正哭着，还没听到这些。孟老头口里衔着旱烟袋，两双手就不住地互相卷了袖子，瞪了眼道："你们这些人全是没有良心的吗？人家心里这样难过的时候，还要说人家的坏话。"说着，把脚在地上连连顿了两下，接着一歪脖子，沉着了声音喝道："各人回家去把镜子照照自己的脸，你们就没有亏心的事吗？自己不干净，就别张嘴说人。你们打听打听，原先在这胡同里住的孟老头子，就专爱打抱不平的。"那些人见他颜色很厉害，对他看看，各向后退。

孟老头道："李姑娘，你别哭，先到里面去问问院邻，你们老爷子是怎样过去的。"那张三沉着脸，拱拱手道："老太爷，不是我说句不懂事的话，这位姑娘，她要到哪家去，哪家也不愿意。"孟老头道："也许你们嫌着丧气，叫她别哭就是了。人家爸爸死了，也总得打听打听。"张三淡笑道："倒不是为了她哭。"孟老头道："不为了她哭，为了什么？"张三道："这么些人在这里，我也不便说。反正我们这里的院邻，都不愿她进门。"孟老头道："为什么不愿她进门，她身带着扎人的刺吗？"张三道："你就不用多问了。她住的屋子，早赁出去了，这儿又没有她的家，她到哪个屋子里去坐着，人家也不乐意。"

孟老头气得额头上蹦出指头粗的青筋，把两只眼睛瞪着荔枝一般。他所要说的话，还没有解释出来。秀儿把身子一扭，立刻停住了哭，扬着脖子道："老太爷，你别和他们说了，他们不让我进去。我就不进去。这儿打听不着，我向区子里打听去。"说毕，自己掉转身来，挤出了人丛，先向胡同里走。来看热闹的，自然是妇女们为数不少，全向她努了嘴。有的还轻轻地道："把她爸爸活活地气死了，她还臭美呢。"有的道："现在没有人管了，光着眼子吧。德行！"

秀儿也不顾孟老头子了，一口气跑回公寓来，就倒在床上，拖一个枕头枕着头，闭了眼睛。段天得捧了一份报在手上坐着看，正在教育新闻栏里去找，是不是有自己开除的消息。见秀儿这一番情形，便道："唉，不要闹了，我心里头正难过着呢，起来叫茶房去泡一壶茶来。"秀儿只是睡觉，并不理会。段天得看了十几分钟的报，才站了起来，带了微笑，用很柔和的声音道："喂，起来，我有几句话同你说。"说着这话时，才向床上看去。她虽然是闭着两只眼睛的，可是眼睛皮红着鼓了起来，头发全披到两面脸腮上来。鼻子两边挂了许多的泪痕，这倒不由得吓了一跳，走近了床前，俯着身子，低声问道："你有什么事，课也不去上，又哭了。"秀儿睁眼望了他道："我算完了，我父亲死了。我到哪里……"她没有说话，把声音哽咽住，立刻由衣襟里抽出一条手绢，来揉擦眼睛。段天得道："是哪天过去的？怎么突如其来地有了这个消息？"

秀儿坐了起来，将手理着披下来的鬓发，答道："我那些街坊知道我当了模特儿，本来就瞧我不起。接着我跟你一跑，他们更把我看着不成个东西，我走那胡同里经过。只听到说，我父亲在隆福寺卖艺的时候过去了。"段天得道："这样的大事，你怎么也不问个详细呢？"秀儿道："你是没有看见那些街坊讥笑我的样子，围了一大圈子人，简直就当面明说我是不要脸的女人。小孩子跳着同声大嚷，我是卖光眼子的。我恨不得有地缝钻下去，还问话啦。"段天得道："所以我说你的环境太恶。我把你接到公寓里来，你该明白，这不是恶意吧。"

秀儿坐在炕沿上，两手交叉着，放在怀里，微低了头，只是垂泪。段天得道："真是祸不单行。我大概开除是逃不了的了。昨晚上找老刘，老刘说，他自己的位置也不能保留，这回主张开除我们几个学生，是艺术之宫画会里几个教授主张的。他们老早地写了一封公信到教育部，说是不开除一批学生，这艺术学校，一辈子也办不好。教育部派了两个专员到北平来整理这个学校，第一下子，就是开除我们。学生谁同情我们，就开除谁，一直把学生开除完了，也不放手。老刘怕弄得学校停办，只好依了教育部的话，昨日下午，学校布告就出来了，今天我一起来就找报看。总算不错，报上没有披露出来。要不然，我父亲看到了报，一定断绝我的经济，我马上就要发生问题。可是报上对于我们学校闹风潮，向来是注意的，今天是日子太近，没有给登出来，恐怕明天报上，还是要登出来的，我现在正在想法子呢。"秀儿道："这可真不巧，我心里乱极了，正想托你到学校里去请假，顺便请王大姐来一趟，好问问她，我父亲到底是怎么过去的。"

段天得站在床前，把一只脚尖悬了起来，连连地点了几十下，缓缓地道："这件事……好吧，我到学校里去一趟。学校里虽然把我开除了，但是不能不让我进去。"秀儿道："那么，请你就去吧，第一是我很急着要知道我父亲是怎么死的；第二是我挂心学校里的职务。姜先生掌了权，对我一定注意，我不能在这个时候偷懒。免得他把我饭碗弄丢了。"段天得淡笑道："那你放心，他不会把你取消的。"秀儿擦擦眼泪，把墙上挂的帽子取下来，将手绢掸了几掸灰，两手捧着，送到段天得手上，低声道："请你就去吧。你是不知道，我心里乱极了。"

段天得把帽子戴在头上，又掏出烟盒子来，摸了一根烟放在嘴里，擦了火柴，把烟点着，两手插在裤袋里，把脚又连连点了起来。秀儿皱了眉道："我的天，请你去吧，请你去吧。"段天得很从容地道："这不是急的事。"说时，微偏了头，喷出两口烟来，于是把帽子取了下来，当扇子摇了几摇，笑道："我走了。什么时候回来，可不能定，你不必等我吃饭了。"也不等秀儿再说什么，立刻就向门外冲了去。但是不到五分钟，他又踅了回来。秀儿迎着他道："你又回来干吗?"段天得道："我要交代你一句话。我什么时候回来，现在可不能定。假使你不能等我的消息，还是你自己去打听吧。"秀儿道："你什么事那样忙? 回来一趟都不……"段天得早是掀开了门帘子，很快地跑出了跨院去。

秀儿觉得自己脸上还有很多的泪痕，只在院子门里向外张望了一下，并没有出来。料着段天得也是随便交代的一句话，不能够真有长时间不回来。于是掩上了房门，倒在床上，充量地垂着眼泪，哽咽了一阵。段天得的话，倒是不错，直到下午四五点钟，他还不曾回来，自己实在忍不住了，就给王大姐家里去了一个电话，倒是王大姐亲自来接的话，她道："两天没见你的面，电话又打不通，真把我急坏了。我们只知道你们老爷子去世了。至于怎样去世的，去世以后的情形怎么样，那全不知道。你想，这条胡同里的人，谁肯同咱们说话？又不敢平白地去打听，徒然碰人家的钉子。今天你怎么不到学校里去?"秀儿道："我心里乱得不得了，坐也坐不住，我哪里能去上课?"王大姐道："你不去也好，学校里学生捣乱了一天，尽管打钟，没人上课，你去了也是白去。"秀儿道："停课了也好，绝了我干这行事业的念头，我不能不想别的法子了。"王大姐说了一句也对，淡淡地答复着，把电话就挂上了。

秀儿口里虽是这样地说着，到底也平添了自己一腔心事。除了父亲去世的消息而外，学校里是不是真停课了，更要知道清楚，两眼巴巴的，只是盼段天得回公寓来。谁知候到晚上十二点钟他还不回来，这是在公寓里同居以来，第一回奇怪的事了。秀儿翻来覆去在床上颠倒了一宿。到了次日早上勉强按捺住了自己那一腔悲愤，梳拢一回头发，脸上抹了两次香粉，便向学校来。在路上心里估计着，若是遇见了姜先生那一班人，别像往日低着头板了脸子走开。这回见了他，老远地站着，就让他两眼盯在脸上也不要紧，还是向他深深地一鞠躬。若是见着姜先生本人，那就大胆叫他一声姜先生吧。心里头已有了准稿子，也就胆子大些。

可是到了学校门口，向里面一看，那是完全和自己所揣想的情形相反了，外面的大铁栅门，已是紧紧地关住，仅是留了旁边一扇小门，可以让一个人侧身进去。往日大门外停着许多人力车，今天是一辆也没有了。倒是在那小门口，除了校警而外，又有四名背枪的警察。她心里犹豫了一会子，已经到了这里下了车，要向后退，那是更显着怕事，这就停住脚步，牵扯了两下衣襟，跟着走进铁栅门去。在门口看着的警察，仅仅是看了两眼，倒没有说话，也没有拦着。

秀儿走进了大门，轻轻地将玻璃门一推，正待伸了脚进去，不想这里更有两个警察背枪迎了出来，向她摇摇手道："请走旁门进去。"秀儿这才知道情形十分严重，退出门来，回头看看张贴布告的布告牌上，大一张小一张的，贴了好几张布告。尤其是还透出湿糨糊的一张，那上面的字写着特别的大。秀儿虽不大认得字，对于这布告也站着看了一看，只见上面写了茶杯大几行字，连猜带认，其间有即日停课的四个字，却是看得出来。这就随着沉思了一会儿，既然真停了课，学生谁还肯来？打算找两位感情好些的学生去问，已是不可能了。教员虽也有说得来的，又没有那胆子去问。正出神呢，后面有人道："那布告上的字，你准认得吗？倒瞧得那么认真。"

秀儿回头看时，正是校役老刘手里拿了一叠油印稿子由里面出来。秀儿道："停课了吗？"老刘眯了眼睛，将两只胖腮上的肉笑着一挤了一闪，答道："你怕什么？打不了你的饭碗。"秀儿瞪了他一眼，问道："你这话什么意思？"老刘两只手虽然还拿着东西，但是他的肩膀却是活动的，只管左起右落地摇动着。秀儿板住了脸子道："我看不惯这样子，你这是怎么了？"老刘把脖子一缩，笑道："哟，怎么着，李小姐长了脾气了。我这是好话呀。现在学校里换了……"说着，脖子又是一伸，低声道："换了掌权的人了。掌权的全是艺术之宫的那一班人。姜先生大概要做校长了。"

秀儿虽然还板住着脸子，但是还继续地向他问话，因道："姜先生根本就讨厌我，还不歇我的工吗？"老刘道："姜先生不高兴你，这倒也是真的，他所以不高兴，就为了你不肯到艺术之宫去画画。现在学校里的权，要归他了，我想你也不能不敷衍他。那么，他还恼恨你干什么？今天他还问你呢。"秀儿道："不能够。先生们在学校里最忌讳谈到我们的。"老刘道："他也不是光指着你一个人说话。他也像现在你这副正经样子，他对人说：那几个模特儿来了没有？若是来了，可以告诉她们，不久就要复课的，到了那个时候，自然会派人通知她们的。说完了，又问：那个姓李的也还常来吗？你看不是对你很关心吗？"秀儿笑道："你倒说得这样活灵活现。"老刘道："当然是活灵活现，因为是我亲眼看到的，那还错得了吗？不信，你跟着我到办公室里去瞧瞧。"秀儿道："我去瞧什么？人家还以为我是胡巴结呢。"老刘道："你别透着到办公室去的样子，只在办公室院子里溜达，他一见着，准会叫你进去问话。"

秀儿昂着头想了一想，点着头道："去就去，这年头儿吃饭要紧，哪里还管得了什么羞耻。"说着，在老刘面前抢着走。到了办公室外面，就听到姜先生加大了嗓子，在里面说话。他道："我们为了二三百青年前途着想，觉得这学校不能这样一直胡闹下去，对于教育部根本整顿的计划，当然要接受。自然，有人要说我是献地图的张崧的，以为把我们的学校送掉了。我要说句彻底的话，有人这样说我，那就该拿去枪毙。

国家的教育机关，是来培植青年的，绝不能让私人把持着当一个混饭的机关。若是谁宁可误尽人家子弟，虚耗国帑倒把热心教育的人当了汉奸，那就是教育界的毒菌。对于毒菌，请问我们还用得着什么姑息？大丈夫做事，认定了目标，是不怕人说闲话的。"

秀儿在外面听了这些话，虽不全懂。可是他左一句学校，右一句学校，他是说着什么，不用提了。当时站在门外呆了一呆，后来就自己咬住牙，点了两点头，用着全力轻轻一推门。在推门的时候，身子悄悄地随了门转将进去。只见办公室各把椅子上，全坐满了人。姜先生鼻子上带着红色，正像他已经喝过了酒，口角里街了半截雪茄烟，两手反在身后面，只是在屋子走来走去。他板着脸子继续地道："我本来不愿接受教育部方面的命令，可是我要整顿这个学校……"他说到这里，把脚一顿，表示他的意志坚强。在他那一扭身子的当儿，却和秀儿打了一个照面。

秀儿笑着鞠了半个躬，叫了一声姜先生。姜先生的脸色立刻和平了许多，也向着她微微地勾了一勾头，因问道："你有什么事吗？"秀儿道："是的。听说学校放假了，不知道什么时候才上课。"姜先生对着在座的人，全看了一遍，却笑将起来，因道："放假？也许是吧。闹得不好，这个假是永远地放下去的。你大概很担心你的工作，这没有什么，我介绍几处私人画室的钟点得了。"秀儿听说，心里倒跳了两下，呆望了他道："什么？这儿不上课了，那……"姜先生向她站定，摇了两摇手道："你别担心，没有什么大不了的事。漫说是你没有了工作，我得同你想法子。就是这全校……"这句话不曾说完，偶然看到在办公室里的这几位先生，见每个脸上全是红里透紫，带着一份难看的颜色，这就向她道："就是全校的工友，我都得和他们想法子。你回去告诉她们，不用惊慌。"

秀儿瞧这样子，他对自己的态度还算不错。大概自己的饭碗，还不会发生什么问题，站了脚，又和他鞠了一个躬。在这两鞠躬之下，姜先生却很感到满足，便笑道："你回去吧，有了什么消息，我会派人告诉你的。"秀儿看到办公室里那些个人，所有亮灿灿的眼睛，全向自己身上射着，实在不敢多站，应了个"是"转身就走了。心里也就揣想着，老姜既是将来掌执大权的人，他说一句能帮忙，那一定不含糊，心里头一痛快，也就不急于要回去，顺着院子里的走廊，向教室里走去。

走到教室门口，向里面张望时，第一是教室的门，就向外反带上，加上了锁，贴好了封条。第二是不见一个人影，空洞洞的大教室里，将画架子推到一只屋角里去，微风经过，吹着墙上钉的画稿，不住动摇，越是显着有凄凉意味。在这种地方站立得久了，越是感到不安。所以她也不敢老打量下去，一路经过好几所课堂，都是关着大门的。墙上和桌子上有许多颜色纸写的标语，都撕去了，只剩一些纸头。白粉墙上，许多铅笔写的标语，也擦模糊了，剩着许多打倒的字样。跑到模特儿休息的屋子外一看，门倒是虚掩着的。心里忽然一动，这里面也许有人，别胡乱地撞进去。于是轻轻推着门，伸了头进去张望。这倒不由得吓了一跳，只见一个穿蓝布大褂的男学生，趴在那长木椅子上。一只手搂住了椅子背，一只手抓住椅子腿，将鼻子尖对了椅子坐板上，左右上下乱嗅，口里还哼哼唧唧有声。鼻子上架着一副凸出来的眼镜，近视眼极深极深，这是自己认得的，正是那回第一次上课，他画着晕死过去的那个人，这可惹他不得。扭转身来，赶快就跑了开去，走了一截路，才敢回转头来。

那近视眼听到脚步声，手扶了门框，也伸出半截身子来，向两方张望着。所幸他是个近视眼，倒没有看清楚。秀儿跑出了这重院子跑到前面走廊下，见有两个校役，才停住了脚，心房还卜卜地跳呢。那两个校役，都放了事不做，第一个向她望着道："你这是怎么了？那儿也没有人，你会在里面跑出来。"又一个把肩膀抬了两抬，眯了眼睛笑道："没有人才是好呢。"秀儿躲闪那人，脸上的颜色还没有定，听了这种话，把眼球都涨红了，扭着脖子对了两人瞪眼道："你们说的是什么话。以为我们小姑娘没有气力，打不过你，你就可以随便说人吗？今天虽然停了课，学校里可还有讲理的，你这样满嘴胡说，咱们一块儿到办公室去。"这两个校役都软了，只央告说，没有说什么。秀儿鼻子里哼了一声道："你别瞧不起人，以为我们当模特儿的就随便可以开玩笑。老实对你说，谁要穷到找不着窝头的时候，比我这还下贱的事一样地干得出来。当模特儿的不一样，照常地有好人。"她说着说着，声音可就来得更大。

那两个校役只管赔了笑脸请她走。秀儿见他们没有作声，自觉占了上风，也就走了，她心里想着，对这些人老说好话是不成的，也得摆点儿脾气给他们看。她这样打着得胜鼓走了出去。那两个校役对她后影盯住了望着。一个道："他妈的猪八戒倒打一耙，丫头你打点打点，总有一天送在你爷爷手上。"秀儿以为占了上风，高高兴兴地走了出去，这两个在后面怀恨着她，她哪里知道。绕到了大门口，见那守卫的警士，又增加了几个。自己按了两手在岔袋里，红着脸皮，慢慢地走去。那几个警士把她当了一个新稀罕儿，全很注意地向她脸上看着。

秀儿到了这里，忽然想着，虽然姜先生当面答应了肯找事，可是那不过是顺口答应的。据现在的情形看起来，段天得是不会和自己混下去的，自己找工作也要紧，倒要再去向老姜叮上一句，到底什么时候可以介绍工作。只这样一犹豫，不免站定了有一两分钟，没有走。有一个巡警沉了脸色道："因为你是女学生，我们没有言语。其实我们奉了命令，今天这学校里是不许学生进出的。"秀儿道："我不是学生。"巡警道："你不是学生？那你到这里来干吗？你是干什么的？"秀儿脸更红了，低了头道："我是在学校里做事的。"警士都有点儿愕然，向她脸上望着。秀儿不好意思，移脚要走，一个警士横了身子在路口一拦，瞪了眼道："慢着，我们要问明白了，才能放你走。"秀儿将脖子一扭道："干吗，我偷了谁的东西吗？"警士道："不管你偷没有偷东西，反正我们当巡警的可以盘问你。"秀儿站定了脚，把脖子一扭道："你就盘问吧。我是在学校里当模特儿的，说明了我不犯法吧？"

警士向其余的几个人全都望望，不免带一点儿微笑。还没有跟着向下问呢，那个近视眼的男学生，也就慢慢拖拖地走了出来，警士全都向那学生望着，由脸上直望到脚背上去。那男学生好像不知道这些人在注意着似的，两手插在裤子袋里，撮了嘴唇，口里吹着嘘嘘的歌声，将头微微昂着。倒是他那样，那些警士没有敢问他。那男学生走去后，警士才对秀儿道："好吧，你去吧。"秀儿料着也对付他四个人不了，只好绷着脸子，缓缓地走出学校去。

到了公寓里，已是半下午，那房门已然锁着，问过茶房，老段并没有回来。因为心神不定，吃了一点儿东西，掩上房门睡觉，醒过来时，屋子里却已漆黑。拧着了电灯，坐着出了一会儿神。心想，老段到这时候又不回来，大概不回来了。难道什么缘故也没有就和我拆伙吗？心里头说不出来是一种什么样子的烦闷，只觉心如火烧，便到桌子边，提起茶壶来，打算斟一杯凉茶喝。一眼却看到墨盒下面，压住一张字纸。那字写着有杯口大一个，是很触目的。秀儿心里一动，抽出字纸来看时，上面写道：

　　今天你到学校去，做的好事。我无脸见你了。公寓里的
　　钱，我已开销，从此以后，断绝关系了。

　　　　　　　　　　　　　　　　　　　　　　　　段留

　　因为那字写得非常端正，而且在字旁边，逐个添上了注字音母，秀儿连认带猜，完全明白了。心想，我今天到学校里去，做了什么坏事？这不是怪话吗？拿了那张字纸在手上，倒很是出了一会儿神。于是坐下来，低了头沉思。把进学校以后，见着姜先生，一直到出学校门为止。暗暗地叫了一声对了，不是那两个校役就是那几名警士造的谣言。心里越想着对，脸皮上更发烧，直闹到后面的脊梁骨，全都向外冒着冷汗。这一晚上的不宁贴，更有过于昨晚。次日早上起来，匆匆地梳洗过了，就要到学校去。

　　公寓里的账房先生，手捧了一本账簿子，早站在房门口拦住，先笑着点了一个头。秀儿在他黄瘦而尖削的脸腮上，以及斜眼角上，就看出他不会有什么好意，便道："我知道了，段先生已经把账结过了。这没什么，我还在这里住着。一来，我是有事的人，不会拿不出钱来。二来，我还有铺盖行李呢，大概也坑不了你。"账房露出尖嘴里面的狼牙，又笑道："倒不是光为了钱。你一位姑娘住公寓，警察局子里要查问的。先得找一个保。"秀儿道："我是歹人吗？找什么保？就算我是歹人，以前你怎么容留我住下了？"账房道："以前段先生说你是他的家眷，现在段先生说不在这儿住了……"秀儿道："现在他说我不是他的家眷吗？"

　　账房将两只扛起来的肩膀，又左右闪动了两下，笑道："他倒是没说。不过你的来历，我们也知道。以前我们就是麻麻糊糊，以为总有一个男子负责任。现在段先生说，以后住公寓的钱，向你要，他不来了。这分明你们的关系，什么的……有点儿……反正……"说着，嘴里吸了

两口气，充量地表示着犹豫的样子。秀儿道："你不用多说了。大题目，你们还为的是钱。我这儿先付你半个月钱，你放心了吧？至于警察局来盘问，我可以出来对话。规规矩矩地住在这儿，一不做强盗小贼，二不卖白面，三不做歹事，警察也不能为难我吧？"说着，在身上摸出十元钞票，啪的一声，向桌上扑着放下，板了脸道："喏，钱你拿去，还有什么话说。"

账房老远地伸了手将钞票拿了去，笑道："错非是老主顾，要不然，我们昨天就得对你说明了。"秀儿道："现在我不用找保了吗？"账房笑道："好在段先生也没登报声明，说你不是他的家眷，咱们就这样麻麻糊糊地过下去吧。"秀儿道："没给钱的时候，你怎么不肯麻糊呢？"账房笑着将头摇了两摇道："这位姑娘真是厉害。"第二句话不说，他已经走远了。秀儿本是立刻要到学校里去的，为了账房先生这几句话，平添了自己无限的心事，将手托了头，斜侧着身子坐定，只管发呆。

忽听到跨院外面有女子的声音问道："有一位姓段的先生，住在这里吗？"茶房答道："段先生不住在这儿了。"秀儿立刻抢着出来道："在这儿呢，在这儿呢。"正是王大姐王二姐两个人双双地来了。秀儿抢出来，一只手挽住一个人，笑道："你二位怎么肯到这地方来看我呢？"王大姐道："并非我们不来，老段……"说着，低了声音道："我们还是真有点儿不敢惹他。"三人到屋子里，王大姐昂头四周一看，点点头道："虽然是一家平常的公寓，却也布置得不错。"秀儿道："你还说不错呢。你们是迟一脚到。你们要是早一脚到，可以看见人家轰我了。老段太狠心，昨日丢了一张字条儿在桌上，就算和我脱离关系了。你瞧这字条。"就在这口袋里掏出那字纸交给了王大姐。

王大姐坐在沙发上，两手捧了那张字纸。王二姐可就伏在她肩膀上，向了字上念着。王大姐笑道："老段真顾虑得很周到，怕你有不认识的字，还在字边添上注音字母呢。"秀儿坐在她们对面，身靠了桌子，手撑了头，因淡淡地道："你瞧，这样一来，女人还敢和男人在一处吗？先是带吓唬带骗地，叫人上他的钩。上了他的钩，总算女人投了降了。不想你投了降，他更是大爷。一点儿不顺心，开个字条儿就不要了。他这点儿不顺心，是为了我也罢了，是他自己闹得不好，学校里把他开除了，为什么也把这笔记在我身上呢？"王大姐将肩膀闪了两闪，回转头皱了眉道："别闹了，人家正正经经儿地说话，你也是这么着。"

二姐笑着闪到另一张椅子上去坐了。王大姐就正了颜色向秀儿道："我也就是为了这事来的。昨天你到学校里去了一趟吗？"秀儿道："我到学校里去了一趟。我是为着我的饭碗，不能不去看看，这还有什么错吗？"王二姐道："你遇到那个缺德鬼了吗？"秀儿道："不就是那个近视眼吗？我倒是遇着的。他躺在我们休息室里木椅子上，口里乱哼，我也不知道他是在干什么，只推门瞧了一瞧，我赶紧就跑。"王大姐一跌脚道："你跑的一些什么？唉！"秀儿听了她这一声叹气，倒有些出于意外，这就挺起腰杆子来向她望着道："你这是什么意思，停了课了，学校里就不能去了吗？"王大姐瞅了她一眼，皱了眉道："你是成心装糊涂，还是怎么着？你忘了吗？你初次上堂的时候，那缺德鬼，那个样子，不是他有点儿怕人家太注意了，他就会正正堂堂地追求你的。昨天学校里没有人，他在我们休息室里躺着，就是他妈的发了那脏心的病。你干吗跑到那里去了？见了他，你大大方方地走，也没事，你又要跑，透着有点儿不对劲。"

秀儿红了脸道："难道说我还是去找他的吗？"王大姐道："当然你不会去找他。学校也不是什么稀罕的地方，是天天去的，你发什么傻劲，要到后面去溜达。这样无巧不成书的事，偏偏是你遇着了。自从你走出学校以后，有人就跟着造上了一篇瞎话，学校里上上下下，现在全知道了。"秀儿的脸色，更是由红变到了紫了。于是手按了桌子，站起来向王大姐望着道："你怎么也说出这种话来？"王大姐将手向她了两抬，笑道："你别急，坐下来慢慢地说。这话不是我说的，也不是我二妹说的。我们不过是听了这种消息，特意来告诉你。"秀儿道："这样说起来，老段留下这个字条，倒不是凭空造谣的了。你姐儿俩真热心……"王大姐笑道："你先别把话损我。要是这么一点儿谣言，我也犯不上特意来告诉你。除了谣言之外还有一件事。"秀儿道："还有什么事？还有比这谣言更厉害的话吗？"王大姐道："今天我和二妹到学校里去的，姜先生在办公室屋子里坐着，刚好是没有人。他对我说，学校里对你的空气不大好，不用去了。"秀儿道："我不过到学校里去瞧瞧停课以后的情形怎么样。现在又不上课，我老去干什么？"王大姐笑道："不是说现在的事。姜先生的意思，简直就让你别去了。"

秀儿带了红晕的脸，立刻就变成了苍白，瞪了眼道："他……他……他把我辞了？"王大姐道："你总是发急，你等我把话说完再问也不迟。他知道对你说这话，你心里很难受的。他就接着说，你可以到他们画会里去。不管是多少钟点，每月给你四十块钱，哪怕一个月只画三次两次，说好了四十块钱，也一定给你。"秀儿道："这话可怪了。学校里是姜先生掌权了。艺术之宫的画会，他也是个头儿。为什么学校里不能容我，他画会里倒能容我呢？"王大姐道："这有什么不明白的。他那意思说，别人尽管造你的谣言，他是不相信。"秀儿摇摇头道："光在画会里当模特儿，我不去。"王大姐道："光在画会里工作，为什么不去？你还有什么害怕的事吗？"秀儿道："他们那班人……"说着，把眉头子皱了起来。王二姐笑道："我就不敢去。可是不去吧，他们还是真生气。"

秀儿两手抱在怀里，歪了脖子偏着头，微微叹了一口气。王大姐道："你别听她的话，只管去。咱们只要自己把得定，哪儿也敢去。画画总是白天的事。反正咱们照规矩办，画室里没有三个人，咱们不脱衣服。"秀儿道："我倒不是为了害怕叹气。我想着，我以前不干这个，怎么也活过来了。现在为什么丢了这事不干，就没有饭吃呢？"王大姐道："那当然呀。以前你有老爷子，有家，饿极了，还可以找个地方躺着呢。"秀儿道："这话是对的，假如我压根儿没有干这个，就是我没有老爷子，我也不会饿死吧？"王大姐笑道："人不能那样想。要前前后后想个透彻，人生只几十年的光阴，那就不想活着了。你依我的劝，就到艺术之宫去试试。行，就干下去。不行，随便什么时候，都可以辞工。要不然，老段不管你了，学校又不让你去，你住在这公寓里，怎么着也得几毛钱一天。"

秀儿半侧了身子坐着，鼻子息率了两声，两行眼泪就随着滚下来了，而且来势很凶，胸襟上已是印下了许多泪斑。王大姐道："你别伤心。你不听到学校里先生演说，为人要奋斗吗？咱们虽然拉不动洋车，捡煤核儿总成。无论怎么着，也不至于拿棍子去要饭。"秀儿在衣襟纽扣上抽出一方手绢来，连连地揉擦着眼睛，因道："我觉着要饭，也比这样卖身子干净些。我怎么这样无用，三言两语地就上了段天得的当。闹得这样上不上下不下。我要是不听他的话，回去对我老爷子一磕头，也许他不会杀我。就是杀了我，我也做个干净鬼。现在把老爷子气死了……"

王二姐一顿脚跳起来道："拼了一身剐，皇帝拉下马。老段那小子家里，我打听得出来，我明日同你一块儿找到他家里去。问问他是怎么回事。"王大姐瞪了她一眼道："就凭你，你倒说得那样干脆。咱们一个当模特儿的人，像屎苍蝇一样，走到哪里，哪里就是臭的，还有工夫同人家讲理吗？人家不拿棍子打断你的腿，才怪呢。你去报告警察吧，警察准说你这种人也向规矩人家跑，打死了活该！"王二姐噘了嘴道："凭你这样说，咱们让人打死，也算白打死。"秀儿点点头道："大姐这话，说得不错的。要是能找姓段的评理，我不早找到他家去了吗？"她把话说到这里，真是耗子钻牛犄角，尽了头，三个人你望着我，我望着你，倒是全没有作声。

三人沉默了很久，王大姐便道："秀姐，事到于今，你不用胡思乱想，就依了姜先生到艺术之宫去吧。他说给你四十块钱一个月。就算打个七折，也凑付着够了。你先去凑合一两个月，先管住眼前的房饭钱。我昨日也和秀文的老爷子提过了，说你不像我们，是没有家的人，先给你找个主儿。不管干什么的，就供你两顿窝头就得。你自己也去找找万子明去，也许他……"秀儿摇摇头道："我不能那样厚脸，还去找他。"王大姐道："你一人在公寓里也闷得慌，到我家里去谈谈吧。"秀儿道："我不去。是你那话，我像一只屎苍蝇，到了哪胡同里，哪儿全臭了，谁也得拿起棍子来轰我，我就托你一件事，打听我老爷子埋葬在哪里，我也好买点儿纸钱，到他坟上哭一场去。"王大姐道："这个我准替你办到。就是明天吧，还是我姐儿俩来，咱们一块儿去。大概是埋在南下洼子，那地方背得很，白天也好远的路都瞧不见一个人。你一个人去也害怕。"秀儿道："人家都说当模特儿的是下贱的，要照你们姐儿几个看起来，那全是好人。"王大姐道："要是调皮的人，会干这行当吗？这全是无用的人做的事。无用的人，不会做坏事的。"说着，站起来握了秀儿的手，望了她道："你听我的话，就不用再发愁了。"秀儿道："我现在倒不发愁，就是有点儿恨人。假使遇着那个可恨的人，我不要我这条命了。"说着咬了牙齿，把脚顿了一顿。

王大姐将手按住她肩膀，眼睛注视了她的脸，然后很诚恳地道："你别信我二妹的话，咱们一个姑娘家，有什么法子可以和人打吵子。

你还是忍耐着，现把事情找好了。别的事情，慢慢再说。"王大姐一劝，就是一大串子的话，秀儿也不知道要回答她哪一句才好。只是怔怔地听着。她姐儿俩谈了一会儿，回家去了。秀儿却靠了跨院门站着，将一只手搭在门槛上，嘴里咬了一根麻绳，用手牵住一端，不断地理着，眼望了地上只是出神。

约莫有半小时之久，只见那位孟老太爷，手扶了旱烟袋塞在嘴里，另垂了一只大袖子，走过来了。秀儿堆下笑脸来，向他叫了一声老太爷。那老头子淡笑着，点了两点头，鼻子里是略微地哼了一声，看他脸上，分明有很多不高兴的样子，便又点了一个头道："老太爷，不到我们屋子里来坐坐吗？"孟老头淡笑着道："不得闲儿，改日见吧。"秀儿看他那种淡淡的样子，倒有些奇怪，便凝想了一会儿，把头低了下去。孟老头已是走开了两步了，却又回转身来，向秀儿注视着道："姑娘，我是你的老街坊，又是你的老前辈，无论怎么着，你不该在我面前撒谎。"

秀儿见他将脸子板得正正地说话，便道："老太爷，我没有敢欺侮你呀。"孟老头回头两边看看，低声道："你的事，我已经打听清楚了。要说你是一时不小心，上了人家当，这个我可以原谅你。根本你就不存心学好，你老爷子正给你提人家，你不干，要到学校里去当模特儿。这模特儿的事，我也知道。女人肯下身份的，自然什么地方也有。可是下身份的事，总也只有另外一个人看见知道。像你所干的事，让几十个人睁了眼瞧着，那……唉，我也不愿说。这是谁的女儿，谁也得气死。"他说到了这里，可就把手一甩，落下他一只长袖子来，秀儿看他这样子，便知道他正是十二分地不高兴，猛可地心里一阵难受，却说不出话来。那孟老头更是第二句话也不说，扭转身来就走了。

秀儿对了他的后影也呆望了一阵，很久，自言自语地道："求人总是难的，我什么人也不求。你倔什么？"秀儿在极度愤慨之下，忘了她自身在什么地方，直待自己的脚觉得有些酸痛，方才退回屋子里去，掩了房门，足睡了一天。到了次日，王大姐果然是不失信，带了妹妹来邀秀儿去上坟。秀儿见了她们，第一句话便道："我想了一宿，你劝我的话很对，我决计回艺术之宫去。"王大姐笑道："你是怎么地忽然想开了呢？"秀儿道："一个人做了坏事，除非别人不知道。若是别人知

301

道了，一定把你打进了九层地狱，你想做好人也是不行。既然这么着，我就做坏人做到底吧。"

　　王家姐儿俩双走进门来，被她这一阵演说，把两人都说愣了。两人站在屋子中间，却没有动脚。秀儿这才站起来，握了她俩的手道："你们干吗不坐着。我的话说得太鲁莽了。你是不知道，我把这话憋在肚子里头，整整有一天一宿，见着你们，我实在忍不住不说了。"王大姐道："那倒是算我把你劝开了。"秀儿道："劝是劝我不醒的，让人把我一气，气得我愿走做坏人的一条路。"王二姐一扭脖子道："你这话我不承认，当模特儿就是坏人吗?"秀儿道："当模特儿虽不是坏人，可是要到艺术之宫去当模特儿，我不能高抬我自己，这也就是向黑店里投宿了。可是我不能不去。"王家姐儿俩听说，倒为之默然。

第二十四章

这条路巡警也不知道

在秀儿上过父亲坟的两天以后，她觉得对于家庭对于社会已经绝望了。这就认定了向黑店投宿，到艺术之宫的画会里去工作。这个画会与其说是研究艺术的，倒不如说是姜先生的一个党本部，有兴致的时候，三五个朋友聚会在一处，也许画一两笔画。雅兴不到，那就大家在院前那重屋子里，抽抽烟，谈谈心，他们还预备了一套煮咖啡的精致器具，亲自熬咖啡喝。其间还有一位拉京胡的赵先生，有时拉起胡琴来，大家唱两段皮黄，又成了票房。姜先生说："这地方也算个小沙龙。假使有一个美丽而又擅长艺术的太太，在这里主持一切，那自己简直就是艺坛的盟主了。"也就为着有了这样一个沙龙，能够吸引着一班朋友在一处。艺术家总是爱批评别人的，而同时又不爱别人批评自己。在这艺术之宫里，差不多是一条战线上的人，绝不会互相批评。而对于艺术之宫以外的人，倒可以尽量地批评。而在艺术学校教书，不到艺术之宫来走走的，因为大家认识得深切，更有所批评。

刘主任是这些人的主脑，而刘主任对画会的批评，就首当其冲，积之既久，这里就成了反刘联合阵线的大本营。在这种情形之下，姜先生当然要加强艺术之宫的组织，每月总拿出一百元上下，来维持这个机关。自从学校有了风潮，姜先生对主任有取而代之之势，更是不能放松，无论怎样忙，每日总要到艺术之宫来消磨一两个钟头。

这天下午，正和几位同志在前院屋子里坐着聊天。他大为高兴之下，除了熬上一壶咖啡向外，又买了一块钱的点心助兴。他左手捏住咖啡杯的柄，右手握住一块松花蛋糕，站在屋子中间，很高兴地说话。他道："老刘懂得什么艺术，只会向教育部长拍马屁。他那一本画集，东偷西摸，在外国临了几张名画回来，就算他的创作，简直是卖野人头。"说着，把松花蛋糕送到嘴里去，咬了大半边。他那意思，把这蛋糕，象征着刘主任的头，这一下子，去了他半个脑袋，然后快于心，他又咀嚼着，接着道："到外国去呢，他妈的不要脸，简直把芥子园上收的画，也临了几张去展览。西洋人好新鲜，哪知道他还是描红摹的玩意儿，也许给了他几句香屁。他一回国来，就把牛皮吹得天响，是在外国露过的。你瞧，他那画集头一页，就是大总统题字，画画还得靠大总统题字卖钱，这算什么本领？"

他说着，把那半个松花蛋糕，完全向嘴里塞了过去。塞进去之后，而且把粘着乳油的指头，送到嘴里去吸了两吸，接着，端起咖啡杯子来一饮而起。然后放下茶杯来，向大家望着道："这样的人，只可以说是走江湖打抽丰的骗子，让他来领导大家学艺，那真是误尽苍生了。"有位王先生是由刘主任阵线上新倒到这边来的，坐在沙发上，远伸了两腿架起来，不住地摇曳，听姜先生的演说。等他说完了，这就鼓了掌道："这话痛快之至。只是现在学校的权柄，我们还没有完全接过来。老刘正在和我们僵持着，这事怎么办？"姜先生对窗子外面看了一看，低声道："不要紧，一切的事，有教育部和我们做后台。今天早上，我还到部里去见过巴总长，他说，要纠正北京艺术界的不良风气，决计做一劳永逸之计，不把这些捣乱分子完全取消，绝不开学。至于学校的经费，并不停发，陆续交给我们维持会经手。"王先生笑道："果能办到这种程度，那自然是好极了，就怕教育部不肯这样干。老刘在教育部向来有内应。"姜先生道："有内应怎么样？我们有巴总长做主。"他说到巴总长三个字，把字音特别提高，两手举了起来，表示他的胜利。

这时，有位不知趣的麻先生，就插嘴道："他能找大总统题字，算得了什么？那一点儿不发生政治效力的，唯有我们和教育总长合作，这才可以直接发生政治上的效用。在政治上不拉拢上司则已，要拉拢上司，就要拉拢这样有力量的人。"姜先生不由得红了脸道："麻先生，你这是什么话，难道我为学校奋斗，还是有什么私意吗？我生平就是不肯巴结阔人，若是肯巴结阔人，我早发财了。"麻先生被他这几句话，也逼得满脸通红，搭讪着端了一杯咖啡喝，只管不抬头。姜先生觉得他这话太让人难堪，板着脸，老不肯回过笑容来。

这样约莫有五分钟之久，却听到院子里头，有人轻轻地咳嗽了一声，姜先生隔了玻璃向外面张望着时，立刻现出了眼角上的鱼尾纹，笑嘻嘻地道："李小姐来了。欢迎欢迎。"秀儿拉开门，却引得在座的人，呀的一声，全都站了起来。秀儿在路上已经想好了，一切给他们一个大方，就是他们有什么坏心眼儿，在自己毫不在乎的态度中，料着他们也不能怎样。于是先把脚站定了，然后四面八方地向在座的各位先生鞠躬。姜先生笑道："李小姐越过越文明了，同她们那班人，态度不一样。"秀儿笑道："各位先生赏饭吃，我能够不谢谢各位吗？文明两个字，可是不敢当。就算文明，也是跟了各位先生学的。"

姜先生把他那颗梳了斑白头发的脑袋摇成了个小圈，笑道："李小姐的话十分恰当。可是我得和在座的人，同时声明一句，绝没有谁把模特儿当另一种人看待。"秀儿又微微地鞠着躬道："那自然是各位先生心眼儿好。"说着，退后两步，要向门框上靠着。姜先生微微地点了两个头道："李小姐，请坐请坐，站着干什么。"秀儿对了墙上的挂钟，张望了一下，笑道："今天不是叫我来工作的吗？画完了，我还要赶回去找个人。"姜先生道："我们画会里画画，就是这么回事，高兴就画上两笔，不高兴就隔上几次，都没有关系。今天我们喝咖啡吃蛋糕，正来得高兴，还没有想到画画呢。我说，请她也坐一会儿，各位以为如何？"说着，就向在座的人，全都望了一眼。

麻先生正因为那句话说着得罪了姜先生，不知道要怎样地转圜才好。现在有了机会了，就斟了一杯咖啡，双手捧到秀儿面前来，点头笑道："李小姐，你喝咖啡的吗？请喝这一杯，怎么样？坐下，咱们先谈谈，这不是学校，没关系。"秀儿只好两手接着，点点头笑道："多谢，我……"这个我字以下的话，还没有说出口，麻先生又一转身把茶几上的一碟点心，端了送到秀儿面前，笑道："你尝一块，新鲜的。"秀儿见他伸出来的手，老不缩了回去，也就将两个指头钳住了一块。这样一来，左手捧了托咖啡杯的碟子，右手钳了点心，两手架空着，站在屋子里，不知道怎么是好。姜先生似乎要接近她，又不便怎样接近她，却也虚抬了一只手，牵住她的袖子道："这里全是熟透了的人，你还客气什么，请坐下吧。"

秀儿也是觉得这样太不便当，就依了他的话，在靠茶几的沙发上坐下，顺手把咖啡杯子放下，就将头偏到一边去，将点心咬了一只犄角。虽然他们夸奖着这点心是如何的好吃，可是那股子牛乳腥味儿，实在有点儿不惯。赶快咽了下去，抢着喝一口咖啡，要净净口，偏偏是甜中带苦，又虽然也是勉强咽下去了，可是总还留着那股子怪味儿。姜先生坐在她对面椅子上，早是看到了，便皱了眉毛笑道："这实在也是我们大意。今天的咖啡熬得太浓了，我加了好几块糖，还是涩嘴。李小姐讲卫生，大概不大用这富于刺激性的饮料。这儿也有好香片，你先喝一杯，好吗？"他说着，又在旁边桌上，斟了一杯香茶，送将过来。

秀儿不料姜先生也这样的客气，便笑道："这可不敢当。"说着，赶快地站了起来，双手将那杯子捧住。姜先生道："我们这艺术之宫的人，全很随便的，你不要受着什么拘束。"秀儿捧了那杯茶放到茶几上，退后两步，在沙发的扶靠上半挨了身子坐着。因为所有在这屋子里的人现在全都站着，而且是把眼睛都射在自己身上，这却让自己半低了头，又不便坐下去，只好是这样要坐不坐的。麻先生站着是比秀儿靠近一点儿的，走近一步，半弯了腰道："李小姐，越让你别受拘束，你是越受拘束，这又何必？"秀儿微笑道："我没受拘束。不过要是在这儿不画画的话，我在这里倒耽误各位先生的事。我先去了。姜先生，我哪天来画？"她口里说着，两只脚已是向前移动。

姜先生在这几天里，已经是在办理接收学校了。虽然也到艺术之宫来一趟，这完全是抓住党羽和商量政策的，时间不受拘束，学校里来了电话，立刻就走，若是要画模特儿，这就透着困难，画是不可能不画，自己走开，那些会员不会走开，他们落得无拘无束。他这样地考量着，一时没有把话答复出来，秀儿就走到了门边。大家没有伸手抓住她的道理，那只有全把眼睛白瞪着。秀儿手扶了门框，回转身来，向姜先生点了一个头道："我走了啊。"姜先生再来不及考虑了，便道："你明天来吧。"他就这样交代了一句，没有说出时间，秀儿便答应着走了。

到了次日，秀儿是按了原来的时间，到这里来的。刚到前进院子里，那位麻先生就迎了出来。他在西服外面罩了一件灰色的画衣，手上捏了一条白绸手绢，只管拂拭脸上，分明是一种等着画画的样子了。麻先生不但姓麻，他那白白的瓜子脸上，倒真有几粒白麻子。只是他善于遮盖，除每次洗脸之后，必定厚厚地敷上一层雪花膏之外，而且还戴了一副大框子眼镜。白麻子总是长在上脸腮和鼻子两边的，眼镜框子压住，这就看不出来了。秀儿对于他的印象却是不大好，以为一个当先生的人，搽上那么些个雪花膏，头发搽的油又是可以滴得下来，透着不庄重。所以这个时候，他迎上前来，倒站住了脚，不敢向前。先低声问道："姜先生呢？"麻先生含糊着答道："他们全在后面画室里呢，大概等有一个钟头了。"

秀儿听他这样说着，觉得是自己来迟了，扯起两脚，赶快就向后院的画室走去，心里原也想着，这麻先生别是有点儿冤人吧？可是人在院子里，就听到那画室嗯嗯的有人说话。没有两三个人，也不能说得这样的热闹，这就放着胆子，扯开了画室的门，痛痛快快地走了进去。屋子里倒是有几个人，可是一眼陌生，并不知道是哪里来的。自己先怔了一怔，然后慢慢地向屏风边走去，以便走到里面去脱衣服，可是回头看看那些人，只有一个人把颜料盘子和画笔拿在手上，其余的人全是两手伸在裤袋里，脸上带了微微的笑容。这就板住了脸，手扶了屏风，暂不进去。那些人似乎有点儿省悟，也没有敢催她。

好在麻先生急于要工作，也就跟着进去了。看到秀儿站在屏风边，又对在屋子里的这些人看了一看，便向秀儿笑道："今天参观的不少，可只有我同曹先生两个人画。"秀儿红了脸道："姜先生也没有在这里，随便就让许多人参观。"麻先生道："朋友来参观，我们当然不能拒绝。"秀儿手扶了屏风，只是把头低着，却不肯说什么。麻先生道："今天我们只画一个钟头，你快脱衣服吧。"秀儿手扶了屏风，始终不作声，却偷眼去看那些参观的人。这一群人里面，有两个穿西服的、三个穿长衫的，他们虽然也很像是个念书人的样子，但是看他们脸上全带了一种轻微的笑容，显然是透露着他们那不可遏止的一种轻薄。麻先生道："这都是教育界的人，他们都很爱艺术，今日来参观，本也就是姜先生早已约过的。"

秀儿对于一个穿西服瘦小个子的人很是眼熟，记得在一家西服庄门口，常常看到他。若说是教育界的人，他老在西服庄门口站着干吗？而且他那双眼睛狠狠盯着人看，心想："你看我干吗？我也是人。不过手上少两个钱，所以光了眼子给人瞧。我要是有钱，你敢特意地来看我？"如此想着，也就对着他瞟了一眼。麻先生虽明知她有了气，可是约了这些人来看模特儿，结果，模特儿不脱衣服，这些人扫兴事小，透着做画师的人连模特儿也不能指挥，这是太难为情了。便赶近了曹先生一步，向他先丢了一个眼色，然后低声道："怎么样？"曹先生倒不顾忌什么，很大的声音答道："我们当然要画。"说时，也瞪了秀儿一眼，接着又道："她们当模特儿的，没有权力，可以禁止别人参观。"他这话是说得很对的，秀儿拿不出什么理由来再反驳他，只有低着头走进屏风去脱衣服了。

秀儿光了身子出来本是沉住脸的，可是当模特儿的人，在画画的时候，不但自己没有灵魂，也要自己没有自拟的形式。画师不是有特种原因，谁肯画一个生气的人？所以自己到了那个坐榻边，也就把脸色放得和平了，向麻先生问道："怎么样子坐法。"可是麻先生还没有答言呢，那几个参观的人同时发了嗓子痒，吱咯吱咯地咳嗽起来。秀儿本来没有正眼去看他们，现在他们咳嗽得像倒了蛤蟆笼似的，自禁不住很快地瞟了他们一眼。他们全挤在画室一只角落里，长子的嘴巴，很容易接近矮子的耳朵。他们的眼睛虽然像了一种吸力，只盯住着模特儿的某一部分看着。可是身体其余的部分，并不曾麻木，长子的嘴在矮子的耳朵边就叽叽咕咕说起来。同时，也就有两个人暗地里手握住手。

秀儿在看他们之后，立刻向麻先生看一眼，意思是说，你瞧瞧他们。麻先生只好是当了不知道，向她道："我们画一个睡着的姿势，你侧了身子躺下，左腿伸直，右腿微微地弯着，把右手撑着木榻托住了头。"秀儿照了他的话躺下，还不曾问出来，样子对不对呢。参观人里面，有位大肚子胖子，直率地插言道："躺着的不好，我们瞧不见。"这一句话说出，大家全向他望着。麻先生也笑道："这么大一个人，躺下了，你会瞧不见？"引得在场参观的人，全都哈哈大笑起来。

秀儿躺在那木榻上听着，恨不得把肺都气炸了。沉着脸色，把身子一翻。她这样一掉身体，一部分参观的，眼睛里是感到异样的兴奋，二次里又哈哈大笑起来。麻先生虽然也扭转头来，对这些人瞪眼。可是这些人已经乐大发了，要收回笑声，也有些来不及。这时，曹先生也正着脸色道："我们这是艺术，诸位到这里来参观，当然要带一种艺术的意味。这并不是在杂耍场里看双簧，这样哈哈大笑，可丧失了研究艺术的态度。"他似乎也生气，说着，还把脚在地面顿了两顿。那些参观的人，看到两位主人都有点儿不快活的样子，有个人说声走吧，大家一窝蜂地涌了出去。

秀儿也就跟着站了起来，因道："麻先生，现在这里只剩两个人，不能画了吧？"麻先生也觉得今天的事很是对模特儿不起。画模特儿的人，无论是真是假，总要摆出那副不苟言不苟笑的样子，现在大家这样哄堂大笑，实在破坏了规矩，于是他只好点点头道："好吧，今天不画了。"秀儿把衣服穿好，一言不发，抽身就出去了。这日她回到公寓里，掩上了房门，自己横躺在床子上很发了一阵呆。心里也就念着，这句话不能不和姜先生说明了。要不，在艺术之宫里当模特儿，却让人当了新稀罕看，将来有一天等这些参观的人把话传扬开去，一到街上就有人在后面指着说笑了。

想到十分不能忍耐的时候，就跑到电话室里，向学校里主任室叫了一个电话，那接电话的听差听到是女子的声音，以为是学校里女生打来的电话，这在姜先生倒是不怎么拒绝的，秀儿索性告诉了他，是艺术之宫姓李的电话，果然，姜先生自己来接电话了。秀儿在电话里，就把今天参观人那种态度，略微说了一说。姜先生道："那是偶然的事吧？那不会常常有人参观的，你明天还是去。这几天我很忙，我是不能画画的。"秀儿道："姜先生不去，那我就不去了。"姜先生道："艺术之宫，也不是我一个人私有的，怎能够我不去，你也不去呢？你要是得罪了全画会的人，你的工作，我也是没有法子维持的。"秀儿说了好吧两个字，也就不愿向下说了。回到房里，掩上房门，第二次横躺到床上，又是一场大睡。但是她躺在床上，那颗心却是个孙悟空，顷刻之间，上天下地，这一向的遭遇像电影一样，一幕幕地从眼前演过。

她想过了一宿之后，次日是有点儿主意了，换了一身朴素些的衣服，却向北新桥走去，这里是北城一所热闹街口，马路边，很宽很宽的人行道上摆列了各种摊子，而书摊子也是其中之一。这里是很少有时髦人物来往的，所以书摊子上所摆的也不过是牙牌神数杨家将万事不求人等类的书。秀儿虽然衣服朴素，一件蓝布旗袍上，又搭了一条红毛绳围巾，这显然是一个女学生的样子。书摊子边，有了这种人来到，那算是第一流顾客，摊贩少不了全向她看了过来。秀儿由路边第一个书摊子慢慢地巡视过来。她也好像是在找一部书，并不去看摊子上书以外的事。

这样走了两三个书摊子，猛可一抬头，见万子明笼了两只棉袄袖子，在盛书的一只大木柜子上坐着，便表示着一种吃惊的样子，向他笑着一点头道："万掌柜，你也在这里做生意吗？"万子明笑道："是大姑娘，许久不见，你好？今天怎么得闲儿到北新桥来了？这儿到你公寓不近啦，准有十几里地吧？"秀儿道："我今天到这儿来找一家亲戚，没找着。等电车呢，随便地逛逛书摊子。不想遇到万掌柜了。"万子明道："我是常在这里摆摊子的。"他说着，弯下腰去整理摊子上翻乱了的书本。秀儿道："万掌柜好久没到西城去吧？我老爷子过去了，你知道吗？"万子明伸直腰来叹了一口气，点点头道："我知道的。这是赛茄子告诉我的消息。我跑到你府上去瞧瞧，也没找着谁。挺好的一位老人家，就这样子过去了。人生在世真是没劲。"说着这话，却把眼睛向秀儿肩上的红毛绳围巾注视着。秀儿红了脸道："我出来得忙一点儿，捞了一条围巾，就搭在身上。"万子明笑道："这没关系，孝顺父母，总要孝顺在心上，咱们穷人也谈不到那些礼节。怎么办？这在大路口上，也找不着地方请你坐一会儿喝口水。"

秀儿偷眼看他时，见他样子淡淡的，隔了一张书摊子站定，并不上前来打招呼。秀儿站着凝了一凝神，便带点儿微笑向他道："我住的那公寓，你知道吗？得闲儿，请到我那里去坐一会儿。"万子明呵呵的一阵笑，笑声虽不大，可是那肩膀闪动了两下，现出那不庄重的样子。秀儿本想问一句："我们那地方，你不能去吗？"可是就在这时，有两个买书的人，走到摊子边来。万子明却是丢了秀儿不管，迎着那两个人问道："要买点儿什么？"有一个人答，找本《儿女英雄传》，万子明笑道："瞧这个书不错。女人，还是古来的好。现在的摩登女人尽干的是些……我也不好说什么。"他说话的时候，脸子并不向秀儿望着。

秀儿红了脸，搭腔不好，不搭腔也不好。直待万子明同那个人将生意做完，才回转脸来，又向她点了个头道："你不坐会儿。"秀儿正着脸色道："万掌柜，你对我为人大概不怎么明白。你有工夫，再去打听打听，再见吧。"万子明也很干脆地答应了一声再见，并没有说别的。而且他说再见两个字，还是绷着脸子一点头。秀儿若不为了是在大街上，那两行眼泪一定要滚了出来，自己低了头，三脚两步地赶快就走开。她近来发明了一种安慰自己的法子，就是当着心里十分难过的时候，立刻回到公寓去，关门睡觉。由北新桥回到西城，除了要搭坐很长路的电车而外，还要另坐人力车，所以回到公寓里要耗费很长的时间，身子也有些疲乏，而且她进公寓门的时候，脸子就是红红的，额角上也正流着汗。茶房看到，已是有点儿留意。她回到屋子里去以后，不问什么，也不要茶水，掩上房门就睡觉了。她有了长时间的疲乏，自然也要长时间的休息，所以她倒上床去，这一觉直睡到晚上十二点钟，方才回醒过来，晚饭是不曾吃。坐起来，先把电灯扭亮，坐在一床沿上先发了一阵呆。随后捧起桌上的茶壶，嘴对嘴地喝了一阵凉茶。原来是因为心里头发烧，以为喝了一顿凉茶下去，可以把这饥火压上一压。不想冰凉过了一会子而后，心里燃烧得更是厉害。

待要找茶房来弄点儿食物，打开门来，向外面张望着，地面上已是被雨淋得湿透，屋檐溜上向下淋着雨，滴答有声。把头向外略微伸一伸，便喷了一脸的水点。看看外面各院子里，不但是寂无人声，而且只有两三扇窗户，向外漏着灯光。这时什么声音全没有了，若是大声音去叫唤着茶房，把公寓里的旅客惊醒了，老大的不便，这就把门关着，又横躺到床上去。精神疲乏的人都容易睡着，所以秀儿二次里歪倒床上，虽然始而还有些胡思乱想，后来心沉静下去，那窗子外的雨声，大的也有，小的也有，紧一阵子，松一阵子。耳朵里听着，心里便自然而然地就迷糊起来。

次日，秀儿醒过来的时候，觉得屋子里面有一种并不刺激眼睛的光亮，赶紧向窗子外面张望，对过屋脊上和小跨院的地面上全铺了一层薄薄的白雪。自然，屋子里也加上一种袭击身体的寒气。这一阵子忙着在外面跑，就没有理会到煤火一件事。回家虽然冷一点儿，也就多穿一点儿衣服，便抗过去，若是原来在家，冷得没奈何，就向外面跑。这时，心里根本难受，外面又下着雪，如何可以出去。因之在箱子里找了一件毛绳衣，在身上加着，两手环抱在怀里，紧紧地搂住。斜靠了窗户下的一张书桌子，就向外面看着。总有一小时的工夫，自己不曾动得一步。这就看到那位可厌的账房先生，胁下夹了一册账本子，推门走进跨院来。在院子里首先他就叫起来道："李小姐在家啦？"秀儿心里想着，并没有欠下一个子儿房饭钱，你来找我干吗？就老老实实答应在家。

账房走了进来，向秀儿点了一个头，接着便笑道："今天没出去。"秀儿道："掌柜的找我，有什么事吗？"账房索性在旁边椅子上坐着，将胁下夹着的那账簿，放到茶几上笑道："没什么要紧的事，有两句话同你商量商量。"秀儿道："前天给你的钱，现在又要账吗？"账房笑道："不见得我来了，就是向你要钱。以前在这儿住的段先生，你知道他现时在哪儿吗？"秀儿道："我住公寓我花钱，你问他干什么？"账房笑道："我的意思，你最好找着段先生，赁着民房住合算一点儿。公安局今天又来调查来了，年轻妇女没有详细来历的，公寓里不准收留。你是我们的老主顾，又先给了钱，我们还能说什么。只是公安局的命令谁也不能违抗，你就是这样地住下去，这倒叫我们透着为难。"秀儿沉着脸道："这样的话，你上次也说过了。后来给了你十块钱，公安局的命令也就跟着不吃劲。我知道，你是嫌我还没有预缴到一个月的钱，还想逼我几个。可是我也打听了，老主顾欠钱的不说，住半个月给半个月的也很多，为什么对于我就要这样？"

账房在那尖削的脸上，透出三分勉强的笑容，因伸着脖子弯了两弯腰道："实在不是我们公寓里挤你钱。不信，这会儿你就交出钱来了，我们也不敢让您住下。请你在三天之内，搬出我们这公寓去。若是你交出来的钱，还有富余的话。当然，就是一分一厘，我们也得退还给您。"秀儿听了他这一番言语，又对他脸上望去，果然的，他两道眉峰皱起来，也透着有很为难的样子。自己于是扑扑毛绳衣上的灰尘，又把衣襟底牵扯了两下，低了头很是出神。账房道："李小姐，你想想吧。我们做买卖的人，能够把主顾推了出门去吗？"

秀儿将三个指头搓着衣襟角，老是不作声。账房道："李小姐，你再仔细想想吧，回头我再来听你的回话。"秀儿站起身来，待要再问他一个所以然，他夹了那账本子就钻出门外去了。秀儿在起来之后，还不曾向茶房要茶水呢，这就掩上了房门，又横倒在床上去躺着。这样也只有十分钟，玻璃窗户就敲着叮叮地响。秀儿看时，茶房隔了窗户问道："李小姐，您该起来了，十点多钟了。"秀儿还不曾答话，他又推门进来了，第一句话便道："李小姐，今天要不是我在外面挡住巡警，他就到你这屋子里来了。"秀儿道："进来就进来，我又没犯法，还能带我到区里去吗？"茶房微笑道："你是不知道。那巡警来势很凶，我怕他们进来了，立刻就要轰你出去。"秀儿道："我不信，刚才账房进来，怎么不告诉我呢？"

茶房顿了一顿，没有答复，倒向她一笑。秀儿道："你们别尽拿话骇唬我，我走就是了。"茶房还望了她，没有走。秀儿道："你说吧，还有什么话。"茶房笑道："账房说，他家有空房，假使你要搬的话可以到他那儿去住，房钱好说，不给也不吃劲。"秀儿默然了一会子，望着他道："我先给钱在你们公寓里住着都不成。不给钱呢，倒可以搬到账房先生家里去住。这倒有点儿奇怪了。你们这是什么心思？"茶房笑道："你先别着急，这话又不是我生造出来的。账房把话告诉我，我就把话转告诉你。"秀儿伸手轻轻一拍桌子道："这样说来，那就难怪你们瞧不起我。好，我明天就搬开这里。"茶房看她两面脸腮通红，也就不敢把话再向下说，一缩身躯，悄悄地走了。

秀儿手扶了门框，昂头望了天只管发呆。偶然低下头来，却发现了全公寓的旅客都在向自己注意看。有的口里衔了香烟，背着两手在身后，在外面院子里走来又走去。有的两个人站在院子里闲话，却不时地把眼睛向这边看了来。有的在他自己房门口半掩了门帘子，伸头向外望着。有的在玻璃窗子里，露出了一张面孔，正对着这跨院子里，自然，那也是向这里看人的。秀儿被这些人的眼睛盯着，觉得那眼光像箭一般，直射到肺腑里去。只好板住了面孔，缩到房里面来。但是自己闷坐了一会儿，忽然转念到，这是花钱住的公寓，也不是坐牢，为什么怕人看？于是大声叫着茶房。茶房来了，秀儿大声道："警察不来轰我，我总在这里住着。我在这里住一天，给一天的钱。为什么不给我送茶水来？"茶房倒是不生气，嘻嘻地笑着。秀儿道："饭得了，你先给我开饭。吃了饭我要出去。我告诉你，我一不做贼，二不卖身，瞧，我是不怕人瞧的。"茶房哈着腰儿笑道："李小姐，你尽生气干什么，我又没说什么。"秀儿道："我谅你也不敢说我什么。我告诉你，你别瞧我向来好说话。把我逼急了，我打人不赢，踢人不赢，咬也要咬他三口。"说时真把牙齿咬起来了。茶房笑着点了两下头，就出去了。

在这时，秀儿一抬头，又看到跨院子门外面站了两个人。于是伸着小手，在桌子上重重地拍了两下道："谁要把我当玩意儿看待，谁就预备脸上出血，我一急起来，就上去抓他的脸。"随了这两声拍，人也跟着站了起来，好像要冲出去。那外面的人，倒一伸舌头走了。秀儿见自己强硬起来，占了便宜，索性在屋子里放开了嗓子骂人。吃过午饭以后，翻翻抽屉，拣出了一盒烟卷，自己仰着在椅子上坐着，缓缓地把那支烟卷抽完，把烟卷头向痰盂子里扔着，剌啦一声响，因自言自语地道："这不行啦，我还得到艺术之宫去。"于是叫茶房锁了房门，便去工作。

今天这画会里更是沉寂，前面那会客室里，就只有那麻先生一个人，也是自己不曾考量，推门就冲了进去。麻先生手上，捧了一册小小的画本子在看。见她进来，便迎着笑道："今天礼拜，你还来。"秀儿道："姜先生说，不是天天要来吗？"麻先生笑道："你来了就很好。我正闲看无聊，一块儿瞧电影去，好不好？"秀儿手扶了门框，把一只脚倒退着，放到门槛外来，笑道："再见啦。"说着，还点了两点头。麻先生抢过来，将她一只手拖住，笑道："比如今天不是礼拜，你不也要在这里多耽搁一会儿工夫吗？"秀儿捧开了他的手，板着脸道："麻先生，你可别拉拉扯扯。"麻先生倒是退后了一步，将手指点着她道："唉，你在我面前充假正经呢。"

这时，前面院子里静悄悄的，没有一点儿响声。秀儿回头看去，那高大槐树的枝丫在太阳光里正摇撼着模糊的影子，现出这地方一种悠闲的样子。在悠闲的环境里，一个青年男子拉扯了一个青年女子不让走，这是很讨厌的事情。她手扶了门，身子很快地一缩，已是到那模糊的树影子下来了。麻先生板着脸追到廊檐下面来，向她道："这也不是死囚牢，你要走只管走，谁还能把你关起来吗？我所要问你的，对于你自己，大概也很有益处，跑什么？"秀儿听到这话，就不免把脚站住了，偏了脸问道："对我有益处？你说吧。"麻先生还是正着脸色道："大概我还不能吃你，请你到屋子里面来，我同你说。"说时，将身子闪到一边，把门推开了。

秀儿心里想着，青天白日的，料着他也不能怎样侮辱，便牵牵衣襟，挺着胸脯子冲进屋子里去。麻先生仰在沙发上坐着，架起腿来，向她望了，带了微笑道："你的历史，以为我不知道吗？你从前就跟着段天得很同居了一些时候。后来你在学校里，又闹了一次笑话。这不但是你自己名誉不好，连累学校里也要受你的影响。大家的意思，早就要把你辞退了，是我极力在姜先生面前替你说好话，才把你调到这里来工作。大概我不说，你还不明白吧？"秀儿不免愣了一愣，虽然偏了头，眼珠还向他注视着。麻先生道："你觉得这话奇怪吗？你若不信，尽管发你的脾气，你且看我怎样地对付你。"说到这里，鼻子耸着，重重地哼了一声。

秀儿手扶了门框站着，又是一只脚在门里，一只脚在门外，脸上对了他，透出迟疑的样子来了。麻先生站起来了，将两手背在身后，在屋子里来回地走着，接连呵呵地冷笑了几声。秀儿看了他这样子，自己觉得毫毛孔里向外透凉气，便问道："麻先生，你的意思，是说我不听你的话，就不让我在这里工作下去，是吗？"麻先生淡笑道："有那么一点儿。你要是个规矩人，那没话说。根本你也是在外面乱交男朋友的。为什么在我们先生面前就充假正经。难道我们当先生的人，还不如那些胡闹的穷学生吗？"

秀儿呆了一会子，先是脸上红着，随后两眼里都含着泪珠，硬着嗓子道："在学校里那段谣言，是人家瞎说的。"麻先生道："这件事就算是谣言。难道你和段天得在公寓里同居几个月，这也是谣言吗？你总不能说，你是嫁了段天得的。"秀儿低头沉思了一会子，忽然把头一抬道："那么，我嫁给麻先生，做一个小老婆，你就让我工作下去了？"麻先生倒不想她直率地会说出了这句话来，不由得两眼一映，笑了起来。秀儿道："就是这句话，不用再交代别的了吧？我可走了。你别急，让我回公寓去想想，因为公寓里账房正催着我搬出来呢。我搬出来之后，立刻同麻先生住在一块儿，你不更乐意吗？今天不同你去瞧电影，你不怪我吧？"说时，露了牙一笑。不过在她笑的时候，眼睛眶子里的泪珠还并不曾干。麻先生道："你生什么气，你要走尽管走，交朋友究竟是各人的情分，你不睬我，我还能强迫你睬我吗？"秀儿道："我也知道你不会强迫我，不过你一不顺心要打碎我的饭碗。这话又说回来了，这画会里的先生多着呢，我要伺候得一个个顺心，这可是件难事，倒不如嫁给麻先生做小老婆，有了一个靠得住的主儿，比伺候许多先生总要好得多吧？麻先生，你瞧我这是不是实话，你预备着喜酒给人喝吧。"她也只说完了这句，扬起手来，一扭身子就跑了。

她走得很快，麻先生虽然在后边还叫了两个喂字，然而秀儿下了决心走开，无论他是什么威胁，也就不管了。一口气跑出了大门，站在胡同里，才干了身上这一身汗。这就回转头在两面张望着，似乎不知道到哪儿去是好。就在这个时候，听到有人在胡同口上咦了一声，似乎是吃惊的样子。秀儿把脸子沉下来，心里想着，这又是街上的野孩子，要骂卖光眼子的人了。可是定睛看时却是段天得。他扭转身子正要逃走呢。秀儿跑了两步，一直冲到他面前来，叫道："段天得，你跑什么，我也不吃人。"她嚷的声音是特别大，段天得听说，只好站住了脚，在强笑的脸色上，自然是带着一点儿红晕。只看鼻子边到嘴边，斜画了两道斜纹，颇显出他那种尴尬的样子来。秀儿道："你今天跑不了，得给我一个交代。我现在走投无路了，你得给我找一个安身之处。你想不到我会在艺术之宫工作吧？所以也向这里跑。"

段天得立刻放下笑容来，低声道："你别嚷，我现在有些后悔了，现在是特意来找你来了。你有什么意见，我们找个地方去说。"他说话时，只管注意着秀儿的脸上，见她眼睛红红的，两道眉毛横扫着凶气，显然地向外透露着，便道："你的心事，我也知道，无非是为了学校没有了工作，叫我给你想法子，这没有什么，我一天不离开北京，你的生活费一天归我负担。"秀儿摇了两摇头道："归你担任？这笔钱是你送到我手上来呢，还是我天天到你府上去取？"段天得道："这话当然很长，不是三言两语可以说完的，找个地方，我慢慢地给你来谈吧。"秀儿道："有什么了不得的事，还要找个地方谈。你干脆地告诉我，我也好立刻拿个主意。老实告诉你，你今天就是不来，我也要去找你了。因为这艺术之宫的人，现在要我零卖。我想与其零卖，就不如整个卖给你。"说时，伸手把段天得的衣服，紧紧地抓住了。

段天得看了她这情形，却不由得身上出了一阵热汗。秀儿道："你发什么愣，有话就告诉我，没有话也请你交代一句：没有话说。"段天得看看远处来了一名穿黑衣的警察，这就笑道："你总是这样性急。两口子说话，有在街上扭起来的吗？你同我一块儿回家去说吧。"他说这两句话时，声音是特别地高，那警察虽走近了，却也不怎理会。段天得趁了这机会，连说了几声咱们回家去，就把秀儿拖到了旁边的小胡同里面。秀儿以为他真要同回公寓去，也就把手松了。段天得瞪了眼道："我告诉你，你得想明白点。你是凭着哪一点向我要饭吃。"秀儿道："你没有同我住在一块儿吗？你同我住在一块儿，我就可以同你要饭吃。"段天得道："就算你这话是对的，我现在没有和你同居，我总可以不供你吃饭了。你还找我干吗？"说着，把手一摔，他这一转身的当儿是非常之快,立刻抽脚就跑。这个胡同是很短,他只三步两步,就不见踪影了。

秀儿追了过去,这小胡同口有好几个出口,也不知道段天得是由哪一条口子出去的。自己呆了一呆,便由原路走回来,她感觉得很奇怪,去时有路,回来却没有了路,无论怎样的走法,走到面前都给一道墙堵住了,便大喊起来道:"我要回家去,怎么没有路了?"随着她的喊声,一个警察抢了过来,问道:"喂,你嚷什么?"问时,向着她脸上看去。见她两块肉腮完全沉落下来,皮肤里面透出了青纹,两只眼睛红丝都布满了,后脑的头发一直披到两耳前面,把脸腮掩藏了大半边,直着颈脖子,人只管是朝前走去,直走抵了一堵白粉墙,她还不知道转弯。警察道:"咦,你自己向壁子上碰,口里直嚷着没有路走,这不是怪事吗?"秀儿道:"前面是一堵墙吗?我看到是很白净的一条大路呢。"警察道:"我瞧你这样子,大概身上有毛病,你要到哪里去,我送你回去。"秀儿道:"我不回去,回去没有路,再说,压根儿我就没有家,你叫我向哪儿去?"警察道:"那么,你在这里嚷什么?"秀儿道:"我不嚷怎么着?我就在这小胡同里乱跑乱撞一辈子吗?"巡警道:"你说你要到什么地方去吧,我送你回去就是了。"

秀儿两手交叉在胸前,偏了头向他望着道:"你可以送我去,那好极了,可是你送我到哪里去?"巡警道:"你说你没有家,你总有个住的地方。你住在什么地方,我就送你到那儿去。"秀儿道:"我住在害人坑,你能送我到害人坑去吗?"巡警道:"你是成心和我捣乱,还是怎么着?"秀儿嘻嘻地笑道:"巡警先生,你别生气,我和你闹着玩的。现在同你说实话,我是个当模特儿的。只因为职业不大高明,到处受人家的欺侮。刚才一会儿工夫,我就受了两次欺侮。你们当巡警的人,有人问路,不就可以告诉他可以怎样走吗?"巡警道:"不错,是可以告诉人家的路的。你说到哪里去,我不但可以告诉你向哪儿走,而且我还可以带了你去。"秀儿道:"快告诉我怎样去吧。我要找一个有事情做的地方,凭我卖力气换钱,值多少钱给多少钱,我绝不计较。可是有一层,我不能再受人家的欺侮。要受人家的欺侮,我就不干。你说,向哪里走吧?"

巡警听说,不由得哈哈大笑了一声。秀儿向巡警瞪了一眼道:"你笑些什么？"巡警道："我笑你问的话很奇怪。果然有那么好的路子，还用得着警察来指示你吗？大家早抢着去了。巡警虽然是告诉大家走路的，可是你说的这样一条路，巡警也不知道哇。"秀儿道："什么？你当巡警的人，这点儿事也不知道吗？"巡警摇摇头笑道："就是这样一条路，巡警也不知道。"秀儿道："你不是说我要到哪里，就送我到哪里吗？怎么我说出地点来，你又不能送我了。"巡警道："你是有点儿毛病吧，胡说乱道。你好好儿地告诉我，你家在哪儿，我送你回去。你要是不告诉我，我可要把你当疯子看待，把你送到疯人院去了。"秀儿道："疯人院？那里有饭吃没有？欺侮人不欺侮人？假使有饭吃，又不欺侮人，我就去。"

巡警和她说话，却只管注意着她的脸色，见她两只眼睛直看着人，眼睛眶子下又显出两道青纹，时时做出莫名其妙的笑容，把两列白牙，在紫色的嘴唇里透露出来，更显得凄惨可怕。因把胸挺了一挺，向她瞪着眼道："你到底是有疯病，还是假装的？"秀儿咯咯地笑着，把腰弯了下去，两只手不住地拍着大腿。巡警道："你这是什么意思？越说你，你倒越是做作。"秀儿伸直腰来，又拍了两下掌道："这可真是笑话。一个人没有了活路，想找一只饭碗，你说这是疯病。那么，世界上的人，谁不犯这疯病呢？你白日黑夜地在大街上站着不也是为了饭碗吗？若说我是疯病，你这才是疯病呢。当巡警的人，平常在街上替别人说理，这可自己说着自己了。哈哈！"她说完了，昂起头来，一阵大笑，把后脑勺的长头发散披在肩上，扫来扫去，两手举起来，只管乱拍。

她这一阵大笑，把这小胡同里的人家全惊动了，各家都跑出人来，将秀儿围着。秀儿笑着指了巡警道："是我问他的路，他告诉不出来，我并没有犯什么法，你们看什么？"巡警道："你们别听她胡说。她头里在胡同里乱撞，找不着出路。我好意来引她出去，她问我哪一条路，可以找到事情做，找到饭吃，还外带不受气？当巡警的不是财神爷，哪儿告诉她这一条路去？"围着的人哈哈一阵大笑，异口同声地说她是个疯子。秀儿看到这些人，眼珠转了一转，似乎有点儿省悟，扭转身却向斜角落里飞跑。巡警在后面叫道："你胡跑有什么用，那是死胡同呀！"

图书在版编目（CIP）数据

艺术之宫／张恨水著. — 北京：中国文史出版
社，2018.5

（民国通俗小说典藏文库·张恨水卷）

ISBN 978-7-5205-0032-6

Ⅰ. ①艺… Ⅱ. ①张… Ⅲ. ①长篇小说-中国-现代
Ⅳ. ①I246.5

中国版本图书馆 CIP 数据核字（2018）第 010535 号

责任编辑：卢祥秋

整　　理：澎　湃

出版发行：**中国文史出版社**

网　　址：http://www.chinawenshi.net

社　　址：北京市西城区太平桥大街 23 号　邮编：100811

电　　话：010-66173572　66168268　66192736（发行部）

传　　真：010-66192703

印　　装：廊坊市海涛印刷有限公司

经　　销：全国新华书店

开　　本：720×1020　1/16

印　　张：21　　　　字数：323 千字

版　　次：2018 年 5 月第 1 版

印　　次：2018 年 5 月第 1 次印刷

定　　价：62.80 元